The Slightest Provocation
by Pam Rosenthal

愛の記憶はめぐって

パム・ローゼンタール
田辺千幸［訳］

ライムブックス

愛の記憶はめぐって

主要登場人物

メアリー・スタンセル……………………レディ・クリストファー。裕福な元醸造業者の三女
クリストファー・スタンセル……………愛称キット。ローウェン侯爵家三男。メアリーの別居中の夫
ジェシカ・グランディン…………………メアリーの長姉
エリザベス・グランディン………………ジェシカとアーサーの娘
ファニー・グランディン…………………エリザベスのいとこ
アイレス卿…………………………………ジェシカの息子。フレッドの友人
ジュリア・マクニール……………………メアリーの次姉
ペギー・ウェイトマン……………………メアリーのメイド
キャシー・ウィリアムズ…………………女子のための学校の教師。ペギーのいとこ
ニック・マートン…………………………村の若者。キャシーの甥
エミリア・スタンセル……………………第八代ローウェン侯爵未亡人。キットの母親
ウォルター・スタンセル…………………愛称ワット。第九代ローウェン侯爵。キットの兄
スザンナ・スタンセル……………………ウォルターの妻。侯爵夫人
リチャード・ラディフォード・モリス…キットのオックスフォード時代の友人

プロローグ

一七七一年、一八一七年

一七七一年三月、ダービーシャーの南東のはずれにあるグレフォードという村近くのローウェン城で、ローウェン侯爵夫妻ことエミリアとウォルターのスタンセル夫妻に息子が誕生した。

なんてきれいな子、と侯爵夫人は思った。そのうえ父親にそっくりだ。夫人は赤ん坊の頬をそっと指でなぞった。数分前から眠りが浅くなっているようだ。赤ん坊のことはなにひとつ知らなかったが、すぐにも目を覚ますだろうことは彼女にもわかった。

出産は想像していたほど恐ろしいものではなく、短時間ですんだ。夫は大喜びした。結婚してから十カ月、夫はただ優しいだけだったが、今回の笑顔は本物のように見えた。

赤ん坊は目を覚まし、柔らかそうな小さな手を握りしめて弱々しい泣き声をあげた。かわいそうに、お腹がすいているんだわ。どうやって赤ん坊の空腹を満たしてやればいいのか、エミリアに教えてくれる人間はいなかった。だがそもそも結婚して、レディ・ローウェンになって以来、ほとんどなにひとつ教えてもらったことはない。あれほどうれしそうな夫の顔を見たのは今回が二度目だった。最初は、結婚後ほどなく妊娠し、そのことを告げた朝だった。

「素晴らしいよ、エミリア」夫は彼女を膝に乗せ、額にキスをした。「よくやった」

わたしはなにもしていないと反論したくなったが、エミリアは黙って夫の首に両手をまわした。そうあるべき一人前の女性ではなく、幼い少女に戻った気分で、これですべてはうまくいくはずと自分に言い聞かせた。

昔ほど頻繁ではなくなったが、いまも時折その言葉をつぶやくことがある。

とはいえ、これほど美しい息子を腕に抱きながら、幸せを感じずにいることは無理だ。お腹をすかしているんだわ。赤ん坊は子猫のように口を動かしていた。エミリアは生まれて初めての感覚を乳房に覚えた。乳房全体が硬くなって、乳首の先端が湿ってきている。

「なにをなさっているんですか、奥さま？」エミリアはローウェン城の家政婦が嫌いだった。

「お腹をすかしているのよ……そうでしょう？……かわいい坊や……」その頬はなんて柔らかく、なめらかな桃色の歯茎はなんて繊細なことか。そして乳房のこの感覚——だれかを愛し、慈しみたいという思いは、はっきりした形となって彼女の肉体に現われていた。

「旦那さまがシャーワイン子爵のために、乳母を雇っております」

それはこの子のことだろうかと、エミリアは家政婦が紐を引いてベルを鳴らすのを眺めながら思った。

部屋に入ってきた十人並みの容姿の娘は膝をついてお辞儀をすると、エミリアの寝室着のベルギーレースに視線を落とした。赤ん坊にはさほど興味がないようだ。これまでに何人もの赤ん坊を見てきたに違いない。乳房はエミリアより豊かだったし、手先も器用そうだ。幼い息子は満足げに乳首に吸いついた。

数週間がたつ頃にはエミリアの母乳も涙もすっかり出なくなり、生理がはじまった。赤ん坊にお乳を与えなかったのはそれが理由なのだと、エミリアは聞かされた。血筋を絶えさせないため、侯爵はできるだけ早く息子をもうひとり欲しがった。

ただそれだけのことだ。エミリアは以前耳にした、ロンドンの結婚市場はスミスフィールドにある家畜市場とたいして変わりはないという冗談を思い出した。それは事実だ。繁殖用の雌馬として買われてきたのだと、人は彼女のことを噂《うわさ》していたかもしれない。

寝室の扉をノックする聞き慣れたひそやかな音に、エミリアは肩をそびやかした。彼女が次の子供を身ごもるまで、夫はほぼ毎夜寝室を訪れるつもりだろう。

けれど今夜エミリアは、体を開く前に夫から約束を取りつけようと決心していた。

「もうひとり息子を産んだら、二度とわたしには触れないでいただきます」エミリアは宣言した。「あなたはわたしのことをそれほど好いていてくださらないからよ。ずっとそのことがつらかったけれど、もう気にするのはやめました。わたしは自分のことをもっと大切にします——だって、ウォルター、わたしが自分を大切にしなければ、だれがそうしてくれるというの？」

ずっとあとになってエミリアは、それが人間のありように関する世界共通の意見として、偉大な賢者が問うた質問であったことを知った。だが彼女は、欲望の力によって哲学の扉を開き、自らその疑問にたどり着いたのだ。

自分の言葉の意味だけでなく、夫を名前で呼んだこと（そちらのほうが一層大胆に思えた）も、気持ちを高ぶらせた。夫はエミリアの年齢の倍近い三十五歳で、これまでは〝旦那さま〟としか呼んだことはなかった。

「あなたを寝室に迎えることがいやだったわけではありません。楽しむこともできたと思います。あなたがわたしを好きになってくださっていれば」

夫は瞳に警戒の色をたたえ、黙って彼女の次の言葉を待った。

エミリアの胸が痛んだ。この瞬間まで、ばかなことを言うなと夫が反論してくれるのではないかと、わずかな望みを抱いていたのだ。いいわ、よくわかったから。エミリアは大きく息を吸い、言葉を継いだ。

「いいかしら、ウォルター、今後わたしがほかの人の子供を身ごもっても、あなたには自分の子供だと認めていただきます。噂話はわたしも聞いています。こういう取り決めをしているイギリスの貴族女性はわたしだけではありません。ほかの方々のように、いいえ、それ以上にうまくやってみせますわ」

出産という大きな出来事の影響が、まだ残っていたことは間違いなかった。現代風にいえば、産後鬱《うつ》と呼ぶかもしれない。どういった理由であれ、エミリアがたまたま口にした言葉に侯爵が警戒心を募らせることがなければ、悲惨な結果になっていた可能性はおおいにあった。

　エミリアが言う〝噂話〟とは、貴婦人とその愛人たちについて人々がしばしば口にする話のことでしかなかったのだが、用心深い侯爵は、彼の好みであるいたって不適切な同衾《どうきん》相手のことを、妻に気づかれたのだと解釈した。

　侯爵は内心の恐怖を愛想のよさで覆い隠した。隣人である裕福な醸造業者のジョシュア・ペンリーには別の意見があっただろうが、その気になれば、彼はとても愛想よくすることができた。

　ともあれ、ミスター・ペンリーの話はまたのちほど。

　そういうわけで、侯爵はいまできることはなにもないという結論に達した。妻が秘密を守ることを信じるほかはない。そのことについてはなぜか大丈夫だという確信があった。実のところ、彼女はとても理性的で分別のある女性だったからだ。自分の務めは見事に果たしていた。古くからある貴重な壁板の修復をする大工の仕事ぶりに目を光らせ、庭師のミスター・ランスロット・ブラウンに指示を出した。慈善事業のコツを心得ていたし、借地人や農民たちはすぐに彼女に好意を抱いた。なにより彼女は、健康な跡取りを産んでくれた。だが赤ん坊は弱いものだ。侯爵は自分の血筋が途絶えることを恐れていた。

　もうひとりスタンセル家の息子を産んでくれれば、それ以上彼女に望むことはない、侯爵は考えた。自分の家を間違いなく継承させるために、息子がもうひとりいれば。

　妻を無理やり組み敷きたくはなかった。それならば、先々に少しばかりの楽しみを約束してやっても悪くはあるまい？　なぜなら、妻は魅力的な女性であったにもかかわらず――小柄で華奢《きやしや》で、魅惑的な緑色の瞳と枕に広がる絹のような豊かな黒い髪の持ち主だった――侯爵がそういう意味で彼女を好きではないことは、否定できない事実だったからだ。

だがその場合でも、ふさわしい身分の相手（必要とあらば、複数でも）でなければ困ると彼は念を押した。

エミリアは、自然には自然が定めた価値と美徳があるものだと心のなかでつぶやきながら、上級使用人を雇う権限を与えてくださるなら約束しますと答えた。信用できる人間がそばにいれば、人生はもっと楽になるだろう。

約束を取りつけたエミリアは、ほんのわずかな苦々しさを交えた笑みを薔薇の蕾《つぼみ》のような唇に浮かべ、薄手のローン地の寝室着の裾《すそ》を優雅に持ち上げると、体を許した……。

その九カ月後、ウィリアムが誕生した。兄のウォルターにとてもよく似ていたが、ウィリアムのほうが優しくて、いくらか頭もよかった。

夫妻はその後、互いの約束を守った。エミリアは決して夫の秘密――おそらくあのことだろうと、興味津々で推測した――を漏らすことはなかった。自分の秘密については、一度だけ失敗しかけたことがある。男性たちはクラブで、女性たちは居間で（おかげでローウェン城では不愉快な思いをすることになった）、彼女の寵愛の対象を噂の種にしたのだ。世間の目を逸らすために、エミリアはかなり強引な手段を取らなければならなかったが、大体においてうまく処理したと思っていた。

そういうわけで、ベルとキットとジョージーがさほど歓迎されることもなく誕生したときには、侯爵は黙って彼らを自分の子供であると認めた。彼らにあまり愛情を注がなかったことは事実だが、死ぬまで関係を続けた不適切な相手を除けば、彼がだれかに愛情を注ぐことはほとんどなかった。彼があの世に旅立ったのは、次男のウィリアムがスペインで命を落としてからまもなくのことだった。

侯爵未亡人となったエミリアが――一八一五年のワーテルローの戦いのあとの秋以降、パリで暮らしていた――死んだ夫の思い出に浸ることはあまりなかった。だが今朝訪れた客は、半世紀近く前の記憶を呼び起こした。**長い年月がたったわ。どんな物語になるのか、想像してみてもいいかもしれない**。

エミリアはいまも美しかった。いくらかふくよかになり、白いものが交じってはいるがまだ豊かな黒髪を短めに切って、ギリシャ風に結っている。かわいらしかった初めての子供が面白みのない第九代侯爵になったことを思うと、明らかに丸くなったその顔に皮肉っぽい笑みが浮かんだ。勇気を奮い起こしたときのことを思い出し、彼女はつんと顎を突き出した。すべての人の物語は、内から湧き起こる欲求ではじまるのだろうか？　けれどエミリアにはほかの人の物語のことはわからない。彼女が知っているのは自分の物語だけだ。

あまりに早く幕を閉じてしまったり、はじまることすらなかったりした物語のことを思った。彼女の子供たち――スペインに眠るウィリアム、メイフェアに埋葬されている美しかったベル、いまも魅力的な放蕩者のジョージー。

だが三男にしてもっとも手のかかる息子キットには、物語があった。領内の人々はいまも、スタンセル家の三男クリストファー・スタンセルがジョシュア・ペンリーの末娘メアリーと駆け落ちしたことをしばしば話題にした。キットは名誉と共に戦争から生きて――ありがたいことに――戻った。だが彼は子供の頃から反骨精神があった――彼が駆け落ちしたことを知って、侯爵はエミリアが見たこともないほど激怒したものだ。そんなわけでキットが兵士として頭角を現わしたことに驚きはしなかったが、結婚生活がうまくいかなかったことはいまもエミリアを悩ませていた。

エミリアは昔からメアリーが好きだった。そしてペンリー夫人のことも。十年前、若いふたりが駆け落ちしたときには、いくつか打ち明け話もしたほどだ。もちろん、彼女を友人とは呼べなかった。残念だが、それはありえないことだった。

今朝のメアリーの来訪は、そういったことすべてを呼び戻した。とりわけ、別離に終わったキットとメアリーの結婚にまつわる物語が思い出された。けれどエミリアはまだあきらめてはいなかった。今朝は、イギリスに戻るメアリーの手助けができてうれしかった。わたしも近いうちに戻ろう、とエミリアは思った。物語はまだ終わっていない。

1

ノルマンディー、一八一七年五月

城門に近づくにつれ、曲がりくねったその道は凹凸が少なくなっていた。借りものの馬車の揺れが小さくなっている。レディ・ローウェンの馭者《ぎょしゃ》は、疲れ切った馬たちを軽く走らせはじめた。メイドのペギーは、うしろ向きの座席の上で青いベルベットのシートに頭をもたせかけ、口を小さく開けて眠っている。林檎《りんご》のような頬は風雨にさらされたせいで、てかてかと光っていた。

オランダの画家の絵。

メアリー・スタンセル、旧姓メアリー・ペンリーは、自分の観察眼の確かさがうれしくなった。そう、いかにもオランダ風の絵だわ。素朴な肉体、質感のある生地、透き通った光。

メアリーは満足げに微笑み、それからふと顔をしかめた。

オランダ人は月光も描いたかしら？　思い出せなかった。この一年であまりに多くの絵画を見てきたから、記憶がぼやけてしまっている。

雲は消えていた。メアリーは息で曇ったガラスをぬぐい、窓ごしに光を投げかけている月を見上げた。つらく不愉快な旅の一日の終わりを彩るように、馬車の床の上に乱雑に置かれた物たちを淡い光が美しい芸術品に仕立て上げていた。籠《かご》、本、包み。メイドと彼女の泥まみれのブーツ。そして（なんとも嘆かわしいことに！）メアリーのスカートからは、ほつれたモスリンがのぞいている。

メアリーはペチコートの裾をさばいて、足の置き場を変えた。宿屋に着いたら、かわいそうなペギーにはペチコートを繕ってもらわなくてはならない。

メアリーの口元が歪んだ。まさに〝かわいそうなペギー〟だわ。

いや、彼女を責めるのは筋違いというものだろう。清潔なリネンが足りないのはメイドのせいではない。これほど長いあいだ待ったあげく、洗濯女に最後の包みを渡す暇もないほど唐突にパリを発つことを決めたのはペギーではない。ペギーは旅のあいだ、メアリーが居心地よくいられるようにできるかぎりのことをしてくれた。罪のない戯れを楽しむ権利はあるはずだ。

〝罪のない〟という言葉が、ペギーの赤ん坊のような柔らかい唇が不意に形作った曲線を評するのにふさわしいものであるならば。彼女のぽっちゃりした首の付け根が赤く染まり、鮮やかなピンク色がそばかすのある頬のあたりまで広がっていく様を、メアリーは興味深く眺めた。月明かりにも女主人にも気づくことなく、若き部屋女中《チェンバー・メイド》は楽しくも不道徳な夢を見ているようだ。

あるいはメアリーがそう想像しているだけなのかもしれない。ペギーのあどけない大きな顔という画布に、自分自身のどうにもならない欲望を投影しているのだろうか？

それは面白い考えだった。あなたには悲しいほど想像力が欠如していると、ミスター・シエリーに言われたことがあったからだ。去年の夏、彼と彼の家族との旅を続けることを断ったときだ。

だがぼくたちは単なる家族ではありませんよ、と彼は反論した。力説する彼の目は、太い眉の下できらきらと輝いていた。スイスの山あいの湖からの風に少年のような淡い色の巻き髪をそよがせながら、ぼくたちは未来に飛びこむのだと、彼は理想論を語った。慣習的なつまらない倫理観を捨てて、その向こうにまで想像の翼を広げるんです。ぼくと、ぼくの愛する美しいミス・ゴッドウィンと、いくらか素朴なミス・ゴッドウィンの義理の妹といっしょに、新しい自由奔放なエデンの真ん中で。

思わず口から出かかった言葉を、メアリーはぐっと呑みこんだ。その過剰な理想主義でもっともいい思いをするのがだれであるかを判断するのに、想像力は必要なかった。彼女は最近になってようやく、言うべきことと言わなくていいことの区別がつくようになった。これが十年前であれば、若き天才の形のいい耳が赤く染まるくらいの非難の言葉をぶつけていたことだろう。けれどいまの彼女はやんわりと拒否したり、力なく肩をすくめたり、控えめな笑みを浮かべたりすることを学んでいた。――悲しいかな、わたしには果たさなければならない義務がたくさんあるんです。受け取ったたくさんの紹介状や、手配した旅や、見るべき景色や遺跡のことを考えてごらんになって。

あなたのいいように、と彼は答え、しばしの間を置いて心の平静を取り戻してから、詩の魂と内なる想像力について長ったらしい説明をはじめた。残念ながら、あなたにはいくらかそれが欠けているようだ、というのが彼の言い分だった。

刺激的な講義ではあったものの、ミス・ゴッドウィンを相手にしても同じくらい楽しい会話はできただろう。それでもメアリーは湖からの風が冷たくなり、彼の知性の光が夜を明るく染めるまで、じっと彼の言葉に耳を傾けていた。彼は、もっと穏やかに自分の言い分を主張することもできたはずだ。メアリーが、実はひそかに面白がっていることを隠せていたなら、きっとそうしていただろう。

あと十年必要だったわ。メアリーは去年のことを、そう思い起こした。**それだけの時間があれば、もっと自分をコントロールできるようになっていたのに。**

もちろんいまは、あと十年も待とうとは思わない。好むと好まざるとにかかわらず、いずれそのときは来るものだけれど。そのときには、わたしは四十歳になっているんだわ……。

誕生日を迎えたばかりだった。メアリーは三十一歳で、(時の流れを形にするかのように)つい最近、金縁の小ぶりな読書用眼鏡を作ったところだ。誕生日を祝う手紙がイギリスから一通と、フランスにいる愛人のマシュー・ベイクウェルから届いていた。マシューはいまリヨンにいて、ジャガード織機について学んでいる。繊細な彼は、メアリーが別居中の夫と会ったのかどうかには触れず、彼女と会えなくて寂しいこと、次に会える夏至の前夜までの残りの日々を指折り数えて待っていること、いまのふたりの難しい状況を解決できる日を楽しみにしていることだけがその手紙には記されていた。

キット・スタンセルと別居して九年もたっていたから、メアリーもいいかげん決着をつけたいと思っていた。ありふれた落ち着いた日々が欲しい。マシューのようないい人といっしょに。

ミス・ゴッドウィンと幸せになるのね、とメアリーは若きシェリーに忠告した。愛を共有するなんていう幻想は捨てて。そしてお願いだから、ミス・ゴッドウィンの義理の妹とも別れてちょうだい。

幻想はすべて捨てるべきときだ。それからすべての思い出も。

ペギーのぽっかり開いた口からかすかないびきが漏れた。馬車ががくんと揺れて、細い道へと入っていく。宿屋は城門の近くだ。もうそれほど遠くないはずだった。

全体として、パーシー・シェリーはかなり正しくわたしを評価していたと、メアリーは考えた。彼女は詩を愛していたし、詩人が好きだったし、彼女自身も言葉に対する感覚が鋭かった。だがシェリーに風刺的なものの見方ができなかったのと同様、メアリーには詩的な気質が欠けていた。

風刺だけでなく、深く自分を顧みようとする傾向や観察眼も足りなかったと思う。だが、ペギーとレディ・ローウェンのハンサムな従僕トーマスのあいだになにが起きているかに気づくのには、なんの能力も必要なかった。

　必要なのは、それを無視する能力だ。天気もよく、道も平坦だった昨日までならたやすいことだっただろう。レディ・ローウェンが貸してくれた馬車はスプリングがよくきいて快適だったから、メアリーは本や自分の日記に目を通したり、窓の外を眺めながらこれまでの旅に思いをはせたりすることができた。ローマ、フィレンツェ、ベニス、ギリシャ、トルコ、アルプス山脈、ライン川沿いのいくつもの城。

　ワーテルローの戦い以来、大陸を旅してまわれるくらいに裕福なイギリス人たちは、こぞって山道を歩き、あんぐりと口を開けて遺跡を眺め、あらゆる物を買い漁り――バイロン卿（英国のロマン派詩人）によれば――とても人の住めないような場所にまで出かけていった。

　メアリーにとってはどの場所も居心地がよかった。気持ちのいい仲間たちと足早に移動を繰り返したこの一年はとても楽しいもので、唯一の頭痛の種と言えば、鳥ほどしか脳みそのない人間にときたま邪魔されることくらいだった。ロンドンであれば避けることもできただろうが、エフェソスやポンペイのようなところでは思いがけず遭遇してしまう。だがそれもささいなことだ。夫との別離は古い話だし、シェリーたちと行動を共にしていることは、いささか普通ではないにしろ、うしろ指をさされるものではない。白い目で見られそうな一番新しい愛人との関係も、つい最近、友好的に終わらせることができた。

　一方で、メアリーが親しくなりたいと思う相手は、彼女と知り合いになれたことを喜んだ。彼女は知識欲が旺盛で、避けようのないトラブルに見舞われてもいらだったりせず、それを面白がることのできる楽しい観光客だったし、恐ろしいほど博識のうえ、鑑賞眼も確かだったからだ。

メアリーが今日のようにいらだっていることは珍しかった。雨のせいに違いない。ペギーとトーマスはこれ以上ないほど慎重に振る舞っていたが、この天気のせいでだれもが浮足立っていたから、無視することは難しかった。激しい嵐で、ミスター・フレインほどの腕のない馭者であれば、今朝の出発を拒否していただろう。

ミスター・フレインはいささか熱が入りすぎていたかもしれない。追い立てられる馬が気の毒になるほどだったが、彼は自分の技術に誇りを持っていたし（侯爵未亡人の使用人は皆そうだった）、できるかぎりのことをすると固く心に決めていた。彼はまた――二本足の生き物と言葉を交わす数少ない機会が与えられると――話が長く、仰々しくなる傾向があった。

ミスター・フレインはたっぷりしたマントの下で太い腕を組み、くそいまいましい天気（女性の手前、あてにならない天気と言うべきだったかもしれない）を非難するように口笛を吹いた。侯爵未亡人の馬車は一級品ですし、レディ・クリストファーができるだけ早くイギリスに帰りたいとおっしゃるのなら、わたしがなんとかできると思います。わざとらしいほど礼儀正しくシルクハットを胸に当ててみせたが、〝レディ・クリストファー〟と言うときの発音で、その効果も台無しだった。彼はさらに、これほど長くこの家で働いているのだからいくつか知っていることはあると教えるように、ウィンクをしてみせた。だがもちろんそれを言葉にすることはない。

その点、育ちのいい人たちのほうが、たちが悪かった。醸造業者の娘にとっては、レディという称号も仮装舞踏会のドレスのようにしか感じられなかったが（いまの状況ではことさらだった）聞き流すことを学んでいた。夫と別れた女は、からかわれることにも慣れるものだ。

――ミスター・フレイン、嵐ですけれど行っていただけるかしら。

――承知いたしました。

地元の人々は、日が落ちる頃には嵐は過ぎ去っているだろうと言った。彼らの言うことを鵜呑みにするわけにはいかないが、ミスター・フレインも同じ意見だった。つらい一日になることは間違いないでしょうが（彼はいま、そのときの見解がそのとおりだったと結論を出していた）、最大の難所に差し掛かったときに、奥さまとメイドが馬車から降りて泥のなかを歩いてくださる覚悟がおありなら――そういうことでしたら、どうぞこのトーマスにお任せください。

トーマスはいたって真面目な顔でうなずき、ペギーは誇らしげに彼に笑いかけた。

――わかりました。それなら出発しましょう（メアリーはすでに彼に背を向けかけていた）。ありがとう、ミスター・フレイン。

――運がよければ（メアリーが振り返って、その続きを聞かざるを得ないように、ミスター・フレインは息切れする直前まで語尾を伸ばした）、明日の夜はイギリスの寝台でお休みになれますよ、レディ・クリストファー。フランスで過ごすのはあとひと晩だけで、明日にはほぼ問題なくドーバー―カレー間の定期船にお乗りになれます。

――ええ、本当にありがとう。

〝ほぼ問題なく〟。スカートは泥まみれだったし、馬車が激しく揺れるせいで、数時間前に昼食を戻してしまったから、お腹のなかは空っぽに近い。そのうえ、濡れた靴でこすれて足には靴ずれができていた。

ともあれ、胃からの抗議の声はやんでいた。空腹が心地よく感じられるほどだ。今夜の宿屋は料理の評判がとてもいいと、レディ・ローウェンから聞いていた。目的地はまもなくで、この天候を考えれば満足すべき時間だった。

ミスター・フレインは馬をなだめたり、叱りつけたりしながら、蹴爪《けづめ》が埋まるほどの泥と風雨のなかを走らせ、一方のトーマスは馬車を乗り降りするメアリーに恭しく手を貸した。まるで彼女が貴重で壊れやすい荷物かなにかのように傘をさしかけつつ、その背後を歩くペギーに、時折笑顔を投げかけることも忘れなかった。

幸せそうな使用人に嫉妬を覚えるなんてばかげている。ばかげているし、身勝手だわ……気づかないふりをするのよ、メアリーと、彼女は心のなかでつぶやいた。窓の外をオレンジ色がかった光が通り過ぎていく――道路沿いの家の暖炉で燃える炎だろう。宿屋が近いらしい。

ペギーはあくびをすると、雨のせいで赤くなったふっくらした小さな手で目をこすった。とても若く見えたし、実際に若かった。十八歳。故郷にいるメアリーの姪エリザベスとさほど変わらない。

トーマスはそれより十歳近く年上で、身長は優に百八十センチを超え、そのうえとてつもなくハンサムだった。雇い主とともにヨーロッパを旅しているあいだ、かなりの注目を集めたことだろう。だがペギーのことを気にかけているのは間違いないようだ。彼女が妊娠しても、その気持ちは同じままだろうか？　もちろん、もしそんなことになったなら、メアリーはできるだけのことをするつもりだった。だがすべてを成り行きに任せるのは忍びなかったし、自然の力を信じるのはさらに始末が悪いという気がした。

「どうしようもないことよ」何年も昔、メアリーとキットがいっしょに暮らしていた頃、気まぐれな厨房つき女中《スカラリー・メイド》について相談すると、三人姉妹の長姉ジェシカはそう答えた。

「ジェシーの言うとおりよ」ジェシカより二歳年下のジュリアも同じ意見だった。「ジェシーもわたしもなコットランドの抑揚を身につけた彼女は、とにかくお喋りだった。「ジェシーもわたしもなんとかして教えようとしたの。母さんもよ。もちろん完全に信用できる方法なんてないけれど、メイドにしても相手の若者にしても、自然に逆らおうとすること自体がみだらだって考えているのよ。その話題になったとき、我が家の部屋女中《チエンバー・メイド》は、〝ああいうものは、売春婦が使うんです、ミセス・マクニール〟って言ったわ。そのあとで、それがわたしのナイトテーブルにも入っていることを思い出して、〝ええと、売春婦と教養のある貴婦人ってことです。すみません、奥さま〟ってあわてて付け加えたけれど」

「キットが、妙な気を起こさないように気をつけることね」

ジェシカはそう言ってから、頬を染めた。数年前、流産のあとなかなか彼女の体調が回復しなかったとき、夫のアーサーがメイドに手を出したことは、妹たちも知っていた。その情事は大きな問題もなく収まったのだが、それでもメアリーは長姉を慰めるために駆けつけた。ずいぶんと大げさな行動だったといまになれば思う。そんなことは決して我が身には起こらないという、若さと未熟さゆえのあつかましい思いこみがさせたことだ。

あのときジェシカは、笑いながらメアリーを優しく抱きしめた。

「キットは、あなた以外の女性には決して目を――ほかの部分も――向けることはないわ」

馬車の窓から入ってくる光が、煙ったような黄色に変わっていた――宿屋のガス灯だろうとメアリーは見当をつけた。いつのまにか到着していたらしい。

一行を歓迎する挨拶に交じって、これほど高級な馬車を見ればだれもがあげずにはいられない感嘆の声や口笛が響いた。庇のついた玄関から庭を抜けて、宿屋の入口まで続く道を松明《たい まつ》とランタンが照らしている。まばゆい光と馬車の揺れと人々の声が、頭のなかで渦巻く様々な考えや記憶からうまく気持ちを逸らしてくれた。

ミスター・フレインは巧みに馬を止め、隣に座っていたトーマスはするりと馭者台を降りてメアリーに手を貸し、ペギーはつらく長い道中のあいだに座席や床に散らばった細々したものを拾い集めはじめた。ようやく陸路の旅は終わりだ。

フランスで過ごす最後の夜だった。

彼だって、わたしと会おうとはしなかった――いくつかの首都でふたりはすれ違いになっていた。すれ違ったのかもしれないし、あるいは故意に避けたのかもしれない。彼がいっしょにいるというオーストリア人の男爵夫人の噂を聞いていた。ミスター・シェリーたちともう少し長くいっしょにいるべきだったのかもしれない。それとも、ミラノで知り合った人といたほうがよかっただろうか。彼が気にかけるとは思えないけれど、(万一、気にかけたときには)わたしにも相手がいることを見せつけるために。

最後に頭に浮かんだことを追い払おうとするかのように、メアリーはつんと顎を突き出した。支えてくれているトーマスの手を放し、宿屋の入口へと軽い足取りで進んでいく。昂然《こうぜん》と頭をあげ、まっすぐに背筋を伸ばしたその姿を見れば、いささか服装が乱れてはいるものの、高慢なほど自信に満ちているとだれもが思っただろう。

美しいと言ってもいい。庭の暗がりから、ひとりの黒髪の紳士が彼女を見つめていた。だが美しいと言い切るには、活気に溢れすぎているかもしれない。その紳士は心のなかでつぶやいた。茶色の目は明るすぎたし、あいだが離れすぎている。

敷石の上に降り立つ彼女の動きはあまりに素早く――嗅《か》ぎ煙草色のスカートと白いペチコートと濃い赤のマントがひらりと揺れて、泥のついたブーツとほっそりした足首がちらりと見えた――古典的な美の概念からははずれていた。

あまりに素早く、あまりに頑固そうで、あまりに複雑で、それでいて神秘的なところはかけらもない。ペチコートから破れたちっぽけな白い三角形の布地が、闊歩する彼女が恋しくてたまらないかのようにひらひらと追っていくあの様はどうだ。

舞台上の小道具を思い出した。見せてはならないものを見せて自分をおとしめる、喜劇に登場する侍女。あるいは戦場で風にはためく降伏の白旗。許すことより、降伏するほうがたやすいものだ。

男は、庭の塀に立ててある松明の火を取って両切りの葉巻に火をつけた。愚かにも、彼女がもっと早く到着すると思っていたのだ。この天気……考えておくべきだった。兵士は常に天候の変化を考慮に入れておくべきだ。

馭者もまた宿屋のなかへと入っていった。食事をするのだろう。彼女が食事におりてくるまで、しばらく時間がかかるはずだ。手足を入念に洗わなければならないだろうし、体を休めたいかもしれない。それにペチコートは間違いなく繕う必要がある。男はパリやウィーンの宮廷に顔を出しているあいだに、ドレスについては好みがうるさくなっていたから、彼女があのままにしておいてくれればいい――少なくともペチコートのあたりは――と考えている自分に気づいて驚いた。

2

ペギーは裁縫が上手だった。メアリーが足のひどい汚れを洗い落とし、乾いたストッキングときれいな靴に履き替え、シャンブレー織の淡い緑色のドレスに着替えて、柔らかなインディア・ショールを羽織るのを手伝ってから、手早くペチコートの裾を繕った。

「髪は自分で梳《す》くわ」メアリーは言った。「その前に少し横になりたいの」

レディ・ローウェンの言葉どおり、その宿屋はきれいで居心地がよかった。主人は期待どおりに、彼らの到着に驚いたふりをした。〝なんてこった、こんなひどい天気でしたのに〟。だがある意味幸いだったかもしれない。天気のいい日には、屋根裏部屋まで満室になることがよくあったからだ。主人は感嘆したように肩をすくめた（しばしば繰り返すせいでいささか陳腐に感じられるようになっていたが、イギリス人観光客は彼にフランス人らしさを求めていた）。〝イギリスには、猛獣のように牙をむく手ごわい馭者がいるようですな。どうりで馬の扱いも厳しいわけだ〟。

主人はイギリス人の野蛮さに舌打ちしながら階段を上がり、一行を簡素な寝室へと案内した。壁はしっくいを塗り直したばかりで、半分開いた窓ではレースのカーテンが揺れている。

若い女性がきれいな湯とラベンダーの香りの石鹸を運んできた。トーマスは暖炉の火が長持ちするように、見事な手際で灰をかけた。メアリーの本と携帯用の書き物机も部屋に運ばれてきた。

満足した猫のように首を伸ばし、背中をぐっと反らせながら、メアリーは物欲しげなまなざしをゆったりした高い寝台と厚い羽根布団に向けた。少し横になるだけ。しばらく休憩して心を落ち着ければ、食事も楽しめるというものだわ、とメアリーは思った。そうすれば、今日一日ささくれていた心もきっと元通りになる。

「さあ、わたしは大丈夫よ」メアリーはペギーに言った。「下で食事をしていらっしゃい。急げば、トーマスといっしょに食べられるわ。わたしの分を残しておくように厨房に伝えることだけは忘れないでちょうだい」

それ以上、言う必要はなかった。ペギーは輝くような笑みを浮かべ、せわしなくお辞儀をすると、裏の階段を駆けおりていった。メアリーはベッドの上で枕にもたれ、姉のジェシカから届いた傍線だらけでとりとめのない手紙に目を通しはじめた。

手のかかる娘が、最近ぐっと美しくなったらしい。

……母さんみたいにとても背が高くて、ほっそりしていて、優雅なの。母さんが言っていた〝女神のような華やかさ〟があるのよ。わたしたち三人にはなかったものだわ。でも、わたしたちはわたしたちなりにきれいだったと思うけれど。

あの子とわたしはしばらく離れていたほうがいいかと思って、あの子を町に行かせることを考えたの。あの子の叔母のレディ・グランディンに預けようと思ったんだけれど、もうすぐ娘のフィラミーラが社交界デビューするところなの。彼女はあんまり美人とは言えないの。母親としては、そんな娘のそばにきれいないとこを置いておきたくないものじゃない？　求婚者が訪ねてきたときに、妹娘のファニーを見えないところにやらなきゃいけないっていうだけで、きっとうんざりしていると思うの。来年ならあの子を町に連れていってもいいかもしれない。ベッツとファニーは昔から仲がよかったし、いっしょにいたらさぞかし見栄えがするわ。でも今年の夏は、居心地のいい田舎暮らしを満喫させることにしようと思うの。

少なくとも、あの子と話ができればそう言うつもり。あの子ときたら、しょっちゅうローウェン城に行っているんだもの。侯爵夫人とつまらない話ばかりしているのよ。なにか耳当たりのいいことをあの子に言っているんだと思うわ。

地所を管理していくうえでの、様々な仕事の愚痴がそのあとに続き、

……村の人たちの手助けをするのにくたくたになっていないときに、そう言うわ。母さんだったらそうしていただろうし、わたしも期待されているとおりのことをしようと思っているんだけれど、お腹をすかせた子供を見ると泣けて仕方がないの。スザンナ・

スタンセル侯爵夫人のしている慈善事業は全然なっていないし、なによりわたしはアーサーがいまも恋しくてたまらないのよ、メアリー。二年もたったなんて信じられない。彼がいないことが、もう寂しくて寂しくて……。

ジェシカのひどいものいいに苦笑いをしながらも、最後のくだりを読んだときには目の奥が熱くなった。男性たちの繊細な感受性を守るためにも、ペンリー家の女性は食事が終わったら食卓を離れるべきだというのが、家族内で交わされる冗談だった。

わたしは大丈夫、とメアリーは思った。それに、わたしは正しいことをしようとしている。大陸に長くいすぎたけれど、急いで家に帰るのがいま彼女にできるせめてものことだった。メアリーが必要としていたとき、ジェシカとジュリアは手を差し伸べてくれた。いまは彼女がジェシカのためにできることをするべきときだ。

ずっと友人でいてくれたレディ・ローウェンには感謝していた。親切にも馬車まで貸してくれた。馭者と従僕がいて、居心地よく旅ができたのは本当に幸運だった。

そのうえ、このベッドは素晴らしく気持ちがいい。ひとりで眠るには大きすぎるほどだ。そう思うと、当然のようにあることが連想された。〝愛の欲望〟。フランスにいるあいだに学んだ言葉だったが、ペギーとトーマスを見ていたせいで頭に浮かんだのかもしれない。人間のもっとも強烈な欲求のひとつだ。たとえそれが淑女らしからぬことだと言われたとしても。

だが、ひとりで旅をしているのが男性ならば、食事よりもそちらのほうが頭の大部分を占めていたとしてもだれも驚きはしないだろう。温もりや安らぎが欲しくなっても無理はない。ふさわしいメイドがいなければ、相手をしてくれる地元のかわいい娘はいないだろうかと尋ね、宿屋の主人の提案に耳を傾けるに違いない。男性は旅のあいだ、必要とする安らぎをすべて手に入れられるというのに、メアリーにはパリで買った一冊の本があるだけだった。

例によってペギーは、『不謹慎な宝石《レ・ビジュ・アンディスクレ》』をナイトテーブルの上に置いた荷物の一番下に潜ませていた。ペギーは旅のあいだにいくらかフランス語がわかるようになって、ムッシュー・ディドロの言うところの〝不謹慎な宝石〟がなにを意味するのか、推測できるようになったのかもしれない。

あるいはトーマスに聞いたのだろうか。どちらにせよ、あの本は食卓で読むにはふさわしくない。ひとりで食事をするときには、メアリーたち三姉妹は本を読むことにしていた。人から行儀が悪いと言われても、気にしなかった。メアリーはミセス・ウルストンクラフトの『スウェーデン、ノルウェー、デンマークでの短い滞在中に書かれた手紙』を手に取り、ハンドバッグに眼鏡を入れた。

伸びとあくびをしながらベッドから足をおろした。もう時間も遅いし、髪を梳く必要がある。それに、〝愛の欲望〟があるにしろないにしろ、お腹もすいていた。

食堂はがらんとしていた。普段であれば、メアリーが食事をしているあいだ見守っていてくれるはずのトーマスの姿はない。メアリーは懐中時計に目をやった。ほかの客たちはすで

ってその階段をのぼっていなければならない。食堂にはほとんど人がいないから、メアリーをひとりにしても大丈夫だと考えたに違いない。

ってその階段をのぼ

に眠りについているのだろう。トーマスはメアリーの荷物を見張るため、裏手の階段をのぼっているところなのかもしれない。食堂にはほとんど人がいないから、メアリーをひとりにしても大丈夫だと考えたに違いない。

蠟燭《ろうそく》は燃えつきようとしていた。たとえ眼鏡をかけていても、暗すぎて本は読めそうにない。だが目の前に置かれたガラス製品やナプキンは清潔だったし、厨房からは素晴らしくいいにおいが漂っていた。鶏のローストが残っていますと、給仕係の娘が言った。ムッシュー・トーマスに言われたので、奥さまのために取っておきました。脂がのっていて、カルヴァドスであぶってあって、かりかりしています。肉汁は、地元の玉葱《たまねぎ》と蕪《かぶ》とジャガイモにからめました。

「召し上がりますか、奥さま？」

メアリーははやる思いを抑えつつうなずいた。

「お飲み物はシードルにしますか？　それともワイン？」

シードルと答えかけたところで、部屋の反対側、暖炉の脇でルビー色の光がきらめくのが見えた。小さなテーブルにひとりで座っている男が、あたかも彼女の健康を祝すかのようにワイングラスを掲げている。テーブルは低い天井の梁のちょうど陰になっていた。

男の顔はよく見えなかったにもかかわらず、その印象は驚くほどはっきりしていた。服の生地がしっかりしていること、仕立てが素晴らしいこと、シャツが上等なこと、茶目っ気があって芝居がかったものを好むこと――彼だ。

フランスで過ごす最後の夜。

ばかげている。

危険すぎる。

まだ眼鏡をハンドバックから取り出していなかったことに感謝した。

彼は暗がりに身を潜めるように座ったまま、長く美しい指をワイングラスの足にからめて傾けた。暖炉の火の明かりを受けて、濃い赤色の液体がきらめくのが見えた。

「ワインを」メアリーは脇に立つ娘に告げた。「赤ワインを小さなピッチャーでいただくわ」

乾杯には乾杯で返すのが礼儀だろう。

彼が挑んできたものを無視することなどできない。

メアリーがグラスを掲げると、男はうなずき、ふたりはまずまずのボルドーワインを落ち着いた様子で飲んだ。

部屋の暗さにメアリーの目が慣れてきたようだった。わずかに残った蠟燭の光で、あたりの様子がさっきより見て取れた。

彼はしっくいの壁に椅子の背をもたせかけていたが、豊かな濃い髪が美しいカールを描いて額を覆っているのがわかった。きれいに結んだ高級そうな幅広ネクタイ《クラバット》に、真っ白な高い襟。

ペギーに髪を梳いてもらうべきだったかもしれない。いつもなら、人目を引くくらいの巻き毛になっているのに、今日のあの雨と風では……。

給仕係の娘が運んできた料理は見るからにおいしそうだった。たっぷりした鶏のもも肉と胸肉。

メアリーは、ひと切れの肉を口に運んだ――ああ、この味。フランスを離れようとしていることが残念に思えた。特にアップル・ブランデーで作ったこのソースときたら……。自分がどれほど空腹だったのか、メアリーはようやく気づいた。

彼は、グラスごしに笑っている?

がつがつと食べ過ぎたのかもしれない。

だが実際はその逆だった。暖炉の脇から投げかけられる緑色の視線のなかで、メアリーは悠々と、これ以上できないほど時間をかけて食べている自分に気づいていた。

彼の目はいまも陰になっていたから、メアリーは瞳の色を見たのではなく感じていたにすぎなかった。春もまだ浅い、流れの速い小川のなかで岩を覆う苔のような緑色。

彼はすでに食事を終えていたが、急ぐ様子もなく、目の前にあるピッチャーからグラスにワインを注いだ。彼女を眺めているだけで満足らしい（彼には、変わっていない点がいくつかあるようだった。一方で、変わらないのが当たり前だと思っていたことが変わっていて、メアリーはおおいに興味を引かれた）。

メアリーの口はいまも美しかった。唇は優雅な弧を描き、右の口角には小さなえくぼがあって、白い歯はきれいに並んでいる。たとえスパゲッティのような食べにくいもののときでさえ、食事をしているときの彼女は魅力的だった。メアリーは、いかにも楽しげなバイロン卿と彼女をにらみつけている彼のベニスの愛人といっしょに食卓を囲んだ、イタリアでの夜中の食事を思い出した。

　下唇についた小さな人参のかけらをメアリーは素早くなめ取った。濃厚な味を洗うようにワインを口に含む。大きくひと口飲むと、深い香りが喉の奥にたちのぼった。ソースは素晴らしかった。焼きたてのパンのかけらでソースをぬぐい、ゆっくりと食べる。お腹がくちくなってきた——このあと口に運ぶものは、空腹を満たすためではなく、ただ楽しみのためだ。あとひと口だけにしておこうと思った。まだデザートがある。ノルマンディーを旅しておきながら、泊まった宿屋のタルト・タタンを食べずに通り過ぎるわけにはいかない。レディ・ローウェンが勧めてくれた宿屋とあればなおさらだ。

　だがいまは、レディ・ローウェンのことを考えるのにふさわしいときではなかった。

　給仕の娘がやってきて、デザートはいかがですかと尋ねた。

「ええ《ウィ》、いただくわ《シル・ヴ・プレ》、マドモワゼル」

「シャンティ・ソースはつけますか？　バニラの香りの甘い生クリームのソースですけれど？」

「もちろん《ビアン・スール》。たっぷり《ボクー》お願い《シル・ヴ・プレ》」

　自分の食欲をこれほどあからさまにするのはいささかばつが悪かったが、たっぷりのソースもなしにタルトを食べるよりはましだ。

　彼はグラスを置くと、横柄にも見えるほど素っ気なく娘に合図を送った。ばつの悪そうな表情をすることもなく、ためらいがちにシル・ヴ・プレと言うこともない。娘は所定の量のシャンティ・ソースを添えた、タルトの大きな一切れをあわてて運んでいった。彼のテーブルに皿を置くと、おてんば娘のようなその表情が称賛（少なくとも彼に対しての）といらだちの入り交じったものに変わった。〝この人たち、たっぷり時間をかけてタルト・タタンを食べるつもりなんだわ。早く仕事を終わらせて、ベッドに入りたいのに――悲しいかな、ひとりで〟。

それはお気の毒ね、メアリーは心のなかでつぶやいた。でもいい教訓になったでしょう？わたしのあの人のことをそんな目で見たりするからよ。

彼のことを、そんなふうに呼べるかどうかはさだかではなかったが。

ふわふわに泡立てた生クリームに包まれたタルトを口に運ぶと、不快な気分はあっさり消えた。このデザートには、すべての意識を集中させるだけの価値がある。正確に言えば、あの見事な襟の上でゆっくりと動いている彼の口以外のものに向けることのできる意識をすべて。

タルトとワインの味と食感と香りが完璧に溶け合い、舌から喉の奥へと滑り落ちていく。メアリーは手を止め、彼がフォークを再び口元へと運ぶ様を眺めた。テーブルに身を乗り出すようにしていたから、彼が自分の目を見つめていることが、今回は推測ではなくはっきりとわかった。

メアリーは食べる速度をさらに落としたい誘惑にかられた。オペラハウスのボックス席で色鮮やかな扇を手にしているときのように、唇に押し当てたナプキンの陰で目を伏せ、まつげで彼を誘ってみる。それからふと思い出したかのように、タルトをもうひとかけら口に運んで林檎とレーズンの甘さを味わい、バターたっぷりのパイ皮に歯を立て、唇についたねっとりしたクリームをなめ取るのだ。

この調子だと、ふたりともひと晩中ここにいることになりそうだ。

それでは給仕係の娘があまりに気の毒だろう——たとえ彼女がいくらか不作法だったとしても。

メアリーはテーブルにいくばくかのチップを置くと、二階に戻る足元を照らすための蠟燭を手に取り、ゆっくりと立ち上がった。

彼は階段を上がる前に追いついてきた。

「メアリー……」自分の名を呼ぶ彼の声を聞くのはどんな感じだろうと、メアリーはずっと想像していた。予想していたほど簡単ではなさそうだ。まるで夢のなかにいるかのように、彼女は振り返った。

「……ウルストンクラフトの『スウェーデン、ノルウェー、デンマークでの短い滞在中に書かれた手紙』」

本を差し出す彼は、誠実そうで、不安などかけらもないように見えた。

「際立って理性的な人による見事な創作だ。そして、ひとりで旅する女性が読むにはまさにうってつけだ」

「ええ。この作者をとても尊敬しているの。わたしの名前は、彼女にちなんでつけられたのよ」

彼は小さく会釈をした。「なるほど。それできみは、彼女と同じくらい理性的なのかい？」

もしそうなら、彼と話をしたりはしていない。

けれど攻撃は最大の防御だわ、そうでしょう？　それに、彼に訊きたいこともいくつかあった。

「これは偶然なのかしら？」メアリーは尋ねた。「わたしたちが今夜ここにいるのは？」

「いや、残念ながら違う。きみがここに来ると聞いて、ぼくも来たんだ。偶然とはほど遠い……運命と呼ぶのはどうかな？」

メアリーは声を立てて笑った。ほっとしたからでもある――こういったお喋りなら、大丈夫だ。

「いいわ、そうしましょう。わたしたちはここで会う運命だったということね。これが運命なら、その結果がどうなろうとわたしたちに責任はないわ」

彼はうなずいた。「そのとおり」

ふたりはしばし口をつぐみ、食堂にいたときより近い距離で互いを見つめ合った。

「髪を短いままにしているんだね。きみがとても気に入っていた、手のこんだ三つ編みと巻き髪のあの髪型に戻しているんだろうと思っていた」

「あれはわたしにあまり似合っていなかったわ。いまのほうがずっと楽なの。それより、あなたが素敵になっていて少し驚いたわ」

そのうえかなり筋肉がついてたくましくなっている。今夜着ている服は、以前の骨と筋ばかりの彼では着こなすことができなかっただろう。

「イギリス紳士がどういう格好をするべきか、フランス人ははっきりした意見を持っているからね。この国を占領しているあいだに、彼らを失望させるのは忍びない」

「そのとおりね。でも、わたしは少し失望したわ。あなたの軍服姿をぜひ見たかったのに」

「それは申し訳なかった。やめたのは突然だったからね」

今後の予定を訊くべきなのだろうとメアリーは思った。あるいは自分の予定を話してもいい。けれどいまはそんな話をしたくなかった。いまこのとき以外のものは、すべて忘れてしまいたかった。

「これって賢明なことかしら?」メアリーは尋ねた。

だが彼は、質問に質問で答えるすべを知っていた。

「ぼくたちが賢明だったことなんて、あったかい?」

メアリーは本を受け取ろうとして手を伸ばした。

「ぼくが持っていこう。それにほら」彼はもう一方の手に持っているものを見せた。「カルヴァドスを一本もらってきた。きみがこれのソースを気に入っていたからね。蠟燭はきみが持って、足元を照らしてくれないか」

自分の寝室がとても遠く感じられた。あれだけの食事をし、ワインを飲んだのだから、足元がふらついても仕方がない、とメアリーは思った。彼を従えてドアの前に立ったなら、トーマスはいったいどう思うだろう？

どうでもいいことだ。〝もういいわ、トーマス〟そう言えば、それですむ。

だがトーマスの姿は見当たらなかった。それどころか、寝室には彼女を待っているはずのペギーもいない。

隣で彼がうなずいた。「今夜はふたりともいなくていいとトーマスに言ってある」

「トーマスと話したの？」

「パリで母さんの家を訪れたときに。母さんがきみに馬車を貸す約束をした翌日だ。それから、きみが夕食におりていく直前にも、彼と話をした」

メアリーは憤然として、口を開きかけた。

「母さんを責めないでほしい。母さんは関係ないんだ。きみに会いに行かなかったことで、ぼくに腹を立てていたくらいだから。それに今夜のことは、ぼくが全部トーマスと計画した。あいつは忠実ないいやつだ」

近くの部屋のどこからか、どんどんという怒りに満ちた音が聞こえてきた。こんなところで話を続けて、ほかの部屋に宿泊している人たちの邪魔をするべきではない。キットは清教徒のようなむっつりした顔を音のした方向に向けると、唇に指を当てた。

メアリーは食堂で彼が見せたちょっとした仕草と、それを見た給仕係の娘があわててタルトを運んだことを思い出した。ローウェン城の使用人たちもまた、そのあたりで一番大きな家で働けることが名誉であるかのように、常に神経を研ぎ澄ませているのだろう。彼がそれを忠実という言葉で表現するのは、無理もないことだ。

けれどメアリーは忠実でも、従順でもなかった。

彼の声はごくひそやかだったから、彼に顔を近づけるようにしないと聞き取ることができなかった。

「こんな遅い時間に、ペギーをベッドから引きずり出すのは気の毒だ。そう思わないか？」まるで、すべてが寝室を舞台にした茶番劇でしかないような口ぶりだった。

階段の下で、彼を拒否していたらどうなっていただろう？〝いいえ、けっこうよ〟とメアリーが丁重に断るかもしれないと、彼は考えなかったのだろうか？

もちろん考えていないだろう。男と女のあいだのこと、切迫した欲望のこと、過去の過ちを忘れたいという愚かで、卑屈なほどの願い――そのどれも、彼はただの戯れとしか考えていないに違いない。彼といっしょにベッドに倒れこむことが、メアリーにとってもちょっとした冗談でしかないかのように。

メアリーは肩をすくめた。

今日は疲れる一日だった。今夜は大陸で過ごす最後の夜だ。

「そうね」メアリーの声はいささか大きすぎた。どんどんという音が再び響いた。自分の声が制御できなくなっているようだ。いまは、いろいろなことを制御するのが――理解すること すら――難しくなっていた。

メアリーは声を潜めて言った。「ペギーを連れてくる必要はないわ。ステーをはずしてくれるあなたがいるんですもの」

メアリーは皮肉っぽい笑みを浮かべながら、夫の手をしっかりと握りしめて部屋のなかへといざない、ドアを閉めた。

3

なにかを叩く音はやんだ。彼が部屋のなかを歩きまわり、置いてあるものを手にしては元通りにしているあいだに、メアリーはショールを畳んで窓のそばの椅子にかけた。部屋の空気が振動しているように感じられる。ぴりぴりするような彼のエネルギーは、いつもあたりのものに共鳴した。カーゾン・ストリートのあの家の寝室に戻ったような気がする。彼はカルヴァドスのボトルを化粧台の上に置くと、ナイトテーブルに積み上げてある本を触りはじめた。

「ディドロか。彼の本が機知に富む女性が書いた『高慢と偏見』の下敷きになっている。どちらにとっても、なかなか素晴らしい位置関係じゃないかい？」

気をつけていないと、いっしょになって笑ってしまいそうだった。

「こっちに来て。あなたをもっとよく見せてちょうだい」

正確に言えば、ただ見るだけではなかった。彼がここにいるという事実を受け入れるには、すべての感覚を総動員する必要がある。メアリーは震える唇を小さく開けて、彼という存在を飲み干そうとするかのように大きく息を吸いこんだ。ローウェン城とビーチウッド・ノウルの境を流れる小川の冷たい水を、ごくごくと飲んだときのように。

彼はメアリーの手を取った。体の脇に垂らした彼女の両方の手首を、力強い大きな手で握る。ふたりは共犯者のようなかすかな笑みを交わした。彼を見上げるメアリーの視線は穏やかだった。

カーテンが快い潮風に揺れた。気持ちのいい夜だ。ほんの数時間前の荒れた天候が嘘のようだった。暖炉の火は静かに燃え、その穏やかな温もりが足元に広がっていた。

メアリーは彼の手をほどくと、顔の輪郭を指でなぞった。唇の曲線、遠い昔に折れた鼻の付け根に残る隆起、まっすぐで濃いまつげに縁取られたまぶた。

その手を止めることは難しかったし、視線を逸らすことはさらに難しかった。

「本気で言ったのよ。ステーのこと」

「きみの望みどおりに。だがまずは、ドレスからはじめなきゃならないんじゃないかい？　きれいな淡い緑色だ……よく似合う」

フックをはずしてもらうために、メアリーは彼に背中を向けた。

「ピスタチオ・グリーンっていう色よ」その声はあまりにひそやかすぎて、彼の耳には届かなかったかもしれない。

文明的な国のばかげた習慣だ――だれかの手助けなしには女性が服を脱げないなんて、どうしてこんなことになってしまったのかしら？　彼がしようとしていることを手助けと呼べるのであれば、だけれど。

ペギーなら、たちまちのうちにボタンとフックをはずしていたことだろう。だがキットの腕前もそれほど悪くはなかった（上手に決まっているじゃないの、とメアリーは心のなかでつぶやいた。この九年間、彼が女性のドレスのフックをはずしたことがなかったわけでもあるまいし）。キットはところどころで手間取っては、ずらりと並んだ手ごわいフックやほんど飾り目的でしかないボタンに向かって悪態をついた。それでも、男性にしては驚くほど器用だ。退屈すると、彼が小鳥や動物の木彫りを作っていたことをメアリーは思い出した。彼が残していったものは、すべて燃やしてしまったけれど。

彼の息——ゆっくりした温かな息が首のうしろに当たっていた——が次第に速くなっていき、すべての締め具をはずし終えたところで、勝ち誇ったような口笛が響いた。メアリーは、暗い夜空を背景にしてふたりの姿が映る窓にちらりと目を向けた。キットがにやりと笑いながら彼女の襟首に唇を近づけると、わずかにのぞいた前歯が月の光を受けて光った。猫のようにざらざらした舌の先端が、背骨の一番上の突起まで素早く滑り下りていく。

メアリーが押さえていなければ、ドレスは足元まで落ちてしまっていただろう。胸元で押さえたドレスは、すねの上あたりで不揃いなひだを作り、背中は大きくVの字形にめくれて、裾が床まで届いている。

キットは肩があらわになるまでドレスをずらすと、コルセットの縁の肩甲骨に唇を寄せた。きみの翼、と彼はいつだったか言った。きみに妖精の翼があったなら、きっとここから生えていたに違いない。あたかも睡蓮《すいれん》のごとく、浮葉のようなこの骨から。

あなたは詩人ね、まるで古代ローマのオウィディウスみたい、メアリーはそう応じた。兄たちには言わないでくれ、キットがひどく憤慨した調子ですかさず答えたので、ふたりは声を揃えて笑った。

わたしがしっかりとドレスを押さえていることに、彼はきっと驚いているでしょうねと、メアリーは思った。カーゾン・ストリートにいた頃は、ふたりともずいぶんとぞんざいだった。夜遅く帰ってきたときなど、ふたりが通ったあとには点々と脱いだ衣服が落ちていたものだ――上着とベスト、マントとレースのスカーフ……玄関の黒い大理石の床には、白いネクタイとペチコートが雪の吹き溜まりのようになっていた。

キットがメアリーの手を取り、その指をそっと開かせると、彼女がつかんでいたドレスが落ちた。ああ、これでいい。メアリーがため息をつくと、床に落ちたドレスもまたふわりと息を吐いたようだった。かつての性急でだらしない自分に戻ったかのように、メアリーは脱いだドレスを蹴り飛ばした。

キットの手がステーのごわごわした生地ごしに、メアリーの乳房を包んだ……いいえ、ちょっと待って、急にステーが緩んだ気がする――偶然、キットがステーを締めている紐を引っ張ったらしかった。急激に硬さを増していく乳首の形を思い出そうとするかのように、彼の詮索好きな指がゆっくりと時間をかけてメアリーの肌へと近づいていく。メアリーの着ているシュミーズは着古したものだったから――いまいましいことに、清潔な下着の数が足りなかった。ごく上等のシルクがすっかりすりきれてしまっている――蜘蛛《くも》の巣の上から愛撫《あいぶ》していも同然だった。

メアリーは彼にもたれかかった。むき出しの肩が彼の上着にこすれる。彼の腰とお腹がペチコートごしに感じられた。そして硬くなった男性自身も。

「ステーが」思ってもみなかったほどの穏やかな声だった。「お願い、すごくきついの。お料理を……たくさんいただいたから」

メアリーは無理やり片方の足を一歩前に出し、キットとのあいだにわずかに距離を置いて彼の動きを封じようとした。キットは、その誘惑にいまにも負けてしまいそうないかがわしいやり方で、背後から体を押しつけている。メアリーはコルセットに締めつけられた背中がいくらかでも楽になるように、両手を腰にあてて、両側からウェストのあたりをぐっと押した。

「なるほど」キットの指が胸元から、リボンでしっかりと留められた肩のストラップへと移動した。いいえ、もう留まってはいない。メアリーは肩甲骨を小刻みに動かしたが、ウェストの紐をほどくことに集中していたキットが気を逸らされることはなかった。

「確かに、よく食べていた。忘れていたよ――いや、正直言って忘れたことはなかった――食事を楽しんでいるときのきみは魅力的だ。もう少し強く押してもらえるかい？ そうすればこの輪を少し緩ませられるから……そうだ、それでいい……食事をしているきみを見ていたとき、ぼくはきみに食べられている鶏がうらやましくなったよ」

思わずメアリーの頬が緩んだ。「それって、ずいぶんとみだらな表現じゃない？」

「きみも充分にみだらな気分になっているかと思っていた」

「あら、わたしは真面目で、用心深くて、自分を律することのできる女になったのよ」

少なくとも、以前より傷つきやすくはなくなったわ。

キットは鼻で笑い、それから息を吸った。「よし、いいぞ。もうきみに手伝ってもらう必要はなさそうだ、レディ・クリス……」

上半身の締めつけが不意に消えていたから、コルセットがはずれたことはわかっていた。彼のせわしない息遣いは……なにを待っているの？　それが問題だった。そのときが来れば、急いで考えた策略の次の展開もはっきりするだろうと思っていた。けれどこの期に及んでも、わからないままだ……。

でもわたしには、なにかをする義務なんてないわ。そうでしょう？　紐がすべてほどけたとしても、自分の身を守る盾のように、しっかりとコルセットを押さえていることはできる。

メアリーは両手を腰に当てたまま、振り返った。なにかほかに気がかりなことがあるかのように、どこかぼんやりした口調で（そう聞こえることを願った）彼に告げる。

「あら、手を貸してくださって、ありがとう、クリストファー卿。あとはひとりで大丈夫だわ。わかってくださると思うけれど、今日はとても大変な一日だったの……」

キットの表情が曇った。顎のあたりが強張り、瞳にはゆっくりと理解の色が広がっていく。

「……だから」いらだたしいミスター・フレインのお喋りを聞いているときのように、メアリーは辛抱強く言葉を継いだ。「今夜はもうあなたにはいてもらわなくていいわ……」

キットはうなるように言った。「それはまた……」

さあ、これで優位に立ったわ。あとはそれを利用する勇気があればいい。

メアリーが手を放すと、コルセットが足元に落ちた。

「……きみも落ちたものだ！」

「あら、そんなことはないわ」メアリーは（ひややかな調子になっていたはずだ）反論した。「わたしの胸は――わたし同様に――この年月を見事に乗り切ったはずよ」

まったくいまいましいが、彼女の言うとおりだ。彼女の胸は昔どおり、つんと上を向いている。見事どころか、不遜《ふそん》なくらいだ。かなりみすぼらしいシュミーズを透かして、丸みを帯びた体と黒ずんで硬くなった乳首がはっきりと見えていた。

最後に見たときよりも少女っぽさは減り、いくらかふっくらしている（九年もの歳月が流れ、あれほどの戦場とあれほどの女性を通り過ぎたいまでも、ぼくはこんなにはっきりと彼女の体を覚えているのか？　いまいましいことに、そのとおりらしかった）。だが、以前より丸みを帯びているのはキットも同じだ。

「ぼくたちはどちらも下劣で卑怯らしいな」

とりあえず彼女にも、ばつの悪そうな顔をするだけの慎みはあるらしい、とキットは思った。

「あなたはあまりにも自信たっぷりだったわ。うぬぼれているって言ってもいいくらい」

「確かにそうかもしれない。だがきみは、自信があるふりをしていたほどには自信がなかった」

もしも自信があったなら、最後の台詞《せりふ》は出てきていなかっただろうし、自分をさらすことにためらいも――たとえほんの一瞬であったとしても――なかったはずだ。

見事な腕前ね、キット。彼は自分がいまも、レディ・クリストファー・スタンセル、旧姓メアリー・アルテミス・エリザベス・ペンリーのことをもっともよく理解している人間であるかどうかを確かめようとした（少なくとも、そうでありたいと願った）のだろう。

「自分を疑ってはいけない」

それは事実だったし、メアリーが困惑している様子だったから、キットはあえて言い添えた。彼女が当惑している様を見るのは喜びだった――そして、ただ彼女を見つめていることも。

時の流れは彼女のウェストに数センチの余分な脂肪を加えていたうえ、コルセットが締めつけていた醜い跡が残っていて、唇で消してほしいと訴えている……あるいはキットがそうしたいと思っているだけかもしれない。彼女のペチコートをはずして、シュミーズを頭から脱がせたらすぐに。そうすればようやく彼女の腹部に顔をうずめて、丸みを増した体を唇に感じることができる……。

「なにを笑っているの？」メアリーが尋ねた。

「笑っていたかい？　きみのせいで不安になって、顔をしかめているとばかり思っていたよ。

まさかとは思うが、近頃一部の女性がはいている男みたいなあの見苦しい下着をつけてはいないだろうね？」

「ドロワーズのこと？」

「頼むから、つけていないと言ってくれ」

わずらわしい下着の話題が出たことは意外でもあり、愉快でもあったが、彼女の決してほめられない態度にキットがユーモアで対応してきたことは、驚き以外のなにものでもなかった。期待していたほど甘い言葉ではなかったにせよ、充分に好ましいものだったし、怒りとプライドの下にはかつての親切で陽気な若者が透けて見えた。メアリーは彼のそんな一面をすっかり忘れていた。ふたりがいっしょに過ごした最後の頃には、彼の愛想のよさは影を潜めていて、冗談を言うこともとうになくなっていた。人をからかったり、ばかげた悪ふざけをしたりするのが大好きな若者だったが（彼はいまも、メアリーに不意打ちを食らわせることができるようだ）、そういったすべては永遠に失われてしまったのだとばかり彼女は思っていた。

ドロワーズ？　メアリーは首を振って、まっすぐに彼を見つめた。

「いいえ、つけていないわ」

メアリーは和解の、あるいは謝罪の印として手を差し出したことは覚えていた。キットがその手を取り、ふたりの指がからみあったのも自然な流れだった。

けれどいつのまに彼に体を寄せ、あれほど固く抱き合ったのかについては——実のところ、はっきりと思い出すことはできなかった。彼だけがしたことではないはずだ。彼の上着、ベスト、シャツ、クラバット、そしてもちろん鹿革のパンタロンとその下のボタンも、あらゆるものがメアリーの体にぴったりと押し当てられている。

こんなに衣服をつけている彼が気に入らなかった。どうにかしなければならない。

お腹と膝のあいだのどこかではじまった震えをどうにかすることができたらすぐにでも。欲望の激しさだけでなく、膝がくずおれてしまうのではないかという恐怖から、メアリーはぎゅっと彼にしがみついていた。彼の唇がこんなに熱いままだったら、きっと立っていられなくなる。こんなに探究心に満ちて、こんなに激しく求めていて、こんなに林檎とレーズンの甘さをたたえていて、こんなに……唇も頬も顎もどこもかしこもキットの口に奪われていたから、すっかりたくましくなった彼の手足と肩を信頼してすべてを任せるほかはなかった。

それならそれでいい。荒々しく、なまめかしく、そして彼女が愛しくてたまらないかのようなキスを続けているキットに支えてもらおう。唇が首筋へとおりていく。メアリーは彼の腕のなかで体をのけぞらせながら、肩にまわしていた手をずらしてベストのボタンをはずし、クラバットをほどいた。望みどおりに、ふたりを隔てるものはキットのシャツとメアリーのすりきれたシュミーズだけになった。

生地と生地がこすれる感覚があったけれど、メアリーはいやではなかった。もちろん、生地の上から乳首に触れるキットの指の感触のほうがずっといいけれど。

キットが乳首をつまんだ。メアリーがお世辞にも優雅とは言えない声をあげると、キットは笑いながら音を立てて派手なキスをし、彼女のお尻をぴしゃりと叩いた。

かつて、キットの手がほかの部位に比べて大きすぎると思えた時代があった。今夜はちょうどいい大きさだ。キットの手がほかの部位に比べて大きすぎると思えた時代があった。今夜はちょうどいい大きさだ。キットはメアリーの胸を愛撫していないほうの手でヒップを包み、自分の腹部と太腿に彼女の体が密着するようぐっと押しつけていたから、彼がどれほど彼女を求めているかが（その魅惑的な光景を見たわけではなかったけれど）よくわかった。だが、からみあったふたりの肉体がベッドへと近づいていく速度は、あまりに遅い。

それでも、いくらか移動しているのは彼のおかげだったから、メアリーは文句を言える立場ではなかった。

ええ、わかったわ、わたしも手伝うから。メアリーは心のなかでキットに語りかけた。ちょっと待ってね。ズボンにたくしこんだあなたのシャツを引っ張り出したらすぐに――ああ、そうよ……。

強く引っ張ったところで、メアリーはボタンがあることに気づいた。うまくはずれたと思ったが、実際は生地からちぎれて、床の上に転がったにすぎない……ふくらはぎがベッドの枠にぶつかったのはそのときだった（痛いはずなのに、少しも痛みを感じなかった）。その直後、体が持ち上がったかと思うと、ベッドに仰向けに横たわっていて……。

キットのあの笑顔を最後に見たのはいつだったかしら？　面白がっているような、興奮しているような、傲慢そうな……。

背中の下にしっかりしたベッドがあって、お腹に温かな彼の重みを感じていることがうれしかった。

じっと横たわって、ただ彼に微笑みを返していればいいことにほっとした。

「そうだ、そのほうがずっといい」キットが言った。

キットは両腕で自分の体重を支えながら、メアリーの首から喉にかけて舌を這《は》わせ、薄い絹ごしに乳房に歯を立てた。この生地がネトル・クロスと呼ばれていることをメアリーは思い出した――こんなときに、どうして必要もない言葉が浮かんできたりするのかしら？　これは本当にイラクサ《ネトル》から作られているの？　こんなになめらかで心地よくて、少しもそんな感じはしないのに。なにもかもが心地よかった。彼女が林檎とクリームでできているかのように、キットはメアリーを味わっている。

急激に快感が高まってきたのは、驚くことじゃないはず……。

……波に呑みこまれて……。

……そしてメアリーは悲鳴のような声をあげた。

彼女が我に返るより早く、キットは（じっと彼女の顔を見つめながら）ペチコートをめくると、下腹部を秘所に（もちろんドロワーズなどはいていない）こすりつけて、そのまま一気に彼女のなかへと入っていった。充分に潤ったところが彼を迎え入れて締めつけると、メアリーはうめき声をあげた。彼のリズムに合わせて素早く動けるように、かかとをマットレスに食いこませて体を支える。

まるで連打を浴びせられているようだ。いまなにかを考えることができたなら、そう思ったかもしれない。うなるのを、うめくのを、あえぐのを、すすり泣くのをやめることができれば——こんなにあられもなく、歓びに身を震わせるのをやめることができれば……。

これほど早く、再び我を忘れることになるとは思ってもみなかった。

だが、いまはそんなことはどうでもよかった。大事なのは快感と、彼が達する手助けができるようにもう一度自分を取り戻すこと。キットは彼女の外で放ち（熟練しているとは言えないまでも、思いやりのある行為だった）ぐったりと彼女の上に倒れこんだ。眠ってしまったのかもしれないと、つかの間メアリーは思った。

そうであってほしかった。

このあとは、話をするべき時間が待っている。

4

キットが目を覚ましていることは確かだった。息遣いでわかる。そのうえ、彼女と同じように少しずつ体を動かしていた。手足をからませあったまま、よりしっくりとくる体勢を探している。メアリーは昔から、愛を交わしたあと、ごそごそと身じろぎするこの至福のひとときがおかしくて好きだった。やがてキットがメアリーを包みこむように腕をまわすと、彼女の頭が彼の鎖骨の下に（これまでにないほどきれいに）収まった。

カーゾン・ストリートでの思い出が蘇ってきた。

——着きましたぜ、旦那さん。奥さんもありがとうございました。

貸し馬車の馭者が言った。

メアリーとキットは、町の馭者たちの人気者だった。ふたりは多めの代金を払うと、服のボタンがいくつかはずれた格好で、笑いながら玄関を駆け上がった。頭のなかにあるのは、馬車のなかでしていたことの続きがしたいという思いだけだった。あまり治安のよくない地域に出かけては、鍵やハンドバッグを掏《す》られることがあったから、使用人を起こして家のなかに入れてもらわなければならないこともたびたびだった。

それでも、一度も泥棒には入られなかった。ふたりが失ったものはただ、互いの存在だけだった……。


お互いにあれほどひどい態度を取っていなければ……そう後悔すべきだろうか。けれどいまメアリーは、どこまでも甘い回顧の情に酔ったようになっていた。気がつけば唇から吐息が漏れ、キットがそんな彼女の額にキスをした。

わたしがなにを考えているのか気づいたのかしら？　いっしょに過ごした楽しいひとときを、彼も覚えている？

「もう一度あなたが欲しいわ」メアリーは言った。「いますぐに。昔を思い出す前に……」

キットは指で彼女の唇をふさぐと、笑いながら手を取った。

「きみがどれほど貪欲《どんよく》だったか、忘れるはずがないさ」

冗談にしてくれるのなら、そのほうがいい。思い出を押しこめる必要はないにしろ、いやなことまで話題にしなければならない理由はない。

「すぐだ。もう少しだけ待ってくれ」

少しくらいなら待ってもいい。いや、彼女がまだ息を整えているあいだに、キットの準備ができたことが以前には何度もあったから、それを思えば待つほうがいいかもしれない。それにふたりが満足する頃には、疲れ切って話をする気がなくなっているかもしれない。

　メアリーが体をすり寄せると、キットは彼女の手首の内側にキスをした。それから手のひらに。ごくひそやかに、ごく優しく。彼の唇と舌が、彼女自身も知らなかった秘密の場所を探り当てていく。

「あなたが言うほど、わたしは貪欲じゃないわ」メアリーは楽しげに異議を申し立てた。「充分に満足したわ……すごくよくて……」

　そのときキットが舌でなにをしたのか、メアリーにはわからなかった。いいえ、舌じゃない――歯だわ。それがなににせよ、メアリーは息を呑み、用意していた言葉はどこかへ消えた。

　頭のなかにあるのは、同じくらいの快感を彼にも味わってほしいということだけだった。首筋を唇でなぞり、鼻をこすりつけ、舌を這わせたい。耳に歯を立てたい。

もちろん、ふたりのあいだに邪魔なボタンや濡れてべとべとする服がなければ、ことはもっとたやすくなるだろう。けれど全体から見れば、それもささいなことにすぎない。

　メアリーはわずかに身じろぎして、一方の手をキットの腰とマットのあいだの隙間に差し入れた。そう、これでいいわ。

　キットは大きく息を吸うと、かすれた笑い声をあげた。

「こんなつもりじゃなかったんだ。カルヴァドスを飲みながら、互いへの賛辞の言葉を交わそうと思っていた……」

　化粧台の上に日記と携帯用の書き物机と並んで置かれているボトルのことを、メアリーはすっかり忘れていた。

メアリーがベッドからおりてボトルを取りに行っているあいだに、キットは姿勢を変えた。ヘッドボードに背を預け、枕に頭をもたせかけて彼女を眺めている。

「きみに話したいことがあるんだ」

「固いわ」メアリーはコルクに苦戦していた。

キットは笑って言った。「持ってきてごらん。ぼくがやろう」

「大丈夫。あと少しで開くから」

キットは居心地よさそうに息を吐いた。「あとで話すつもりだったんだが、ぼくの新たな経歴に乾杯してもらおうかな。実は、推薦状をもらったんだ……」

櫛《くし》の先を使えば、コルクをはずせるかもしれない。それとも、ペンの手入れに使っている小さなナイフのほうがいいかしら……。

そんなことを考えていたせいで、メアリーはキットの言葉の一部を聞き逃した。

「……情報収集と整理の能力について。近頃のぼくがどれほどきちんと書類を整理していて、どれほどの情報に精通しているかを知ったら、きっときみは笑うと思うよ。軍は情報を伝達する必要があるんだ――供給ルートや敵の動静といったことについて。ぼくはどうもそういう方面が得意らしい。平和が戻ってきたし、ウェリントンの占領もまもなく終わるだろうから、ぼくもなにか仕事が必要だ……」

キットの口調が速くなり、いくらかぞんざいになった。

「もちろん、片付けなくてはならないことがたくさんあるから、いますぐというわけにはいかない。それに正直言って、シドマス子爵への紹介状には少し不安がある……」

メアリーはボトルから視線をあげた。

「内務省の人員は驚くほど少ないし、規模も小さくて、たいしたところじゃないように思えるのはわかっている。だがやらなければならない重要な仕事があるんだ。きみを怖がらせたくはないが、去年イギリスで暴動があった。混乱。不服従。大陸には平和が戻って、秩序と、ええと、正当性が回復している。我が祖国にも、だれかが秩序をもたらさなければならないんだ。ある種の危険に関して、議会に深刻な報告が届いているんだよ」

内務省、という言葉が出たあたりでメアリーはカルヴァドスのボトルを置き、〝秩序と正当性〟とキットが口にしたときには、コルクを抜くことなどすっかり頭から消えていた。

もしもキットが何日も前から言うべき台詞を練習していたとしたら——きっと練習していたのだろうと、メアリーは悲しげに考えた——彼は最悪の言葉を選んだことになる。

〝きみを怖がらせたくはない〟。新聞を読まない女性に対しては、それがふさわしい言葉なのだろう。彼とロンドンで暮らしていた頃は、メアリーも軽薄な若い娘にすぎなかったから、もっともな過ちだ。会っていなかったあいだに彼女が自分の意見を持つようになったことを、キットが知るはずもない。

慎重に言葉を選べば、あるいは細心の注意を払えば、無産階級の男性が選挙権を求めたり、そのための資料を配布したり、会合を行ったりする権利を要求することは無秩序とは違うのだと、彼に説明できるかもしれない、とメアリーは考えた。

とにかく、なにか言わなければならなかった。キットはメアリーがなんの反応も示さないことに、すでにがっかりした顔を見せている。

メアリーはおそるおそる切り出した。

「でも、今年はひどい不作だったっていうことは、あなたも知っているでしょう？　食糧不足があちこちで起きているし、失業者は増え、報酬をもらわないまま戻ってきた兵士も大勢いる。みんな怒っているのよ……わたしたちの村でさえも。誤った政治のせいだって、彼らは考えているわ」メアリーは言葉を継いだ。「議員を自分たちの手で選んで、それを正したいと思っている。イギリス全土でそういう動きが起きていて、百万人の署名を集めたにもかかわらず、恥知らずの政府はそれを見ようともしないのよ」

〝わたしたちの村〟という言い方は感傷的すぎたかもしれないが、いまはどうでもいいことだった。ふたりが初めて会ったのがあそこだった。ふたりの村。だが残念なことに、キットは〝恥知らず〟と〝誤った政治〟という言葉のほうに、気を取られているようだ。

いま、議論を持ちかける必要が本当にあった？

キットが自分の服をごそごそといじりながら唇を固く結び、ベッドの端から脚をおろすのが見えた。

もう少し、待ってもよかったんじゃない？

彼は長いあいだ戦地に赴き、勇敢に戦い、祖国のために命をかけてきたのだ。すぐにすべてを理解しろというほうが無理だ。

けれどもう切り出してしまった……キットは知るべきだ。二月以降、彼が命をかけて守ってきた政府が、罪を告発せずとも無期限に人々を勾留できる権利があると主張していることを。

メアリーは政治的な議論は得意ではなかった。女性にはあまりその訓練を積む機会がない。理路整然と文章にすることはできたが、討論が熱を帯びてくると、興奮のあまり言葉遣いが乱れることがままあった。

メアリーは震える声を落ち着かせようとした。

「ジェシカが、村の人たちのことを手紙で知らせてくれているの。必要なものがたくさんあるのよ。ひどくつらい日々を送っているの。もちろんリチャードは……」

「リチャード・モリスか、そうだろうとも」

キットはその場に立ちつくしたままじっとメアリーを見つめ、強張って白くなった唇で言った。

結局はこうなるのか。

心躍るこの知らせをだれよりも先に話したかったのに、それもこれまでか。

このときを幾度となく想像した……〝ぼくはもう、以前のろくでなしじゃないんだよ、メアリー〟

わずかな皮肉を交えながら、控えめに話すつもりだった……〝かなり責任のある役職なんだ……ウェリントンも同意してね。実際彼は……〟

ぼくはばかだ。急進派になにを言われても仕方がない……。

いや、そうじゃない。

祖国の政府が中傷されるのを黙って聞いている必要はない。

いまいましいリチャードがなにを言おうと、聞く必要はない。

部屋のなかを歩きまわれば、いくらか気分がよくなるような気がした。いくらかは。ひどい気分だった。

メアリーはショールを体に巻きつけ、暖炉に近いほうの側をうろうろと歩きまわりはじめていた。

彼女が部屋の暖かい側に行くことくらいわかっていたさと、キットは不意に寒さを覚えながら思った。とりわけ手が冷え切っている。血液が充分に行き渡っていなかったからかもしれない。ついさっきまで、ほかの部分が血液を大量に必要としていたからだ。上着のポケットに勢いよく両手を突っこんだせいでボタンがはじけ飛び、ベッドの下へと転がった。

今夜はいったいいくつボタンを失《な》くせば気がすむんだ？

あとで拾おうと思った。メアリーが彼に当たり散らしているときに、四つん這いになってボタンを探したりしたくはない。

気がつけばふたりは、政治のことを話し合っていた。あれを話し合いと呼べるのであれば

ない。

だが。

講義。弱い者いじめ。古い議論を蒸し返し、過去のいやな出来事を思い出しているにすぎない。

「ええ、そうね、いまも胸が痛むわ」メアリーが言った。「これだけの時間がたったいまでも。夫が自分を裏切って、嘘をついて、娼館で夜を過ごし、お昼になるまで帰ってこなかったことを女は忘れないものよ。あなたはわたしを愛しているふりをして、そのあとはまるでわたしが……不快でおぞましい存在であるかのように、何週間もわたしに触ろうともしなかった。最初の一年はあんなに幸せだったのに――少なくともわたしは幸せだと思っていたわ」

まずベッドを共にすれば――いわば、記憶を掘り起こすようなものだ――ふたりのあいだの距離を埋めようという気持ちになるはずだとキットは思っていた。少なくとも当面は、困難な点に目をつぶる気になるはずだった。

弱みを見せるな。イギリスのボクサーなら、皆そう言うだろう。自分のもっとも得意な手段で攻めるのだ。

ふたりが得意なことは昔もいまも同じだ。

予想どおりにことが運ばなかったのが残念だった。キットは謝ることが苦手だったから、できればそうせずにすませたいと考えていた。

「あのとき、ぼくはきみに触れることができなかった。わかるだろう？　ぼくは病気だった……だれにも触れなかったんだ。もっとちゃんと、くわしくきみに説明するべきだったんだろうと思う。だが、そんな話を女性とするのが恥ずかしくて……」

メアリーは化粧台の前に腰をおろした。ショールの上からすっと首が伸び、ぼんのくぼに、明るい栗色の巻き毛がいく筋かかかっていた。女性のうなじは、別の部分と同じくらい刺激的だとキットは思った。

メアリーをベッドに引きずりこもうかと、キットはつかの間考えた。力でねじ伏せ、簡単な方法で問題を解決するのだ。だが、考えただけで不愉快になった。以前に、彼女とそういうやり方をして楽しんだことはあるし、それが社会的秩序だと言わんばかりに、男には無理強いする権利があると考えている者が大勢いることも知っている。だがメアリーがどれほど激怒していようと、キットはそういう類《たぐい》の男ではなかった。それにいま彼女を強引にねじ伏せたりすれば、冗談ではすまなくなる。

キットは、鏡のなかから彼を見上げているメアリーを見た。

「そうだったわね。でもあなたが治ったあと——もうすっかりよくなって、また役に立つようになっているという重大な事実を話せないくらい恥ずかしかったなんて、妙じゃないかしら？　彼は〈ホワイツ〉にいる、あの頃わたしは自分にそう言い聞かせたわ。それか、ボクシングの試合を観ているのかもしれない。遅くまで帰ってこない夜は、わたしには秘密にしておかなければならない、なにか男だけの約束事があるんだわ、と」

再び口を開いたとき、メアリーの言葉は鉛のように重々しく響いた。

「だから、あの女優……自分ではそう名乗っていたわね……のことは、自分で調べなければならなかった。最初に聞いたのは、よりによってガンターの店だったわ。大好きなピスタチオのアイスクリームを食べていたときに、わたしが聞いていることに気づかなかった女の人たちが噂話をしていたの」

皮肉っぽく付け加えた言葉は、さっきよりもしっかりしたものになっていた。

「言い直すわ——わたしが聞いていることを知っていたに違いない女の人たちよ」

〈ホワイツ・クラブ〉で流行するばかげた冗談に、老いた雌馬のいななきのような笑い声をあげるその女性たちは、以前からメアリーにあからさまな敵意を向けていた。

だがいまは、そのふしだらな女優に怒りを集中させたほうがいい。彼女の話を持ち出されて、キットも顔を赤くするくらいのたしなみは持ち合わせているようだ。

それとも、炎のせいでそう見えただけだろうか？　彼は暖炉の前に立ち、両手を（優雅で美しい手だ——こんな状況でそう思えることが不思議だった）火にかざしている。

炎なんて必要ないわ。わたしがいるのに。ほら、わたしはこんなに温かいのに。

メアリーの太腿が震えた。いつのまにか脚を開いていたことに気づいてあわてて閉じる。とりとめのない思考は（それが思考と呼べるものであれば）まったく手に負えないと、メアリーは思った。議論の真っ最中だというのに気持ちが削がれ、キットの次の攻撃がはじまる前に武装解除したも同然だった。

「あの女優とはなんでもなかったんだ。きみもわかっていることじゃないか。それにきみだって、午後にしばしば出かけていた。ぼくが、えーと、目を覚ます頃に。あの豚野郎のリチャード・モリスとほっつき歩いて……」

「彼は、わたしの父の友人だったフランシス・バーデット卿に会いたがっていたの。わたしは喜んで彼を知識人のグループに紹介したわ。メイフェアやセント・ジェームズで交わされるくだらない会話に、彼は——わたしもよ——うんざりしていた。彼は学ぶことが好きで……」

「いかれた急進主義者たちの頭のなかをか？　きみのことをか？」

また政治だ。エロスと政治以上に最悪の組み合わせがあるだろうか、とキットは考えた。

「しっかりしてくれ、メアリー。リチャード・モリスが興味があるのは、きみのスカートのなかだけだ」

突然の大音響にメアリーは目をしばたたいた。雷と稲光。大西洋から予想もしていなかった嵐がやってきたに違いない。

そう思いたかった。カルヴァドスのボトルをキットに向かって投げつけたという事実に気づくのを、ほんの一瞬でも遅らせたかった。

彼に怪我を負わせなかったことを知って感じたのは、安堵《あんど》だっただろうか。キットはさっと脇に跳びのき、ボトルは炉棚に当たって砕けた。カルヴァドスが炉床に滴ると、プラム・プディングからたちのぼるような青い炎が揺らめいて、ばかばかしいほど陽気な音を響かせた。

キットがリチャードの話を持ち出したのが悪いのよ、とメアリーは心のなかでつぶやいた。もちろん、言われるようなことをすべきでなかったとわかっている。けれど、そもそもキットがあんなことをしなければ、リチャードとわたしだって……。

ふたりはいつしか怒鳴り合っていた。

メアリーは、もうひとりの自分が部屋の隅にいて、言葉での殴り合いを眺めているような気がしていた。ボクシングの試合の観客になった気分だ。

経験を積んだふたりのボクサーが定石どおりの攻撃を仕掛けていく。

「あいつはぼくの親友だったんだぞ、メアリー！」

「嘘ばっかり！　わたしだけじゃなくて、彼のことだって放ったらかしにしていたくせに！」

牽制《けんせい》をし、攻撃をかわす。ふたりは足を踏み鳴らしながら、激しい調子で子供のように罵り合った。キットの背があまり高くないことをメアリーはなんとも思っていなかったが、本人はひどく気にしていた――絶好の攻撃目標で、今回もいいジャブが入った。キットのほうは、ぐさりとくるような言葉で彼女の服装の欠点を言い立てることが、昔からしばしばあった。下着の状態をからかうなんて、なんていまいましいの。

離れて暮らした数年のあいだに、ふたりは新たな動きを学んでいた。政治に関する言葉だ。トーリー党に急進派。人身保護法。反逆。

「地方では暴動が起きている。きみの友人たちは、なにも見えていないうえに、考えが甘いから気づいていないだけだ」

「ばかばかしい」メアリーはぴしゃりと言い返した。「あなたの家族が昔から、無産階級の人たちに権利を広げることに反対していたからといって……」

ふたりはリングのなかをまわりながら、すでに出た話題を蒸し返したりもした。あの女優……きみがちゃんと話を聞いてくれていれば、ぼくは彼女に目を向けたりしなかった……当たり前じゃないか、彼女に話をしようなんて思わなかったさ。どうしてそんなことをする必要がある？　彼女はいまいましい妻なんかじゃ――。

「文明国に住んでいたなら、いま頃はわたしも妻じゃなくなっていたはずよ。法律がわたしたちふたりをひとりの人間とみなさないでくれたなら――そのひとりというのがだれのことか、あなたにはよくわかっているはずよね。でも、どうにかするつもりだから。いままでだって、わたしはそれなりに満足できる暮らしをしてきた。これからもそうするつもりよ。あなたがそれを気に入ろうと気に入るまいと。イギリスは、わたしたちふたりが暮らしていけるくらいには広いわ」

けれど、メアリーのエネルギーはここで尽きたようだった。よろめきながらロープにもたれかかるボクサーの姿が脳裏に浮かんだ。最後にもう一撃――彼と自分自身の迷いに。

「あなたの妻でいるあいだに、その関係に終止符を打てる理由を作ってあげるわ」

とどめの一撃になっただろうか？

残念なことに、想像していたほど胸のすく攻撃にはならなかった。

「好きにするといい、メアリー」キットが言った。「きみが満足できる暮らしが送れることを願っているよ。きみにそれだけの才覚があるとは思えないがね……」

部屋を出ていくキットのブーツの底で、ガラスの破片が砕ける音がした。

わたしはあえて離婚の可能性を持ち出したの？

ついさっきまでは、現実的とは言えない漠然とした可能性だった。

いまは、かなり現実味を増している。メアリーはパンドラの箱を開けたのだ。なかから飛び出した羽のついたいまわしいものが、部屋を飛びまわっている。愛情移転、告訴、姦通罪、議会の介入による離婚。

悪夢のような法的手続きと人目にさらされる試練。

けれどそれが終われば、なにかを投げつけたくなったりしない男性と自由に結婚することができるのだ。

メアリーは再び暖炉と窓のあいだを歩きまわっている自分に気づいた。〝わたしは凍え、そして燃えるように熱い〟。昔の詩人ならそう言うだろうか……ごくシンプルな言葉で、さほど不正確ではなく、まったくの不快というわけでもない。

メアリーの手は氷のようだったが、乳房はほてっていた……指のあいだで、乳首がさくらんぼの種のように硬くなっている。

床にガラスが散乱していたから、足元に注意する必要があった。いまこそ、カルヴァドスをストレートで飲みたかったのに。本当ならいま頃はふたりで飲んでいたはず。彼のブーツを脱がせていたはず。そしておそらくはほかのものも。

太腿と下腹部のあいだがうずいた。

キットと別居しているあいだ、それほど多くの愛人がいたわけではない。けれど愛人にした相手は、慎重に選んできたつもりだ。魅力があることとメアリーの人生の危ういバランスを崩さないことが条件だった。有能で、知的で、なにか没頭できるものを持つ男たち。画家、エジンバラから来た既婚の医者、復興したハプスブルク家の統治のもとで苦しんでいるミラノ人の愛国者――それぞれが情熱を持ち、責任のある充実した忙しい人生を送っていた。彼らとの逢瀬は人目につくことのないように細心の注意を払う必要はあったが、おしなべて満足できるものだった。完全に隠し通せたわけではないだろうが、大切なことは社会慣習に反さないことだった。どの相手の場合も関係を終わらせたのは彼女のほうで、恨みつらみは一切なかった。

何年も関係を続けるのは、素晴らしいことであると同時にひどく疲れるものでもある。だからこそマシュー・ベイクウェルからそれ以上のものを求められたときには、彼を愛人にすることをあきらめ、彼の要求も真剣に受け止めなかった。厄介で、まったく手に負えない夫にいまも自分がいらだち、まごつき、混乱し、茫然《ぼうぜん》としてしまうことを知って落ちつかない気分になるのも、やはり同じ理由からだ。

離婚についてこれ以上考えるには、頭がひどく混乱していた。この続きは明日の朝にしようとメアリーは思った。ひどい偏頭痛がしたときのためにアヘンチンキを用意してある。キット以上に頭痛を起こさせるものがあるかしら？　ペギーが、コルクの栓をした茶色のボトルと水の入ったコップを目につくところに置いてくれたのももっともだと思えた。

注意深く水の入ったコップに四滴垂らす。かすかな水音が聞こえた気がした。澄んだ水に小さな黒い点が広がり、渦を巻き、小さな雲のように薄くなって、やがて消えた。

メアリーはその水を飲み干すと、残りの衣服を脱ぎ捨てて裸で寝具の下に滑りこみ――手早く、素っ気なく、手慣れた様子で、確たる目的を持って――自分を慰めはじめた。やがて声が漏れ、うずきが炎に変わり、彼女のなかの冷たく白い光が温かなオレンジ色に輝きはじめた。震えが収まり、蠟燭の蠟が流れて火が消えると同時に、彼の燃えるような瞳とすらりとした力強い手のイメージや、痛みと怒り、失望や競争心も薄れていった。若き日の記憶も遠ざかっていく。レモン油の香り、なめらかで温かな桜材の机とそこに押しつけられた顔と乳房。まぶたの裏のベルベットのような闇に淡く描かれた絵のように、そのすべてが暗赤色に溶けていく。揺らめき、遠ざかり、薄れていく。そしてメアリーは眠りに落ちた。

5

窓から射しこむ太陽の光の力を借りても、薬による深い眠りから女主人を起こすのは簡単なことではなかった。メイド自身の動きが鈍かったから、なおさらだ。体調がすぐれないことを示すように、ペギーは赤く充血した腫れぼったい目をこすった。

わたしがペギーだったら、思いっきり女主人を揺すぶるところだわ、メアリーは心のなかでつぶやいた。

ゆうべのことは、まだかすみがかかったようにしか思い出せない。ぼんやりと浮かぶ情景は邪《よこしま》で、ぞくぞくするようなものだったが、互いにぶつけあった言葉の記憶もいずれ戻ってくることだろう。おそらくは、彼女が望むよりも早く。手足が重かった。メアリーはペギーがタオルでカルヴァドスの香りをぬぐい、その力強い小さな手で服のボタンを留めているあいだ、体の力を抜いて、彼女にすべてを任せようとした。

「なにか召し上がらなくてはいけません」口にくわえたピンのあいだから、ペギーがそれらしいことを言った。

肩掛け《フィシュー》をメアリーのドレスの胸元にたくしこみ、ピンで留め終えると、ペギーの言葉はよりはっきりしたものになった。

「ここの卵はとても新鮮です。トムとわたしは、えーと、わたしたちはお腹がすいていたので……とにかく卵を食べてみてください。それから、クロワッサンも」

トムと呼ぶようになったのね——トムとわたし。よかったこと、メアリーは思った。楽しい夜を過ごせて……彼女たちが過ごした夜を穏やかという言葉で表わすのは正しくないかもしれないが、メアリーたちほど精神的に疲れてはいないはずだ。着替えを終えた女主人から、激しい乱闘のあとのパブのようなにおいがする（見た目も同じようなものだった）寝室に視線を移したペギーの顔は赤みを帯びて、いくらか腫れぼったかった。唇は赤ん坊のように柔らかそうだ。

「そうね、ありがとう。なにか食べてみるわ、ペギー」メアリーは、ひどい有様の部屋に向かって申し訳なさそうに手を振ると、食堂に向かった。

ゆうべの不作法な給仕係の娘の姿は見当たらなかった。キットの行状が昔のままであれば驚くことではないと、メアリーは思った。幸いなことに、薬のせいで頭にかすみがかかったようになっている。その向こう側では、恥ずべき感情がうごめいているはずだ。コーヒーは飲まないほうがいいかもしれない。いまは頭をはっきりさせても不愉快なだけだろう。メアリーは地味な娘からコーヒーを受け取ると、持ってきた本を開いた。

「お代わりはいかがですか？」

「いいえ、けっこうよ」もう戻るべき時間らしい。いったいどれくらいのあいだ、眼鏡の奥から手のなかの本をぼんやりと見つめていたのかしら？

けれどそれより重要なのは、いったいいつからキットがそこにいて、彼女を見つめていたのかということだった。くたびれたシャツに髭《ひげ》も剃《そ》っていない土気色の顔、うしろに撫でつけた濡れた髪――まるで競走馬のようだ。いまにも倒れそうな有様だったから、すぐ背後には従僕が控えていた。

眼鏡は身を守る盾としてはうってつけだとメアリーは思った。鼻の先に少しずらし、レンズの上側の細い金のフレームごしに彼を見つめる。

「ひどい格好ね」メアリーは言った。「どうして寝ていないの？　あの娘ともう少しいっしょにいてもよかったのに。がっかりだわ。あなたらしくないわね、キット。てっきりあの娘は……」

「早々に姿を消したよ。きみにいかがわしい祝杯をあげたくなるくらいに、ぼくが酔ったあとでね。その直後にぼくは倒れこんだ……」

メアリーは、唇の端が震えるのを感じた。キットがウィンクをしたが、メアリーは笑みを抑えこんだ。**調子に乗らないでちょうだい**。

「いや、床には倒れなかったんだ。危ないところだったが。あの娘は見た目よりもずっとたくましい。本物の農民だ――ぼくを肩にかついで、ベッドまで運んでくれたんだよ。ぼくはうつらうつらして、意識が朦朧《もうろう》としかかっていた。ポケットの硬貨が持ち去られる感覚すら楽しめそうなくらいだった」

キットはベストのあちこちを叩き（一番下のボタンがなくなっていたので、いっそうだらしなく見えた）しゃがれた笑い声らしきものをあげた。「懐中時計もない。きみからの贈り物だ。彫り物がしてあった――ひどくわかりにくい詩のようなものが」

彼はまだあの時計を持っていたの？

「ナポレオン皇帝がこんな下品な男たちの国に倒されたのかと、あの娘はさぞかし屈辱に感じたんだろうな」キットは首を振った。「器用な指の持ち主だよ。まったく……」

「それであなたはわざわざそのことをわたしに話すために、よろめく足で階段をおりてきたというわけ？」彼があの娘に与えたのがポケットの中身だけであったことなど、まったく興味がないというふりをしながらメアリーが訊いた。

「ぼくがよろめく足で階段をおりてきたのは、今日ロンドンに戻るときみに言うためだ。パーク・レーンの母の家に滞在するつもりだ」

キットはそこで大きくぐらつき、従僕に体を支えられて顔をしかめた。

「もう少ししたら。午後早い時間の船に乗ると思う。きみといっしょに行きたかったんだが、ベルチャーが――」キットは従僕のほうを顎で示した。「――ぼくは午前中の船に乗れるような状態じゃない、と言うものでね。きみがぼくを待ってくれるなら話は別だが」

「今日イギリスに戻るですって！」メアリーは眼鏡を元の位置にまで押し上げた。「だって、あなたはゆうべ……」

「あれは嘘だ。いや、嘘というのは正確じゃないな。いくらか大げさに言っただけだ。手配しなくてはならないことが山ほどあるんだ。公的な手続きが。だが紹介状は——この話はしただろう？　とにかく早く片付けるつもりだ。ぼくがすることになる仕事は……」

メアリーは、ゆうべの議論を蒸し返すつもりはなかった。

「ええ、わかっているわ。町に戻ったら、離婚の手続きを進められそうね。〈ホワイツ〉にいるあなたの仲間も、なじみの娼館の娘たちも、みんなきっと大喜びで、あなたを歓迎してくれるわ……」

「内務省での仕事は……」キットの口調は毅然《きぜん》としていたが、一瞬、視線が泳いだ。その重要性を強調せずにはいられないことに、ばつの悪さを感じているのかもしれない。

「その話は聞いたわ。あなたは、リバプール卿の政府のささやかな省庁でささやかな仕事がしたいのね」

「見込みがないと思うのかい？」

「わたしが知っている人のなかで、一番自分を律することのできない人間はだれかと訊かれたら、答えるのに悩む必要はないと思うわ。浅はかで未熟で……」

「ぼくは戦場に九年いたんだ、メアリー。組織能力についても学んだし、権力や運営、情報の流れについても……」

「ろくに立ってもいられないじゃないの。それにここ数時間は洗面器に顔を突っこんでいたことは、間違いなさそうね」

「幸い彼女は親切で、手の届くところに洗面器を置いておいてくれたよ。きみはどうなんだい？　レディ・クリストファー……」

「わたしはよく眠ったわ、ありがとう」

「なんの助けも借りずに？」

「頭痛の薬は飲んだわ」

「それだよ、ぼくが訊きたかったのは」

メアリーは反論しなかった。「あなたは自分が姿を現わしさえすれば、完璧で満足すべきいまの生活をわたしが手放すだろうと考えているのね……」

「確かにきみは、何度も満足だと……」

「話の腰を折るのはやめてもらえるかしら？　このうえなく満足な人生よ――突然夫に捨てられた女でも、幸せに暮らすのは難しくないのかもしれないわね……」

「ぼくはそんなつもりは……」

「そうでしょうとも」

キットはなにか言いかけたが、そのまま口を閉じた。

「その内務省の件だけれど、やっぱりあなたはわかっていないわ……」

「ゆうべきみがはっきりさせてくれたよ、ぼくには理解できないあれやこれやをね。もういいよ、そんな顔をしないでくれ。きみに行動力があることはよくわかった。ほら、あの食器棚には重たそうな陶器類がいっぱいだ。ぼくに投げつけられるように、ピッチャーを取ってこようか？」

政治の話を持ち出すべきではなかった、とメアリーは思った。ふたりの今後についてひとしきり述べたあとなのだから、なおさらだ。

「わたしはもう行かないと。定期船の出航がもうすぐだわ。ダービーシャーの家まで、まだずいぶんと遠いんだから」

キットは肩をすくめた。「陰気なところだ。行っている暇がなくて幸いだよ。あんなに狭いところじゃ、互いに会わないようにするのも大変だ。まあ、どちらにしろ、もうそれほど長くはきみといっしょにいることもないだろう。きみの友人のミスター・ベイクウェルを訴えてほしいなら、なおのこといっしょにいるわけにはいかない。離婚裁判所は談合には厳しいからね」

やっぱり彼はマシューのことを知っていたんだわ。

メアリーはさらに眼鏡を押し上げようとしたが、すでにこれ以上は上がらない位置にあった。離婚が認められるために必要な裁判手続きを説明するキットの姿が、はっきりと見える。まず婚姻関係を妨害した相手の男を訴えてから、妻の不貞を宗教裁判所に告訴し、ようやくそれから議会に離婚を請願できるのだという。

「その費用が賄えればの話だ。千はかかるらしい」

イギリスに戻る道中で、ふたりがいっしょにいるところを目撃されてはいけないのだとキットは繰り返した。ふたりで企んだことだとわかれば、離婚の請願は拒否されるということだった。

いたって明快な説明だった。夜通し、洗面器に顔を突っこんでいた男にしては上出来だ。その目は充血し、足元はますますおぼつかなくなり、（特に微妙なことを説明しようとして前に身を乗り出したときには）息はかなりひどくにおった。

「もちろん、きみときみのお相手のマンチェスターの工場主が不貞を働いていることを明らかにしなくてはならないから、ぼくはスパイを雇うことになる」

きみのお相手のマンチェスターの工場主——口元からひどいにおいがぷんぷんしていても、彼はいかにもスタンセル家の人間らしい笑みを浮かべることができた。

メアリーは気づかないふりをした。

「どうぞ。彼はわたしと結婚したがっていて、醜聞にも耐える覚悟よ。それはわたしも同じ。彼は夏至の前日にイギリスに戻ってくるけれど、ビーチウッド・ノウルにはスパイをよこさないでほしいの、お願いよ。わたしは、夏至が終わったらすぐに出発するわ。わたしの家族を巻きこまないでほしいの」

「おおせのとおりに」キットは優雅とはほど遠いお辞儀をした。「お祝いを言わせてもらうよ。彼は立派な男らしい。法的手続きを通じてしか、知り合いになれないのが残念だ」

「本当ね。でもわたしたちが偶然にでも会う機会はそうないと思うわ。あなたもいずれは、魅力的な女性と結婚するのでしょうし。あなたとあなたの仕事と政府を称賛してくれる人と」

幸いなことに、ふたりがそれ以上言葉を交わす前に、ブラシをかけたばかりの濃い赤紫色のベルベットに身を包んだトーマスが姿を見せた。馬車の準備ができております。奥さまの荷物はすべて積み込みましたし（ああ、おはようございます、クリストファー卿）、すぐにでも出発しなければなりません。

まさにそれこそが、メアリーの望みにほかならなかった——彼女とキットをドーバー海峡で隔てること。キットはすでに彼女に背を向けていて、従僕の助けを借りながら、ふらつく足で階段を上がっていった。

6

ロンドン、同じ週の後半

「わたしはたいして驚かないよ」

リチャード・ラディフォード・モリスの北部なまりの声が、散らかった部屋の本棚や羽目板、窓にかかった紫色のカーテンにかすかに反響した。

「最後の最後で、これ以上ない劇的な展開になったことにはね。大陸で過ごした最後の夜――陳腐ではあるね、メアリー」ランプの明かりを受けて、どこか頼りなげな彼の手に握られたペンがきらりと光った。

部屋の反対側の隅に置かれたフラシ天の肘掛け椅子に深々と腰かけたメアリーは、うめくような声で言った。

「あなただってここのところ、自分の新聞に劇評なんて書いているじゃないの、リチャード」

「面目ない。だが次の号では、新人に書かせるつもりだ。若くて熱心で、オックスフォードで学んだキットやわたしよりも、非国教徒の学校ではるかによく学んでいる——最近の政治情勢に関しては、キットやわたしや貴族院の大部分の人間よりもくわしい」

「本当に、あなたの言うとおりよ。わたしたちは愚かだったわ。いらだって、互いに我慢することができなかった。それは、若さだけのせいじゃない」

それからしばらくのあいだ、薄暗い部屋のなかには暖炉の炎がはじけるかすかな音だけが響いていた。

「とにかく、答えはひとつだ」リチャードの声がどこか遠くから聞こえた。「離婚だ。きみたちふたりとも、新しい人生をはじめるんだ。正直に言えば、別の結果になることを願っていたんだが」

「あなたはずいぶんと寛容ね」

「キットもわたしを許してくれたらと思うよ」

メアリーがリチャードと知り合ったのは、キットと結婚してまもなくのことだった。キットはそれ以前から、イートン校時代の友人であり、庇護者でもあった彼のことを時折話題にしていた。大学に進学すると、リチャードは彼の身分にふさわしい可もなく不可もない成績で試験をくぐり抜けていったのに対し、キットは決闘や素行の悪さが原因で退学になった。ふたりは疎遠になったが、ロンドンで偶然再会すると——キットとメアリーがカーゾン・ストリートの家で暮らしはじめたのとほぼ同時に、リチャードはアルニーに腰を落ち着けた——すぐに旧交を温め、キットは自分たちの新居にリチャードを招待した。

メアリーはきちんと家を整えるまで（実のところ、結局最後まできちんと整うことはなかった）客を呼びたくはなかったのだが、リチャードは肩のこらないところのほうが落ち着くのだと言った。炉棚に飾るマイセンの時計を贈って、ふたりの飼い犬と遊び、ウミガメのスープをおいしいと褒め、駆け落ちしてよかったのだとあらゆる手段を使ってふたりに思わせてくれた。

昔話も聞かせてくれた。学生時代のキットは、鞭で打たれても決して泣き言を言わないことで有名だったらしい。記録を塗り替えるほど幾度も鞭打ちの罰を受けたのだと、リチャードは語った。だからわたしは彼にあれこれと雑用を頼んで、喧嘩やいたずらをする暇がないようにしていたんだ。

キットが軽くお辞儀をすると、リチャードはウィンクをしてみせた。彼は雑用をこなすのが得意なんだよ、メアリー、とリチャードは言った。だからなんでもやらせるといい。そもそも、あんな喧嘩っぱやい痩せっぽちの男が、これほど素晴らしい妻を手に入れるなんて――リチャードはなにかこみあげてくるものがあるかのように、グラスを掲げた。あるいはほろ酔い気分だっただけかもしれない――だれひとり想像もしていなかったよ。

その後三人はしばしば行動を共にするようになった。異性に対して臆病だったリチャードは、夜中の三時頃にメアリーとキットが目配せをして姿を消しても、気にしなかった。どちらにせよ、いずれ彼はヨークシャーに帰り、大地主になり、狩りの名人になり、だれもがふさわしいと思う若い女性の夫になるはずだった。

だがそうはならなかった。当初はこれといった目的があったわけではないが、リチャードはいろいろなものを読みはじめた。彼の部屋には、薄暗い本屋で手に入れた小冊子や定期刊行物、通りで買った新聞などが散乱するようになり、やがてそういったもので溢れた。

——四六時中、遊んだり、酔って騒いだりしているわけにはいかないだろう？

リチャードは尋ねた。

——それでいいじゃないか。

キットはメアリーを引き寄せながら答えた。メアリーが笑いながら彼の頬にキスをすると、リチャードも声をあげて笑った。

ぼくは本気だ、とキットは言い張った。きみやぼくや家族が死んだり、飢えたりすることを望むようなやつらの話に耳を傾けるくらいなら、酔って騒いでいるほうがずっといい。

——なぜだ？

リチャードは穏やかな男だったが、驚くほど論理的なものの考え方をすることができた。真夜中に危険な場所を訪れることができるなら、危険な考えを面白いと感じることもできるはずだろう？　なにかを読むのなら、刺激になるもののほうがいい。この世における自分の地位や、ほかの人間からどう見られているのかを考えるのも悪くない。

リチャードにとってはいいことだと、その夜、キットはメアリーに言った。彼はこれまで、なにかを疑うという経験を一度もしたことがなかったからね。

ついさっきまで、メアリーのストッキングを口で脱がせ、膝から足の甲へと舌を這わせていたときには陶然としていたキットだが、いまはひどく憂鬱そうだ。メアリーは、彼の頭を元の位置へと押し戻したくてたまらなかった。

だがメアリーがどれほど誘惑的にキスをし、体をこすりつけても——ふたりで吸ったアヘンのせいで、メアリーの感覚は研ぎ澄まされると同時に混乱していた——キットは、だれも口に出そうとしないことを話すつもりらしかった。

キットは宙を見つめながら口を開いた。リチャードはこれまで、自分自身や家柄や……どんなことであれ心配する必要がなかったんだ。

この世における彼の地位も、と低い声で言い添えた。

いいじゃないの、メアリーはそう答えたはずだ。

自分と結婚しても、キットの地位は少しも上がることはないという事実に対する罪悪感に、顔をしかめたかもしれない。あるいは笑っただろうか。この世は充分に心地いいものじゃない？　あなたにはスタンセルの名前があって、たっぷりのお金があって、あなたを求めているわたしがいる。いまわたしはどうしようもなく、あなたが欲しいの。それとも、我慢できないほどの欲望に顔を歪めただけだったかもしれない。

アヘンは人の欲望の順位をはっきりと定める。そのときの彼女の欲望は、これ以上ないほど高まっていた。キットがもう一方のストッキングを脱がせた。肌を締めつけていたピンク色のシルク。ランプの明かりに浮かびあがるふたりの肌の上で、ひどく場違いなもののに見えた。すでにそのストッキング以外のものは、ふたりともなにもつけていない。

お願いよ、あなた。

キットは肩をすくめると、顔を下へとずらしていき、欲望にもだえる妻をなだめるべく入念な愛撫をはじめた。


その後もリチャードは〈ホワイツ〉で危険な考えを披露しては、友人たちをあきれさせた。小冊子は薄いものから分厚い本へと変わった。クラブの会員権の期限が切れても更新しようとはせず、やがて彼は（ずっとあとになって告白したところによれば）メアリーを愛するようになった。

キットが夜になっても帰宅しなくなったのがその頃だった。メアリーはひどく取り乱し、支えてくれるものを求めた。

怒りと恐怖をぶつけることのできるリチャードがいてくれて、どれほど慰めになったことか。彼女と同じくらいキットをよく知るだれかに打ち明け話ができて、どれほど心が安らいだだろう。

そして、まだ彼女を美しいと思ってくれる人間がいることは、大きな喜びだった。当時の彼女はまだ二十一歳で、充分に美しかったのだから。たとえ、夫がけばけばしい化粧をした娼婦のもとで夜を過ごし、そのあげく病気をもらってきたとしても。

病気が治るまでにあんなに長い時間がかかるものかしら？

メアリーは泣きじゃくった。ハンカチはびしょ濡れになり、リチャードの腕のなかで体を震わせ、その肩に頭をもたせかけていたおかげで彼の上着は台無しになった。

やがてメアリーの涙が収まると、ふたりは長椅子の両端に離れて座り、互いの顔を見つめながら乱れた髪や衣服を整えた。

それから一週間、リチャードは姿を見せなかった。自分から招待するつもりはなかったから、いいことだとメアリーは思った。彼女がどこかへ旅行に行けば、もっといいかもしれない。甥たちが回復したらグラスゴーに行こうとメアリーは決めた。ジュリアの手紙によれば、いま彼女の息子たちは病に臥せっているらしい。

メアリーは自分の素晴らしい思いつきをおおいに喜んだが、それもキットがまったく帰ってこなくなるまでのことだった。その日メアリーは、夜通し手をもみしだきながら泣き続け、気がつけば午後一時半になっていた。

キットの身を案じることに意味はない。どこかの排水路で人事不省に陥っているのかもしれないし、酔いつぶれてだれかの腕のなかで眠っているのかもしれない。だれか……自称女優という女の名を思い出すだけで、メアリーはとげだらけのイラクサを握りしめているような気持ちになった。

キットもわたしと同じくらい惨めな思いをしてしかるべきだわ。わたしがなにをしようと、彼が傷つくことはないだろう。そう、そんなはずがない。もう家に帰ってくることすらないのだから。それに彼を傷つけたいわけではなかった。けれどキットがふらりと戻ってきたときに、彼女になにができるかを知って――彼女を崇拝し、認めてくれる人とベッドを共にしているところを目の当たりにして――その顔に浮かぶ表情が見たかった。

けれど、漠然と願っていたことがまさに現実のものとなって、破れた上着に傷だらけのブーツという格好のキットが、汚れた顔ににこやかな笑みを浮かべながら階段を上がってきたときには、メアリーは激しく後悔した。廊下に響く彼の声は、いまもはっきりと耳に残っている。

「だからぼくはこう言ったんだ。〝失礼ですが、サー……〟」

喧嘩と夜警にまつわる愉快な話をはじめようとしていることは間違いなかった。そして寝室の扉を開けた彼は、メアリーになにができるのかをたっぷりと目撃した。

彼の言葉が途切れ、笑みが消えたその瞬間のことは、いまも思い出すだけで心が痛んだ。あんぐりと口を開き、髭を剃っていない頬がこけ、充血した目が氷のように冷たくなったかと思うと、キットはよろめきながらあとずさってメアリーの視界から消えた。メアリーはリチャードを押しのけると、戻ってきてと悲鳴のような声で懇願した。

当時のリチャードも、同じくらい鮮明に思い起こすことができる。若くて、色白で、シャツとネクタイをしていないその姿が、どれほど怯えて見えたことか。けれど三人とも若かったのだ。少なくとも、あのときまでは。愛している人に復讐するため、愛してもいない人を利用するのがどれほど身勝手であるかを知ったとき、若さは失われた。

それでも彼らは――少なくともキットとリチャードは――そのために決闘するのがどれ

ほどばかげたことであるかを理解するには、若すぎた。名誉と呼ぶものをあまりに尊重しすぎ、自らの評判にとらわれすぎていた。どちらかがもう一方を殺していたかもしれないと思うと、メアリーはいまも気分が悪くなる。ハムステッド・ヒースでふたりが決闘しているあいだ、彼女は泣き続け、ジェシカになだめられながら薬を飲んで眠りについた。

そして再びキットが戻ってくると――それが、カレーに行く前に彼を見た最後だった――ふたりはすっかり頭に血がのぼって、互いを罵っては、上等な磁器を投げつけあった。マイセンの時計は粉々に砕け、足元に歯車が散乱し、暖炉の前に置いたついたての向こう側では子犬が哀れっぽい声で鳴いていた。

キットの放った銃弾に腕の神経を傷つけられたせいで、リチャードの右手はいまも震える。書類をまとめる彼の手つきはぎこちなく、トルコ絨毯《じゅうたん》の上にクリップが何本も落ちた。

「わたしたちはそれぞれが誤解していたわね」メアリーは言った。「でも期待するのはやめたほうがいいわ。キットは証拠を集めて、裁判の準備をするそうよ。〝婚姻関係の妨害〟をしたといってマシューを訴えるんですって。これでようやくわたしたちは自由になれるわ」

ふたりの笑い声はやがて、火のはぜる音とペンと紙がこすれる音に変わった。ばらばらのままの紙もあれば、数枚ずつ束ねられたものもあって、ランプの明かりにクリップがきらりと光った。そのうちの一部には紅茶の染みができていた。キットが内務省で働きたがっていることをメアリーが告げたとき、驚いたリチャードが咳き込んだのだ。

これは最初の校正刷りにすぎないから大丈夫だ、とリチャードは言った。リンカーンズ・イン・フィールズにある彼の自宅にメアリー宛の手紙が数通届いていて、彼女がその返事を書いているあいだに、リチャードは〈エヴリマンズ・レビュー〉の次号の原稿の校正をしていた。

メアリーは、カレーでの出来事をくわしく話したわけではなかったが、キットをよく知り、いまも愛し続けている——紳士たるもの、そういう言葉で表現することはないだろうが——リチャードに、その必要はなかった。

いまも彼女のよき友人でいてくれるリチャードに感謝した。そして、友人になってくれた彼の妻アンナにも。

ゆうべメアリーが到着したあと、三人は楽しい夕食のひとときを過ごした。上等の赤ワインのボトルを数本空け、何時間も笑ったり、噂話をしたり、芸術や歴史やメアリーの旅や政治のことを語り合ったりした。話題は広範囲にわたったが、遠い昔のカーゾン・ストリートでの出来事を連想させるようなものは、巧みに除外されていた。

狭量な社会的慣習を軽蔑しているわたしたちでも、これほど慎重になれるものなのね、とメアリーは思った。なかでもアンナは素晴らしかった。

マフィンとマーマレードの朝食の席で、アンナは不意にボンド・ストリートに買い物に行こうとメアリーを誘った。

彼女はメアリーを見ながら明るい顔でうなずいた。手にしたコーヒーカップが、金で縁取ったソーサーに当たって音を立てた。

意味ありげな沈黙。紫を帯びた淡い青色の雄弁な瞳に見つめられたメアリーは、疲れているし、手紙の返事を書かなければならないからと言って、誘いを断るほかはなかった。

「あら、もちろんそうよね。うっかりしていたわ。じゃあ、あとはリチャードに任せるわ。ふたりで殺風景な書斎に閉じこもって、濃い紅茶を飲みながらするべきことをすませてちょうだい。できるだけ早く終わらせてね。そうしたらそのあとで、馬車で出かけましょう」

お見事ね、アンナ。そしてこんなに素晴らしい配偶者を見つけたリチャードも。

「どうぞ入ってくれ」書斎に閉じこもってからちょうど二時間、アンナのノックに応えてリチャードが言った。

両親は時々、こういうことをしていたとメアリーは思い出した（「一時間は、あなたとお客様の邪魔はしませんわ、ジョシュア」「一時間半にしてくれないか」）。笑顔でテーブルに歩み寄り、書類をまとめはじめたアンナを見ながら、メアリーはつかの間羨望《せんぼう》を覚えた。

一度だけよ、と自分に言い聞かせる。いい友人であるふたりを訪ねているあいだ、こんな気持ちになっていいのは一度だけ。ふたりはいかにもお似合いだったし、互いの信念やこの世界をよりよいものにしていくための己の役割についても完全に一致していた。リチャードが誇りにしている新聞を月に二度刊行できるように、アンナは毎日、この〝殺風景な書斎〟で夫の手伝いをしているのだろう。

リチャードの政治的信条は、一時的な気の迷いではなかった。彼の姿はすでに、家具は古ぼけているものの、集まる人々は希望に溢れている家々の客間でしばしば目撃されるようになっていた。彼は昨年、そういった場のひとつでマシュー・ベイクウェルと出会い、それからまもなくメアリーを彼に引き合わせた。

その後、家の財産を受け継いだリチャードは、その金を〈エヴリマンズ・レビュー〉につぎこみ、彼が高く評価する人々の意見を掲載したり、彼らを上等の食事と酒でもてなしたり、ときにはより具体的な援助をしたりした。メアリーも一度、エドワード・エリオットの名前で、穀物法に関するあまり面白みのない随筆を寄稿したことがあった（今朝リチャードから、ミスター・エリオットはなにかほかに書くつもりはないのだろうかと持ちかけられたとき、メアリーは肩をすくめただけだった）。

アンナとの生活は、リチャードにとってこのうえなく居心地のいいものだったうえ、彼の家の食卓もワイン・セラーも素晴らしいものだった。彼の意見は急進的ではあるが、地に足のついたものであることは事実だった。自分に政治感覚がないことをキットは認めていたが、どんな出来事が起きようとも、暴君たちの王ナポレオンに対するリチャードの英雄崇拝が変わることはないだろうと、何年も前に見事に言い当てていた（ナポレオンが権力の座から追い落とした指導者たちのなかには、確かに暴君もいれば、そうでない者もいた。人の主張が常に首尾一貫していれば、世の中はもっと整然としたものになるだろう。こんなことを考えたり、思い出したりすることがなければ、わたしの人生ももっと整然としたものになるはずなのに）。

「昼食にしましょうか？」

メアリーは目をしばたたいた。アンナがカーテンを開けたので、部屋に明るい日差しが溢れた。

「ええ、いただくわ。とてもお腹がすいているの。馬車で公園に行く約束はどうなったかしら？」

幌つき四輪馬車《バルーシュ》の右側にパーク・レーンが延び、前方にはハイドパークが広がっていた。馬車が公園のなかに入るまで、メアリーはひたすら前方だけを見つめていた。

もう一日滞在することはできないと、彼女はアンナとリチャードに告げた。

「誘ってくださってありがとう。でもジェシカが待っているの。明日の朝早く出発しなくてはならないのよ」

姉に家の管理ができないわけではもちろんなかった。

「彼女が悲嘆に暮れているのをいいことに、執事がいろいろな物を盗んでいたこともあったけれど、いまは新しい執事がよく助けてくれているわ。それでも、いっしょにいてあげる人が必要なの。娘よりも年の近いだれかが。しばらくはジュリアがいたのだけれど、今度はわたしが夏至前夜のパーティーの手伝いをする番よ。去年はもちろんパーティーはしなかったわ。アーサーの喪に服していたし、近隣の治安がひどく悪かったから。いまは、いくらかましになっているみたい。だれも編み機を壊したりはしていないわ」

リチャードが咳払いをした。「近頃は、機械を破壊することはめったにない。実際のところ、ここ数年の活動はかなりの成功を収めた。おかげで労働者たちの給料が上がったんだ。彼らは細心の注意を払って、不正をしている経営者と質の悪いストッキングを作っている機械だけを狙った。自分たちの生計の手段を奪うようなことはしなかったんだよ」

リチャードは言葉を継いだ。「だが繊維業界の最近の不況のせいで、彼らの生活はまた苦しくなっている。凶作と悪天候がそれに追い討ちをかけた」

だれもがオートミールで食いつないでいるとジェシカの手紙に書いてあったわ。それすらも充分じゃないと。

「だが、いい知らせも届いている。議会の改革を主張する団体ハムデン・クラブが、地方でいくつも設立されている。人々が機械打ち壊し運動《ラッダイト》の勝利に自信を得て、ほかになにができるかを考えはじめ、声を上げるようになったんだろう。彼らはトマス・ペイン（小冊子作成者で社会思想家。アメリカ独立やフランス革命に大きな影響を及ぼした）やコベット（ウィリアム・コベット　イギリスの急進的ジャーナリスト・政治家）の本を読みはじめている……」リチャードは言葉を切った。

メアリーがあとを引き取って言った。「〈エヴリマンズ・レビュー〉も読んでいるんでしょうね。そのなかには女性もいると思うわ」

リチャードはうなずいた。「部数もいくらか増えた。啓蒙に貢献できるのは光栄だよ。土地を所有する人間だけが政府を構成するのはおかしいと、考える人が増えている。あれだけの産業があるマンチェスターに、ひとりも議員がいないなんてまったく驚きだ。だがもし尊敬すべき我らが政府が、そういう考え方を無秩序と呼ぶなら……市民集会でその種の話し合いをすることを違法だとして、声高に主張する人間を簡単に逮捕できるように人身保護法を廃止するなら……一月に議会の改革を訴えた人々を無視するなら……」

「ぞっとするわね」アンナが言った。「メアリーやわたしが投票できる権利についても訴えてくれる人がいればいいんだけれど」

リチャードは肩をすくめた。「秘密委員会と名乗る、議会のほら吹きどもが書いた報告書を読むといい。思い上がった愚か者たちは、自由に討議することを〝あらゆる制度の転覆〟と同等にみなし、改革は〝服従という、人々のよき習慣を台無しにする〟と決めつけている」

警戒すべき内容だとキットが言っていた報告書ね。彼とメアリーの立場がどれほど違っているかのさらなる証明だった。

メアリーはため息をついた。「もう一本、随筆を書いてみようかしら。いまのような時代の地方で、貧困にあえぐ妻や母親がどれほど苦しんでいるかについて。あんなに美しいところに住んでいるのに、本当に気の毒だわ」

「戻るのが楽しみなのね」アンナが言った。

「そうなの。でも、ずっと地方にはいられない。劇場や講演や展覧会が大好きなんですもの――あなたたちのような聡明な人たちと会うことも。田舎の暮らしは、ちょっと退屈だわ」

でも少なくとも、パーク・レーンを馬車で走っているときのように、だれに見られている

かを心配する必要はない。

「でも家にいるときには——ええ、あそこがわたしの家なんだと思うわ——友愛組合やキャシー・ウィリアムズの女子のための学校を手伝うのは楽しい。牧師さまとお茶を飲んだり、ジェシカといっしょに慈善活動をしたり、牧草地をひとりで散歩したりするのよ。それに姪もいる。大好きな叔母さんとして、姪から信頼されるのはうれしいものよ。ベッツはもうすぐ十八歳になるの」メアリーは言い直した。「ベッツじゃなかったわ。エリザベスと呼んでほしいって彼女に言われたの」

「どう呼ぶにしろ、彼女がうらやましいわ」アンナが言った。「わたしがそれくらいの年の頃にあなたが叔母さんだったなら、どんなによかったかしら。大人になるのがいやでいやでたまらない日があるかと思えば、次の日には大人になるのが待ちきれなかったりしたものよ。地所の管理があるし、慈善活動はあるし、夏至のパーティーの準備もあるし、お姉さんのお手伝いはさぞ忙しいでしょうね。パーティーにうかがったときに、ご家族にお会いできるのが楽しみよ——それからマシュー・ベイクウェルにも。わたしたちにとっては、ご褒美みたいなものだわ。その前には、ヨークシャーにいるリチャードの叔母のところで、退屈な一週間を過ごさなければならないんですもの」慰めるような口調だった。約束した随筆を忘れないでくれとあわてて言い足したリチャードの声にも同じ響きがあった。

わたしって、そんなに慰めなければならないように見えるのかしら？

いいえ、そんなはずはない。

ビーチウッド・ノウルで送る日々は、忙しく、満ち足りたものになるはずだ。キットに悩まされることもない。彼は決してあそこには来ないのだから。カレーでの再会はすでに過去のものになりつつあった。離婚の手続きがはじまっても、大部分は弁護士に任せておけばいい。マシュー宛の手紙をどう締めくくればいいのかわからず、今朝は途中で放り出してしまったけれど、明日の朝までにはきっとふさわしい言葉を思いつくだろうと、メアリーは考えていた。

7

パーク・レーンの家の書斎のランプの明かりはまぶしすぎたし、暖炉の灰はかきまぜる必要があった。

だれかを呼ぼう。キットは思ったが、本当に彼を悩ませていたのは、いまも耳の奥で響く非難の声だった。辺鄙《へんぴ》な場所にある宿屋での真夜中の誘惑——恋人との再会としては、間違いなく最悪の戦略だ。そもそもぼくは、いったいなにを考えていたんだ？

キットは頭の下に敷いていたブロードの枕を引っ張り出すと、ぎらぎらする明かりを遮るために顔に載せた。頭のなかで響いている不快な声を、同じように遮断できないのが残念だ。八代目ローウェン侯爵の監督のもとで育った彼は、いじめられ、お説教をされ、軽く扱われることには慣れていた。

だが、だからといってメアリーが、無粋だけれど妙に魅惑的な眼鏡ごしに、嘲るようなまなざしを向けてもいいということにはならないし、ふたりで駆け落ちしたときからキットが少しも成長していないと考えていることを、あれほどはっきり宣言する必要もない。あなたはいくら年を重ねても〝浅はかで未熟〟で、わたしが知るだれよりも〝一番自分を律することのできない〟人間なのね。

心地いい音がした。だれかが灰をかきまぜている。顔に載せた枕の隙間から入ってくる光も、さっきより柔らかくなっていた。

部屋はあっという間にあるべき状態になり、執事が軽い夕食をキットに勧めた。

「せっかくだがいらない。腹が……丸一日旅をしたせいか、食欲がない。だが紅茶をもらうよ。そのときにベルチャーもいっしょによこしてくれないか？　ブーツを脱ぐのを手伝ってもらいたい」

彼と彼のブーツにひどく乱暴に扱われている長椅子を見たなら、侯爵未亡人は心を痛めるだろう。メアリーを再び失望させてしまったことも、すぐに母の耳に入るはずだ（トーマスが報告するだろうとキットは考えていた）。

だが、すべてにおいて失望させたわけじゃない。

言い争いにさえならなければ。まだボタンをはずし終えてもいないうちに、あの話を持ち出す必要があっただろうか？

出だしは上々だった。彼女に覆いかぶさり、彼女とひとつになったときは。ことが終わったときには、彼女はかすれた声でこう言ったじゃないか。〝もう一度あなたが欲しいわ。いますぐに〟。

だったらなぜ、ぼくに説教をはじめたりした？

ドーバー海峡は波が高かったが、定期船で過ごした時間は心を落ち着かせるには役立った。

ドーバーで眠れない夜を過ごしたあと、キットはあちこちが痛むほど駅伝馬車に激しく揺られながらロンドンに向かった。蹄《ひづめ》と引き綱とスプリングが奏でるメロディーを伴奏するように、頭のなかではメアリーと交わした最後の言葉が響いていた。

ドーバーからロンドンまでのあいだに、幾度繰り返しただろう？

――ぼくはそんなつもりは……。

――そうでしょうとも。

不公平だ。数週間前、パリの劇場でメアリーの姿を見かけてからというもの、キットの頭のなかには彼女のことしかなかった。正直に言えば、離れて暮らしていたこの九年間、キットはずっと彼女のことを考えていた。片時も忘れなかったというわけではない。従うべき命令があり、果たさなければならない任務があったからだ。けれど彼女の姿、彼女の声は……。

スペインへ向かう道中では、もしも彼が戦場で雄々しく戦死したなら、メアリーはどれほど悲嘆に暮れ、罪悪感にかられるだろうと夜な夜な想像した。

死について考えなくなると――責任と義務を負う仕事についてからだ――彼がどんな人間になったかを知ったら、メアリーはどう思うだろうと思い巡らせるようになった。

いまでは彼を称賛する人間もいる。メアリーの耳にも届いているだろうか？

キットは彼女の噂を聞いていた。海外にいるイギリス人は互いのことをよく知っているものだ。人生を楽しみつつ、ぎりぎりのところで世間体を保っているメアリーに、キットは感嘆していた。ごく一部の人間を除けば、だれもが彼女を受け入れているようだ。

結構なことだ。キットがようやく自分自身に折り合いをつけた方法は、月曜日と水曜日と金曜日は彼女の不貞行為（キットはそう呼んでいた――もちろん自分のしていることは、単なる情事だ）に激怒するが、週の大半（四日は一週間の半分より多い。そうだろう？）はおとなしく耐え、満足した男爵夫人とベッドに横たわりながら、自分の寛容さを嚙《か》みしめるというものだった。

単なるゲームであり、頭のなかだけの遊びに過ぎなかった。共にパリで暮らしながら、ふたりが顔を合わせたことはなかった。キットは、労力の大部分を仕事に注がなければならなかったからだ。イギリスの横暴な同胞に秘密のメッセージを運ぶだけだとメアリーなら言うだろうが、彼の役割は諜報活動と呼べるものへと移行していた。それをどう呼ぶにせよ、情報が滞らないようにすることが彼の仕事であり、彼はそれを楽しんでいた。

軍の規律が自分にとってプラスに働いたことをキットは自覚していたが、いい加減うんざりしていたのも事実だった。祖国に帰りたいと思っていたから、シドマス子爵への紹介状は、いいきっかけになるはずだ。

そんなとき、キットはメアリーに会った。

それは、任務遂行中のヴァリエテ座のロビーだった。キットは礼装で人ごみにまぎれ、髭を生やした紳士からメッセージを受け取り――九時十一分ちょうど、できるかぎり人に気づかれないように――黒い波紋織のネクタイをした金髪のいかした男に、折り畳んだその紙を渡すことになっていた。

その後は好きなように時間を過ごせばいい。男爵夫人はフォーブール・サンジェルマンの自宅にいるから、相手をする必要はなかった。

ロビーにいる人の数は減りはじめていた。任務の第一段階はすでに完了している。第二段階のほうが難しいものになるだろう。

キットがそんなことを考えていたとき、彼女が現われたのだった。思い出が幻影となって現われたのかと、一瞬思った。幻影が息を切らし、気もそぞろで、遅れたことにいらだつことができるのであれば。

大理石の床を急ぎ足で歩くその姿に、幻めいたところはかけらもなかった。淡い象牙《ぞうげ》色の絹の上ではためくローズピンクのイブニング・ケープも、鈴蘭《すずらん》を飾ったピンクと緑色の縞模様のヘアバンドも、すべてが現実としてそこにあった。小ぬか雨が降っているらしく、細かい水の粒がまるでスパンコールのように彼女の巻き髪の上できらめいていた。

頬紅とおしろいのせいか、彼女の頬はキットの記憶ほどにふっくらしてはいなかった。わずかに疲労の影が見えたような気がしたが、有無を言わせぬ堂々とした態度はまさに彼が想像していたとおりのものだった。思わず頬が緩みそうになった。揺れるケープから視線を逸らすのはたやすいことではなかったし、その下の肉体に時の流れがどんな変化をもたらしたのだろうと考えずにいることは、さらに難しかった。はっきりと彼女の姿を見ることはできなかったが、それもどうでもよかった。メアリーはいまも、どこまでもメアリーだ。

なぜ任務遂行中に見かけてしまったのだろう。だが、うんざりするほどイギリス人観光客だらけの劇場やレストランや公園にキットが足を運ぶのは、仕事がらみのときだけだ。

彼女は九時八分にロビーに入ってきて、キットが指定された相手にメッセージを手渡したときにはすでにいなくなっていた。階段を駆け上がっていったに違いない。香りを漂わせるには小さすぎる白い花がいくつか、階段の絨毯に落ちていた。

その花を拾い上げたかったが、人目につくようなことをするわけにはいかなかった。これまではかなりうまくやっていたはずだ。彼女は気づかなかった。そうだろう？ 任務の遂行のためにもそれは重要だった。自分の存在を明らかにするようなことをすれば、重要な情報のやりとりに支障をきたすおそれがある。

キットはその後も、命令どおりに行動した。劇場を出たあとは、尾行されていないと確信が持てるまで、パリのなかでももっとも暗い路地をぐるぐると歩きまわった。

それから男爵夫人の部屋を訪れ、妻と再び恋に落ちたから関係はこれっきりにしてほしいと彼女に告げた。夫人は笑い、泣き、彼を引っぱたくと、露骨な嘘八百を並べ立てる男は紳士ではないと言った。わたしに飽きたのなら、それはそれで仕方のないことよ。でもそんなおとぎ話でわたしを侮辱するのはやめてほしいわ、と。

彼女の助言に従って、翌日仕事をやめるとき、キットは最小限のことしか言わなかった。郊外の宿屋で、愚かしくもロマンチックな仲直りのシナリオを遂行しているときも、おとぎ話は胸にしまったままにした。

その結果がこれだ。

紅茶は冷たくなっていた。暖炉の火は消えている。尊大で、腹立たしくて、けれど魅力的な彼の妻は、彼とは関わりを持ちたがっておらず、いまだにジャコバン派のような急進的なたわごとをぺらぺらとまくしたてることができる。キットのことを八代目侯爵と同じくらい、融通のきかない横暴な男だと考えているのは間違いなかった。さらには、浅はかで未熟で……〝一番自分を律することのできない〟人間だと思っているのだろう……。

そのいずれも事実ではない。

キットは目をしばたたき、自分がそう考えたことに驚いた。自分自身を蔑んでばかりいるわけではないことを知って安心した。彼にもいくつか誇れるものはある。なかでももっとも誇るべきは、指揮する兵士たちから尊敬を勝ち得たことだ。残念ながら時間はかかったが、いまそのことを考えるのはやめようと思った。

それでも、彼はいい兵士だったし、いまはいい市民になりたいと思っていた。社会的秩序を守るため、彼女を含めすべての人のために働く。それが、そんなに悪いことだろうか？

いまもまだメアリーの言葉を気にかけていることに、キットは自分でも驚いていた。だが、だからといってなにが変わるわけでもない。彼女には、姦通者として訴えられることも辞さない恋人がいるのだから。そうまでしてメアリーを自由の身にしたがるほど、彼女に夢中なのだろう。メアリーもまたベイクウェルを深く愛しているに違いない。

離婚へ向けて動き出すことに、ぼくは同意してしまったらしい。自分の担当地域の反抗的な男に対して判事がするように、ぼくは彼女に尾行をつけようとしている。

すべては、そうするように仕向けた彼女のせいだ。

キットは、メアリーのなかに自分に対する愛情が残っていないことを認めたくなかった。互いを笑わせることができていれば、違ったかもしれない。言いかけたことを最後まで言っていれば、相手からもっと違う反応を引き出すことができていれば。たった一度でもいいから。

彼女のため息が――あるいはあえぎ声が――聞こえた気がして、キットは枕の下に頭を突っこんだ。あのあとでなにをするつもりだったかを思い出し、現実にはならなかったあれこれを想像した……。

一時間ものあいだ、互いを非難したり、罵ったりするはずじゃなかった。モリスやあの間抜けな女優やそれ以外の古い記憶を呼び起こすはずじゃなかった。いまさら謝ることなどできるはずもない。そもそもどうやって切り出せばいい？

このまま放っておくことだ。なにも変わりはしない。たとえ謝ることができたとしても、結局はまた言い争いになるのがおちだ。たとえば、イギリスを統治する正しいやり方について。

問題の女性は、侮れない知性だけでなく特筆すべき体の持ち主だったから、思考は同じところを堂々巡りするばかりだった。

あのときも……キットの思いはさらに過去へとさかのぼった。エプロンドレスを着た頑固なお下げ髪の少女を前にしたときも、頭に血がのぼった十三歳の少年は、ばかみたいに自慢話をしてしまったものだ。

　ウェリントンから紹介状をもらった話を改めて彼女に聞かせるため、よろめく足で階段をおりていったときのように。シドマス子爵宛のその手紙には、内務省はぜひクリストファー・スタンセル少佐を雇うべきだと記されていた。

　イギリス中のどんな女性であれ（いまも彼の妻であり、いまも……あらゆることをいっしょにしたいと思っている女性を除けば）それを名誉なことだと考えるだろう。

　忘れるんだ。過去と現在の泥沼も、つらい思い出も、心を引き裂かれるような欲望も。ぼくにはすべき仕事がある。**メアリー、肩書ばかりの形式的なものなんかじゃないんだ。国内の秩序を守るための本当の仕事だ。**もし内務省がぼくを雇ってくれたなら。

　いつまでもこうしていないで、二階にあがって眠るべきだ、キットは思った。

眠るべきだった……だが眠れなかった。

思い出の渦のなかへと、キットは呑みこまれていった。


　カーゾン・ストリートの家の彼女の化粧台に置かれていた小さな銀の鋏《はさみ》で、キットは彼女の髪を切った。肌の下で細い骨と筋肉が震え、暖炉のなかで炭がはぜたことを覚えている。

　鋏は、細い刃の部分をくちばしに見立てたハチドリのような形をしていた。キットは息をつめるようにして、髪を切っていった。うつむいた彼女の首筋ぎりぎりに当てた刃、一連の真珠のような背骨、彼女に触れないように慎重に距離を置いた、むきだしの彼の腕と上半身。髪以外のものに触れたなら、自分を見失ってしまうことがわかっていた。

彼女は腰の上までシュミーズをたくし上げ、金めっきを施した小ぶりの椅子にうしろ向きに座っていた。栗色の巻き毛が着替え室の寄木細工の床に落ち、彼女のはだしの足元に山を作った。

自分の姿を鏡で確かめた彼女は、満足げにうなずいた。

——いいわね。どこから見ても少年だわ。

キットは笑わずにはいられなかった。

——本気で言っているのよ、キット。あなたの上着と裾を切ったズボンをはいて、ばかみたいな伊達男がしている大きくて鮮やかな色のネクタイをすれば、絶対に大丈夫。

キットは彼女を見つめ、男装した姿を想像してみた。

彼女は肩をいからせ、顔をいたずらっぽく歪めて、一日のはじまりに髭を剃ったばかりのキットの表情を真似してみせた。

——あなたのことを観察していたの。彼女がささやいた。

キットは冷静さを失わないようにしながら何気なささそうに肩をすくめて言った。

——うまくいきそうだな。

似合っていないしわだらけの服を着た、髭もはえていない若者——うん、大丈夫だろう。きみは、田舎から来たぼくの遠縁にあたるネッドだ。なにを言われてもただうなずいて、初めて見る都会に茫然としていればいい。モリスが手を貸してくれる。だれかが話しかけてきたら、彼が割って入って、ひたすらくだらないお喋りを続けてくれることになっている。

そうだった、モリスは本当によく助けてくれた。

――それじゃあ、わたしをボクシングの試合に連れていってくれるの？　賭博にも？

――まずはボクシングだな。だれもがリングの上に目を奪われているから。とにかく、やってみよう。

メアリーは、男性のものとされている娯楽におおいに興味を抱いていて、どうしても自分の目で見たいと言い張ったので、キットも最後には折れて、彼自身が面白いと思うものすべてに彼女を連れていくことに同意した。

深紅のネクタイをした彼女がとても魅力的だったということもあるが、彼女の曇りのない勇敢な目を通して、あらゆる娯楽をもう一度新たに経験することができたからだ。メイフェアやセント・ジェームズ、ローウェン城、ビーチウッド・ノウルといった場所以外の刺激的な世界に彼女を連れていき、以前に知り合った奔放な仲間たちに紹介するのは、このうえなく楽しかった。

だが、この世界がなんたるかを理解しているような顔をしていたものの、実際キットにわかっていたのは、自分が危険を好み、変化を求め、運を試したがる傾向があるということくらいだった。そして彼には、自分のその好みを紳士らしく堪能できるだけの経済的な余裕があった（大部分はメアリーの父ジョシュア・ペンリーのおかげだったが）。娯楽以外のものに時間を費やす必要はない。それは彼女も同じ意見だった。

カレーで会ったときに、結婚した最初の年、目的もないその時間を退屈に感じたことはなかったかとメアリーに訊いてもよかった。当時はとてもそんな質問はできなかった――若者にとって、欠点を認めることは裏切りも同然だからだ。不満があることを認めるくらいなら、互いを裏切るほうがまだましだ。

そして、彼と妻はまさにそのとおりのことをしたのだ。

あまりに若く、愚かだった。二十一歳と二十二歳。妻がいるという事実すら、妙に感じられた。キットは幾度も声に出さずにその言葉をつぶやいた。〝妻〟。（さらに妙な響きの）〝ぼくの妻〟。夜中に目を覚ましては、その短い言葉を舌の上で転がし、茫然として首を振る。隣では彼の妻が眠っている。すぐ近くにいながら隠れているようでもあり、かすかに身じろぎするその様をこれほど見慣れているのに、夢の中身を知るよしもない。官能のあえぎ声とにおいに包まれているかのように、彼女は体を丸めていた。

そうしたければ、メアリーを起こし、彼女に触れ、体を重ねることができる。なにをしようと、あるいはなにもしなくても、朝になっても彼女はそこにいる。

たいていは、このあたりまで考えたところで、キットは彼女を起こし、困惑した思いを彼女のなかに解き放つのが常だった。

だがもちろん、彼女がいつもそこにいるというのは間違いだった。彼と彼女——そして彼らの顧問弁護士——は抜け道を見つけ出した。

こういったことを考えていたのはもう何年も前だ。自分以外のだれかに対して責任を持たなければならないときに、こんなことを考えてはいられない。怒りは抑える必要があった。だが、狩人が通り過ぎたあと、キツネが隠れていた穴から顔をのぞかせるように、彼女のちょっとした言葉を聞いて、身を潜めていた怒れる少年が再び姿を現わした。

信頼すべき新しいキット——部下に尊敬され、さらなるキャリアを求めていて、退屈な兄とも楽しげに手紙を交わしている——を彼女に見せたいと思っていたにもかかわらず、足音も荒く彼女の部屋から出てきたのは昔のキットだった。眠りにつこうとしているほかの宿泊客たちのことなど気にも留めず乱暴に扉を閉めると、食堂でメアリーがにらんでいた給仕係の娘を呼びつけた。上等じゃないか。もっとにらむ理由を作ってやろう。

ある方面を得手とする娘——遠い昔、〈ホワイツ〉で男たちからそういう話を聞いていた。フランス娘は、〝昔のキット〟が求めることにはうってつけだった。ただひとつの問題を除けば。〝新しいキット〟は彼女を求めてはいなかった。彼が求めているのはただひとり（ロンドンの仲間たちに、どれほどからかわれることだろう）、もはや彼の妻でいることを望んでいない女性だけだった。

けれどいまパーク・レーンの家の書斎では、どちらのキットもつらい記憶にうんざりしていた。そして、どこまでが昔のキットで、どこからが新しいキットなのかを考えることにも。

しっかりしろ。キットは従僕を呼ぶと、身づくろいをしてベッドに入った。

ナイトテーブルに彼の好きな本が置いてあった。こんなときには読書がいい。だが今夜は、脳裏から離れないイメージ以外、なにも考えたくはなかった。彼女の唇の曲線、なめらかな首筋、いい具合にすりきれたシュミーズの上で怒りにきらめく瞳。

遠縁のネッドの行儀が悪かった夜のことが、不意に思い出された。ほつれたシャツは田舎のいとこにもふさわしくなかったのかもしれない。


――おまえは悪い子だったな、ネッド。

――そうですか？

目を丸くして、頬にえくぼを浮かべたその顔の下で、彼女の手はキットのズボンのボタンに伸びていた。

――おまえには罰が必要だ。ここへおいで。これでおまえにもわかるだろう。規律……というものが。そうだ。前に体をかがめて……。

今夜くらいは、ささやかな楽しみに浸ってもいいだろう。

――そうだ、ネッド。机に頭を乗せるんだ。

ズボンは足首にからみつき、開いた脚の爪先がかろうじて床に届く程度だ。キットはほころびたシャツをまくり上げ、彼女がズボンの下にはいていた男物のドロワーズをずり下げた。

みだらだ。

キットは硬くなった自分のものに手を添え、動かし、そして……己を解放した。欲望から(少なくとも当面は)、責任から、義務から、自分自身の野心から。

さらには、長いあいだ注意深く閉じこめてきた思い出も解放され、いまそれは全面的に、困惑するほどに、そしてどうしようもないほどに現実となっていた。

8

その朝、乗合馬車の乗車場は騒々しかったが、ペギー・ウェイトマンはその光景を楽しんでいた。世間がどう言おうと（レディ・クリストファーと共にあれだけの場所を見てきたのだから、自分には意見を述べる資格があるとペギーは考えていた）、ロンドンはいまも文明世界の中心地だ。観察すべき人間は大勢いる。貸し馬車の手配がつかないことはいささかも気にならなかった。繕いものなど、しなければならない仕事は常にある。

だがレディ・クリストファーは早く出発したくて仕方がないようだったので、ミスター・モリスが乗合馬車の席を手に入れてくれたのだった。ペギーの席は屋根の上だ。気持ちのいい日だったから、住み慣れた場所へと向かう道中は日差しを浴びながらまどろんでしまうかもしれない。今夜遅くには、家に帰り着いているだろう。ペギーは給仕係が運んできたビールを口に運んだ。レディ・クリストファーが気をきかせてくれたのだ。そうでなければ、山のような荷物を見張っているあいだに、すっかり干上がっていたところだ。

眠気が襲ってきたのはビールのせいだったかもしれない――もちろん、フランスで過ごした最後の一週間、あまり寝ていないことも理由のひとつだ。

夜は、ぐっすり眠るよりも素敵な過ごし方がある。

睡眠不足の影響を心配するにはまだ早かったし、トムが睡魔に襲われることはないだろうかと、気を揉む必要もない。ペギーの顔に笑みが浮かんだ。トムだなんて、彼ほど大柄な人にはずいぶんとこぢんまりした名前だ。ペギーが初めて彼をそう呼んだのは、パリにあるレディ・ローウェンの家の食料品室でキスをしたときだった。トムは笑ったが、その呼び名が嫌いでないことはよくわかった。侯爵未亡人は早くローウェン城に帰りたがっていたから、彼もさほど遠くない時期に戻って来るはずだ。ペギーは彼を信じていた。信じない理由がない。そうでしょう？

心配事などなにひとつない。フランスで細々した物をあれほどたくさん買わなければよかったと、少し後悔しているだけだ。故郷にいる家族には、直接現金を渡したほうがいい。とはいえ、彼らに旅の話を聞かせるのは楽しみだった。いとこたち（教師をしているキャシーは別として）は、レディ・クリストファーのおさがりのドレスを着た彼女に感嘆のまなざしを向けるだろう。少女たちが聞きたがる話は……。

彼女以外はだれもが彼をトーマスと呼ぶ。いかにも真面目そうな彼の外観にふさわしい名前だ。ペギーがふたりだけの秘密の呼び名をうっかり口にしてしまったとき、レディ・クリストファーは眉を吊り上げた。女主人は明らかに自分の男性関係のことで悩んでいたし、テーブルにはコルクの栓が開いたままのボトルが置かれ、部屋中にカルヴァドスのにおいが漂っていたから、彼女が気づいたことのほうが驚きだった。レディ・クリストファーからカルヴァドスのにおいを拭き取って、着替えさせるのはひと苦労だった。

けれどレディ・クリストファーはいつもそうだ。意外性に満ち、一貫性がない――たったいままで上の空だったり、本に没頭していたりしていたかと思うと、次の瞬間には鋭い観察眼を披露し、気づいてほしくないことにまで気づくのだ。

ペギーが悲しみにくれていたときには（定期船が岸を離れ、ペギーは遠ざかっていくトムに甲板から手を振っていた）、レディ・クリストファーは顔を背け、無言でハンカチを差し出した。気のきく女主人だと言えるかもしれない。

従僕は、物を取ってきたり運んだりするように訓練された、ベルベットの上着を着た大きな猿のようなものだとトムは言ったが、ペギーはこの仕事を面白いと感じていた。そもそも身のまわりの世話をするペギーがいなければ、レディ・クリストファーはどうやって毎日を過ごすのだろう。

ペンリー夫妻は悪くない雇い主だと言われていたし、娘たち――レディ・クリストファー、ミセス・グランディン、グラスゴーにいるミセス・マクニール――もそれは同じだった。昨年、ミセス・グランディンの執事が露骨な不正を働いたときには、使用人たちはおおいに同情を寄せた。ミスター・ペンリーが密猟者の命を助けたときの昔話は、いまもしばしば彼らの口にのぼる。

末娘がスタンセル家の息子のひとりと駆け落ちしたことは、ミスター・ペンリーにとってさぞかしショックな出来事だったに違いない。キットが彼女を妊娠させたのだろうと人々は考えたが、それは事実ではなかった（運がよければ、そういう事態にはならないという証明でもあった）。当時ペギーはまだ幼かったが、キットが本当に侯爵の息子なのかどうかという話題には、年端のいかない彼女ですらおおいに興味を引かれた。

小冊子を読み、新聞に書かれていることを議論し、夜の会合に出席するようなグレフォードの真面目な労働者たちは、その手のゴシップには加わらなかった。ペギーのいとこのキャシーもそのひとりだ。

「ほかに話すことはないの？」キャシー・ウィリアムズは言った。「貴族がベッドのなかでなにをしているかということ以外に？　現実社会の問題だけじゃ、足りないの？」

だが現実社会の問題は、退屈なうえに手ごわすぎた。ここ最近は困難な日々が続いていたからなおさらだ。どれほど不作が続こうと意に介さず、結婚生活が恥ずべき別居という結末を迎えたあとも、互いに物を投げ合った翌日も、上等の服を着て馬車に乗っているような、ぬくぬくと居心地のいい暮らしを続けている人たちを娯楽の種にしてなにが悪い？

貴族、とりわけ特権階級の人たちを面白がることのなにがいけないの、とペギーはキャシーに尋ねた。わたしたちは、それだけのことをしてあげているわよ。キャシーは答えることができなかった。裕福な貴婦人のメイドの仕事についたのは正解だったわね、とペギーを見下すように言っただけだ。もちろん褒め言葉ではない。キャシーが教師になるための学費を払ったのは、実のところミセス・ペンリーだったのだが。

けれどキャシーはペギーのように、パリやコンスタンティノープルやアルプス山脈や骨董品を見てはいない。旅は人を賢明にするものだ。

わたしは世界を見た、ペギーは改めて思った。わたしには、愛してくれる背の高い素敵な人がいて、彼はきっとわたしを迎えにきてくれる。

天気のいい日で、ペギーはレディ・クリストファーから譲り受けた淡褐色のポプリンのドレスを着ていた。直しを入れたスカートがきれいなドレープを作っていることに満足しながら、グラスをさげにきた給仕係に笑顔で応じる。気持ちが落ちこんでいるらしい女主人のことが、気の毒に思えるほどだった。人ごみのなかに、探していた顔を見つけられなかったのかもしれない。

わたしを口説きたがる男の人がいたとしても、それはわたしのせいじゃないわ、とペギーは思った（鮮やかな色のボタンのついた茶色い上着を着た男性が、こちらに近づいてくるのが見えた）。

なかなか見栄えのする男だったが、頬髯《ほおひげ》は彼女の好みではなかった。トムと同じくらいの長身で、いくらか太り気味だ。ダービーからの夜行郵便馬車から降りてきたところで、道中でよく眠ったらしい血色のいい顔に、南極に氷を売ることすらできそうな力強い表情を浮かべていた。

話をするくらいなら、かまわないわ、ペギーは心のなかでつぶやいた。それ以上のことを求めるのなら、ソーホーあたりに行けばいい。

だが十分ほどたって友人たちが現われると、男は彼女が語った旅の話やグレフォードにいる人たちのことを興味深げに聞いていたにもかかわらず、いかにも偉ぶった様子でその場を去っていった。ペギーはその態度も、男が彼女を友人たちに紹介しなかったことも気に入らなかった。

乗合馬車に人々が乗りこみはじめた。自分たちの鞄やトランクや箱が乱暴に扱われることのないようにペギーが目を光らせているあいだに、レディ・クリストファーは最後にもう一度あたりを見まわしてから、ミスター・モリスの手を借りて馬車に乗りこんだ。馬車のなかは、屋根の上よりも混んでいるうえ、空気がよどんでいるから、ずっと居心地が悪いだろうとペギーは思った。とはいえ屋根の上は、淑女が乗るような場所ではない。

思っていたよりましだと、メアリーは思った。ようやく安堵感が広がった。うしろ向きの座席に腰をおろし、すりきれたクッションからたちのぼるほこりにくしゃみが出そうになるのをこらえながら、共に旅をする乗客たちに会釈をしたが、彼らのお喋りに加わろうとはしなかった。

幸いにも窓際に座ることができたから、遠ざかるロンドンの街並みを眺めているほうがいい。町はずれの住宅街を過ぎる頃には、メアリーはうとうとしていた。目を覚まして持ってきた本を読み終え、再び眠りに落ち、まずい昼食をとり、さらに眠り、午後遅くになる頃には、ずっと以前に同じ道をたどったときの遠い記憶にさまよいこんでいた。その日も今日のようなうららかな日で、やはりうしろ向きの座席に座っていた——いま乗っているものより、はるかに乗り心地のいい馬車ではあったが。

メアリーは十歳だった。甘やかされて育ち、要求が多く、エネルギーがあり余っている十歳。姉のジェシカとジュリアは気分次第で彼女につらく当たったり、かわいがったりした。ペンリー家の二台目の馬車に進行方向を向いて座った姉たちは、いつものごとく窓の外に関心を向けることは一切なかった。メアリーの存在も風景も、彼女たちの目にはまったく入っていない。ふたりの会話と意識は、自分たちが婚約した若い男性のことでいっぱいだった。

彼らの求愛方法がまったく異なっていたこと、そしてそれがいかにもそれぞれの姉にふさわしいものだったことを思い出して、メアリーは愛情のこもった笑みを浮かべた。ジェシカの物語は、ゆったりとした流れに乗って正しい順序で繰り広げられた。アーサー・グランディンは、ジェシカが社交界にデビューした夜、二度ダンスを申しこんだ。翌日にはさっそく自宅を訪れ、大きな花束や気のきいたプレゼントを次々と贈り、やがて金髪で笑顔の准男爵の末息子は、正式に結婚を申しこんだ。

一方、ジュリアの恋愛の進展は早かったうえ、郵便料金を除けば、より経済的でもあった。グラスゴーへの家族旅行中に紹介されたミスター・ジェレミー・マクニールは、帰宅後も毎日手紙を送ってきて、ひと月後には本人が訪ねてきた。一週間もしないうちに彼は結婚を申しこみ、ペンリー家は次女の社交界デビューに費用をかけずにすんだ。

いかにもふさわしい縁組だった。ジェレミーの父親は彼らの父と仕事上のつきあいがあったし、マクニール夫妻は勤勉で頭が切れ、裕福だった。グラスゴーの芸術や学会の後援者たちのなかでも目立つ存在であることを、ジュリアはいまも折に触れては持ち出すほどだ。

姉たちの結婚はこれ以上ないほどうまくいっていて、二年前にアーサーがこの世を去るまでは、だれもが——行儀の悪い十歳の少女以外は——うらやむほど幸せだった。それでも姉たちが、ため息をついたり、くすくす笑ったりしてばかみたい、少女は思った。それでも姉たちが、いやでも妹に注意を向けなければならないときがあった。

「あなたのしわざね、メアリー！　ミス・アーチャー、手に負えない小さな悪党が、わたしたちのボンネットの紐を結んでしまったわ」

「そのうえレモン・ドロップでべたべたよ！　覚えていらっしゃい、あとでお仕置きしてあげるわ」

メアリーは馬車の反対側の隅の安全な場所で、舌を——鮮やかな黄色に染まっていた——突き出した。

「お話をしてほしいんだもの」メアリーは言った。「レスターを過ぎてから、ずっとお話をしてって頼んでいるのに。それなのにお姉さまたちったらずっと、結婚相手のうすのろたちのことばっかり話しているんだもの」

長旅のとき、母親は必ず物語を用意してくれた。メアリーはもう一台の馬車に両親といっしょに乗りたいと懇願し、それがだめなら、うしろを走る荷馬車でもいいと言った。荷馬車に積まれた衣類のトランクや家財道具の入った木箱の上には、使用人たちが腰かけている。だがロマのように旅をすることが許されるはずもなく、ここ最近体調の優れない母親にとって、絶え間なく騒ぎ続ける彼女は重荷だった。

この秋に生まれる予定の赤ん坊にはなにか問題があるようで、医者は残りの妊娠期間を田舎で過ごすことを両親に勧めた。父親の書斎にあった本で見た赤ん坊はおとなしく丸まっていたけれど、この小さな生き物は母のお腹のなかで激しく暴れているに違いないとメアリーは考えた。長すぎる旅にうんざりして、メアリーと同じくらいいらだっているのかもしれない。かわいそうな赤ん坊。かわいそうな弟——みんなの願いどおりであれば。

だれからも男の子であることを望まれて、赤ん坊はすでにかなり窮屈な思いをしていることだろう。母親にとってはこれが、醸造所の跡継ぎとなる息子を産める最後のチャンスだったし、メアリーの前に生まれた男の双子の死の痛手から完全に立ち直っていない父親は、妻の身をおおいに案じていた。

メアリーはそういったことをだれかから聞いたわけではなかった。あちらこちらでつかんだ手がかりや、使用人たちの噂話や、大人たちの顔に浮かんだ表情や、彼女が聞いていないと思って彼らがぽろりと口にした言葉などをつなぎ合わせて推測したことだ。キットもそんなふうにして、侯爵が実の父ではないことを知ったのだ。詮索好きな子供は、知っているべき以上の情報を手に入れるすべを知っているものだ。

彼の出生の秘密を聞いたのは、何歳の時だったかしら？

十四歳？　十五歳？

彼はもうわたしにキスをしていた？　いいえ、もちろんまだよ。だって最初にキスをしたのはわたしからだったもの。その話を聞いた直後ではなかったわ。次の日だった――わたしは心が沸き立つような思いに眠れなくて、ひと晩中寝返りばかりを繰り返していた。許されない欲望のまなざしで見つめられたら、どんなにぞくぞくするかしら。そういう欲望が自分のなかに湧き起こるのは、どんな感じだろう？

　それともそのときのわたしは、欲望を覚えていた？

　キットに対して抱いていたのは、欲望だった？

　キットにキスをしたあと、メアリーはそのとおりだったことを知った。その翌年、彼の学校が休暇のあいだにこっそり会いに行くようになると、キットへの欲望を自覚した彼女の人生はよりややこしいものになった。

　夜になるとメアリーはベッドの下から鍵のついた箱を取り出し、難解なソネットの本といっしょにしまってある日記の最後のページに、クレヨンでいくつかの言葉を書き連ねた。肉欲、渇望、欲望、熱情、気まぐれ、弱点、切望、熱望、そして最後におそるおそる書いたのが、情欲という言葉だった。

　朝になるとメアリーはそのページを破り取って燃やしたが、手遅れだった。それらの言葉はすでに、しっかりと彼女の記憶に刻みこまれてしまっていた。

　日曜日には、彼女の不謹慎な心の内を牧師に気づかれることのないよう、教会の通路の反対側にあるスタンセル家の信者席にいる彼を見つめたりはせずに、固く目をつぶった。

　休暇が終わって彼が何事もなかったかのように学校に戻ると、メアリーはしばしばふたりの秘密の場所を訪れ、どうにかして心の整理をつけようとした。

けれどふたりがついにベッドを共にするまで、メアリーは自分が感じているものの正体を本当に理解することはなかった。

そしてカレーでの出来事以降は、一段と理解できなくなった。

メアリーの思考を中断させ、その無益さを知らしめようとするかのように、馬車ががくんと止まった。

エスリンに着いたのね。馬車の屋根から乗客がひとり降り、ほかの乗客が手を貸して恰幅のいい女性を空いた席に座らせた。

メアリーは目をこすり、旅行用マントをまっすぐに直した。ここからは、ロンドンからビーチウッド・ノウルまでの旅の最後の行程だ。あと一時間ほどで侯爵が所有する広大な土地に入り、さらに一時間も走ればそれよりはずっとこぢんまりした彼らの地所のはずれに着く。

だが――。メアリーの思いは再び過去へとさかのぼった。十歳の少女にとっては、エスリンへの到着は旅がまだはるかに続くことを意味していた。もう大きいのだから物語は必要ないと家庭教師に言われてしまったので、ますます耐えがたいものになった。

「あなたはちゃんと本が読めるでしょう。ほら、『オリジナル・ストーリーズ・オブ・リアル・ライフ』を持ってきてあります。これが気に入らないなら、今日の分のラテン語の宿題がまだ残っていますよ」

旅の最中に？　だがメアリーはミス・アーチャーに舌を突き出す勇気はなかった。とはいえ、ラテン語もごめんだ。やらないですませられるものなら、もちろんそのほうがいい。そこでメアリーは手渡された本を仏頂面で開いた。貧しい人々に自分のお小遣いを分け与えることがなにより好きなふたりの姉妹についての教育的な話だった。

お姉さまたちだって、このふたりよりはましだわとメアリーは思った。たとえ、この界隈で自分たち一家があくまでも二番手にすぎないことや、ローウェン城での舞踏会に招待されないことに文句を言っているとしても。領地の権利に関する父の主張はもっともだと姉たちは考えていた。だとしてもお父さまは、どうにかして侯爵と仲直りすることを考えてもよかったんじゃないかしら？　あのもめ事が起きてから、もう十年近くがたつんだし、お母さまと同じくらいきれいで、でもはるかに魅惑的な侯爵未亡人と知り合いになれれば、さぞ楽しいでしょうに。

「彼女の新しいモスリンのドレスは最新流行のものなのよ。メイフェアの人たちが着ているようなドレスよりずっと優雅だけれど、シンプルで着心地がいいの。一番軽いステーでも大丈夫……」

ジュリアはここで言葉を切り、ジェシカの耳元で何事かをささやいた。ジェシカは息を呑み、くすくす笑いでそれに応じた。

ばかみたい。

メアリーは姉たちに対する新たな反感と、父の確たる強さへの誇りと、非情で残忍なスタンセル家への子供らしい激しい憎悪を覚えながら、本に視線を戻した。

その界隈に住む人間で、敷地の境界が紛争の種になっていることや、メアリーの父の主張のせいで侯爵の訴えが却下されたことを知らない者はいなかった。紛争中の土地の一部について父が不満を申し立てたため、侯爵が訴えていた密猟者は結局罪を問われることはなく、侯爵はその結果に激怒した。隣人を裏切り者のジャコバン派と呼び、ペンリー家の人間と口をきくことを妻と子供たちに禁じた。

だいたい、醸造業者があれほど金を持っていることがおかしい、侯爵はわめきたてた。昔ながらの財産権法が、ここまで軽視されるとはなげかわしいかぎりだ。この国がおちぶれるのも無理はない。

当時メアリーはほんの赤ん坊で、キットもまだ幼かったが、この出来事は彼に強烈な印象を残した。父は怒りに我を忘れるほどだった、と友人になったあとキットはメアリーにそう語った。自分より身分が下の男に打ち負かされたことが、我慢ならなかったんだ、と。

のちにメアリーも侯爵の怒りを身をもって知ることになるが、いまとなってはもうどうでもいいことだ。彼女はぼんやりと窓の外に目をやり、イバラやシデで囲われた霧に濡れた緑の野原を眺めた。楡《にれ》やブナの木が長い影を落とすなかを、馬車は右に左にと揺れながら進んでいく。

馬車のなかの空気はよどみ、田舎道の状態が悪くなるにつれて揺れは激しくなった。メアリーはめまいをこらえようとして目をつぶった。次に気づいたとき、そこはすでにグレフォードで、馬車の窓の向こうにはジェシカの美しい笑顔があった。

ただ、ジェシカの美しさはいくらか色あせたようだった。夫の死がひどくこたえているのだ。快活で明るい夫がインフルエンザで命を落としたことがいまもまだ信じられないかのように、疲れた様子でどこか放心状態にも見えた。アーサー・グランディンは（スカラリー・メイドとのつかの間の情事を除けば）いつも優しくて、気立てがよく、恋に落ちた相手が醸造業者の教養のある娘であったことに満足していた。彼の家柄は申し分なかったが収入だけは乏しかったため、ジェシカの持参金はまさに彼が必要としていたものにほかならなかった。彼と彼を知るすべての人々は、その幸運を当たり前のように受け入れた。

しかし当然のことながら、准男爵の息子にとって醸造所の経営などありえない話だった。ジェレミー・マクニールなら見事にやってのけただろうが、彼は父から受け継いだ自分の仕事ですでに手いっぱいだった。そこでジェシカの父親は、自分の持ち分を売って娘たちのために絶対確実な債券に投資すると、庭園と書斎に引きこもり、最後の赤ん坊（男の子だった）が死産だったあとは、物思いにふけることが多くなった。メアリーの十一歳の誕生日もその頃だったが、気づいた者はほとんどいなかった。

メアリーとジェシカは抱き合い、キスを交わし、笑ったり泣いたりしながら腕を組んで停車場を出ると、ハイ・ストリートへと向かった。道路には深いわだちが刻まれ、最後にメアリーが見たときよりいくらかみすぼらしくなっているようだ。雨の多い冬だったせいかもしれないし、次第に深みを増していく紫色の空がそう見せているだけなのかもしれない。

野卑で、どこか狂気じみた顔立ちの男が、危うくぶつかりそうになりながらメアリーとジエシカの脇を通り過ぎていった。グランディン家の馬車に向かって歩いているふたりに気づかなかったかのようだ。

ずいぶんと失礼な――心のなかでつぶやきかけたところで、メアリーは気だるそうな足取りでこちらに近づいてくる、このうえなく優美な女性に目を奪われた。ほっそりしていて、優雅で、非の打ちどころのないほど美しいのに、大きな目は怒りに燃えている。ジェシカが口にするごくありきたりな言葉ひとつひとつに、怒りをつのらせているようだ。

ベッツ？　メアリーはその名前を呑みこんだ。ジェシカの言うとおりだ――少女はすっかり美しい女性に成長していた。あたかもそこにいるのが王室の人間であるかのように、メアリーはどういうわけか自分がおじけづいていることに気づいた。

「エ、エリザベス？」

彼女は抱きしめられることをいやがっているようだった。

「こんにちは、メアリー叔母さま」エリザベスはメアリーから体を離すと、ペギーと従僕とジェシカの馭者がメアリーの荷物を積みこんでいる馬車へと歩き出した。

「今朝、また口喧嘩をしたの」エリザベスが聞き耳を立てているのを承知のうえで、ジェシカが小声でささやいた。目をすがめ、青いダイヤモンドのようなまなざしで娘の姿を追う。

「夏至の夜に着る新しいドレスのことで。その話はあとでゆっくりね」

馬車はすぐに出発したので、肉付きのいい女性を連れてハイ・ストリートを歩いていくキャシー・ウィリアムズを見かけたが、手を振るだけの時間しかなかった。

「きっと学校の新しい料理人だわ」ジェシカが説明した。「よかったこと。この三週間というもの、キャシーが自分で料理をしていたんですもの。生徒たちの口には合わなかったっていう噂よ」

窓のほうは見ないようにするのよ。メアリーは心のなかでつぶやいた。彼がひらりと馬に飛び乗ったあの場所を通り過ぎるときには、必要なら目を閉じて……。

あの日、若きクリストファー卿と兄のウィリアム卿は馬を駆って村へとやってくると、地元の少年に手綱を預けた。少年の表情は、困惑と不機嫌を絵に描いたようだった。侯爵の息子たちの馬の面倒を見るために遊びを中断させられたことは不満だったが、頼まれたことが誇らしくもあったからだ。

キットは十三歳で、メアリーはひとりぼっちでつまらなかった十一歳の誕生日の埋め合わせとして、十二歳の誕生パーティーを盛大に開いてもらったところだった。母親は慈善活動で手が離せなかったため、メアリーは広場で遊んでいる子供たちにパーティーの残りの砂糖菓子をひとりで配っていた。

すぐそばにいたにもかかわらず、キットはメアリーに気づかなかった。だって気づくはずがないでしょう？　村の子供たちと一時間もいっしょにいたあとだったから、彼女も同じくらいほこりまみれで、服もよれよれになっていた。それにスタンセル家とペンリー家は敵同士だ。

凜と頭をあげ、力強い大きな手（とても少年の手には見えなかった）で何気なく手綱を握ったキットは、高慢そうな表情を浮かべて馬を駆り、その場を去っていった。馬を預かっていた少年は、悪態をつくことで傷つけられたプライドをなだめようとした。馬の上にいるキットたちに聞こえるほどの大声ではなかったが、かなりすさまじい内容——血筋とふしだらな女に関することで、メアリーや姉たちには口にすらできないほど低俗で、けれど興味深いもの——だった。

メアリーは息を呑み、少年と友人たちが土の塊（もっと汚いものもあった）を投げつけるのを見てくすくす笑った。キットと兄はすでにかなり遠いところにいたから、気づいていない。

そうよ、あのスタンセルのうぬぼれ男は、これくらいされても当然だわ。

「もっとやっちゃえ」メアリーはほかの子供たちといっしょになってはやしたてた。「もっとよ、ピーター。もっと投げつけてやって！」

母親がメアリーを迎えに来たのはそのときだった。メアリーは子供たちに別れを告げた。遊びを続けられないことが悲しかったし、なにか見てはいけないものを見てしまった——そしてそれに手を貸した——かのような妙な罪悪感も覚えていた。それまでの彼女は、禁じられていることや、不可思議なことを知るのがなにより好きで、そうやって集めた知識でこの世界を理解しようとしていたから、それは初めての感情だった。

「……それだけじゃないのよ」ジェシカが言った。「新しい洗濯女中《ランドリー・メイド》がいるんだけれど、ペチコートのアイロンのかけ方がどうにも気に入らなくて」ジェシカは窓から首を突き出すと、馭者に声をかけた。「もう少し速く走れるかしら？　ミスター・ドッジ」

エリザベスが再びぎろりと母をにらみつけた。

「無理よ。車輪を直さないかぎりは。忘れたの？」

「そうだったわね」ジェシカは申し訳なさそうにメアリーに笑いかけ、娘にはなだめるような笑顔を向けた。「馬車については、まだいろいろと片付けなければならないことが残っているの。以前の執事がごまかしていたことのひとつよ。馭者と手を組んでいたの。修理はいい加減で、部品は結局交換されないままだったわ」

「あなたも気づいたと思うけれど」こぢんまりした居間で遅めの夕食をとりながら、ジェシカはメアリーに言った。「エリザベスに家の管理ができないわけじゃないの。細かいことにはわたしよりよく気がつくわ。生意気だと言われない程度に礼儀を守って、毎日そのことを教えてくれる。あの子がなにより好きなのは、ローウェン城では何事ももっとうまく行われているって指摘することよ。でも自分ではなにひとつ手伝おうとはしない……」

「わたしと会ってもあまりうれしそうじゃなかったわね。正直言って、いい気持ちはしなかったわ」

「あの子は、世の中の人間を友人と敵のふたつに分けているのよ。わたしと親しい人はみんな……」

洗濯は満足のいく出来栄えだった。ジェシカは繊細な衣類の手入れを自分でするのが好きだったから、部屋のなかはさわやかなにおいが漂っている。メアリーは大きく息を吸いこんだ。

「ここのものほど清潔なリネンはないわね」

ジェシカは笑った。「しゃれ男ブランメルの第一の原則じゃなかった？　きれいに洗濯したリネンがたっぷりなければ、紳士にはなれない」

「淑女にもね」メアリーが応じた。「でもブランメルは、淑女でいることになんの価値も見出せなかったようだけれど」

「これだけ雨ばかり続くと、きちんと洗濯することすら簡単じゃなかったわ。でも今日はとてもいいお天気だったから、なにもかもがこんなにさわやかであなたは運がいいわね。きれいなシーツを敷いておいたから、今夜はゆっくり眠れる……メアリー？」

「あら、ごめんなさい……ちょっとぼんやりしてしまったみたい」

ジェシカはうなずいただけだった。遠い昔、メアリーが家からシーツを持ち出したことを、ふたりはそろって思い出していた。アーサーと子供たちといっしょに実家を訪れていたジェシカが、彼女と口裏を合わせてくれたのだ。

「そういえば、話すのを忘れていたわ」ジェシカが切り出した。「この界隈は、その話でもちきりなのよ」

「機械が壊されたの？　抗議集会？」

ジェシカは首を振った。

リチャードの言ったことが正しければ、政府に抑圧された人たちがひそかに集まっているはず。でもその話題は出さないほうがいい。少なくともいまはまだ、メアリーは思った。

「それでも不満はずいぶんと耳にするわ。あなたも見たとおり、不作法な人も増えたし――仕事が足りないんですもの、無理もないと思うわ。家でパーティーをするときには、若い人たちを臨時で雇ったりして、わたしたちも少しは貢献しているのよ。

でも話というのは、一昨日、キットの兄の九代目侯爵ワットが二度目の脳卒中を起こしたということなの。命は助かったわ。いまはほとんど話もできないけれど、ある程度は回復することをみんなが期待している。息子のジェラルドは大陸にいるんだけれど、呼び戻しているはずよ。

もちろんわたしもお見舞いに行かなきゃならない。でも、いますぐというわけじゃなくて、侯爵夫人がショックから立ち直ってからにするわ。どちらにしても、あなたがここにいるあいだのことだから、ちょっと妙な具合ね。あなたが話題にのぼることはないわ――スタンセル家の人たちは都合の悪いことには気づかないふりをするのが得意だし、わたしもあなたが来ていることは話さない。わたしがあの家を訪れても、あなたは気にしないでしょう?」

「あら、もちろんよ。もちろんお姉さまは行かなきゃいけないわ」

キットも来るのだろうかと、メアリーはつかの間考えた。来るはずがない。彼はロンドンにいたがったのだから。それに、メアリーがここにいることを知っている。

メアリーの表情は内心を雄弁に物語っていた。

「彼に会ったのね。それなのにあなたは、なにも話してくれていない」遠い昔、メアリーがシーツを持ち出したときのように、ジェシカの視線も声も執拗だった。

「明日話すわ。新しい執事とお手洗いの状態を調べてくれる人に会ったあとで。結果を聞くのが怖いわね。あら、それにフレッドが学校でしたいたずらの話も、まだ最後まで聞いていないわ。でも長男は頼りがいのある子に育っているようね。立派に仕事を切り盛りしているってジュリアから手紙をもらったわ——お父さまが生きていれば、さぞかし誇りに思ったでしょうね。そういえば、厨房のミセス・オッティンガーに会いに行くのを忘れたわ。明日にしたら怒ると思う？　今日は長い一日だったの。もう眠らないと……馬車が……」

「いますぐ話してちょうだい。なにもかも」

けれどメアリーは話さなかった。少なくとも、すべてを話すことはなかった。

「ワインを飲んだの」それは事実だ。

「少し、話をしたわ」さらに言い添えた。「彼は謝らなかった。いまもまだ、わたしたちが知っているとおりの傲慢で、無責任な若者のままよ。それから彼はどこかに行って、ひどく酔って帰ってきた」どれも嘘ではない——賢明な省略をしただけだ。

「かわいそうなメアリー。でも正直言って、少し意外だわ。軍であれだけの成功を収めたあとだから……侯爵は弟のことをとても誇らしげに語っていたの。彼の新しい一面だって。だからわたしはひょっとしたらあなたたちが……」

だれもがそうなることを期待しているようだ。

いますぐにそんな期待は捨ててもらおう。

「酔ったうえに、品行も悪かったわ」メアリーは言った。「給仕係の娘を連れこんだの」

「なんてことかしら」

まさにメアリーが望んだとおりの反応だった。「彼は少しも変わっていない。そのうえ、トーリー党の学者ぶった言動を身につけたみたい。政治にまつわる仕事につきたがっているの。それもよりによって内務省で」

「わたしはいまも責任を感じているのよ……彼の求愛に手を貸したことを」

メアリーはため息をついた。「あれを求愛と呼ぶのは正しいのかしら——無鉄砲な若いふたりが、互いに飛びついただけだと思うわ。わたしはとにかく無邪気だったし。お姉さまが自分の身を守る方法を教えてくれなかったら、いま頃どうなっていたことやら」

しばしの沈黙があった。

「でも、カレーで彼と会ったのは、結果的にはよかったわ」メアリーはそう締めくくった。「マシューの存在も、彼が離婚にまつわる不愉快な醜聞を受け止める覚悟であることも、キットに話すことができたから。そのことに関しては、キットも意外と理性的だった。訴訟を起こす気があるみたい。彼にとってもそのほうがいいのよ。もっと若い人と結婚できるんですもの」

「若いだけじゃなくて、頭の中身も軽いんでしょうけれどね」ジェシカが付け加えた。

「そうかもしれないわね」

「マシューへの手紙には全部書いたの？」

メアリーは首を振った。「まだ書き終わっていないの。明日、書くわ。少し外を歩かない？　星がきれい。お父さまの庭園のにおいを嗅ぎたいの」

日が落ちると、薔薇にライラック、菫《すみれ》やレモンバーベナは一段とかぐわしい香りを放つ。イギリスの地方の夜のさわやかな空気は、精霊たちの姿をもぼんやりと浮かび上がらせるようだ。両親の存在を感じることができた。アーサー・グランディンが温かな光となって現われたような気がした。ほかにもいくつか落ち着きのない影が舞っている。そのうちのひとつが黄色い舌をこちらに向かって突き出すのを見て、メアリーは首を振った。ジェシカが自分のほうを見ていないことを確かめてから、メアリーはその小鬼に向かって舌を出した。小鬼は声を出さずにくすくす笑い、森のほうへと去っていった。

「あなたが帰ってきてくれてうれしいわ、メアリー」

「なんだか、ずっとここにいたような気がするわ」

姉妹は互いの頬におやすみなさいのキスをした。

9

この一週間は遅々として進まなかったのか、あるいはあっという間に過ぎ去ってしまったのか、キットにはわからなかった。時間の流れ方がおかしくなったようだ。この数日のことより、過去九年間の出来事のほうがはっきり記憶に残っていた。思い出してみよう。馬に乗って公園を散策し、新しい懐中時計を買い、アパー・ボンド・ストリートで食事をした……それ以外のことはすべて、新しい仕事と病に倒れた兄ワット（地方であれこれと紛争が起きているこの時期に発作を起こすとは、ワットも気の毒に）への不安のせいで、霧に包まれてしまったかのようだ。

そのうえキットはしばしば空想のなかへとさまよいこみ、時に怒り、時に後悔した。苦しいほどリアルで、めまいがするほど肉感的な空想――たとえばカーゾン・ストリートに足を踏み入れた日の午後は、そんな空想が奔流のように不意に襲ってきて一切の彼の動きを封じこめた。

彼の寝室だった部屋の窓を見上げ……深紅の絹の紐を結びつけた寝台の支柱……初めてあ、い、う、ことを試した……手首を引っ張ると、彼女が背中をのけぞらせ、胸を突き出した――

脚を大きく開いて。あの結び目は見事だった。彼女が姉のもとを訪れて留守にしているあいだに練習したのだ。必要な紐の長さも熱心に計算した。

生地屋にはじきじきに足を運んだ。店主は面白がっていることを隠そうともしなかった。紐を求める紳士がほかにもいることは明らかだったが、そのなかでもキットがもっとも若く、もっとも真剣だったのかもしれない。

だがその価値はあった――彼女は大きく目を見開き、激しく身もだえし、ことが終わったあとはうっとりとした笑みに口元は緩んでいた。いつだって彼女は、思ってもみないことをされるのが好きだった。

蘇った記憶にキットは打ち負かされたような気分になり、この通りには二度と足を運ぶまいと固く心に決めた。イギリスに彼が立ち入ることのできない場所があると思うと、いらだちを覚えずにはいられない。

ビーチウッド・ノウルに彼女がいるから、ワットに会いに行かないわけではない。絶対に違う。義理の姉スザンナから、来る必要はないという手紙をもらっていた。町で急を要する仕事があるのに、わざわざこちらに来てまたすぐに帰るのはばかげていると書いてあった。自分のために予定を変えることを夫は望んでいないとスザンナは記していた。彼が内務省に勤めるかもしれないことをワットから聞いたに違いない。

〝そういうことだ、メアリー〟。それがメアリーにとってなにかを意味するとでもいうように、キットは心のなかでつぶやいた。母以外のスタンセル家の人間に対して、メアリーはペンリー家特有の偏見を抱いている。

この中途半端な状態もあと一日で終わる。明日は内務省の大臣と食事をすることになっていた。頭のなかはすでに期待でいっぱいだった。今朝はシティにいるスタンセル家の顧問弁護士シャムウェイを訪ね、自分の財産がどう運用されているのかを確かめた。シドマス子爵との面会に備えて、今夜はどこにも出かけずに書類を読み返すつもりだ。

時間をつぶす必要があるのは、今日の午後だけだった。

いい天気だった。天窓を通して太陽の光が降り注ぎ、階段をおりていくキットのブーツはつややかに光った。

玄関ホールの大理石の壁にはいくつもの鏡がはめこまれていたが、そこに映し出されるのは昔のキットではなかった。

そこにいたのは、ほっそりした少年だった頃には想像もできなかったくらいたくましい肩と上半身を高級なシャツとフランス製の上等なベスト、そしてよくブラシをかけた青い上着で包んだ退役軍人だった。今朝はあの鼻でさえ、それほど見苦しくはない。曲がった鼻も、〝ローマ人の鼻〟で通用するかもしれない（メアリーはいつもそう呼んでいた）。正直に言えば、もっと身長があればと常々思っていた。願っても無駄だとわかってはいたが、自分の足で立つことができるあいだは、その思いが消えないことも承知していた。髪を少し乱してみた。あまりにきちんと整いすぎている。

新聞には、ミッドランズで騒ぎが起きているとはひとことも書かれていなかった。

だが騒ぎは起きないのかもしれない。ワットの最後の手紙によればそういうことになる。

一年ほど前、ワットが定期的に詳細な手紙をよこすようになったときは驚いた。ふたりはそれほど親しい間柄ではなかったからだ。だれとでも仲がよかったのは次兄のウィルで、スペインでコラナに向かう行軍の途中で彼が命を落としたことは、父である八代目侯爵にとっても大きな痛手であり、それによって彼の死期も早まったのかもしれなかった。

田舎暮らしのワットは孤独なのかもしれない。最初の脳卒中の発作のあとはなおさらそうだろう。おそらく、軍功をあげる機会を逸したことを残念がっているのだろうとキットは思った。穏やかなダービーシャーで暮らす九代目侯爵のワットは、軍の英雄となった一家のろくでなしに、自分もまた祖国のために尽くしていることを教えたいのだろう。

キットはそのたびに返事を書いた。最初はうしろめたさと同情から（家から離れたことのない退屈でかわいそうなワット）、次に好奇心から（イギリスの治安判事は、自分たちの担当地域にスパイを置く必要があったのか？）、そして最近では純粋な警戒心から（いまの状況がそれほど危険なら、その必要があったのかもしれない）。

シドマス子爵なら、その危険がどこまで及んでいるかを知っているだろう。明日食事をしながら、尋ねるつもりだった。

「いや、いい」キットはパーク・レーンの家の執事に告げた。「馬車は必要ない。時間は充分にあるから、シティまで歩いて、あたりがどう変わったのかをこの目で見るのも面白いだろう。それに、おまえたちはみんなひどく忙しそうだ」

家じゅう大騒ぎだった。まもなく大陸から戻ってくる侯爵未亡人を迎えるために、メイドは絨毯をはたき、職人たちは、くり形の金めっきを塗り直している。

「素晴らしく仕上がっているよ。本当にぼくは歩きたいんだ」

セント・ジェームズ・ストリートを南東へと歩いていく。〈ホワイツ・クラブ〉の曲線を描く窓に日光が反射していた。あの深々とした肘掛け椅子には、いまはだれが座っているのだろうとキットは考えた。いまもまだあのときと同じ尊大なまぬけどもが、昔と変わらぬ凝った冗談を言ったり、役にも立たない助言をしたりしているのかもしれない。あの椅子の上で白髪を増やし、脂肪をつけ、少しずつ干からびていっているのだろうか。

寄ってみてもいいと、キットは思った。留守のあいだ滞納していた会費を払い、一杯飲みながらひと勝負して、服や馬や結婚で得た財産や賭博で失った金といったありとあらゆる噂話に耳を傾けるのだ。今日の午後は暇な時間がたっぷりあった。〈ホワイツ〉のような場所に、時間をつぶす以外のどんな価値がある？

不揃いな敷石につまずいたキットは、なんとか体勢を立て直した。新しくいろいろなものを建てているせいで、足場が悪くなっている。彼が選んだ道は、どこもかしこもなにかを造っているか、もしくは取り壊しているかのようだった。あたりには作業員たちの怒鳴り声が響いている。新たに越してきた人々や、まもなく取り壊される家や店がかもしだす不安に、空気が震えているようだった。

キットは、テムズ川にほど近いホワイトホール・パレスにやってきた。庁舎の入口に大勢の人々が群がっている――おそらくはまだ給料を受け取っていない帰還兵だ。川からの風は魚と食べ物、タール、木材、船頭の強烈な体臭、さらにはその出所は知りたくないようなにおいに満ちていた。川でボートを一定の速度で漕いでいる男は、さぞかしいいボクサーになるだろうとキットは思った。優れたイギリス人ボクサー同士の試合を最後に観たのはいつだっただろう？

この国の首都はより大きく、にぎやかに、忙しくなっていたが、年を重ね、国のために血を流したいまのキットは、もはや畏敬《いけい》の念を抱くことはできなかった。だが、そのほうがいい。イギリス。祖国。彼と（たとえ彼女がリバプール卿の政府に批判的だとしても）メアリーの祖国。キットはこの国を守りたかった。

「すべて順調です。おこがましくもミスター・ベイクウェルの新しい工場に千を投資させていただいてからは、とりわけうまくいっています。レディ・クリストファーが、えー、彼女ご自身の資金をそちらのほうに投資されて、とてもよい結果を出されたので、同じようにして利益をあげても問題はないだろうと思いまして」顧問弁護士シャムウェイは銀縁の眼鏡をかけた肉付きのいい顔をピンク色に光らせながら、ポンドとシリングとペンスの数字の列に記されたキットとメアリーのいまもまだ共有になっている資産の履歴を、驚くほどほっそりした指で正確にたどった。

——彼がおまえの財産を管理する。

キットとメアリーがスコットランドのグレトナで駆け落ち結婚をして戻ってきたあと、侯爵はそうキットに告げた。

——わたしの顧問弁護士がペンリー家の弁護士と会った。

侯爵は言葉を継いだ。

——おまえに財産を分与した。長年、懸案となっていた問題も片付けた。ペンリーは地所の境界についてのばかげた訴えを取り下げた。だがその代わりに、資産の一部を彼女名義の信託にすることを要求してきた。つまり、おまえの義理の父親となった男は……。

侯爵はその言葉を吐き捨てるように言った。

——わたしと同様に、この、うむ、誤った縁組を快く思っていないということだ。おまえたちがうまくいくと楽観もしていない。

信託財産は、シャムウェイの帳簿上で独立した項目になっていた。その隣が、別居の際の示談金だ。帳簿を確認したキットは、自分には離婚を成立させるための訴訟を賄えるくらいの資産があることを確認した。

「利益をあげているのですから、もちろんなにも問題はありませんよ、ミスター・シャムウェイ。わたしはそのためにあなたに代金を支払っているんですから。ミスター・ベイクウェルの仕事がそれほど有望なら、もう千投資してもいいかもしれない。彼がそれほど有能で、それほど信頼できるのなら」

ごもっともです、シャムウェイは答えた。非常に有望なうえに、前向きなんですよ。先進的で小さな工場ですが、効率がいいにもかかわらず人道的な雇用のモデルだと言えます。

「投資家や慈善家たちを対象に、視察ツアーを行なっているんですよ。女性たちはとても楽しんでいるようです。妻曰く、彼は雄弁で背も高く、見栄えもいいらしく……」

キットは上等の新しい懐中時計に何気なく目をやった。

「おや……もうこんな時間だ。急がなくては。いつもありがとう。それから、見る目のあるミセス・シャムウェイによろしく……」


キットが〈ホワイツ・クラブ〉で受けた歓迎は、もっと心地のいいものだった。英雄として乾杯を受け、素晴らしい食事をふるまわれた。ホイストでいくらか負け、ピケット（共にトランプのゲーム）でその分を取り返し、ごくささいな事柄を対象に賭けをした。ダービー伯爵のお気に入りの闘鶏、エニスバーグ侯爵の離婚にかかる費用、ミスター・スミス・コクランは一日三本のポートワインを二週間続けて空けられるかどうか。そしてキットは、つい最近、自分を対象にして賭けが行なわれたことを知った。

「きみの長兄は病に倒れたし、きみと侯爵の地位のあいだにいるのはあの甥っ子ひとりだ。無鉄砲な若者だよ。去年の狩りでは腕を折った……」

「キットは自分の運のよさに賭けているに違いないさ」ヘンリー・クラリングワースは貴族

のなかでもとりわけ不愉快な男だった。彼がいかにも見下したような態度でメアリーに言い寄っていた夜のことをキットは思い出した（蹴っ飛ばしてやりたかったわ、とメアリーは言っていた）。

話題は当然のごとく、女性のことへと移っていった。この天井の高い部屋でかつてかわされた会話をキットは思い出した。退屈そうな声が時の流れの向こうから聞こえてきた。

——妻だけをベッドの相手にするわけにもいくまい、スタンセル。

——なぜだ？　ふむ、それが無作法だからだな。

——彼女は確かにとてもきれいだし、魅力的だ。だがきみは、同じ醸造業者の作ったシャンパンばかりを飲んではいないだろう？

——残念だがシャンパンではないな。彼女の場合は、エールだ。そうだろう？

一同は笑った。クラリングワースの笑い声がもっとも高らかだった。

——まあいい。ペンリーのエールはイギリス一だ。だから彼の娘も貴婦人でなきゃいけなかった。きみは飲みすぎてはめられたんだよ、キット。たいしたもんだ。

その後に続いたのは、挑発の言葉だった。

——なんだって？　女性ふたりと一度にやったことがないのかい？　本当に？

二十二歳だったキットは、恥ずかしそうにうなずくほかはなかった。それは事実だったが、その夜以降はしばしば経験することになった。

ほかの男たちがそれほど興奮するものの正体を知るために。

金で相手をしてくれるような女たちに、彼自身の黒い欲望をぶつけるために――メアリーにあのようなことをさせるのは間違っているのではないかと、思いはじめていたからだ。彼女も楽しんでいるように見える――だが、ちゃんとした家の女性が本当にあんなことを楽しめるものだろうか？

なにより重要なのは、裕福な醸造業者がスタンセル家の息子を夫として娘に買い与えたように世間の人々の目には映っていたとしても、実際のところキットにはなんの義務もなく、なんでも自分の思うがままにできるのだと証明することだった。

そしていまとなっては、キットは確かに好きなように振る舞うことができた。

キットがなにをしようと、彼女は（そして、長身で評判のいい彼女の恋人ミスター・ベイクウェルも）少しも気にかけてはいなかった。

キットはカードの読みを誤った。

クラリングワースの無邪気そうに見開いた目を見つめ、彼が切り札を出して二百ポンドをさらっていくあいだ、キットの顔に浮かんだ軽率そうな笑みが消えることはなかった。

「やつは金が必要なんだ」レイクスがぼそぼそと言った。「愛人に金がかかるからな。それに、二頭の馬もいる」

クラリングワースは声を立てて笑うと、カードを置いて立ち上がった。

「このへんで失礼して、儲けた分を活用してくるよ。愛人はおだててやらなきゃいけないし、妻はなだめてやらなきゃいけないからな」

〝思いっきり蹴っ飛ばしてやりたいわ〟。メアリーの言葉を思い起こしながら、キットもクラリングワースのあとを追うように部屋を出た。

パーク・レーンに戻ったキットは、冷めた夕食を書斎に運ばせた。明日の夕食会の席での話題を考えておかなくてはならない。

前年の二月の〈ジェントルマンズ・マガジン〉に、議会委員会の報告書が掲載されていた。初めて目を通したときは、大げさで浮ついたその論調にすっかり読む気を削がれたものだ。ウィーンあたりでよく聞く、耳あたりのいい散文のようだと思った。だが耳あたりのいい口先だけの会話は身につけたし、（いくらかの手助けは必要だったが）ラテン語もマスターした。いずれは、この手の報告書もすらすらと読めるようになるに違いない、とキットは心のなかでつぶやいた。

かつて自分が口にしたばかな台詞を思い出して、キットは自嘲気味に笑った。面白おかしく遊んでばかりはいられないことを学ぶのに、十年の歳月が必要だった。〈ホワイツ〉で過ごした午後は、いい教訓を与えてくれたようだ。

二度目に読む議会委員会の報告書には、重要な言葉がいくつか記されていることがわかった。

……議会の改変を目的とすると称した政治クラブの影響が広がっている……国内のあらゆる村にまで普及し……。

……こういったクラブの本来の目的がなんであれ、議会は躊躇することなく……とりわけ、ランカシャー、レスターシャー、ノッティンガムシャー、ダービーシャーといった地域……さらに低級な職人たちが構成するものに対しては……そこに期待されているのはまさに革命にほかならない。

これは本当だろうか？　根拠となる証拠はあるのだろうか？

議会は情報源を明かしていない。つまり、情報提供者がいるということだ。イギリス人が同胞をスパイしていると考えるのは不愉快なものだ。だがキットが軍の情報部で学んだのは、それよりさらに不愉快な事実だった――その手の情報は、常に信頼できるとはかぎらない。

そのような情報のみに基づいて、同胞のイギリス人に対して武力を用いなければならないというのは、かなり厄介な状況だと言わざるを得ない。

だが、もし情報提供者が事実を語っていたらどうする？　もし、ロンドンの動きを作戦の合図とするように教育されていたら……さほど遠くない未来に、革命家たちが一斉蜂起する計画だとしたら……。

だがやはり裏付けとなる証拠はない。キットが祖国を離れていたあいだに、ワットが彼の情報提供者から耳にしたという事実以外は。キットが祖国を離れていたあいだに、イギリス人の半分は残りの半分の人間のスパイをするようになったのだろうか？

つかの間キットは、シドマス子爵と食事を共にすることへの不安を忘れていた。本当はなにが起きているのだろうという好奇心で、頭のなかはいっぱいだった。

シドマス子爵との夕食が円滑に進んだのは、おそらくそのせいだったのだろう。心からその会話に興味を抱いているときにこそ、人は相手によい印象を与えられるものだ。そのうえシドマス子爵は話術が巧みで、人を惹きつけるすべを心得ていた。

彼はその問題を冷静で落ち着いた口調で語った。

「こういう形で情報を得なければならないとは、残念なことだよ、クリストファー卿。だが、ほかにどういう方法があるというのだ？　諜報活動を否定して、人徳のある者の言葉を受け入れろというのか？　こういう状況においては、そこにある手段を活用するべきではないのか？　幸福とはいえない国で過ごしたきみの経験からしても、我々イギリス人には守るべき価値のあるものがあるのではないかな？」

キットには否定できなかった。

「ここ何年かで、無学の人間たちのあいだに――主に我々の報道機関によって――様々な知識が野放し状態となり広まった。それが、政府に対する怒りを抱えて苦悩する一部の人々に、これまでにないうぬぼれを植えつける結果となったのだ。伝統や文化、自由に使える時間といった幅広い観点を与えてくれるものを持たない人々に」

ヘンリー・クラリングワースを幅広い観点を持つ人間のひとりとして考えなくてもいいのなら、その言葉を受け入れることもできたかもしれない。とはいえ、怒りを抱えて苦悩するのがどういうことなのか、キットにはよくわかっていた。賢明な決断を下すのに役立つとは言えない。

「急進主義者たちがそういった人々を駆り立てれば、暴力につながる。言論面では、すでに暴力が発生していると言っていい。幸いなことに、我々はこういった事態に対して影響を与えることのできる立場にいる」

暴力は避けられない。問題はその結果だ。

いっしょにシェリーを飲んでいた若い補佐官が、重々しく会釈をしてからその場を去っていった。

シドマス子爵はそのうしろ姿を見ながら笑みを浮かべた。

「彼が食事を共にできないのが残念だ。我々の仕事の本質をきみに説明してくれたはずだ——念入りにね。通信の量は膨大だ。細々したことが山ほどある。だが、そのための時間は……」

なんとも心躍る話だ。内務大臣に食卓へといざなわれながら、キットは心のなかでつぶやいた。紹介状のなかで、将軍はキットの細部に気づく能力をとりわけ称賛していた。

ふたりは、豆とロブスターの絶妙な味わいのスープを飲みながらその紹介状を話題にし、キュウリのピクルスを添えたマトウダイとサーモンを食べつつ、ウィーンで協議された平和協定のことを話し合い、ライム・シャーベットを口に運ぶ一方で、有名な戦闘の話に触れ、ゼリーを添えた鹿の腰肉が運ばれてきたときには、キットの学生時代と家族のことを語り合った。

キットはホイストをしているときのように、表情を一定に保った。従僕がポートワインとソーテルヌ・ワインと共に、見事なパイナップルを運んできた。

九代目侯爵の健康が優れないのは残念だと、シドマス子爵は言った。危機がこれほど差し迫っているいま、我々は九代目侯爵のような治安判事たちの協力をなにより必要としているのだ。

そういうわけで、少なくともひと月はダービーシャーに行ってもらいたいと、シドマス子爵はキットに告げた。

「きみに活動の状況を伝えていた兄上は賢明だった。きみに跡を継がせるためには最適の方法だ。地代を徴収するのはだれにでもできるが、ロンドンの急進主義者たちがきみたちの地所やその近くで暴動を煽《あお》っているいま、重要なのは地方の秩序を保つことだ」

つまりワットから聞いていたことは、自宅を出られない兄の想像上の話などではなかったわけだ。もちろん手を貸すことに異存などない。軍での諜報活動の経験を手に、生まれ変わったキットとして故郷に帰るのだ。

「楽しいひとときだったよ、スタンセル」シドマス子爵が言った。「まさにきみこそ、我々が必要としていた人間だ」

キットは長々と息を吐いた。この一週間、ずっと息をつめたままだったような気がした。

「だが、いまではない。いまはきみの兄上のほうが、ずっときみを必要としている。田舎に帰りたまえ。そこでしっかりと目を光らせていてほしい。危機が迫っているいま、軍隊を出動させるかどうかの判断は、きみたちの協調と明晰さにかかっているのだ。いずれ戻ってきたときに、英国政府《ホワイトホール》にきみの席を用意しようじゃないか」


馬車を手配できたら、明日出発しようとキットは思った。まずワットの情報提供者と話をし、ロンドンに報告する。それから市民軍の人間と会って、必要とする武器が揃っていることを確認する。イギリスの大地に血を流すようなことは避けたいところだ。だが大臣は、暴動が企てられていることに確信を持っていたし、蔓延《まんえん》しつつある毒から地方の人々(どこかの女性と同じように、彼らがすでにその危険を理解できないほど惑わされているとしても)を守ることが至極重要だと考えていた。

忙しくなるだろうとキットは思った(そのほうがよかった)。全力を尽くして、怒りと反逆を相手に戦うのだ。スペインにいた頃からしてきたように。自分自身の怒りと反逆を抑えこむことで、彼は己を救った。その経験を祖国のために生かせることがうれしかった。

毒に惑わされている問題の女性に関しては――とりあえず、互いに距離を置くことが必要だろう。正確に言えば、彼女を自分に近づかせないほうがいい。それが彼女のためだ。

だがそのあとは、自分がどれほど重要な仕事を成し遂げたかを彼女に知らしめたあとは、きっと……。

キットはその夜、ボクシングの試合を観ることで自らの未来を祝い、そのうえ千ポンドも儲けた。ボクシングは素晴らしいスポーツだ。広い会場の向こう側に内務省の若き補佐官の姿を見つけ、キットは手を振った。

だが手を振り返してこなかったところをみると、補佐官ではなかったのかもしれない。派手な茶色の上着に身を包み、頰髯をたくわえた長身の男となにか話しこんでいるようだ。内務省に勤める人間の友人とは思えない類の男だったが、スポーツを前にしたイギリス人はだれもが同等になる。

補佐官であろうとなかろうと、どうでもいいことだった。イギリスが、再び祖国として感じられる。キットは儲けた金を受け取るために、人ごみをかきわけるようにしてテーブルへと歩み寄った。

10

たとえグレフォードの村と海岸沿いの百ほどの村に違うところがあったとしても、初めてここを訪れたよそ者が気づくことはないだろう。そこには、ごく当たり前の店——肉屋、パン屋、郵便局、薬局、品ぞろえの豊富な洋品店など——が並んでいた。本通りの突き当たりには教会があり、市場のある広場のはずれに馬車の乗車場があった。あまり裕福ではない住人たちは村の中心部からはずれたところに住んでいたから、このあたりではあまり姿を見かけない。暇な時間に、靴屋のミスター・ウィリアムズとその日の出来事を語り合う何人かの男たちだけが例外だった。

村の暮らしは同じ日々の繰り返しだったから、馬車の到着はそれだけで話の種になったし、それがロンドン—チェスターフィールド間の定期便以外のものであれば、その度合いは興奮と呼べるほどにまで高まった。

ミセス・ロバーツの店で最初にその音を聞きつけたのはペギーだった。レディ・クリストファーに命じられて一度家まで取りに戻った買い物リストに従って、あれこれと注文をしていたときだ。グランディン家のだれかが、予定より早くこちらに来ることを唐突に思い立ったせいで――それでなくても、ハウス・パーティーの準備で忙しいというのに――急いで用意しなければならないものが山ほどあった。

そのうえ、ミス・グランディンの新しいドレスのことでは、激しいやりとりがあった。ミス・グランディンはむっつりと黙りこみ、彼女の母親と叔母はそれ以上に不機嫌になった。でも、だからといって、レディ・クリストファーがペギーにつらく当たってもいいという理由にはならない――自分が買い物リストを忘れたというのにペギーを責め、うんざりするような暑さのなか、家まで取りに帰らされたのだ。

すべては、ドレスの襟ぐりにつけるレースの高さが原因だった。若い女性の胸元が三センチ余分に見えるか見えないかに、なにか意味があるとでもいわんばかりに……。

だがおおいに意味があることをペギーはよくわかっていた。そういうわけで、馬車の音を聞きつけた彼女は（高級なスプリングがどういう音を立てるのかをトムから教わっていたので、区別ができるようになっていた）、馬車がまだ遠くにあるにもかかわらず、ぴたりと動きを止めて耳に神経を集中させた。

侯爵未亡人とトムだ。

ペギーは外へと走り出て、大小の樽《たる》や箒《ほうき》の前に立ち、馬車が視界に入ってくるのをうっとりしながら待った。顔と肩に日光を浴びてミスター・フレインと並んで箱の上に座る彼を思い浮かべる。ローウェン城に到着した馬車から降りる未亡人に手を貸すために、ズボンと白いストッキングに包まれた脚でひらりと地面に降り立つ彼の姿が目に見える気がした。

馬車が通り過ぎるときには声をかけて、彼とミスター・フレインに手を振ろう……。だが、馬車を駆っていたのはミスター・フレインではなかった。隣に座っている大柄で頭の悪そうな従僕は、トムとは似ても似つかない。

あれも、ローウェン城の馬車だ。何台かあるとトムが言っていた。扉に紋章がある。だがフランスで未亡人が貸してくれたものとは違っていたし、乗っているのも未亡人ではなかった。まず洒落たブーツが現われたかと思うと、男性が馬車から降り立った。彼は靴屋に入っていき、馬車はそのまま走り去った。ローウェン城に向かうのだろうと彼女は思った。

だが彼であれ馬車であれ、行き先などどうでもよかった。彼の到着を報告するのも、ペギーの仕事ではない。広場にいるすべての人々が見守るなかで、レディ・クリストファーがたったいまグレフォードにやってきた人物と遭遇したとしても、ペギーには関係のないことだった。女主人は、まもなく訪問先のキャシー・ウィリアムズの家から戻ってくるだろう（ペギーはいくらか意地の悪い笑みを浮かべた）。いまにも。

「そのほうがいいんじゃないかしら、レディ・クリストファー」キャシー・ウィリアムズが言った。「ミス・グランディンにとっては、あなたとお母さまよりも、お兄さまといとこといっしょにいるほうがいいと思うわ」

女性教師の言うとおりなのかもしれないとメアリーは考えた。エリザベスがキャシーの生徒ではないことが残念だ。

エリザベスをだれかに任せることができれば助かる――お手洗いの修理が終わっていないというのに、四人もの客が思いがけず早く到着することになっているのだ。いいわ、あの人たちには古いほうの棟に入ってもらおう。あそこなら、修理や工事のことを心配しなくてすむ。

なにはともあれ、やってくる客は最高の組み合わせだった。ジェシカの息子フレッドは友人を連れてくるし、エリザベスのいとこファニー・グランディンはお目付け役《シャペロン》の女性といっしょだ。

なによりシャペロンがいるのがありがたかった。四人の若者をピクニックや田舎の散歩に連れ出してもらえれば、メアリーとジェシカは心おきなく二週間分の献立を考えたり、リネンや銀器の状態を確認したり、キャシーが今朝メアリーに提案した計画について考えたりすることができる。

「それって素晴らしい計画だわ、キャシー。できるだけ早く取りかかりたいわね」メアリーは彼女と握手を交わすと、今朝村を出てくるときにはアップル・タルトが入っていた籠を手に取った。

キャシーは村に貯水池を造ることを考えていた。そうすれば女性たちはわざわざ泉まで坂を下っていかずとも、家の近くで水を手に入れることができる。学校のほうも順調で、少女たちはただ丸暗記するのではなく、きちんとフランス語と歴史を学んでいるという。キャシーを訪ねたことで、メアリーの気分はおおいに高揚していた。

資金を調達するための委員会が必要だった。メアリーが――マシューとふたりでこの地を去るまで――会計の責任を持つと言えば、おそらくジェシカが会長を務めてくれるだろう。庭を先導してくれた幼い少女が、門扉を開けてお辞儀をした。メアリーは体をかがめてその頬にキスをしながら、買い物リストを忘れたことは――本当のことを言えば――ペギーにはまったく責任はなかったのだと考えていた。

手紙を投函したらペギーに謝ろうと思った。マシューはきっと、金銭面でも専門知識でもおおいに助けになってくれるだろう。彼なら井戸や貯水池の仕組みを知っているはずだ。彼と力を合わせれば、数多くのことができる。数カ月か一年、離婚の手続きをする不愉快な日々を我慢すれば、わたしの人生はようやく意味のあるものになる。

メアリーは通りですれ違った牧師夫人に笑顔で会釈をした。村には流行に左右されることのない安穏さや、単調であるがゆえに心安らぐ会話があり、生まれたときから知っている親切で尊敬すべき人々がいて、互いを訪問しては交わされる賛辞の言葉もまた昔から同じままだった。

それなのにビーチウッド・ノウルでは……エリザベスのドレスをめぐって大騒ぎだ。母親の神経を逆なですることに関しては、エリザベスはたいしたものだと、ある意味で感心するほどだった。

「二時間後にはローウェン城に行きますからね」メイドがドレスを畳むかたわらで、ジェシカは娘に言った。「遅れないようにしてちょうだい」

「遅れるわけがないわ。お母さまは嫌っているのかもしれないけれど、わたしはスザンナ侯爵夫人のことが好きだもの」

ふたりの憤怒《ふんぬ》の表情は鏡に映したかのようで、いまでこそそれも面白いと思えるが、今朝はとてもそれどころではなかった。メアリーの頭のなかはその場を逃げ出すことでいっぱいになり、あわてて村へと出かけてきたせいで買い物リストを忘れてしまったのだ。そしてその責任をペギーになすりつけた。

だがペギーは、メアリーが想像していたほどには気分を害してはいないようで、ミセス・ロバーツの店の正面のウィンドウに並べられた様々な商品をぼんやりと眺めていた。いまは顔をあげて、靴屋と郵便局がある広場の反対側の通りを見つめている（そうだわ、あとで手紙を投函するのを忘れないようにしないと）。男性がひとり、そちらから近づいてきているからだろう。

おしゃれな青い上着を着たその男性はなかなかに素敵だったが、ペギーが意地の悪そうな笑みを浮かべているのは――彼がだれであるかに気づくと、まったくいまいましい、とメアリーは心のなかでつぶやいた――彼のせいであることも間違いなかった。

ブーツのかかとの修理には一週間かかると靴職人は言った。ずいぶん長いとキットは感じたが、ウィリアムズは棚にずらりと並ぶありふれた靴の山を示した。

まずはこいつらの修理がありますんで、旦那さま――キットが決して彼の主人ではないことを強調するような口ぶりだった。みすぼらしいブーツや木靴にも、一部分だけすり減ったキットのブーツのかかとと同じくらいの価値があるのだと、黒ずんで硬くなった彼の手が告げていた。

驚くようなことではない、とキットは思った。たとえワットの手紙を読んでいなかったとしても、驚きはしなかっただろう。グレフォードに住む人々（と彼らの子供たち）は昔から、独立心を誇りにしていた。ローウェン城の地所に住んでそこで働く人たちに対して、優越感を抱いているのかもしれない。

「わかった」明日、だれかにブーツを持ってこさせよう。

ウィリアムズは了解したというようにうなずき、キットは店を出た。角を曲がって、日の当たる村の広場へと向かう。そこは遠い昔、ジョシュア・ペンリーの娘がみすぼらしい子供たちといっしょになって、彼を見つめていた場所だった。彼はせいいっぱいそれに気づかないふりをした。

馬にまたがり、背中に投げかけられる嘲りの声が耳に入らないかのようにその場を去ったことをキットは思い出した。ローウェン城へと戻る途中で、彼とウィルはミセス・ペンリーらしき美しい女性とすれ違った。大きな籠を抱え、広場に向かってきびきびした足取りで歩いていたにもかかわらず、彼女の動きはまるで水の上を滑っているようだった。彼女は同情のこもったまなざしをキットに向けた。その気遣いが、彼女の娘の敵意と同じくらいわずらわしく感じられたものだ。

あるいはただ、追いかけっこをしている彼女の娘がうらやましかっただけかもしれない。やんちゃな少年だった彼は、父である侯爵を怒らせるようなことばかりしていたが、村の子供たちといっしょに遊ぶなどとは考えたこともなかった。子供たちのほうが、彼と遊びたがっていたと仮定しての話だが。

ふと頭が混乱し、キットは再びミセス・ペンリーの姿を見かけた気がした。細かい黒の水玉模様の白いドレスに黒のショールを羽織り、麦藁《むぎわら》の深いボンネットをかぶっている。片手に籠を抱えて滑るようにこちらに近づいてくる。

だがミセス・ペンリーはとっくにこの世を去っている。

心は時に妙ないたずらをするものだ。メアリーは少しも母親には似ていなかった。ジェシカはたしか長身で金髪、ジュリアはそれより背が低くて父親のような黒髪だったと、キットは記憶を掘り起こした(樽のような体型の夫を少しでも長身に見せるために、前かがみになるような姑息なことを決してしなかったメアリーの母親を、キットは立派だと思っていた)。血色がよく、茶色い瞳のメアリーはそのふたりの中間だった。どちらにも少しずつ似ていたが、全体的に見るとどちらにも似ていない。キットはかつて、〝取り替えっ子〟と彼女を呼んだことがあった。妖精たちがゆりかごから彼女を盗んだに違いない。メアリーはくすくす笑い、ふたりはキスをし、さらにもう一度キスをした(当時、キスはふたりが自信を持ってできることのひとつだった。それ以外の体の触れ合いは、まだ目新しく、慣れなくて、いくらか恐ろしいものに感じられた)。

彼女は取り替えっ子で、キットは（子守係のメイドが彼をそう呼ぶのを聞いたことがあった）〝小さな暗い秘密〟だった。どちらにも属する場所はなく、ただ互いがいるだけだった。少なくともふたりはそう信じ、そう誓い合った――人生と世間の人々と彼ら自身の弱さと愚かさがふたりのあいだに立ちはだかり、それらの意味を突きつけるまでは。

メアリーがいつのまにか母親の優雅さを身につけていたのは驚きだった。せわしなかった足取りと動作が緩やかになっている。少なくとも、この親しんだ風景と故郷のくつろいだ空気に包まれているいまは、そう見えた。

だが、ここはぼくの故郷でもある。

そう気づいたキットは、両脇を人々が通りすぎるなか、自分はいったいどれくらいのあいだ、ぽかんと口を開けてここに立ち尽くしていたのだろうかと考えた。彼女もまたその場に凍りついている。

教会の鐘が十二時十五分を知らせた。

メアリーが歩き出し、キットも一歩足を踏み出した。ほこりのせいでかすむ太陽の光が、店の窓に反射した。キットは進むべき方角を確かめようと、目をすがめた。

ローウェン城の庭への道は左だ。はっきり思い出すことができた。森のなかに続く曲がりくねった小道は絵のように美しく、人目につかない何本かの脇道に通じている。

だがキットはここに長くいすぎた。ローウェン城ではすでに、馭者が彼の到着を告げているだろう。妻のスザンナに促されたワットが、キットに会うために身支度を整える時間は充分あったはずだ。そもそものために――彼らに準備する時間を与えるために――村に立ち寄ったのだから。

そうだ、それが理由だったのではないのか?

キットとメアリーのあいだの距離は、ほんの数十センチになった。キットは足を止めて会釈をした。顎を引いただけだったかもしれない。メアリーが会釈を返し、せわしない足取りで角を曲がり、郵便局のほうへと姿を消した。キットは肩をすくめると、ローウェン城に向かって歩き出した。


あの広場には、何人くらいの人がいたかしら? 肌に突き刺さった好奇のまなざしの数からすると、かなりの人数だったはずだとメアリーは思った。

かまうことはない。彼と言葉を交わしはしなかった。法律上の別居はまだ有効だ。すべてが冷酷なほどに適正だった。

ペギーにも謝る必要はないと思い直した。少なくとも、たいした言葉はいらない。軽くうなずいて(間違いを認める意味で)から、しばらくは不当な非難をしないことを示すために肩をすくめるだけで充分だろうとメアリーは思った。

姉と姪は夕食の席で、ローウェン城で確かに彼を見かけたことを教えてくれた。ふたりが帰ろうとしたときに到着したらしい。

あまり歓迎したくない話題だった。貯水池の計画を話し合いたいとメアリーは思っていた。近々訪れる予定になっているフレッドとファニーのことでもいいし、キット以外の話題ならなんでもいい。たとえば、代数でも。

幸い、エリザベスの頭のなかは母親と叔母には打ち明けられないような考えでいっぱいだったのか、あまり口を開こうとはしなかった。だがジェシカのほうは、自分の所感を述べる義務があるとでも思っているようだった。

「今日ローウェン城で会った彼は、昔よりずっと大人になっていたわよ、メアリー。あ、あなたは、そうは思わないかもしれないけれど。そうそう、明日は教会で聖書を朗読するらしいわ。お兄さんの代わりに。彼のお義姉さんがそうしてほしいと言ったみたいよ。牧師さまと話をしたんですって。お兄さんはとても喜んでいたわ」

つまり、じろじろと見られて不愉快な思いをしたくなければ、メアリーは家にいなければならないということだ。

老いた侯爵がしていたように、キットが聖書朗読台の向こうにいかめしい顔で立つのかと思うと、メアリーはとても信じられずに鼻を鳴らした。聖人ぶろうというのね、ばかばかしい。

彼がこのあたりの主導権を握る一方で、わたしはビーチウッド・ノウルでおとなしくしていなければならないの？

「自分が秩序と公正さの権化になったと信じ込んでいるみたいね。グレフォードを歩きまわって、村の人たちから尊敬のまなざしを向けられるのを楽しんでいるんだわ。心のなかは、昔どおり野放図なままなのに……」

「おかしいわね」ジェシカが言った。「里帰りしてきたとき、あなたは自分のことを同じように言っていたわよ。それに彼はいまや、戦争の英雄ですもの」

いまそれを持ち出すなんて、ジェシカはちょっと卑怯じゃないかしら。

「それに」エリザベスが言い添えた。「とても礼儀正しくて、きちんとした立派な紳士に見えたわ」ほっそりした肩をすくめる。「少なくともわたしにはは」

それを受け入れろというのは、とても無理ね。メアリーは目をすがめて姪を見つめ、言った。

「それにあなたは、若い侯爵夫人のことも好きだものね」

生意気な娘もその母親も、どちらも裏切り者だわ。

ジェシカはどっと笑い崩れた。三人はまじまじと互いを見つめ合った。だれがだれの味方なのか、三人ともわからなくなっていた。

11

　メアリーが教会にいなかったのは幸いだった、とキットは思った。聖書の一節は美しく、彼は立派にそれを朗読した。だが彼女の視線を避けなければならなかったとしたら、あれほどうまくはいかなかったかもしれない。そう、キットにはありありと想像することができた。あなたが聖書を朗読するの？　ペンリー家の信者席から、嘲るような視線を向ける彼女が目に浮かぶようだ。

　実を言えばキットは、聖書を朗々と読みあげることを楽しんでいた。一度など読むのをやめて、友だちとひそひそ声で話している幼い少年をにらんだりもした。

　どうして来なかった、メアリー？　どうしてきみだけが、田舎に暮らす素朴で真面目で上品な女性にならなければいけない？

　籠を抱えて広場を通り過ぎる彼女は、どれほど美しく見えたことか。黒い水玉模様の白いドレス。だがそれは水玉ではなく、ごく小さな花柄だった。彼女がつんと顎をあげてかたわらを通り過ぎたその瞬間に、キットはようやく気づいた。ドレスは風に揺れる軽くて魅惑的な生地で作られていた。その下にひどくいかがわしいシュミーズをつけているのだと想像すると、一層魅惑的に思えた。手首には深紅の紐を巻いている――いやそれは、いかにも淑女らしい彼女の態度に触発された、彼の想像の産物にすぎない。

礼拝のあとキットは、近隣の人々から励ましと称賛の言葉を受けた。市民軍を率いるハルゼー大佐と会えたのもよかったと、彼は思った。ふたりは、翌週に話をする約束をした。キットが朗読台からにらみつけた子供と握手を交わしたときには、だれもがくすくす笑った。もちろんミセス・グランディンと彼女の美しい娘も挨拶にやってきた。残念だったのは、ハルゼーとゆっくり話ができなかったことだ。スザンナがワットのことを心配していたので、急いでローウェン城に帰らなければならなかったからだ。

「あなたの朗読が素晴らしかったことを伝えたら、彼はさぞかし喜ぶわ」キットは馬車に乗りこむスザンナにいくらか躊躇しつつ手を貸した。

彼女はそれほど悪い人間ではないが、型破りなことを嫌うあまり、これまでキットとはあまり関わろうとはしなかった。そんな彼女と途切れがちにでも言葉を交わさなければならないというのは、どうにも気まずかった。

聡明で美しい母親を間近に見て育ったワットがスザンナと結婚したのは、そうしろと言われたからだろうとキットは常々考えていた。そうでなければ、すぼめたような唇と突き出した顎を持つ、小柄で内気で錆色の髪をした女性と結婚したがるはずがない。

だがいまキットは、兄の震える唇にビーフのゼリーをゆっくりとスプーンで運ぶ彼女の辛抱強さに感心していた。シャツの胸元にこぼれたゼリーを拭き取るときに、灰色のドレスのレースの袖口に染みがついたことも、少しも気にしてはいないようだ。

「妙なものでしょうね」ワットがベッドに横になるのを手伝ったあと、彼女はキットに言った。「すぐ近くにレディ・クリストファーがいるなんて。でもあなたが来たから、彼女はきっとロンドンに帰るわね」

キットは笑みを噛み殺した。スザンナが内に強さを秘めていることはわかったが、レディ・クリストファーのことを理解しているとは言えない。

「あなたたちが彼女の家族を受け入れるようになったとは知りませんでしたよ」

「時代は変わったの。諍いの主な理由だった地所の境界の問題は解決したわ。ミセス・グランディンの意見は少し進歩的すぎるとわたしは思うけれど、でもできるかぎりのことをしてくれている。それに彼女は、必要なときには口をつぐんでいることができるの」

義姉とこんな会話をしていることがひどく妙に感じられた。まるでキット自身も、期待されるとおりの存在になったかのようだ。実際にそうなのかもしれない。彼の一部――敵陣の向こうにメッセージを運んでいた彼――はそのことを喜んでいたが、残りの一部はいまにも諜報員として敵に捕まるのではないかと考えていた。

「それにわたしは、ミス・グランディンをとてもかわいがっているのよ」スザンナは言った。「時々、自分から訪ねてきてくれるの。あの子を向上させることに、わたしはひと役買っているんだと思うわ。あの子は、みんなが思っているようなでしゃばりでおてんばでインテリぶった子ではないの。あの子の家族はああだから……」スザンナは顔を赤らめ、そのあとの言葉を呑みこんだ。「ごめんなさい、クリストファー」

「いいんですよ」その程度のことは覚悟していた。

だが予想外だったのは、地所の境界がもはや曖昧ではなくなり、ふたつの家の関係が友好的で安定したものになっているのが残念に思えたことだった。曖昧な境界線上でひそかに友情を育むことには、どこか不思議な魅力があった。

「治安判事の書類にまた目を通したいでしょう？」スザンナはそう言いながら彼を連れて食堂を出ると、廊下を進んだ。

そこは、陰鬱で小さな仕事部屋だった。ワットがいくらか回復したときにキットとふたりで作業できるように、塔の部屋から書類を運びおろしたのだとスザンナは言った。〝回復したとき〟と口にする前に、スザンナはほんの少しだけためらった。

キットは、塔で作業をせずにすんだことにほっとした。かつて父の侯爵は、審判を下すときにキットを塔に呼びつけた。父は机に向かって座り、キットはその前に嘆願者のような面持ちで立つ。

父は怒っていたわけではない。おまえにはまだ怒るだけの価値もないのだと、父は無言で語っていたのだ。たいていの場合、父はうんざりしている半面、いくらか面白がってもいるようだった。そして早く乗馬か釣りに行きたがっていた。キットが学校を追い出されたときもそうだった。メアリーとふたりでグレトナから戻ってきたときも。

婚姻証明書を父に手渡した。教区に登録したあと、弁護士と系図学者のために保管しておくことになっている。

――メアリー・アルテミス？　もっとまともなイギリスの名前はなかったのか？　いかにもペンリー家の人間が考えそうな名前だ。

――はい。ぼくたちはこれに署名しました。

――見ればわかる。

――彼女の名前は美しいとぼくは思います、侯爵。

ある程度の年に達した頃から、キットは常に父を〝侯爵〟と呼んでいた。父は気にしていないようだった。ほかの呼び方をしろと言われたことはなく、それももっともだとそのときのキットは思った。

メアリーの名前を美しいと言ったことで、キットは父にしかめ面をさせることができた。当時のささやかな勝利だった。

キットは自分の記憶の鮮やかさに驚いた。空気のにおいや茂みや生垣のこすれる音や垂れこめる空の重さを体全体で感じているからかもしれない。

グレフォードからの小道を歩いていると、隣に彼女がいる気がした。嵐が近づいていることを教える重たげな空気や芝生の上に、若き頃の自分たちの姿が見えるようだ。

だが、いま隣に彼女はいない。いたいとも思っていない。

仕事に取りかかる時間だった。

階下の仕事部屋の金庫には、情報提供者のトレイナーとの連絡方法を記したメモが入っていた。木のうろにメッセージを入れておくことになっているらしい。あとでその木の場所まで出かけていき、これからは自分が報告を受けると書いたメモを入れておこうとキットは思った。もちろん支払いも彼がする。

書類の内容は興味深いものだった。ゆうべ、その一部は読んだ。すべてに目を通し終えたキットは、軍事通信を解読した人間が感じるような興奮を覚えていた。ばらばらだったものが突如としてまとまって、ひとつの物語を作りあげていることがわかった。実のところ、それは恐ろしい物語だった。ワットからの手紙に書かれていたことすべてを裏づけていて、秘密委員会の主張と完璧に一致していた。

トレイナーがプロフェッショナルでないことは明らかだった。地元の議会改革クラブの動向に関する長々とした報告書は、いくらかおぼつかなくはあるもののきちんとした文字で書かれていたが、論点にたどり着くまでにはかなりの不要な部分を削除しなければならなかった。

会合は〈ホイール〉で行なわれ……出席者は二十三人……

集会を禁止する新しい法律がロンドンで定められてからというもの、地元の反体制派たちの会合は、酒場ではなく納屋で行なわれるほうが多くなっている。それでも、料理や酒を供する場所に集まることが、まだ時折あった。ミスター・トレイナーはまず、参加者たちの食事の説明——だれが骨付き肉を食べ、だれがビールを飲み、だれが金を借りて代金を払わなければならなかったのか——からはじめなければならないと考えたらしい。そういうわけで一部の報告書の最初の数ページは、仲間同士の友情や酒場の居心地のよさで埋まっていた。それを読んでいると、キットは自分がまだ軍にいて、部下たちと酒を酌み交わしながら冗談を言っているような気持ちになった。

だがそれも、肝心な話が出てくるまでのことだった。

ランカシャーとノッティンガムでは、彼らはすべて準備を整え……シェフィールド兵舎を攻撃し、兵士たちを捕らえて……

パリにいた頃、ワットと最後に交わした手紙のなかに、ノッティンガムの近くで暮らすチャールズ・ベネディクト卿が、彼の情報提供者からほぼ同じ内容の報告書を受け取ったと書いてあったことをキットは思い出した。

ベネディクトに手紙を書いて、もっとくわしいことを知る必要がある。

キットは窓の外に目をやり、石楠花《しゃくなげ》の木立の前でスザンナが兄の車椅子を押しているベルベットのような芝生の庭を見つめた。のどかで平和な光景。だれもがそう思うことだろう。

ついこのあいだの二月の終わりまで、キットは陰謀の存在を疑っていた。

去年ワットから受け取った手紙にはまったく切迫感がなかった。ただトレイナーが報告するくらいには、会合が行なわれていたということだけはわかった。農作物の出来が恐ろしく悪いことが判明したあとは、回数が増えていたかもしれない。六月になっても地面には雪が残り、空腹と怒りがふくれ上がったものの、一部の地域のような食糧暴動が起こることはなかった。村の祭りでふるまわれるスモール・ビール（イギリスで中世から飲まれていた、アルコール濃度の低い、ろ過されていないどろどろしたビール）のように、トレイナーの報告書は濃厚そうでありながら、中身がなかった。貧しい人間が酒に酔ったときにいかにも口にしそうな、大げさで、強烈で、くどい言葉の羅列でしかない。

キットがその報告書を重要視しなかったのは、それが理由だった。彼はこれまで腹を立てたり、苦しんだり、ばかにされたりしたことが幾度となくあったから、怒りの理由や種類についてはよくわかっていた。さらに軍隊では、結局行動に移されることなく消えていく、勢いばかりの台詞をいやというほど耳にしていた。

だが最近の報告書からは……彼らの自信や決意や現実が突如として異なるものに変わり、詳細な計画や規律のある組織ができあがっていることが読み取れた。グレフォードのささやかな議会改革クラブの数十人のメンバーでロンドンを乗っ取るなどというのは、まったくもってばかげたたわごとにすぎないが、気にかかるのは、彼らが自らの手でそれを行なおうと計画しているわけではないことだった。

シェフィールドから一万人が送りこまれてくるかもしれない。そのうえバーミンガムにはそれをはるかに超える人員がいる。トレイナーはダービーで会ったミスター・オリバーという男からその話を聞いたらしい。〝彼は来週こちらに来ますから、演説を聞くことができます。茶色の上着とウェリントン・ブーツに身を包んだ立派な男です。ダービーからは間違いなく行軍があるはずです。ロンドン委員会は五万人の動員を見込んでいます〟。そのオリバーという男は、ロンドンの同胞の代表として演説のためにやってきたに違いなかった。機織《はたお》り職人や、ストッキングを編む職人や、指物師や、大工や、ふいごを作っている人間——グレフォードのありとあらゆる労働者たち——は、都会で瓶詰めにされた〝心の毒薬〟を飲まされているのだ。

マンチェスターに義理の弟がいるという男によれば、ロンドンから来たホリスという名の別の男がその地で演説をしたらしい。レスター・ダービー・ノッティンガム地域から三万人がやってくると、マンチェスターの人々に語ったという。

秘密委員会はどういう言葉で記していた？　〝改革クラブのシステムは……イギリス国内のあらゆる村にまで普及し……〟

彼らの命令はすべてロンドンから出されている——その連携と規律はたいしたものだと言わざるを得ない。

キットは、これからしばらくのあいだ、自分が侯爵の代理となることを記した手紙をトレイナーに宛てて書いた。今後も報告を続けてほしい。報酬と命令はわたしが出す。

最初に考えていたよりも、ノッティンガムのベネディクトと話をし、情報を共有するのが重要であることがわかってきた。そこでキットは、ベネディクトに自分の新しい立場を告げ、火曜日は在宅かどうかを尋ねる手紙をもう一通書いた。

手紙を畳んで封をした――トレイナー宛のものは隠し場所に入れておけばいいが、ベネディクトへの手紙は残念ながら郵便代を払わなければならないようだ。ワットの署名があれば無料で出せるが、いま兄にきちんとした字が書けるかどうかを確かめるよりは、金を払うほうがいい。

よし、これでいい。仕事に取りかかったときには、一気にやれることをしてしまうのがキットのやり方だった。キットは自分なりに書類を整理し、手紙類はそれぞれの紙ばさみにきちんと分けて入れ――トレイナー宛のもの、トレイナーからのもの、内務省宛のもの、内務省からのものを――日付順に並べた。机の縁に沿って紙ばさみを並べ終えると、その脇をこつこつと指で叩いた。

トレイナーの次の報告書か、ベネディクトからのさらなる情報が来ないうちは、なにもすることがない。ただ待つだけだ。

それならば、森でも散歩しようか。なつかしい場所を見に行くのも悪くはないだろう。

12

(レディ・クリストファー・スタンセルの日記から)

五月二十五日　日曜日(夜)

教会から戻ってきたエリザベスは、カーソーンのパーティーに着ていくドレスの襟に、わたしが持ってきたベルギーレースを三センチ分つけると言った。〝そのほうがずっと上品だって、お母さまもメアリー叔母さまも思っていたんでしょう?〟

なんとかしてそう思わせようと、ジェシカとわたしが一週間ものあいだ、口を酸っぱくしてそう言い続けていたというのに。けれどエリザベスはどうも、隣の家の男性を素敵だと感じているらしく、あまりに進歩的だったり、ペンリー家らしかったりするものには、彼が眉をひそめるかもしれないと考えているようだ。

腹の立つ話ではあるけれど、ジェシカはとりあえずこの結果を喜んでいる――そして、貯水池委員会の代表を務めると約束してくれた。ほかに頼むことがなかったのが残念だ。息子のフレッドの帰郷を間近に控えていたジェシカは、王国だって譲り渡したに違いない。

だが帰ってきたフレッドを見れば、わたしも納得できた。彼はどれほどアーサーに似ていることか。優しげな笑み、穏やかな物腰、あらゆる人に好感を抱かせるコツを心得ている。一方で、彼の友人の長身で洗練されたアイレス卿は、まるで歩くマント掛けのように見える。おそらく、彼のロングコートに驚くほど何枚もマントがついているからだろうけれど。

紫色の濡れたような大きな瞳と、小さめの頭を包むきれいなウェーブのかかった髪。バイロン卿の言葉を借りれば、悩ましいほどハンサムだ。わたしたちひとりひとりに丁寧にお辞儀をし、わざとらしいほどじっと見つめる。それぞれの感受性の波長に合わせて、その視線は異なる光を放っているようだ。

エリザベスは彼に素っ気なかった。彼女の想像力は隣人に対してしか働かなくなっているのだろう。

(クリストファー・スタンセル卿の書類ばさみのうち、〝騒乱の可能性に関して〟から)

五月二十六日　月曜日

ハルゼー大佐に手紙を書く。来週、六月四日に北部にあるローウェンの休閑地で行なわれる市民軍の訓練の確認。

トレイナーから新たな情報（今朝受け取った）。〝レスターのやつらはノッティンガムまで後退し、そこでヨークシャーの人間を待つ。合流後、ロンドンへと行軍する。途中のいくつかの地点で、ランカシャーとダービーシャーからの人間が加わる。ロンドンで政府の改変を要求する〟

レディ・クリストファーの日記から

五月二十六日　月曜日

朝食のあと、ジュシカの姪のファニー・グランディンとお目付け役のミス・キンバルが到着した。ファニーは好感の持てる顔立ちの娘だ。ミス・キンバルのほうは豊かな赤褐色の髪と如才なさそうなハシバミ色の瞳の持ち主だが、ひどく影が薄いので、ファニーの母親は彼女をそばに置いておくことにいい加減うんざりしているに違いない。

ファニーの両親は、おそらく娘をここによこすだろうとジェシカは予想していた。彼女を見て、わたしもその理由がわかった。もし、地味な姉娘を社交界にデビューさせなければならないとしたら、わたしも妹を田舎に送り出すだろう。エリザベスのように息を呑むほど美しいわけではないけれど、器量はそれなりだ。ファニーの父親は准男爵だけれど、神は時には公平なことをなさるのだという気がする。アイレス卿は彼女の礼儀正しさと身分に興味を引かれたようだが、当の本人はエリザベスと会ったことのほうがうれしいらしい。生まれたときからの友人同士だったから、抱き合って甲高い声をあげていた。それからくすくす笑いとひそひそ話も。そのうちの一部は、間違いなくわたしが対象だった。つまりはキットのことだ……ローウェン城、離婚、カーソーン、洗練といった言葉が聞こえた。

最近の彼をそう評する人もいるだろう。それどころか、軍で身につけたあの身のこなしがあれば、ロンドンのオールマックス社交場でもひときわ目立つはずだ。

今日の午後、フレッドとアイレス卿が射撃をしているあいだ、娘たちとミス・キンバルは、隣人たちを訪問した。ファニーの母レディ・グランディンは、娘が侯爵の機嫌を取ってくれることを願っている。もしキットもその場にいたら、いったいどういうことになっていただろう？

ジェシカとわたしは家にいて、彼女たちとはまったく違う若者たちを出迎えた。ハウス・パーティーの準備を手伝ってくれる村の少年少女たちだ。わたしたちにとっては、地域の人々に仕事を作るいい機会だし、彼らのお腹も満たすことができる。それに一日あれば、執事やメイドたちが彼らに仕事を教えることができる。

ただわたしは、あの人目を引く顔立ちをした少年、ニック・マートンのことが気にかかる。十六歳の頃のキットにどこか似ているからかもしれないし、彼のよそよそしい態度のせいかもしれない。ニックの父親は反乱の疑いで逮捕されるのを恐れて失踪したと、慈善活動のときに聞かされた。だからかわいそうなあの少年には、仕事を与えなければならないような気持ちになった。あの子にはまったく責任のないことだし、そのうえキャシー・ウィリアムズの甥なのだから。面倒を見てくれるようにペギーに頼もう。しなければならないことが山ほどあるのに、ファニーとエリザベスは、訪問からあっという間に帰ってきた。クリストファー卿は仕事でどこかに出かけたという彼女たちの言葉に、ゆっくり耳を傾ける暇もなかった。

キットが？ 仕事？ ありえない。なにかの間違いに決まっている。

クリストファー卿の覚書

五月二十七日 火曜日（遅い時間）

ノッティンガムに行った。ベネディクトは気持ちよく応対してくれた――昼食、ファイル情報提供者の報告書。

メモ：地元の改革クラブは金曜日に会合。おおいに盛り上がる。次回の集会には、ロンドンからの使者ホリスが来る予定――今夜だ。さらなる報告書を手に入れる必要がある……拳銃やそれを取得すべき場所についての論議、槍の束がどこかに隠されているのではないかと情報提供者は考えている。

蜂起は六月九日に決定。

今夜の報告書の写しをベネディクトに送ってもらう。

日没と共に帰宅……明日はいい天気になりそうだ……~~世捨て人の小屋~~。

（最後の言葉は線を引いて消してあった。書類では――そしてなにかを考えているときも――仕事と頭のなかをよぎるくだらないたわごとをはっきり区別しておきたかった）。

13

わたしが心配することではないと、ペギー・ウェイトマンは思った。眠り仕度を整えたあとのレディ・クリストファーがどうしていようと、わたしには関係ない。

寝室に入って扉を閉めると、一日中忙しく、楽しそうに過ごしていた女主人は、すっかり空気が抜けて地面に落ちた風船のようになる。顔色は悪く、覇気がなくなるのだ。彼女をベッドに寝かせ、眠れるように薬を与えるのは簡単だったが、おそらくすぐには眠っていないのだろうとペギーは考えていた。不安を覚えずにはいられなかったが、メイドが口を出すことではない。まぶたが腫れぼったくなるにつれ、女主人はますます――ときに怒っているような態度で――ひとりになりたがったから、なおさらなにも言えなくなった。

ペギーは糸の先を結んだ――レディ・クリストファーはいったいどうやってこのポケットを破いたんだろう？　もちろん彼女は、あのとても親切で感じのいいミスター・ベイクウェルのことをひとりきりで考えていたいのかもしれない。だがそうでないほうに賭けてもいいとペギーは思った。その手のことについては、ペギーも少しはわかるようになっている。だが実のところ、クリストファー卿はトムの足元にも及ばない。顔立ちも、そしてもちろん背丈も。

彼のことを、いまもまだ〝わたしのトム〟と呼ぶことができればの話だが。彼と彼の雇い主は本当にまたイギリスに来るのだろうか？　そしてもし来たとして、彼はどうするだろう？　ペギーの苦しみは募るばかりで、気つけ薬として蓬菊《よもぎぎく》と目草薄荷《めぐさはっか》を使うことを考えはじめたくらいだった。それとも（こちらのほうが、なお悪い）、父が彼女と結婚させたがっているリプリーに住む男性のことを、本気で考えたほうがいいのだろうか。

結局のところ、わたしは自分で思っているほどには、こういうことをわかっていなかったのかもしれない。トムは、わたしのことなどなんとも思っていないのかもしれないし、最初からそんなつもり――彼が言っていたように――はなかったのかもしれない。わたしが彼を必要としているほどには、彼がわたしを必要としていないことは確かだ。わたしは最初から間違っていたのかもしれない。

そのうえ今朝は、きれいな服を着るのが好きだということを、ニック・マートンにしつこくからかわれた。彼に言わせると、ペギーは上品ぶっているらしい。ペギーは自分の出自――本当のイギリス――に誇りを持つのではなく、自分を貴婦人かなにかのように思いたがっているとニックは言った。

ペギーは反論した。本当のイギリスってそんなにいいものなの？　それにいま上品ぶっているのはだれかしら？

そんなわけでペギーは、ミス・グランディンのドレスのための糸を買いに村まで出かけたときにはほっとした。

だがそこで会ったのは、髭を生やした茶色の上着の男だった。ノッティンガムでお会いしましたねと、彼は言った……。近隣に住むあらゆる人々について、またもやあれこれと尋ねたあげく、彼はペギーを散歩に誘った。

あたかも〝散歩〟が本当に彼の目的であるかのように。ペギーがただの軽薄な女であるかのように。けれど近頃ではそのとおりのような気がしていた。わたしはいったいどうなってしまうんだろう？　そのうえ彼女は、父親がおおいに気に入っているリプリーの男のことが大嫌いだった……。

メアリーは、着替え室の片隅で泣きじゃくっているペギーに気づいた。寄木細工の床の上に、ポケットの破れた絹のマント《ペリース》が落ちている。

「どうしたの？」そう言ってから、ばかなことを訊いたわ、とメアリーは心のなかでつぶやいた。「泣かないで。トーマスはきっと来るから。彼はレディ・ローウェンのそばを離れられないのよ。レディ・ローウェンが彼を必要としていることは、あなたもよくわかっているでしょう？　考えていたよりも、準備に時間がかかっているだけよ」

でも、問題は時間ではない。それとも、妊娠を恐れて混乱してしまっている若い娘にとっては、時間はいつだって問題なのかもしれない。もちろん彼女は、口が悪くて厳しい雇い主に、そんなことを認めはしないだろうけれど。

いまその雇い主は、ぎこちないながらもせいいっぱいペギーを慰めようとしていた。床の上で泣きじゃくる小柄な彼女を抱きすくめ、背中をそっと撫でる。やがて泣き声が収まり、はっきりした言葉が聞き取れるようになった。

「馬車の乗車場ね。名前はわからないの？　その人はなんて言ったの？　彼にどんなふうに扱われたの？　まったくひどい話ね」

だが、なによりひどかったのは――腹立たしいというべきだろう――その男がペギーから、雇い主を含め、様々な情報を集めようとしたことだった。キットがメアリーを調査するために、その男を雇ったとしか考えられない。もちろん、離婚のためだ。わたしがビーチウッド・ノウルにいるあいだは、そういうことをしないと約束したはずなのに。

約束にはもう価値がないと、キットは思っているのかもしれない。

「絹《ベリース》のマントはいいから、少し休むといいわ」メアリーは言った。「もう心配しなくていいから。その人は二度とあなたの前には現われないわ」

あなたにこんなことを言わなければならないなんて、思ってもみなかったわ、クリストファー卿。

メアリーの怒りは、彼女のブーツに踏みしだかれる蕨《わらび》の賑々しい音も耳に入らないくらい大きかった。

ローウェン城で彼と対決するつもりだった。必要とあらば、彼の義理の姉の前で。八代目侯爵とは違い、彼がこの地域を治めているわけではないのだ。

彼は約束をした。その約束は守ってもらう。

馬車を使ってもよかったのだが、歩きたい気分だった。歩いていくのなら、小川に沿ったこの道がローウェン城までの一番の近道だ。このあたりの地形を知らなければ、そうは思えないだろうが。その道は世捨て人の小屋まで、〝ごく自然に〟曲がりくねっているように見えた。


ビーチウッド・ノウルの近く、ローウェン城の庭園のはずれに伸びる小道は常に草に覆われ、暗く謎めいていた。簡単に近づけるようなら、世捨て人とは呼べないではないか? 小屋に近づくには、壊れて見えるように造られた踏み段をのぼらなくてはならない。そこをさらに奥へ進むと、立派な暖炉とそれなりに寝心地のいいベッドとちゃんとガラスの入った窓と書き物机を備えた、しっかりした造りの小屋がある。そうでなくてはならなかった。いい地所では、世捨て人も快適に暮らせるものだ。

「新聞に広告を出した」キットがまだスペインにいた頃、メアリーになにか気晴らしが必要だったある日の長い午後に、侯爵はそう言った。

「庭師のミスター・ブラウンのアイディアだ——前世紀にはどういうわけか、よい地所には世捨て人の小屋があるものだとされていたのだ。世捨て人を選ぶのは、当然のことながらわたしの仕事だった。荒々しい目つきをした長髪の男たちにお茶を注ぐわたしの姿を見せたかったよ。そのあいだに、だれがもっとも絵になり、詩的かを妻が見定めたのだ」

　何人かを試したものの、いずれもなにかが欠けていたのだという。

「わたしに、選ぶ目がなかったんでしょうね」レディ・ローウェンがあとを引き取って言った。「あるいは、わたしたちに運がなかったのか。最初に雇った男性は、わたしたちが運ぶ食べ物が気に入らなかったし、次の人は密猟者のグループと組んでいたことがわかったの。三人目は、村の娘たちと離れて暮らすことができなかった」

　とりわけ気に入っていた娘の機嫌を取るために、彼は髪を洗うことさえしたのだとレディ・ローウェンは言った。「その時点で彼にはやめてもらったわ。そのあとで、もうこんなばかなことはやめるようにって、わたしが侯爵を説得したの。どうしても絵になるようななにかが必要だったら、ミスター・ブラウンに造ってもらえばいいって。ロック・ヒルにいまある遺跡がそうよ」

　小屋は取り壊す予定だったが、結局そのままにしてあると侯爵は話を締めくくった。そのときすでにメアリーはその小屋のことを知っていたが、もちろんなにも言わなかった。

　今日その小屋は、いつにも増して絵のように美しかった。窓には蔦《つた》がからみつき、銀色がかった石の壁はところどころが地衣《ちい》や苔に覆われている。どこかの庇の下にある巣から、鳩の鳴き声が聞こえていた。

　それとも煙突に巣をかけているのかもしれない。だとしたら、暖炉に火を入れることはできない。キットが一度、慎重な手つきでそこに火を熾《おこ》したことがあった。彼もメアリーもやり方を知らなかった――もちろんそれは使用人の仕事だ。キットの見事な手並みにメアリーはおおいに感嘆し、寒さから逃れるために小屋にあったぼろぼろのキルトの下で服を脱がなくてもいいことを喜んだ。

初めメアリーは両手で体の前を隠した。キットはその手をはずさせた。メアリーは怖がってなどいないことを見せつけるために、その手を背中で組んだ。

だが最初に小屋を見つけたのはまだほんの子供の頃だったから、それはずっとあとの話だ。その日メアリーは、ペンリー家の地所のはずれをぶらぶらと歩いていた。空想の翼を広げているあいだに、いつしか争いの種である境界線を越え、明らかにローウェン城の敷地であることがわかるあたりにまでさまよいこんでしまっていた。歌ったり、詩を暗誦したりしながら、蕨の茂みのあいだを進んでいく――十二歳前後だったはずだ。

グレフォードで彼を見かけてから、それほどたっていない頃だった。メアリーの息は荒く、胸の鼓動が激しかった――もちろん、彼のせいではない。彼のことなど、考えたりはしていない。息を切らしていたのは、走っていたからだ。ろくに足元を確かめようともせず、跳ぶように走っていた。空が暗くなってきたことも、前触れのような風が吹きはじめたことも、落ちてきた雨が細い道沿いの小川にさざなみを立てるようになってからでさえ、気に留めることはなかったから、気づいたときには、雨が本格的に降り出す前に家に帰り着くには手遅れだった。

メアリーの目にそのかわいらしい小屋は、精霊や妖精の登場するおとぎ話から抜け出してきたかのように映った。なんて運がいいのかしら――彼女は十二歳で、さっきまでの空想の世界にまだ半分浸ったままだったとはいえ、雨宿りできる場所を（それもちょうどいいときに）見つけたことを魔法のおかげだとは考えなかった。

その小屋にはだれもいないようだった――森のなかにだれが住むというの？　だがメアリーは笑顔とお辞儀の準備をしつつ、礼儀正しく扉をノックした。

返事はない。メアリーはノブを回し、扉を開いて、家のなかに一歩足を踏み入れようとした――そこには彼が立ちはだかっていて、メアリーが敷居も越えないうちから、彼女を再び雨のなかへと押し戻した。

「なにすんのよ、ばか」普段なら、こんな悪態を口にすることはない。だが、ここで突き飛ばされるはずではなかった――それも（このときには、彼がだれであるかがわかっていた）あのローウェン城のうぬぼれ息子に。

「女が口にする言葉じゃないな」彼は言った。

「失礼しました」メアリーはつぶやくような声で謝罪した。

彼は首を振った。

「失礼しました、クリストファー卿」メアリーは言い直したが、その声はいかにも不機嫌そうだった。体の大きさもたいして変わらない――だが押しのけようとしたときにはびくともしなかったから、実はかなりたくましいのかもしれない――意地の悪い少年にお辞儀をするくらいなら、雨に濡れるほうがましだとメアリーは思った。

「ここはぼくの家の所有物だ」彼は言った。

「違うわ」メアリーは子供特有の敵対心からそう応じたものの、彼の言うとおりであることはわかっていた。

「いや。きみは、自分がなにを言っているのかわかっていない」

この小屋のことだけじゃないと、メアリーは思った。キットはおそらく、メアリーが村の子供たちと遊んでいた日のことを思い出しているに違いない。

「出ていけ」

「違うわ」メアリーはいくらか力なく繰り返した。「そもそも」よりしっかりした声で（さらに理屈も）付け加える。「入ってもいないところから出ていけない」

嵐のなかに女の子を追い出すかしら？　するかもしれないという気がした。彼はメアリーの肩を押そうとして、両手を持ち上げた。メアリーはぐっと足を踏ん張った。

やってみるといいわ。

だがメアリーを力で組み伏せようとするには、礼儀がありすぎたのか、あるいは上品すぎたのかはわからないが、彼は結局その手をおろした。

礼儀正しいのはいいことではあるが、メアリーの背中とお尻とふくらはぎが雨に濡れている――雨はいっそう激しくなっていた――という事実に変化はなかった。

「でも雨なの」メアリーは悲しげに訴えた。「こんなに濡れてしまったし、家庭教師は悪魔みたいな人で、杖でわたしをぶつのよ。縛られて、鎖でつながれて、罰を受けて、食事もさせてもらえなくて、一週間はパンと水だけで過ごすの」

たとえどれほど扱いにくい子供であっても、ペンリー夫妻は体罰を与えたりはしなかったから、なぜこんな台詞が出たのかはわからない。家庭教師にしても、そうした誘惑にかられることはあったかもしれないが、メアリーは生まれてこのかた一度も体罰を受けたことはなかった。

だが彼女は自分の台詞が気に入った。それほど無力で哀れな状況にいる自分を想像すると、ぞくぞくした。そのうえ、少年も興味を引かれたようだ。

「本当に？」

「本当よ。わたしが罰を受けて叩かれたら、あなたのせいだわ。あなたはそのほうがうれしいんでしょうけど」

キットは声をあげて笑ったが、うしろに下がってメアリーをなかに入れた。

その後はどちらもたいして話すことはなかったから、ふたりは壊れた窓の横に並んで立ち、嵐が過ぎ去るのをなにも言わずに眺めていた。激しい雨が降っていたのは一時で、嵐はすぐに南へと抜けていったので、次の雲がやってくる前にメアリーは家まで走って帰ることができた。

友情のはじまりとしては、あまり幸先がよいとは言えない出来事だった。恋のはじまりとしても、そしてもちろん結婚のはじまりとしても。だがふたりはどちらも翌日には、その小屋に戻ってきた。天気のいい穏やかな日で、メアリーは戸棚からこっそり持ってきた林檎を一個、ポケットに忍ばせていた。

「わたしの家庭教師は、本当はそんなに怖くないの」メアリーは言った。「それに、わたしを叩いたりしないの」

「そうだろうと思った。きみの言うことを信じたりはしなかったよ」キットは笑ったが、どこかほっとしているように見えた。いったいペンリー家のことを、どんなふうに教わってきたのだろう？

「でもあなたは、だれかに叩かれたのね」

彼の鼻に貼られた絆創膏とまわりが黒ずんだ両目は、嵐のせいで小屋のなかが暗かった昨日よりも目立った。

「格闘さ。ボクシング。鼻の骨が折れた」

物語に出てくるような非情な家庭教師の作り話よりも、そちらのほうがはるかにメアリーの興味を引いた。

「痛いでしょう？」

キットは肩をすくめると、メアリーが差し出した林檎をひと口かじってから返した。

「勝ったの？」

キットは再び肩をすくめただけだったが、その痣だらけの顔に誇らしげに浮かんだ痛そうな笑みを見れば、勝ったのだとわかった。

「怪我が治るまで家に帰されたんだ。でも勉強は続けなきゃならない」

「わたしにも見せて」

窓の下の書き物机に、キットは本を広げた。

「ラテン語だ」どうでもいいような口ぶりでキットは言った。「すごく複雑で難しい。男しかできない」

メアリーはのぞきこんだ。

「あら、まだ『シーザー』をやっているの？」

「ずいぶんと楽しい思い出らしいな」彼は腕を組み、戸口に立っていた。メアリーは突然視界に入ってきた彼の姿に、ぎくりとした。

「いつからわたしを見ていたの？」

「きみが笑みを浮かべたあと、どこか悲しげにため息をついたあたりからだ」

わたしは笑みを浮かべていたの？　でも、もうそれもおしまい。

メアリーは大きく息を吸うと、肩をそびやかした。「どうしてわたしを調査させたりしたの？　そんなことはしないって、あなたは言ったのに。信用していたのよ。わたしへの裏切りだっていうだけじゃなくて、ペギーやわたしの家族だっていやな思いをしたわ。わたしをビーチウッド・ノウルに縛りつけるだけじゃ、あなたは満足しないわけ？　そのうえあなたは……自分の本性について、グレフォードにいる人たちを欺こうとしている。とにかく、わたしのことを調べるのだけは我慢できない。だいたい……」

キットは両手を上げた。「待ってくれ。とりあえず説明してくれないか。深刻な話かもしれない。だれかがきみのことを調べているというのか？」

「とぼけないで。ペギーが二度も見たのよ——赤い髭、長身で茶色の上着。それからたしか……」

キットが目をみはった。「やっ、やつだ。本当に？　ペギーは彼を見たのか」

「ほらね、あなたが陰で糸を引いていることくらい、わかっていたわ。その男はずうずうしくも、二度もペギーに近づいたのよ。キット、これって卑怯だし、紳士らしくないわ。あなたは約束して……」

「やつはどっちに行った？」

「わ、わたしに、あなたのスパイの行き先を訊くわけ？」

「メアリー、頼むよ、やつはぼくのスパイじゃない。ちきしょう、やつがどっちに行ったのかをペギーから聞いていれば……ちょっと待てよ」キットはポケットから折り畳んだ紙を取り出した。「やつは……くそっ、シェフィールドに行く途中だ。チェスターフィールド行きの馬車は……？　だめだ。ぼくが村に戻る頃には、やつはもう行ってしまったあとだ。もうどうにもならない」キットはそう言うと、小屋のなかに入った。

その部屋は、覚えていたよりも狭いようにメアリーには思えた。キットはベッドのそばに置かれていた壊れた椅子を、書き物机のところまで引きずってきた。

「書き物机の椅子は、もっとちゃんとしていたように記憶しているんだが。座らないか？」

メアリーは首を振った。「茶色の上着の人がだれなのか、なぜわたしのことを調べていたのかを説明してくれたら、すぐに帰るから。ううん、わたしが言いたいのはそういうことじゃないの。でもあなたにはわかっているんでしょう？　彼が何者なのかも。彼はあなたが雇った……」

「それは違う」

「だれかほかの人が雇ったのね……あなたはその人にお金を借りているの？」

「それも違う。実を言えば、先週、ボクシングの試合の賭けで勝ったし、きみのミスター・ベイクウェルの助言のおかげで、いまのぼくはこれまでにないほど金持ちだ。だが、面白い話だ、メアリー。ほかにどんな罪名をぼくにつけようというんだい？　みだらな誘惑をしたとでも？」

「いいえ、それはあなたの流儀じゃないわ」女をたぶらかす、とメアリーは言おうとしたが、その言葉はすでにカレーで使ってしまっていた。あのときは、考えうるあらゆる侮蔑の言葉を彼に投げつけた。「近頃は、治安判事の真似事をしているの？　他人の権利を侵害した罪で彼を逮捕するつもりだなんて言わないでね」

いかにも面白そうな彼の笑い声が、その考えが的外れであることを教えていた。メアリーは、キットが運んできた椅子に座り、キットはそれ以上にぐらぐらする椅子に腰をおろすと、壁にもたれかかるように椅子をうしろに傾けた。男たちはそうやって、脚とその付近にあるものを見せつけるのが好きだ。

茶色の上着の男については、答えはひとつしかないとメアリーは思った。

「あなたは、彼を革命家だと考えて、行方を追っているのね」

「その話はできない」


そういうことだ。彼女が認めるつもりのない、堕落した政府の仕事。これ以上ここにとどまる意味はなさそうだ。

メアリーは幾分背筋を伸ばした。だがこの小さくて座り心地の悪い椅子の上でこれ以上背筋を伸ばせば、前に滑り落ちてしまうだろう。

「あなたはロンドンにいて、内務省の仕事をしているんだと思っていたわ」

「そうするつもりだ。ワットがよくなったら、戻ってくるように言われている」

「あら、それは……よかったわね」

「ぼくのことを、自分を律することのできない男だとは思わなかったようだ」

「そんなことを言ったのは悪かったわ」

「あの時きみは腹を立てていた。ぼくもだ。もういいさ、メアリー」

メアリーは、最近床についたときに感じるのと同じ震えを覚えた。「もう行かなくちゃ」

キットは肩をすくめた。「わかった。だが、ちょっと待ってくれないか。さっききみは、ぼくのせいでビーチウッド・ノウルに縛りつけられていると言ったね。確かにそれはひどく不公平だ。刺激的な言い方ではあるが、不公平であることに変わりはない。きみが村に出かけるのを邪魔したくはない。籠を抱えたきみは、人一倍魅力的だからね。きみが出かけてもいいときと、ぼくが出かけていいときのスケジュールをたてよう。最大限の自由と、最小限の醜聞の材料というわけだ」

「そうしてもらえれば助かるわ」

「ぼくはそういうことは得意なんだ。いいかい……」

彼の言うとおりだった。ほんのわずかのあいだに、彼は整然として公平なスケジュールをたてた。

彼女をこれだけの時間、引き留めることができたと、キットは思った。だがそれもそろそろ限界らしい。メアリーが立ち上がった。

「どうしてぼくがここにいると思ったんだ？」キットは尋ねた。

「思わなかったわ。わたしはすごく頭にきていて、ローウェン城であなたと対決するつもりだったの。ここに来たのは、ひょっとしたらと思って……」

「ぼくもだ。ひょっとしたらと思ってここに来た。実を言えば、戻ってきてから毎日来ていた」

「偶然ね」

「きみがそう言うのなら」

キットは戸口に立っていたから、その脇をすり抜けて出ていくのは難しかった。妙な話だ。昔キットは、彼女をここに入れまいとしたというのに。

「メアリー？」

「もう行かなくちゃ」

「わかっている。メアリー？」

「なにかしら？」

「黙って聞いてほしい。答えてくれなくてかまわない。メアリー、ぼくは毎日午後一時にここにいる。きみを待っている。きみを求めている。だからといって、なにも変わりはしないんだ。約束するよ——これまで話し合ったことは、すべてそのままだ。だれにも知られることはない。すべてが終わったあとも、きみは自由の身だ」

メアリーはなにか言おうとして口を開いた。キットは一瞬ためらってから、言葉を継いだ。

「わかっている。正しいことでも、いいことでも、有益なことでも、道徳的なことでもない。ただそれがぼくの望みだというだけだ。懇願はしないし、謝ったりもしない。二度は言わない。だからきみはなにも言わなくていいんだ……」

キットは出口をふさいでいるわけではなかった。昔、彼女をこの部屋に入れたように、彼女を外に出してやった。メアリーは無言のまま、振り返りもせずに小道を走り去っていった。何年も前、ここに駆けこんできたときと同じように。

14

彼女が来る可能性はごく小さいのに、そのためにすべきことは山ほどあった。小さいどころか、ゼロかもしれない。それでも、シドマス子爵宛の報告書と提言をいくつか書き終えたあとは、ほかにすることはなかったし、小屋まで薪《まき》を運んでいくことに抵抗はなかった。スペインにいた頃は、野営地周辺の様々な任務を将校自らがこなさなければならないときがあったものだ。それよりは、侯爵の弟が薪を運んでいるところをだれにも気づかれないようにすることのほうが、難しかった。

幸いにも、何気なく作業場に姿を見せたキットに、ミスター・グリーンリーが好奇心を抱いた様子はなかった。それどころか城お抱えの大工は、クリストファー卿があの世捨て人の小屋でひとり物思いにふけるために火を熾したがっていることや、ひとりになるために自ら薪を運ぼうとしていることを、ごく当たり前のこととして受け止めているようだった。

好きなだけ持っていってくださいよ、旦那さま。樫《かし》とセイヨウトネリコの木切れがたんとあります。よく燃えますよ――それから小さな木屑や削り屑も。たきつけがいることは覚えていますよね？　炉のなかでどう薪を組めばいいのかはよく覚えているとキットは答え、教えてくれたミスター・グリーンリーに改めてお礼を言った。教えてもらったのはもう十年以上も前だ……いやいや、お礼なんて。まったく、時間のたつのは早いものですね。

ミスター・グリーンリーが丈夫なキャンバス地の袋に木切れを入れたあと、ふたりは陶製のパイプをふかしたり、形のいいセイヨウトネリコの木材を削ったりしながら、しばし心地よいひとときを過ごした。最近亡くなったミセス・グリーンリーに対するお悔やみの言葉をキットが口にすると、そのあとはどちらも黙りがちになった。キットはその知らせをフランスにいるときに母親から聞いていた。離れた地にいても、母はローウェン城でなにが起きているのかをよく知っていた。ミセス・グリーンリーは昔から病気がちで、残念なことに夫妻には子供がいなかった。

奥さまはイギリスに帰っていらっしゃるそうですね。楽しい旅をなさったことでしょうと、ミスター・グリーンリーは言った。

おおいに楽しんだよ、パリでは自分でなにかの集いを開いていたくらいに。キットはそう言って笑った。だがおまえも知っているだろうが、母はああいう人だ。変わらないよ。

そうですね、奥さまは変わられません。

気持ちのいい男だった。物静かで、見栄えは悪いが、必要なときには必ずそばにいてくれる――困惑するような質問にも、率直かつ勇気づけるような答えを返してくれた。たとえば六歳のキットが、放牧場にいる種馬の行為におおいに興味を引かれたときのように。

シーツとできれば毛布を用意したいと、キットは考えていた。最初のときには彼女がシーツを持ってきてくれたのだが、今回彼女とはなんの約束も交わしていないのだから、彼が持っていくべきだろうと思った。それに、どこにあるかはわかっている。子供の頃、彼には家中に隠れ場所があって、なかでも衣装簞笥が最高だった。

そのうちのひとつは、メイドたちが赤ん坊だったジョージーの世話をしていた育児用の棟にあった。キットは六歳の誕生日を迎えたばかりで、メイドのひとりをとてつもなくきれいだと思っていた。彼女の名前も美しかった――ジェミーマ。長く伸ばす音が好きだった。彼女のことを見つめながらその名を口にすると、お腹のあたりに妙な感覚が走った。空腹のときの感覚と似ていたが、それよりずっと気持ちがいい。子守係のメイドが時々仕事中にするように、彼女がドレスとステーを緩めているときには、その妙な感覚は一層激しくなった。弟のジョージーが生まれた年の七月は、ひときわ天気がよくて暖かかった。

その衣装簞笥には扉にかなり大きな鍵穴があったうえ、キットはごくわずかな空間にもすっぽりと収まるような子供だったから、仕事をしているジェミーマを眺めるのは楽しいだけでなく、ためになることを教えてくれる時間でもあった。彼女が休憩しているときは、一段と楽しかった。

幼い少年というものはみな、そういうことに興味を持つものだろうか？

当時のキットはあらゆることに興味があったが、探し当てた答えに満足したことは一度もなかった。自分がなにを探しているのかをわかっていなかったからかもしれない――大きな意味を持つ答えだったとしても、当時はそのことに気づいていなかったのかもしれない。

いっぱいに伸ばしたジェミーマの脚と緩めたドレスに気を取られ、キットは彼女ともうひとりのメイドの言葉をほとんど聞いていなかったが、いくつかの言葉が耳に留まった。いったいなんで王さまの話をしているんだろう?

いや、違う――王さまじゃない。ジョージ王は陛下《ヒズ・マジエスティ》と呼ばれている……。キットは、ベルとふたりで使っている勉強部屋の壁にかかった版画を思い浮かべた。ジェミーマたちが話題にしているのが、ジョージ王でないことはわかっていた。ふたりは陛下ではなく、殿下《ヒズ・ハイネス》と言った。殿下というのは、プリンス・オブ・ウェールズのことで、もちろん名前はジョージだ。ジョージが多すぎる。赤い顔をした、生まれたばかりの弟も含めて。ジェミーマは赤ん坊を抱き上げると、彼の丸々とした短い脚をぶらぶらさせながら、その頬に音を立ててキスをした。

「まあまあ、殿下にそっくりじゃないの、おちびのジョージー?」

ふたりは声を立てて笑い、キットに妙な気持ちを起こさせないほうのメイドが言った。

「それにしても、奥さまのレディ・ローウェンはたいしたもんだね……ベルとキットは奥さまにそっくりだから、だれが父親なのかなんてだれにもわかりゃしない……毎年狩りに来るベヴィングトン子爵が、ベルお嬢さまにメロメロなのを見ないかぎりはね。リボンやらお菓子やらで、すっかり甘やかしているんだから」

ふたりはさらに大声で笑ったが、それからしばらくは自分の仕事をしているようだった。キットが彼女たちの言葉の意味を考えようとも思わなかったのは、その笑い声があまりに大きくて、荒々しかった――ある意味、怖いくらいだった――からかもしれない。だが、ジェミーマが話題にしていること――正確には、話題にしているだれか――には、耳を傾けずにいられなかった。

「だけど、あの小さないたずらっ子はどうなんだろうね……。ペチコートを卒業したばかりの弟は手も脚もがりがりだけれど、ぼさぼさのモップのような髪の下には天使のような顔が隠れているんだよ。あの子は奥さまの秘密なんだ。黒い秘密……でも近頃ではだれも、その謎を解こうなんて思わない。次の子の父親がだれかということに興味津々なんだから」

家政婦がふたりを追い払わなければ、もっと多くのことがわかったかもしれない。家政婦はジョージーを抱き上げると、新しいレースの服に着替えさせた。寝室では彼の母親が刺繍を施した枕にもたれ、訪れた客たちに息子を披露しようとして待っていた。

妙なことに、それを聞いたときにはたいして気にならなかったと、キットはメアリーに語った（彼女に話したのは、いくつの時だっただろう？　十五歳くらいだったはずだ。学校でオウィディウスについて学んでいた年だ。その頃は彼女のおかげで、ラテン語に興味を持てるようになっていた）。

だがあれは学校のある時期ではなかった。夏で、長い休暇中だった。ふたりは森のなかにいた。暖かくて風はなく、空気は甘いにおいがした。豊かな小川の水が勢いよく流れ、小さな茶色い蝶が忍冬《すいかずら》の蜜を飲んでいた。

最初は喜んだんだと、キットは打ち明けた。きれいなメイドがぼくのことを〝天使のような顔〟って言ったんだから。そのあとで、少し侮辱された気がした。ぼくは、〝ペチコートを卒業したばかり〟なんかじゃなかったんだから。

「そのときぼくは六歳で、一年以上もペチコートなんてはいていなかったからさ」キットとメアリーは声を揃えて笑った。

キットは、耳にしたことをじっくりと考えたという。だがそれでも、その意味を理解するのにしばらく時間がかかった。

「それでも、侯爵はぼくの父親だと思っていた。だって侯爵のことをお父さまって呼んでいたからね――そうじゃないはずがないだろう？　呼び方以外に父親であることを決めるものがあるなんて、ぼくは考えもしなかった」

メアリーが落ち着かない様子でくすりと笑ったので、キットはこんな話を続けてもいいのだろうかと考えた。だがもう手遅れだ。

「ぼくは農家の庭に行って、それから馬のいる放牧場に行った。種馬だ……ほら、わかるだろう？」

メアリーは大きく目を見開き、口をあんぐりとあけた。

「ぼくは……少し怖いと思った。でも運のいいことにミスター・グリーンリーがそこにいて、ぼくの質問に答えてくれたんだ」

彼女はぼくと同じような疑問を抱いたことがあるだろうか？　女の子はああいったことを考えるんだろうか？　でも女の子のほうが簡単なはずだ。そうだろう？　ただ横になっていればいい……。

　女の子とこんな話をするのは悪いことだろうか？　考えるだけでも……。

　自分で制御できることに意識を向けるべきだとキットは思った。

「だれかがぼくや母さんをそのことで侮辱しようとしたら、そいつらはたっぷりと報いを受けることになるんだ。ぼくの鼻が折れたときみたいに。相手はもっとひどかったんだぞ。でもそれからあとは、そのメイドのことをあんまりきれいだとは思わなくなった」

　あの奇妙な感覚に襲われることもなくなった。最近になって、これほど長い時間を森で過ごすようになるまでは。もちろんいまでは、その感覚がなんであるかはわかっている。ただそれは、自分ひとりの胸にしまっておくことにしていた。そこでなら制御ができる。

　その話をしたとき、ふたりは小川のそばにいた。歩きまわったせいでブーツは泥だらけだ。木の葉で汚れを落とそうとしたものの、メアリーのブーツの底には穴があいていて、泥がなかまでしみこんでいた。

「わたし、そのメイドが大嫌い」メアリーは不意に言った。

　メアリーはキットを見た。キットはただ彼女を見つめ返すことしかできなかった。視線を逸らすのは失礼だ。けれどメアリーがブーツのボタンをはずしはじめていたから、本当は目を逸らしたくて仕方がなかった。視界の隅に、彼女が黒いストッキングを脱ぐのが見えた。

彼女は、キットが盗み見ていたメイドのように奔放にも見えるほど何気なく脚を伸ばすと、小川に浸して足を洗いはじめた。

キットは、彼女がハンカチで足を拭き、しばらく日光で乾かしてから再びストッキングとブーツを履くさまを、なすすべもなく見つめていた。

「泥だらけのままブーツを履くのっていやよね」メアリーは静かに言った。「でも、履かないで歩いて帰ったら、もっとひどいことになるわ」

翌日会ったとき、キットは前日のことが夢だったような気がした。メアリーがむきだしの足と足首を見せたりなどしなかったかのように。

だが夢ではありえなかった。夢を見られたはずがない。ひと晩中、起きていたのだから。震え、熱に浮かされたようになって、生まれて初めてといっていいくらいに、自分ではどうにもできなくなった。頭のなかは、白い足と黒いストッキング、さらさらと流れる冷たい水の上にきらめく虹でいっぱいだった。

キットはあくびをした(自分に怒りを覚えていた――自分のせいで彼がひと晩中眠れなかったことに、メアリーは気づいているのだろうか?)。メアリーもあくびをして(ずっとあとになって、彼女もその前の晩は眠れなかったのだと打ち明けた)、彼にキスをした。

そしていま――結婚、別居、そして戦争を経て――キットは彼を待つメアリーを見た。もはや争われることはなくなったローウェン侯爵の地所のはずれ、小川のそばに建つ小屋の戸口に、彼女の姿があった。

15

「あなたの言うとおりだわ」メアリーが言った。「正しくはないし、いいことでもないし、道徳的でもない。でも来てしまった」メアリーは落ち着きなく笑った。「でもきっとそれほど長くはいないでしょうね。わたしたちはまたすぐに言い争いをはじめるんだわ」

「どうして来たんだ？」キットは尋ねた。

「どうして来てくれって言ったの？」

「答えになっていない」

「来たかったから。これで答えになっている？」

なっているだろうか？

欲望は答えだろうか？　それとも質問？

だがその疑問の網に捕らえられているとき、人は細かいことなどどうでもよくなっているものだ。

もっと現実的なことに集中したほうがいい。シーツを敷かなければならないベッド、火を熾さなければならない暖炉、速やかに脱がなければならないドレスにステー、上着とベスト。

すべては無言のうちに素早く、そして手際よく行なわれたので、さほどもたたないうちに部屋の中央にはシュミーズと靴とストッキングだけを身につけたメアリーが立ち、キットはきちんと整えられたベッドの縁に腰かけていた。ベッドの隣にある壊れそうなテーブルの上に、ぴかぴかの新しい懐中時計が置かれている。

手を伸ばすだけでふたりの指先が触れそうなほど部屋は狭かった。

暖炉からたちのぼる温かな空気に、メアリーのシュミーズがかすかな衣擦れの音を立てた。淡いピンク色のストッキングには両脇に手のこんだ刺繍がほどこされていて、その先は華奢な黒い履物の内側へと続いている。

窓を覆う蔦のせいで、部屋はうっすらと緑色に染まり、まだら模様ができていた。

壊れそうな沈黙を破ったのはメアリーだった。その声は実際よりも大きく聞こえた。

「カレーで言い争いをしていなかったら、どうなっていたかしら？　カルヴァドスをふたりで飲んで、穏やかに話をしていたら？　あのあと、わたしたちはなにをしていたと思う？」

キットは手を伸ばし、メアリーのシュミーズを頭から脱がせた。

「頼むよ」キットは言った。

メアリーは微笑んだ。あのあとなにをするはずだったのか、ふたりにはよくわかっていた。それでも、彼にそう言われるとうれしくなった。

メアリーはキットの脚のあいだに膝をついた。キットは鹿革のパンタロンをまとった太腿で彼女の肩を、ブーツで腰をはさんだ。革を柔らかくするために従僕が塗りこんだオイルのにおいが、メアリーの鼻をついた。彼のウェストに手をまわし、シャツに顔をこすりつける。脚のあいだでたくましさを増す硬いものが、彼女の胸に当たった。彼のにおいがメアリーを包んだ。ふたりを隔てる、清潔でよく手入れがされていてなにも通さないはずの生地を通して、汗や肌や興奮した男性の体液のにおいがする。革は想像力を刺激した。自分のものではない革に身を包んだ男。キットに髪をまさぐられ、メアリーは身震いした。甘美なにおいに、彼女のなかでなにかがおののき、高まり、そして消えていった。

「ボタンをはずしてくれ」キットの声はかすれていた。

「いいわ」メアリーの返事はぎこちなかった。**ええ、もちろんよ。**

指がうまく動かない。ああ、もう。ボタンホールがきつすぎる。「なによこれ、もう頭にくるったら」

だが手際の悪さは、問題ではなかった――少なくとも、ボタンに関しては。それでもようやく彼にたどり着いた……ここから先はうまくいきそうだ。メアリーは男性自身の先端に唇を寄せた。下側を指で愛撫しながら、首を傾けて根元に向かってなめ上げていく。キスをし、軽く歯を立て……メアリーは大きく長いため息をつくと、少しうつむくようにして首の力を抜いた――うなじに置かれた彼の手の重みと、髪をつかむ指の感触に再び（それもこんなにすぐに）快感が高まるのを覚えていた。

いつもこんな瞬間があると、キットは思った――少なくとも、昔はあった。そうだ、こうだった――メアリーが動きを止めて、舌で唇をなめ、口のなかをたっぷりと湿らせる瞬間。気づかないふりをしたりはしない――時にボタンにてこずることがあるにせよ、相手を歓ばせたいという気持ちを彼女は隠そうとしなかったし、そのための技術には自信を持っていた。メアリーは顎の力を抜くと、湿ったベルベットのような口に彼を含んだ。キットがずっと待っていた瞬間……カレーで再会したときから？　いや、それよりずっと前からだ。

キットはメアリーの頭に手を乗せた。彼女の唇が男性自身を包んでいる。もっと早く、愛しい人。そうだ、それでいい――頬の内側の唾液、素早く巧みに動く舌。メアリーの動きがより激しく、熱心なものになっていき、キットは満足げなうめき声を漏らした。こうやって相手を支配し、あらゆる意思と理性と知性を奪えたことに、身勝手な歓びのため息をつく。

彼女のうなじのあたりの髪を再び引っ張った。もっとゆっくり、もっと深く――そうだ、ああ、すごくいい。それ以上、指示する必要はなかった。キットは手をおろし、うしろにのけぞって肘で体重を支えた。彼女を見るために。

紅潮した頬に影をつくるまつげ。

繊細な動きを可能にするしなやかな唇。

彼のものが長く、太く、硬くなるにつれ、メアリーはますますその行為に没頭した。まるで彼に挑むかのように。彼女がいまも自分を挑む価値がある男だと考えてくれていることをキットは願った。

そう考えてくれているようだった。メアリーの動きがさらに熱を帯び、その肩が震えた

(鳥が羽ばたく前に身がまえる翼のようだ)。キットは太腿に力をこめて、しっかりと彼女をつかまえた。そこにいてくれ。きみは捕らわれの身だ。地上に。ぼくのそばに。

膝は痛み、顎が疲れを覚えはじめた——するべきことがたくさんある。忘れてしまったのかしら? いいえ、忘れるはずなどない。とはいえ、みだらな本にも膝がどれくらい痛くなるのかということは、書いていなかった。それは、自分で学ぶべきだ。すべてはベッドの片側の床に敷かれた、すりきれて、うっすらとかびのはえた敷物のせいだった。

メアリーが筋肉をほぐすように肩と背中を反らせると、キットは彼女をはさむ脚にさらに力をこめた。彼のブーツにむき出しの肌があたる。ぞくぞくすると同時に、どこか安らぎを覚える感触だった。この人をとてもよく知っているから……その人の望みも次になにをしてほしいのかもよくわかっているから……なにもかもが目新しくて、それでいて懐かしく感じられるから……自分以上によく知っている相手と、してはならないとわかっていながら、魅惑的なひとときを過ごしているから……。

そんな刺激と錯覚と彩りが、昨日も、ゆうべも、さらにはこのひと月のあいだ、午後は毎日(かつてそうだったように)同じ行為をしていたような気持ちにさせた。

腰を突き出すキットの動きが速くなった——力強く、歓びと欲望に満ちた動きだ。この歓びを表わせる言葉なんてない、そうでしょう? メアリーは彼の腰に腕をまわし、ベッドの脇に乳房をこすりつけながらのけぞった。彼の脚に脇腹を押しつけ、膝を少し開いてしっかりと体を支える。うめくような彼のあえぎ声や男性自身の震えは、彼女が作り出したものだった。

　キットはさらに深く腰を突き出した。メアリーはごわごわした毛が唇に当たるのを感じた。鼻から大きく息を吸うと、苔むすような彼の秘密のにおいがした。しょっぱい汗のにおい――違う、味だ。彼から放たれた体液の青臭くて、しょっぱい味。口のなかに溢れ、唇からこぼれる……。

　いいえ、彼をすべて受け入れるのだから。彼を受け入れ、飲み干し、吸い、飲みこみ、そして彼のなかで溺れる。メアリーは彼の膝という浜に打ち上げられていた。


　上等とは言えない小さな敷物の上でぐったりと彼の膝に体を預けているよりは、彼といっしょにベッドに横たわるほうがはるかに居心地はいいはずだとメアリーが思いはじめた頃、いかにも満足げなキットのため息が聞こえてきた。

「こっちにおいで」キットが手を伸ばした。彼はまだブーツを履いたままだったし、シーツを替えてくれる使用人もいないから、ふたりはそろそろとベッドに横たわった。

「あなたは服を着すぎだわ」キットの首と肩の境目あたりでシャツに顔をこすりつけるようにしながら言ったので、メアリーの声はくぐもって聞こえた。ふと顔をあげて言い添える。

「これって不公平じゃない？」

「ぼくたちがしていることは公平かい？」キットの片手がメアリーの秘部を覆い、太腿へと行きつ戻りつしながら、指先でひだの交わるあたりをゆっくりと撫でた。

「あなたは公平じゃないわ」メアリーが答えた。「いまは公平じゃない。あなたは……ああ、キット」その場所を知っている愛人にとっては、指先でごくかすかに触れるだけで充分だった。メアリーは体を横向きにした。すごくいいわ、なにかを考えることができた最後の瞬間、とメアリーは心のなかでつぶやいた。脚を開き、背中と腕を伸ばしてできるかぎりの空間を確保した。心の底から楽しむために。


「きみに謝らなくちゃいけないな」しばらくたってからキットが言った。「カレーでのことを。あれほど長い空白があったあとで、あんなふうに再会すべきじゃなかった」

「そうでしょうね。それで、あなたはいま謝っているの?」

「謝るべきなんだろうな」

「あなたらしい言い方ね。ここに来てからなにをしていたのか、話してくれるつもりはあるの? それから、ペギーが見た男の人はだれなのかしら? そのことも話してくれるの?」

「聞きたいかい?」

「ええ、聞きたいわ。そのうちに。でもいまじゃない」メアリーは頭を起こした。「だっていまは、あなたの服を脱がせなきゃならないもの。さあ、座って」

メアリーは彼の脚の上にまたがった。彼女がネクタイをほどき、シャツのボタンをはずし、膝をついて立ち上がって頭から脱がせているあいだ、キットは冷静な表情を崩さなかった。

メアリーはそこでしばし、ためらった。目にするであろう光景が、実を言えば少し怖かったからだ。現われたその青黒く長い傷跡は、やはり衝撃だった。肩から鎖骨にかけて、ほとんど首に届きそうなあたりにまで、盛り上がった傷が伸びている。

メアリーは動揺を隠そうとして、声も表情も何気ないふうを装った。

「わたしたちはどちらも、少しはつらい思いをしたみたいね」

慰めにはならなかった。

キットは肩をすくめた。「危険に近づかないすべを知らないでいると、こういうことになる。初めての実戦だった」

キットも彼女を安心させるようなことは言わなかった。

メアリーはベッドからおりると、再び彼の前に立った。つんと顎を上げ、腰に手を当てる。

「そのブーツはどうなさいますか、スタンセル少佐？　ご存じとは思いますが、わたしはブーツの扱いが巧みです」

媚《こ》びたり、気取ったりするのはメアリーの得手ではなかったが、いまはそれしか考えつかなかった。

キットは苦々しげに肩をすくめたが、なんとか笑顔を作った。

「ああ、わかっている。おまえはなかなか優秀な世話係の兵士だ。ふむ、では手早く頼む」

着ているものにあまり頓着しなかった頃でさえ、キットは上等のブーツを好んだ。そういうわけで、メアリーも彼のブーツを脱がせなければならなかったから、その扱いが巧みになった。

キットはベッドに手をついて体を支え、メアリーはその足元にひざまずいた。左手で右のブーツの爪先を、右手でかかとをつかみ、自分の手と彼の足の角度に注意しながら軽く引く。ブーツはすんなりと脱げ、メアリーはにこやかに笑った。

「楽勝だわ。次は左足です、少佐どの」

だがこのつらいことばかりの世の例に漏れず、左足のブーツはぴくりともしなかった。最初の成功であんなに図に乗るべきではなかったのだ。手のひらが熱を帯び、滑りやすくなるにつれ、革の油っぽいにおいが一段と強くなり、それを吸ったメアリーは頭がくらくらした。彼の顔を盗み見たことも間違いだった。その視線は、いまいましくて、憎たらしい、くそったれの左足のブーツを強く引っ張るほどに大きく揺れるメアリーの乳房に、ひたと注がれている。

わたしはいつからひとりごとを言っていたの？

「おやおや」キットはたしなめるように言った。「わたしの世話係にそんな汚い言葉遣いをさせておくわけにはいかないな。そんな汚い言葉を聞いたのは、ペンリー家の姉妹のお茶の時間をのぞいた時以来だ」

メアリーは鼻を鳴らした。「笑わせないでちょうだい、キット。でないと、いつまでもこれを脱がせられないわ」

ほかにどうしようもなく、メアリーは不格好にもキットにお尻を向ける体勢で、伸ばした彼の左脚にまたがるほかはなかった。メアリーはため息をつき、キットは声を立てて笑った。とにかくやるしかないわ、メアリーは自分に言い聞かせた。

キットは右足のストッキングを脱いだ。「こうしたほうが滑らない」そう説明してから、メアリーのお尻に温かくて弾力のある足の裏を当てた。

爪先をもぞもぞさせながら言う。「三つ数えたら……」

キットが捕まえなかったら、彼女とブーツは部屋の向こうまで跳んでいっていたことだろう。キットの両手はうしろからメアリーの乳房をつかみ、口は首に押し当てられ、男性自身は再び待ちきれないように硬くなっていた。

これ以上露骨に彼に体をこすりつけ続けていたら、わずかに残っていた品位すら失ってしまうとメアリーは思った。床にブーツを投げ捨てると、キットも彼女を抱きしめていた手を緩めた。

「ちゃんとやろう」

キットはあっという間にパンタロンとドロワーズともう一方のストッキングを脱いだ。ほんの一瞬、裸体を誇らしげに見せつけてから、メアリーが思わず笑ってしまうような大げさな身振りでキルトの下に再び潜りこみ、片手を差し出した。

メアリーはその手を取った。「踊ってくれ」彼は言った。

メアリーが無言でうなずき、ゆっくりと体を寄せていくあいだに、これまでの年月は渦を巻きながら溶けていった。

キットは枕に頭を乗せると、メアリーの腰を両手でつかんだ。呼吸に合わせて、広い胸と恐ろしげな傷の部分だけが途切れた黒い毛の渦が上下する。自分にまたがり、体を開いてひとつになるようにと彼女を促した。だが促す必要はなかった。彼の手、彼女の腰、彼の首筋で打つ脈、隆起して硬くなった彼女の秘部――すべてが、ゆったりと流れる甘美な時のなかを漂っているようだ。

メアリーは彼から離れる直前まで体を持ち上げた。キットは身震いし、音を立てて息を吐いた。メアリーはこのうえなくゆっくりと体を沈めていき、再び深く彼を迎え入れた。彼女の秘部とキットの腰と腹が密着する。

メアリーの動きが速くなった。背中を反らし、彼の長さに合わせて大きく体を上下させ、その太さを自分の内側に刻みつけていく。あえぎながら、キットの顔を見た。自分も同じような表情をしているに違いない。黒い目はかすみ、薬を飲んだかのように瞳孔は広がって、口はかすかに開いていた。あたかも瞑想をしているようだ。

キットが彼女の下でわずかに動いた。彼女とリズムを合わせるために、ほんの少しだけ腰を突き出した。

踊ってくれ。

コンスタンティノープルで、なまめかしい腰つきの娘の踊りを眺めるある高官の様子を見たことがある。水ギセルからたちのぼる煙の向こうで、彼はその娘のくっきりと化粧をした目やベールをかけた顔、優美なはだしの足と小さな銀の鈴がついた足環《あしわ》といったものに、退屈しているかのように見えた。だがメアリーには一瞬、彼の手——キセルを持っていないほうの手——が見えた。欲望を抑えきれないかのように、ドラムとまったく同じリズムで開いたり閉じたりしている。

メアリーは偏頭痛を訴え、急いでホテルに戻った。いっしょにいた人々は、あの出し物がメアリーの気分を害したのだろうと考えたし、マシュー・ベイクウェルは翌朝、あんなものを見せて悪かったと謝った。

キッドなら謝るかわりに、もっと違うことをしていただろう。

薄物のベールを透かして見るかのようなまなざしでキッドを見おろしながら、メアリーは腕を上げ、肩甲骨を小さく揺すった。リズムに合わせて乳房が揺れるのがわかる。キットの表情が緩んだ。踊る娘を思い浮かべるだけで、ふたりしてこれほど気持ちを高ぶらせることができるのは、どこか滑稽だった。滑稽で、ばかばかしくて、子供じみていて、そしてなにより素晴らしい。

キットが冷たい指先で彼女の乳首に触れた。メアリーはあえぎ、そしてうめいた。キットがさらなる激しさと熱さでそれまで以上に深く腰を突き上げ、リードしてくれなかったなら、リズムを崩していただろう。

だが不意にリズムは途絶えた。もはやダンスではなくなっていた。あるのは肉体と息遣い、ふたりの動きと肌の下を流れる血液だけだった。東洋の幻想はどこかに消え、メアリーとキットがいるだけになった。意味をなさない事柄だけが頭のなかを駆け巡る。

こうしていること、それがすべて。それだけで充分。キットの手と口が彼女の乳房を捕らえていた。愛撫し、つかみ、じらし、舌を這わせ、引っ張り、吸う。キットが両腕を彼女の腰にまわしたかと思うと、濡れそぼったふたりの秘部がいっそう深く密着するように自分のほうへと押しつけた。そこに音楽はなく、ただあえぐふたりの息遣いがあるだけだった。

16

　メアリーはベッドを出たくなかった。

「ベッドを出たら、あなたがなにをしていたのか、わたしがそれをどう思うのか、いろいろと煩わしい質問をしてしまうだろうから」メアリーはつぶやくように言った。

「なんの権利があってそんな質問をするんだい？」キットは両腕でしっかりと彼女を抱きしめたまま、どこか物憂げな調子で尋ねた。

「権利なんてない。ただ、あなたがベッドのなかでしていることと、それ以外の時間にしていることを切り離して考えられないだけ。でも、今日は大丈夫かもしれない。今日は特別よ」

「それはよかった」

「でも今度は……」

「今度があるのかい？」

　時間をかぎりあるものだと考えている自分たちが妙だった。カーゾン・ストリートにいた頃は、時間だけはたっぷりとあったのに。

メアリーは彼にキスをした。

「ええ、明日の午後に。午前中は村の貯水池のことを話し合うために、地元のご婦人たち宛の招待状をジェシカと書くことになっているの」

「貯水池？」

「そうよ。ほら、あなただってわたしがしていることに興味を持ったでしょう？　恋人同士ならそれはごく自然……」

けれど彼らはもはや恋人同士ではない。ふたりは黙って服に手を伸ばした。

「今日は四時半から食事なの」メアリーが言った。「若い人たちはそれまでにルーク・ヒルの遺跡から戻ってくるわ。わたしも急がないと」

キットに結んでもらったステーはきつかったが、それでもいいとメアリーは思った。キットの手にずっと触れられているような気がする。

振り向いて彼にキスをした。

彼の手を借りてドレスを頭からかぶり、ボタンを留めてもらった。

「それじゃあ土曜日に。そのときに、互いに話をしよう。きみが知りたがっていることを忘れてしまうような策略を立てておくよ」

メアリーは笑った。「ぜひともやってみて。わたしは忘れたりしないから。でも、まずその策略を実行してね。そうすれば、そのあとで議論になったとしても無駄にはならないわ」

メアリーは流れの速い小川の脇で足を止め、手で水をすくって心ゆくまで飲んでから、急ぎ足で小屋を離れた。壊れたように見せかけた踏み段を越え、小道を進み、ローウェン城の地所を抜けてビーチウッド・ノウルの敷地へと入っていくにつれ、もうひとりの自分が戻ってくるのを感じた。

メアリー叔母。

新たに設立したグレフォード村貯水池婦人委員会の暫定会計係。

マシュー・ベイクウェルの愛人（よりによって別居中の夫と関係をもって愛人を裏切るなんて、いったいどうしてそんなことができたの、メアリー？　あまりに複雑だった。いまはそのことは考えまいと思った）。

木立がまばらになりはじめたあたりで、小道は小川から逸れた。傾斜は少し急だったが、進むのに苦労するほどではない。もうひとつの踏み段を越え、牧草地に出たところで、夢見るようなまなざしであたりの風景を眺めているアイレス卿に出会った。その背後で、馬が草を食んでいる。

「あら、こんにちは、アイレス卿」メアリーは言った。「こんなところで会うなんて意外だわ」

今日が特別な日だったせいか、若さを残す紫色の瞳をわずらわしく感じることはなかった。どちらにしろ、メアリー叔母に戻る潮時だ。たとえ髪がもつれ、袖は小川の水でぐっしょり濡れていたとしても。一方のアイレス卿は優雅にめかしこんでいた。

「探検はどうだったのかしら？　ルーク・ヒルの遺跡は面白かった？」

洗練された態度の下に隠された少年らしい不機嫌さを表に出さないようにしながら、彼は肩をすくめた。「若いお嬢さんたちは、見事なスケッチを仕上げましたよ。だれか運命の相手がそこにいるのでないかと、地平線を眺める合間に。ミス・エリザベス・グランディンはとりわけ熱心でした」

娘たちが美しすぎたのだとメアリーは思った。アイレス卿はひどくはねつけられたような気持ちになったのだろう。エリザベスがなにを眺めていたのかは想像がついた。ばかげた偽の遺跡よりはるかにましな美しい隣人を、ファニーに自慢していたのに違いない。

かわいそうに。メアリーは彼を慰めたくなった。

「あなたには退屈だったのね」大人として対等に扱えば、少しは気分もよくなるだろうか。

「あなたのように森のなかを歩くほうが、ぼくはずっといいんです。ツリガネスイセンや蝶やサヨナキドリや野ばらやアネモネのあいだを、ただ物思いにふけりながら歩くだけで、落ち着かない気分をなだめることができる」

彼の言葉が二重の意味で不適切でなければ、メアリーは笑いをこらえられなかったかもしれない。彼が、自分の不機嫌さを〝落ち着かない気分〟に格上げしてしまったおかしさは、彼女の午後が〝ただ物思いにふけりながら歩いた〟と変換されたことで帳消しにされていた。

問題は、ある意味で正しい答え――落ち着かない気分なのはわたしの下半身よ――を口にできないことだった。彼の〝落ち着かない気分〟に敬意を表わし、理解のまなざしでただうなずいておくのが一番いいだろう。

・彼は満足したらしかった。「父の家には同じような遺跡があるんです。ぼくが小さい頃に庭師が造った中国風の橋のそばに」

メアリーが声を立てて笑うと（それなりに気持ちのいい少年だと思った）、粗野な父に対する侮蔑を共有してほしいと言わんばかりに、彼は笑顔になった。彼女を同志だと、少なくとも共感してくれる相手だと思ったようだ。美しいふたりの少女から無視されるつらい一日を送ったあとだったから、なおさらだろう。

「ぼくたちの故郷であるイギリス諸島には、たそがれ時のコロシアムのようなものはありません。ローマのコロシアムのことですよ」

「ローマのコロシアムのことね」

「ぼくはあそこで、バイロン卿を見ました。柱にもたれていたんです。遠くからでもすぐに彼だとわかった。ぼくは大急ぎで近づいて話しかけ、食事に招待しました。彼はとても親切で、二時間後には出発しなければならないことをとても残念がっていた」

若くて熱心な崇拝者に会ったとき、バイロンがよくするように。もちろん、ひどく懐が寂しくて、まともな食事ができない時は別だ。

「いっしょに食事ができなくて残念だったわね」メアリーは小声で応じた。

「ぼくの書いたものを読んでほしかったんです」

たとえ一文無しで空腹だったとしても、崇拝者が詩人志望だと知るとバイロンは逃げる。

「でも、またどこかで会うことがあるかもしれないと言われました。実際、その後何度か……本当にもう少しで再会するところだったんですよ。いくつかの詩人の集まりで。彼が帰った直後に、ぼくが着いたことが何度かあって――忙しかったみたいです。あの天才には、どうしても行かなければならないところが……」

どうすれば話題を変えられるかというのが、当面の問題だった。でなければ、メアリー自身が彼の書いたものを見せられる羽目になりかねない。運のいいことに、ブーツの紐がほどけた。メアリーはかすかなため息をつきながら、かがみこんで結び直した。

「歩き疲れたでしょう？　馬に乗りませんか？　ぼくが手綱を引きますから」

いくらか芝居がかってはいたものの、親切かつ魅力的な申し出だった。エリザベスの年増の叔母が馬の背に乗り、足首を必要以上に見せたとしても、たいした害にはならないだろうとメアリーは判断した。

「そうさせてもらうわ、ありがとう」メアリーは答えた。彼に連れられて家に戻ると、チキンのマリネの英国風という素晴らしい夕食が待っていた。

食後メアリーは、嬉々として早めに寝室に引き取った。

ペギーがステーと格闘しているときには――キットの結び目は軍艦の索具でも留めておけそうだった――知らず知らずのうちに鼻歌がこぼれていた。

「今夜はなにもいらないわ。きっとよく眠れると思うの」

キットは小道を遠ざかる彼女を見送った。それから窓ガラスに映る自分の姿に目を凝らしながら、ネクタイを結んだ。

彼女の言うとおりだ。今日は楽しかったが、いつもこういうわけにはいかないだろう。だが幻想を楽しむことはできるはずだ。それにキットには、次にふたりで過ごすひとときのための〝策略〟があった。

だがそれと同じくらい、彼女に話したいことがあったし、訊きたいこともあった。現実の話。ささいな話。貯水池。軍にいた頃、彼にはエンジニアの友人がいた。なにか力になれるかもしれないと彼女に話してみたかった。こんなふうに感じるのは初めてだ。

人は大人になって、世の中に自分の居場所ができると、こういうふうに感じるものなのだろうか？

もう何年も昔、ほかに自分たちの居場所がなかった頃、ふたりは世間の噂話やけちな競争心や様々な不当なことから隔離されたこの小屋で、互いを見つけ出した。無知で、怒りっぽくて、好奇心にかられながらも用心深かったふたりは、だれにも知られることのない居場所を作り上げた。ふたりはそこで走り、散歩し、神話のなかの森の生き物のようにきまぐれにじゃれ合い、互いに触れ、キスをし、身体を重ねた。

いまのぼくらは何者なのだろう？

キットは肩をすくめた。そろそろ戻らねばならない。忘れ物がないことを確かめるため、ベストのポケットを叩いた。

時計がない。置いたはずのテーブルの上にも見当たらなかった。なにかの拍子で、ベッドの下からのぞいている本の向こう側に落ちたに違いない。キットはしゃがみ、時計と本を手に取った。機知と思慮に富んだこの本には、神話と伝説に登場するあらゆる生き物が記されている。

その本はかびだらけで、煉瓦《れんが》のようになっていた。ようやく開いたページは、まさに問題の箇所だった。

あの頃、ふたりはキスにはかなり熟練していた。キスと、それからほかのことにも。ふたりはもう子供ではなかった。

だが大人でもなかった。あと一歩を踏み出す必要があったから、キットは早めにここに来て、その本をテーブルに置いた。

「ハロー」メアリーが言った。「忙しいの?」

キットは肩をすくめた。「少しね。ラテン語にちょっとてこずっている」

「見せて」

オウィディウスの多くの作品がそうであるように、ティレシアスの物語も神たちの酒宴で幕を開ける。かなり酒がまわっていたゼウスは妻のヘラと言い争いをしていて……。

「あら、あなたならわかるはずだけれど。ゼウスが質問しているのは、男と女はどちらのほうが……」メアリーの声は尻すぼみになって途切れた。

「なんだい？」

「官能の……セックスの歓びが大きいか」

彼女にその言葉を言わせたかったのだ。

「そんなことを話したりしちゃいけないわ」両手首をつかまれて動きを封じられるがままになりながら、メアリーは言った。

ふたりは、いくらかおののきながらも落ち着いたまなざしを交わし合った。

「いいや、話すべきだ。話さなきゃいけない。そして話す以上のことをするんだ。そんなことについて」

そしていまふたりは、また同じところに戻ってきた。あらゆることを話し合うべき時だった。

17

彼より先に小屋に行くつもりだった。欠かすことのできない準備（少なくとも、妊娠の危険を冒したりしない〝教養ある女性〟にとっては欠かせないこと）をしているあいだ、ひとりきりの静かな時間を過ごしたかった。

だがそのためにはまず厨房に行く必要があり、その途中で、あとでじっくり考える必要のある会話を耳にした。その後、貯水池委員会のメンバーのさらなる候補について彼女の意見を聞かせてほしいとジェシカがやってきたり、アイレス卿が父の書斎の本を借りたがったりした。森を散歩したいからいますぐ出かけなくてはならないと言っても、もちろんふたりは納得しないだろう。

そこでメアリーは自分の家の着替え室で準備をした――遠い昔にジェシカに教わったとおり、薄めた酢に浸したスポンジを秘所の奥へと押しこんだのだ。メアリーは決して注意を怠らなかった（これまでとても運がよかったことは否定できないが）。〝大切だし、欠かせない〟メアリーは頭のなかでそう繰り返しながら、その作業を行なった。

そんなわけで彼女は、約束より十分遅れて、息を切らしながら小屋についた。

「キット?」

お腹の底のほうが不安に震えた。待てなかったのかしら? それとも来なかったの? なにもかもなかったことにしようと決めたのかもしれない。彼にはその権利がある……テーブルにメモがないかどうかを確かめるべきだった……。

開けた扉の裏にキットが隠れている可能性を考えようとしなかったのは、まだ荒い息をついていたというだけでなく、そんな不安にかられたせいだったのだろう。彼が足音を忍ばせて背後から近づいてきたときにも、蝶番《ちょうつがい》のきしむ音や彼が息を吸う音は聞こえなかった。

ヤッホー。

それとも、ワッホーだったかもしれないし、アホーイだったかもしれない。

あるいは子供が想像するとおりの、船乗りや海賊のばかげた雄叫びだったかもしれない。

キットはメアリーの両腕を取って、背後にねじりあげながら、彼女の耳元でその言葉を叫んだ。

彼女が茫然としているあいだに、素早くそして手際よく手首を縛り上げていく。

メアリーは、彼の〝策略〟のあまりのいいかげんさに声をあげて笑った。だが手首の結び目は決していいかげんではなく、まったく手を動かすことができなかった。ネクタイだ。生地が手首にこすれた。抱きかかえられ、ほんの数歩先にあるベッドに運ばれるあいだ、メアリーにできたわずかな抵抗は足をばたつかせることだけだった。それから、キットが覆いかぶさってくる前に、開いたシャツの内側の首筋に噛みつくこと。

キットは噛まれたところをさすりながら、にやりとして彼女を見おろした。彼女にまたがり、パンタロンとブーツをはいたまま、太腿で両脇を締めつける。スカートを頭の上までめくり上げたが、メアリーには身をよじったり、足をばたつかせたり、蹴飛ばしたりするくらいしかできることはなかった。白いひだ飾りの海のなかでわめくメアリーの声を聞き流しながら、キットは彼女の両脚のあいだへと体をずらした。

「海賊の財宝だ」髭を剃っていないざらざらした頬をメアリーの腹部にこすりつけながら宣言する。キスをし、歯を立て、においを嗅ぐ――まるで猟犬のように、よだれまで垂らしていた。メアリーは体を反らせ、腰を使ってベッドの上で跳ねながら、怯えているふりをして金切り声をあげた。

「悪党！　怪物！　離してったら！」

この頃には（かすかな酢のにおいを嗅ぎ取っていた）、やめる必要のないことがキットにもわかっていた。

「だめだ！　財宝はおれのものだ。そしてとても聡明な女性も」

〝聡明な女性〟と言うとき、キットはロンドンの労働者特有の発音を真似た。ずっと以前、彼に連れられてそういう場所に出かけたとき、彼らの抑揚はメアリーも耳にしていた。

メアリーは脚を閉じようとしたが、だめだった。キットは昔から力が強かったが、さらに強さが増している。**マスケット銃を担いでいたせいね。**抵抗したくても、とても無理だ。顔を覆っているのは白い綿のペチコートだったから、あたりは明るく見える。彼女の脚を押さえているたくましいキットの腕を思い浮かべると、気持が高ぶり、太腿が震えた。肌に当たる彼の肌がざらざらしている。最後に髭を剃ったのはいつ？　そんな有様で朝食の席に現われて、義理の姉をあきれさせたの？　キットはメアリーの太腿に唇を寄せると、ゆっくりと頭を上にずらしていった。

「ならず者！　けだもの！　よくもこんなことを！」なにをしてもいいわ、やめないで――メアリーは心のなかでつぶやいたが、彼がやめないことはわかっていた。それどころか、舌を使ってあっという間に彼女を高みへと導いていく。彼女が体をのけぞらせて絶頂に達し、横たわったままあえいでいるあいだに、キットは起き上がって彼女のスカートとペチコートを元通りにし、唇に、首筋に、そして乳房にとキスをした……貪るようなそのキスは、かすかに彼女自身のにおいがした。

メアリーが家を出たときは、首と肩にスカーフをまとっていた。それが、なくなっている。寝具の海のどこかに埋もれているのだろう。ピンもいつのまにかはずされていたが、服を破かれてはいなかった。着ていた格子縞のドレスの襟ぐりが深かったことが幸いだった。

幸い？　今朝、衣装簞笥に吊るされているこのドレスに決めたとき、こうなることを考えたのではなかった？　**ペギー、このドレスは少し古いけれど、森を散策するにはこれでいいわね。**ペギーが皮肉めいた訳知り顔でこちらを見たような気がしたのは気のせいだったろうか？　**はい、奥さま。それでいいと思います。**

キットは片方の乳首を口に含んだ。メアリーは彼に組み敷かれながら身もだえし、すすり泣いた。いかにも誇りを傷つけられたかのように、頭をのけぞらせ、顎を突き出す。彼女の演技をキットが楽しんでくれていることを祈った――キットと同じくらい、ばかばかしいほど大げさに演じているつもりだ。

だが、お尻を強くつかんだ大きくて温かな彼の手の感触に、うめき声をあげずにはいられなかった。こんなふうにしっかりと捕らえられていることが快感だった。体を開かされ、意のままにされて……。

キットはくすくす笑った。「これはいったいなんだ？　宝の箱への別の入口か？」

キットは彼女をうつぶせにすると、片方の手で尻の曲線をひとしきりなぞったあと、この聡明な女性は厚かましすぎるから少し海賊の規律を教えてやる必要があるとつぶやきながら、ぴしゃりと叩いた。

メアリーの体が上下に揺れた。肌がピンク色に染まっているだろうと彼女は思い、手元に鏡が欲しいと考えていることに気づいた。その様子を自分の目で見たい。

キットはもう一方の手で自分のボタンをはずしているに違いない。

手首を背中で縛られていたから、手と膝で体を支えることはできなかった。膝と肩を使うほかはないが、そうすると寝具に顔をうずめる格好になって息ができなくなる。だがキットは解決策を見出したようだ。どうやったのかはわからなかったが、このばかげた海賊と淑女ごっこのいいところは、キットがどうやって彼女を奪おうと――彼女の品位にかかわるかもしれないが、ほかに表現のしようはなかった――しているがを、知る必要がないことだ。

キットはやってのけた。それも見事に。彼が入ってくるのを感じると、メアリーは驚きと歓びの入り混じった声をあげた。ほかの体勢では触れることのない場所に、彼の男性自身が当たっている。メアリーは締めつけた。力ずくで奪われているからといって、ただされるがままになっている必要はないはずだ。

キットは片方の手を前に回し、彼女の硬く敏感になっている箇所に触れた。「真珠だ」ささやくように言う。〝貝のなかの真珠〟。耳の形をなぞるように舌を這わせていく。彼女を深く突き上げ、彼女のなかで放つあいだも、指の動きが止まることはなかった。メアリーは彼の指の動きに悲鳴のような声をあげていたが、やがてそれは突然の彼の放出と自らの強烈な快感に対するあえぎ声に変わった。その声に驚いた鳩たちが激しく羽ばたきながら飛び去っていき、メアリーははっとして息を呑んだ。

いつまでもこうしていたいとキットは思った。彼女の首に唇を、尻に下腹部を押し当てているのが心地いい。だが彼女の肩が強張ってくるのがわかった。手を自由にしてやらなくてはいけない。

結び目は必要以上に固かった。このネクタイはもう使えないだろう。従僕に最後に言い訳をしたのはいつのことだっただろうか。だが紐を買うために村の店に行きたくはなかった。

キットは歯を使って結び目をほどいた。

「ああ、ずっと楽になったわ」メアリーは彼の腕のなかに収まると、小さく笑いながら彼の喉に、耳に、さらには肩の傷にもキスをした。

「腕はしびれていないかい？」

メアリーは笑った。「左手はかなりしびれたけれど、大丈夫。全体としては、あなたはかなり……うまくやったわ」

キットも笑い、かわいそうな彼女の腕をマッサージしはじめた。うまくいったことで気分がよかったし、彼女に喜んでもらえたことがうれしかった。彼女の非情な家庭教師の話を覚えていてよかったと思った。あの頃でさえ彼女は、自らを縛りつけている強情さや知性や気難しさから時々自由にしてやる必要があった。

そのことをもっとよく理解してやっていたらと思わずにはいられなかった。それが重要な意味を持っていた時に。そうすれば、楽しんでいるふりをしているにすぎない金で相手をする女たちと、退屈な夜を過ごすこともなかっただろうに。

メアリーのまぶたがゆっくりと閉じた。キットはそこにキスをした。眠ったのだろうと思った。

これで彼女も、彼がここでなにをしているのかを教えてほしいと言った昨日の言葉は忘れるだろう。キットは彼女を引き寄せた。

メアリーは寝返りを打ってうつぶせになると、組んだ両手に顎を乗せた。十時間眠ったかのように、目はぱっちりと開いている。

「さあ、ここでなにをしているのか、話してちょうだい」

ああ、くそ。

「きみは気に入らないと思うよ」

「とにかく話して」

彼の言うとおりだった。メアリーはまったくもって気に入らなかった。

ざっと話を聞き終える頃には、ふたりはベッドの両脇に離れて横たわっていた。

「偽の治安判事のあなたよりは、偽の海賊のあなたのほうがずっと好きだわ」

彼女の知性がいまいましかった。彼女に答えられないことはないらしかった。

トレイナーからの手紙？（「情報提供者は嘘をついたり、大げさに言ったりするものだわ。そうすれば仕事をもらえるもの」彼女は言った）。

秘密の会合？（「そうでしょうね。公の場で集まることを違法だって政府が決めたんですもの。特定の文学の議論をすることもね」）

武器の隠し場所？（「だれかが実際に見たの？　男の人はいつだって、武器の話をしたり、自慢したりするのが好きなのね」実のところ、トレイナーからはなんの証拠も受け取っていなかった）。

トレイナーの報告書の内容は、ノッティンガムの判事が情報提供者から得たものとも、議会委員会の報告書とも一致している。（「そんなに大勢の人が自分を売って、告げ口をしなくてはならないなんて気の毒に」）

「彼らの暮らしがもっと楽だったら、どうだったかしら？　去年の冬、嘆願書を提出したときに拒否されたりせず、いくらかの敬意を持って対応してもらっていたら？」

そのことはキットも何度か考えていた。

「だがもう手遅れだ。彼らはロンドンに行軍する。イギリス国内ではこれまでなかった規模の暴動が起きると思う。ロンドンからの使者は、議会がどうにかできる段階は過ぎたと言っていて、人々はそれを信じているようだ。彼らを逮捕するようにシドマス子爵に進言したよ。それが事態を阻止する唯一の方法だと思う」

「ロンドンからの使者？」

「そうだ。ペギーに話しかけていた男はそのひとりだ。オリバーという名で、毒のように人の心を蝕む話を広めるためにロンドン委員会から送りこまれてきたんだ。彼に会えるかもしれないと思ったとき、ぼくが気もそぞろになった理由がわかるだろう？　トレイナーから、会合についての報告を受けた。靴屋のウィリアムズ、息子でストッキング編み職人のマートン、そして孫——三代にわたる革命家たちがその場にいた。オリバーが感動的な演説をしたそうだ。これは〝子供に送る母親の最後の勧告〟で、ロンドン委員会は七万人を集めることができるから、地方に住む男たちはそれを支えなければならないと言ったらしい。心を打つ演説だったとトレイナーは言っていたよ」

メアリーは眉間にしわを寄せただけで、なにも言わなかった。

「どう思う？」

「わからないわ、キット」

「だが反論はしないんだね」

「頭のなかのことをなにもかもあなたに話すわけじゃないのよ」

「明日書類を持ってきたら、読んでもらえるかい？　そうすれば、ぼくが知っていることすべてをきみも知ることができる」

「どうしてわたしに見せるの？」

「ぼくは正しいことをしたがっていると、だれよりもきみがわかってくれているからだ。きみにぼくの立場を理解してもらえると思うからだ。そうしようと思えば、きみは公平にものを見ることができると知っているからだ。きみはぼくの妻で……ぼくはきみを信用しているからだ」


　それからしばらくのあいだ、キットは無言だった。次に口を開いたのは、どうしようもなく傷んでしまったネクタイを結ぶのを手伝ってほしいと頼んだときだった。

　ニック・マートンの秘密は守ろうと思った。少なくとも当面は。今朝、厨房のすぐ外にある食料品貯蔵室で聞いた彼の言葉は、だれにも話していなかった。

〝銃が用意してある。確かだ。やつらは、ロンドンでなにをすべきかをわかっているんだ〟。

だれかに話すべきだったのだろう。公の場で集まることを禁じたいまいましい法律のせいで少年の父親が逃亡していなければ、話していたはずだ。それに、彼が若き日のキットを思い出させるというくだらない理由もあった。

少年の家庭はそれでなくても困った事態に陥っている。それに彼は、ただ友人に自慢したかっただけなのかもしれない。トレイナーが雇い主に好印象を与えるため、そして今後も報酬を受け取るために、武器の話をでっち上げたように。もしもわたしがお金をもらって情報を提供していたなら、雇い主の興味を引くために間違いなく大げさな話をするだろう。それに男の人は、武器の話をすると間違いなく夢中になる。そうでしょう？

だが、だからといって、なんらかの計画が進行中でないとは言えない。認めたくはなかったが、ニックがなにかの話をしていたのは事実だ。彼は集会に出ていたのだから——情報提供者の手紙にそう書かれていた。

自分の村でそんなことが起きていると考えるのは難しかったし、心が痛んだ。どこかの政治クラブは暴動を企んでいるかもしれないが、ここでは起きないと思いたかった。自分の母親があれほど慈善事業に労力を注いだこの村では。ジェシカと彼女が食べ物や毛布を配っているこの村では。女性たちがひと袋の紅茶の葉をあれほどありがたがってくれるこの村では。

わたしなら、ひと袋の紅茶をありがたがるかしら？

善意の女性がふたりやってきて食べ物と笑顔と毛布を彼女の家に届け、すぐに居心地のいい自分たちの暮らしに戻っていき、彼女の子供が病気になったり、空腹になったりするまで戻ってこなかったとしたら、メアリーだったら激怒するだろう。わたしはプライドが高くて、怒りっぽくて、礼儀がなっていない。ニック・マートンと同じだ。あの少年が似ているのはキットだけではないのかもしれなかった。

　メアリーはひどく当惑していた。わかっているのは、自分が激しく混乱していて、数時間後にはおそらくは偏頭痛が起こること、すべて忘れてしまいたいと願うだろうということだけだった。それでも、鳩が羽ばたいたあの瞬間の甘い記憶を封じ込めて、メアリー叔母として夕食の席につかなければならなかった。

18

「あの人は全然そんなふうじゃないんだから」エリザベス・グランディンはいくらか腹立たしげに、いとこのファニーに言った。「それから、あの人のことをわたしの叔父さんって言うのもやめてもらえる？」

いったいなにを口走ってしまったのだろうと、ファニーは即座に後悔した。気の向くまま喋っていたから、自分がなにを言ったのかも思い出せない。クリストファー卿の〝バイロンふう〟の外観か、あるいは彼の振る舞いについて、なにか変なことを言ったのかしら？〝バイロンふう〟というのはファニーと学校の友人のあいだだけで通じる便利な言葉だった。その詩人の名は、男らしくて、魅力的で、そして手が届かないものを表わすときに使われる。

だがエリザベスにそれを理解できるはずもない。この田舎育ちのいとこが抱いているらしい気持ちに言及したとき、彼女がひどく興奮して思いきり顔をしかめ、怒りに燃えた表情を浮かべたのも無理はないとファニーは思った。守ってあげなければならないという気持ちになった。エリザベスは、まさに気骨のある娘らしい反応を示している。胸の高まるような思いを初めて味わわせてくれた男性を擁護しているのだ。二年前のファニーや〈ミセス・ダクスベリーの若い女性のための学び舎〉の友人たちのように。

　もちろんロンドンにいるファニーの学友たちは、すでにひとしきり世事を学んでいる。いとこがようやくそうあるべき行動を取りはじめたことが面白かったたし、共感できたし、ほっとしてもいた。初めて異性にときめきを感じるのが十八歳というのはとんでもなく遅いが、だれにでも初めてはあるものだ。

　ファニーは心をなごませるような笑みを浮かべると、エリザベスの形のよい頬にそっと仲直りのキスをした。

「彼の態度が不適切だなんて言っているわけじゃないのよ。実際、あの目を見るとぞくりとするし、彼のまわりの空気はとても生気に満ちたものじゃない？　でも、彼があなたの叔父さまだということは事実で、彼とメアリー叔母さまが正式に離婚するまでは叔父さまのままよ。ちょっと興味をそそられるわよね？　わたし、離婚した人にはまだ会ったことがないのよ。公園でけっこう頻繁にレディ・ホランドを見かけるんだけれど、目を合わせちゃいけないってお母さまに言われてるの」

　娘たちはローウェン城から馬車で帰宅する途中だった。昼間の空気はじっとりと重く、ふたりは紐を緩めて、ボンネットを首のうしろにずらしていた。嵐が近づいているらしく、空は雲で覆われている。太陽はすっかり隠れているから、日焼けしたりそばかすができたりするおそれはないとふたりは考えていた。残念なことに、その誤った思いこみを正してくれる人間はいなかった。ミス・キンバルは、ファニーが侯爵から借りたミスター・ブラウンの造園の原案のアルバムといっしょに、馬車のうしろに乗りこんでいる。ジェシカが慈善事業用の籠を置くために使っている座席から、ミス・キンバルの大きないびきが聞こえていた。

今朝の訪問は、ある程度の成功を収めた。侯爵の息子シャーワイン子爵が旅からいつ戻るのかはつかめなかったが、クリストファー卿は侯爵の居間に姿を見せた。エリザベスにとってはそれがなにより意味のあることだったし、ファニーにとってはいとこの不安定な精神状態を確認する材料となった。そのうえ、彼と過ごしたつかの間の時間が心地よいものだったことも否定できなかった。

クリストファー卿は、退屈な朝を明るいものにしてくれたと言ってふたりに声をかけ、兄の侯爵が笑みを浮かべただけでなく、たどたどしいながらも言葉を発しようとするのを見て喜んだ。「おふたりの才気を分けていただいたことに心から感謝しますよ、お嬢さんがた」

「ローウェン城にお住まいなんですもの、それくらい当然です」エリザベスが答えた。「一番近くにいるのが、わたしたちですから」心の底から憤慨しているような口ぶりだったから、だれもでしゃばっていると言って彼女を非難できないだろうとファニーは思った。実際のところ、少しでしゃばっている気もしたが、結果は満足すべきものだった。

クリストファー卿は笑いながら、ぼくは年を取っていますから、ふたつの家族の関係がいまのようではなかったときのことを覚えているんですよ、と言った。残念だが、ぼくはそろそろ失礼させてもらわなきゃならない。午前中は予定があるし、午後も忙しいんです。

彼は急いで部屋を出ていこうとしたが、義理の姉に声をかけられ、戸口で足を止めた。肩越しに振り返って答える。「ああ、そうでした。すっかり忘れていましたよ」あんなにきらきらする緑色の瞳と人を誘惑するような笑みを見れば、背丈が足りないことにも目をつぶろうという気になるかもしれないとファニーは思った。

ぼくと侯爵夫人スザンナは、一番近くに住む家族とその美しい客人に近いうちにお会いすることになりますよ、と彼は言った。カーソーンでパーティーがあるのは二日後でしたよね？

「わたしたちはすぐにおいとまするつもりです」侯爵夫人が念を押すように言った。「いらしている方にご挨拶するくらいですわ」

「一時間ほどでしょうね」クリストファー卿は義理の姉に向かってうなずいた。「こちらの素晴らしいご婦人が一、二曲ダンスをして、甲斐甲斐しく夫を介護する日々のなかでつかの間の息抜きができるくらいですよ」

娘たちは侯爵夫人の献身ぶりを口々に称えた。クリストファー卿が仕事に出かけてしまったことは悲しかったが、まもなく行なわれるパーティーは楽しみだった。あと二日だ。

いったいなんの仕事があるのかしら。ファニーはいぶかった。彼は大陸から戻ってきたばかりなのに。どこへ行き、なにをするのかは知らないけれど、とても楽しそうだった。

行き先について彼がなにも言わなかったことが、エリザベスも気にかかるらしかった。

「午後は毎日出かけていくの」馬車に揺られる彼女の頬がピンク色に染まっていたので、ボンネットを脱いだのは間違いだったかもしれないとファニーは思いはじめた。

ボンネットをかぶったほうがいいと彼女のほうから切り出したくはなかった。自分の行動を自分で制限するようなら、若さになんの意味があるかしら？　だが迫りくるパーティーのことを考える必要があった。ファニーはしぶしぶとボンネットをかぶり、いとこにもそうするように無言で勧めた。ミス・キンバルの仕事ぶりのいい加減さに腹立ちを覚えた。エリザベスの興味や不安定な感情の相手をするのはわたしに任せっぱなしなんだから、わたしたちの肌の色に気をつけるくらいできそうなものじゃないの。

エリザベスの心の動揺にだれも気づかないことが驚きだった。わたしが面倒を見なければならないのね、ファニーは心のなかでつぶやいた。だれかがしなくてはならないのだから。どちらにしろ、ファニー自身は恋をするつもりがなかったから、恋に落ちた人間を観察するのはためになった。あるいは、何年後かにはそんなこともあるかもしれない。彼女の義務と仕事を立派に果たした暁には。

教会軍に入れさせられる従順な息子のように、ファニーことヘレン・フランチェスカ・グランディンには、生まれたときから定められた仕事があった。少なくとも三歳のときの初めてのダンスレッスンで、長いまつげをぱちぱちさせながらくっきりしたえくぼを作り、いくらかふらついてはいたものの前途有望な第四ポジションを取ったその感動の瞬間から、それは定められていた。

ファニーの仕事は華々しく社交界にデビューし、素晴らしい結婚をすることだった。子爵より身分が下の求婚者は、キャベンディッシュ・スクエアにあるエドワード・グランディン卿の家のギリシャ風のポーチですげなく追い払われることだろう。だがこの長年の計画（実を言えば、それがレディ・グランディンのライフワークだった）は、姉のフィラミーラにそれなりの条件を満たした夫を見つけるまで棚上げにしなくてはならなかった。妹のデビューは早くても次のシーズンになる。それはだれにとっても――ファニーのようにユーモアのセンスがあり、好奇心旺盛な若い女性にとっても――退屈で、腹立たしい状況だった。

バーニー中尉がキスをしようとしたというだけでわたしをロンドンから追い出すなんて、両親はまったく愚かだとファニーは思った。内気なフィラミーラはそのあいだ二階にいて、サッシュを十一回も結び直していたのだ。

少なくとも、表向きはそういうことになっている。本当は、その前の週にグランディン家の書斎で中尉はすでに同じことを試みていて、見事に（彼自身の判断からすれば）成功していた。ファニーはと言えば、自分の助力に家族は感謝すべきだと考えていた。不品行な求婚者を排除する方法がほかにあるというの？

だが母親がその言い分に惑わされることはなく、ファニーはいとこのベッツことエリザベスと共にはしゃいだり、くすくす笑ったりするべく、ロンドンからビーチウッドの田舎に追放された。

ファニーは自分の研究が中断されたことが悲しかったし、フィラミーラも（彼女はバッキンガムシャーに住む牧師補を深く愛していて、その牧師補も彼女のことを愛していた）ファニーがいなくなることを残念がった。

「あなたを着飾らせたり、ダンス室で踊らせたりすることをどれほど楽しんでいたのか、あなたがいなくなってお母さまは改めて気づくんだわ。アダムよりましな人をわたしに見つけようとして、いままで以上に必死になるんでしょうね」

ファニーは、娘らしい好奇心に屈してバーニー中尉とキスしたのは軽率だった――狭量だったことは言うまでもない――ことを認めた。見るからに出っ歯の男性が相手だったのだから、なおさらだ。

「すごく変だったわ」キスという行為には間違いなくあれ以上のなにかがあるようだったが、悲しいかな、それを突き止めるにはもっといい機会と、あれほど歯が出ていない相手を待つほかはなかった。

「心配しないで。ダービーシャーから一日おきに手紙を書くから。人生の目的を忘れてはいないってお母さまに伝えるために、文章の合間には輝かしい肩書と名前をちりばめるようにするわ。

それにほら、ローウェン城のスタンセル家を訪問することになるのよ。あの人たちなら充分でしょう？　すごく運がよければ、シャーワィン子爵が大陸の旅から戻ってきているかもしれないし、アイレス卿だって悪くない――ジェシカ叔母さまが、お母さまのお眼鏡にかなうだれかを招待していることだってあるかもしれない。アーサー叔父さまが結婚したペンリー家の人たちは、知り合いになる価値のある人について風変わりな考えを持っているの。その輪のなかに、何人かの貴族が交じっていることだってあると思うわ。統計学的な可能性にすぎないけれど」

とうけいがく。覚えたばかりの言葉を舌の上でころがしながら、ファニーは微笑んだ。世界はなんて刺激的なのかしら。紳士と淑女がお辞儀をし、笑みを交わし、結婚し、跡取りを産み、そして戦争に赴く——あらゆる人が、血の通わない数字と数字のあいだをダンスをしているかのように移動するのだ。ファニーはそういったことすべてを説明している本『デブレットの貴族名鑑』を手に取った——買うつもりで待っているあいだに、すでにそのほとんどを本屋で読んでいたから、ぱらぱらと目を通しただけだ。家に送る手紙のなかに、そこに記されている名前や肩書を入れるつもりでいた。慎重にやりなさいね、フィラミーラが忠告した。ふたりの母親（ファニーと同じくらい頭の回転は速かったが、彼女よりずっと一途だった）は、この国の上流階級一万人のうち少なくとも九千人の動向を把握している。ファニーは神妙にうなずき、慎重にやると約束した。

「わたしに約束できるのは、あなたの留守のあいだにお母さまをうんと退屈させることくらいだわ」姉は妹に告げた。

「そうよ。退屈させるのが一番。オールマックス社交場で見事に失敗しても、お母さまはきっと乗り越えるべき試練だと思うだけよ。人並みでいることが大事よ、お姉さま。いとこや、借金を抱えた名もない人たちとできるかぎり踊るようにしてね。わたしとほぼ同時期に問題を起こしたことが、フレッド兄さまにとっては運が悪かったわ。そうした人たちがお姉さまと踊るように、お兄さまが手配してくれているから。できるだけ目立たない人たちに手紙を書いて、手を貸してくれるように頼んであるの。次のシーズンにわたしと踊りたければ、今年は言われたとおりにしなければならないことになっているのよ」

ファニーは、できるかぎり大勢の人が同時に満足できるような手段を講じるのが好きだった。そういう意味では、だれからも惜しまれたアーサー叔父と似ているのだろうが、自発性と独創性では彼女のほうがはるかに勝っていた。姉を深く愛していたファニーは、彼女が牧師補のアダム・エヴァンズとできるだけ早く結婚できることを心から願っていた——純粋な愛情からでもあったし、自分自身のためでもあった。定められた目的に向かって、早く歩き出したくて仕方がなかったのだ。男に生まれなかったことが残念だと、ファニーは時々考えた。そうすれば司祭になっていたかもしれないし、ウィーン会議の代表になっていたかもしれないし、財務大臣（実は彼女は、数字や数式が好きだった）になっていたかもしれない。

だが当面は、アーサー叔父によって結びついた一家といっしょに過ごすことになる。彼らはみな、驚くほど情熱的だ。ベッツでさえも。かつてのおてんば娘はいま、ロマンチックな空想に浸りきって、馬を怯えさせていた。ファニーは彼女から手綱を奪った。

「彼はいつも農場の方向に出かけていくの。そのあたりの牧草地で馬を走らせていたら、いずれ会えるんじゃないかと思っているのよ」エリザベスの瞳は、草の露に映る早朝の空のように澄んでいた。「髪をほどいたまま、馬を走らせるの。馬に乗っているときは邪魔だけれど、そのほうが素敵じゃない？　そこへ彼が現われて、メアリー叔母さまが貸してくれた本に出てくるミスター・ナイトリーのように、目の前を横切っていくんだわ」

小説を読む人間というのはなんて情熱的で、そしてなんて面倒なことか。

とはいえ、確かにエリザベスは髪をほどいているときが一番美しい。

ファニーの髪は、湿気がある日にはすぐに縮れてしまう。汗に濡れた額に貼りついたひと房の赤褐色の髪を、彼女はいらだたしげに払った。ビーチウッド・ノウルに戻ったら、ロンドンからたっぷり持ってきたローズマリー水でメイドに洗ってもらおう。エリザベスが欲しいと言えば、あげられるくらいあるけれど、彼女のゆるく波打つ淡い金色の髪はとりたてて手入れをする必要はなさそうだった。

この数カ月で、エリザベスはどれほど美しくなったことか。すでに彼女を組みこんだ戦略を立てていなければ、いらだたしく感じたかもしれない。ファニーは、来年社交界にデビューしたら、〈ミセス・ダクスベリーの学び舎〉出身の漆黒の髪の美しい娘マライア・プラマーと三人でチームを組もうと考えていた。三というのはいい数字だ。異なる髪の色も人々の目には魅惑的に映るだろう。三人の小部隊なら向かうところ敵なしだ。

戦略を練るのは楽しいし、気も紛れる。難しいのは、エリザベスの話をじっと我慢して聞いていることだ。彼女は、幼い少女をひたすら眺めることに人生のかなりの部分を費やした田舎の紳士を主人公にした小説に夢中だった。ファニーは事実を記した本を好んだから、エリザベスがなぜこの小説にそれほど心惹かれるのか、まったく理解できなかった。

わたしと同じ経験をしているわけではないんだから、もっと彼女の立場になって考えてあげなきゃいけない、ファニーは思った。ファニーや〈ミセス・ダクスベリーの学び舎〉にいたほかの娘たちは、十六歳くらいのときに小説や古典に登場する英雄への憧れから卒業しているというのに、エリザベスはその時期にアーサー叔父の喪に服していたのだ。大人の女性になるための階段をすんなりと上がれないのも無理はないし、感情を向ける相手としてハンサムで年上の隣人を選んだのも自然なことかもしれない。

分析するのは簡単だ――ファニーはこれまで数多くの点でエリザベスより優位に立ってきたのだから。

だが、本当にそうだろうか？　ファニーはいまだに、崇拝していた幼馴染みに対する優しい気持ちと激しい嫉妬にどう折り合いをつければいいのか、わからずにいた。

若い女性にとっては、ひとりぶんの人生だけでは充分でないのだろうか。自分が手にしているものに感謝し、それを楽しもうと思えば思うほど、自分に欠けているものに気づいてしまう。ふたりがもっと幼くて、ファニーのほうがはるかに美しかった頃、自由に走りまわったり、馬に乗ったり、食卓の席で自分の意見をはっきり言ったりするエリザベスをうらやましく思ったものだ。そういった場所で交わされる会話は、本や詩、料理、ファッション、さらには政治といった興味ある事柄ばかりで、女性の意見が通ることもしばしばあった。

かつてビーチウッド・ノウルで開かれた夏至の祝宴から自宅に帰る馬車のなかで、ファニーの両親はあきれたように首を振ったものだ。その日の出来事を振り返っては、アーサーの妻とふたりの妹はホロホロチョウ程度しか礼儀を知らず、まったく洗練されていないと結論づけた。もちろん、ミセス・マクニールの装いが素晴らしいことは母親も認めたが、住んでいるのがグラスゴーみたいな工業都市とは……。レディ・クリストファーにいたっては、あきれたことに夫と別居しているうえ、がさつだし、急進派の友人がいる……

あんな叔母がいたら、どんなに楽しいかしら。母が夫を軽く突いて唇に指を当て、刺繍にひたと視線を据えて聞いていないふりをして座っているふたりの娘に向かってうなずいたとき、ファニーはそう考えていた。

ファニーが当時のことを思い出して声をあげて笑ったので、空想にふけっていたエリザベスはその声にぎょっとした。「あなたがどれほど夢見がちで、本が好きなのかを考えていたの。正真正銘のペンリー家の人間ね——だれかがそんなことを言うのを聞いたら、あなたのお母さまはどれほど驚くかしら」

エリザベスは顔をしかめた。「お願いだから、そんなこと言わないでね。わたしは、お母さまが自分の頭のよさをひけらかすのがすごくいやなの。叔母さまたちもよ。受けた教育のことや、自分は大部分の愚かな女性たちとは違うという話をするときの自画自賛ぶりにどれほどうんざりするか、想像もできないでしょうね。そのうえあの人たちは、わたしがその一員であることに感謝するべきだって思っているのよ」

どれもそれほど不愉快なことだとは、ファニーには思えなかった。

「メアリー叔母さまは悪くないと思うわ。それに年の割にはとてもきれいだし。アイレス卿は彼女に夢中よ。というより、あなたが彼に目もくれないから、そうしようとしているのかもしれないけれど。もちろんあなたは気づいていないでしょうけれど、一目瞭然だわ。メアリー叔母さまがパーティーに出ないのは残念ね。公の場でアイレス卿が彼女に恋焦がれているところを見るのは、面白かったでしょうに。ほかの男の人たちも気づいたはずよ。でもその話はもうしたわね。それにメアリー叔母さまは、実業家のミスター・ベイクウェルしか眼中にないんだと思うわ。わたしが男だったら、きっとなにか自分で仕事をしていたでしょうね……」

エリザベスは肩をすくめた。

「あなたのお母さまの言うとおりよ」ファニーはさらに言い募った。「たいていの女の人たちは愚かよ。それから男の人も。特に排他的な社会ではね。きっと今度のクリスマスはあなたもわたしたちといっしょにバッキンガムシャーで過ごすことになるでしょうから、自分の目で見るといいわ」

一週間ほど前であれば、その誘いにエリザベスの心は喜びに躍ったことだろう。理不尽な要求を課されたりせず、美しく、きれいに着飾って、それ以外はごく普通であることを認めてもらえる人たちと過ごせることを、このうえない幸せだと感じたに違いない。ドレスをまとい、ダンスをし、知らない人たちと出会い、自分をもっともよく見せることだけを考え、他人の人生が堕落しようとも気にかけない——それを素晴らしいことだと考えただろう。

けれどいまは……。「行くかどうかわからないわ。彼がずっとローウェン城にいるのなら、わたしも家にいたほうがいいかもしれない。離婚の手続きをしているあいだは気まずいかもしれないけれど、朝、教会で会ったら笑顔で会釈をして、少なくともわたしだけは、叔母との結婚生活を終わらせたがっているからといって彼に悪い感情を持ってはいないと伝えることができるでしょう？　控えめでごくかすかな……称賛の笑みを浮かべるのよ。励ましになるし……勇気づけることもできると思うの」

彼女の言葉に、いとこのファニーは大きく目を見開いた。ハシバミ色の瞳に非難めいた色が浮かんでいる。

気にしないわ、エリザベスは心のなかでつぶやいた。ファニーはいろいろなことをわかっていると思っているかもしれないし、実際にそうかもしれないけれど、人が恋に落ちたときは話は別。恋をするとより大人になって、より……女らしくなるんだわ。

「来年、社交界にデビューするべきかどうかも迷っているの。彼の離婚の手続きが終わるまで、家にいようかと思って。彼はおそらく、今後もローウェン侯爵の手助けをするんじゃないかと思うのよ――脳卒中って、回復が難しいんでしょう？　もし、わたしがあと一年ここにいれば……とにかく、急ぐことはないと思うの」

離婚経験のある男性との結婚について、ファニーは真剣に考えたことはなかった――離婚した叔父と結婚することが、法的に許されるのかどうかも。こういった状況はめったにない。財産の管理や婚姻に関する法律は、統計学の法則よりもはるかに難しく、はるかに非論理的だ。だがもちろん、その複雑な法律を理解することはできるはずだ。弁護士や国会議員になることができたならさぞ面白かっただろうと思うことが時々あった。今度時間のあるときに、父親の書斎で法律のことを調べてみようとファニーは心に決めた。

だがいま重要なのはそこではない。

なにが重要なのか、実を言えばファニーにもはっきりとわかってはいなかった。この世に不可能はないと思えるほど、最近急に美しくなったいとこに対する嫉妬なのかもしれない。ファニーは不意に激しい心の痛みを覚えた——敗北感とエリザベスに対する敵意。自分も情熱的にだれかを愛したいという思いが唐突に湧き起こった。つい昨日まで、そういう感情はフィラミーラのように地味な女性や、ペンリー家のような風変わりな女性たちにとっての慰めにすぎないと思っていたのに。

最近のエリザベスに対する羨望だろうか？　美しいということだけでなく、その美しさが持つ力がうらやましいのかもしれない。エリザベスほど美しい娘は、どう振る舞うべきかを自分で決めることができるだろう。

あるいは……いいえ、それはだめ。クリストファー卿は長男ではないし、それに——彼の母親にまつわる噂はだれもが耳にしている。けれど……彼はあえて〝美しい客人〟という言葉を使ったわ（そうだったでしょう？）。そう、間違いない——クリストファー卿はファニーのことを美しいと言い、エリザベスについてはなにも言わなかった。それに彼の唇が挑発的な形を作り、瞳がきらめいたのは、そう言ったときだったかもしれない。そうじゃなかった？　陰鬱な色合いの魅惑的な瞳がきらめくことがあるとすればの話だけれど。あの瞳の色を見ると――最初に脳裏に浮かんだのは、女らしい気分になるという言葉だった。いいえ、だめ。彼女の母親は女らしい。すべての母親は女らしい。いま彼女が探しているのは、そんな言葉ではなかった。

実を言えば、自分が求めている言葉が英語に存在するのかどうかファニーにはわからなかった。正しい英語にはないだろう。ミセス・ダクスベリーのもとで学んだフランス語にもなかった。頭がくらくらした。

心はかき乱され、いつになく混乱していたが、手綱を握るファニーの手は落ち着いていた。馬は早足で門をくぐり、家へと近づいていく。ファニーは馬車を降り、強い光にめまいを覚えながら、待ち構えていた厩《うまや》係に手綱を渡した。

雲の合間から太陽が顔をのぞかせているようだ。ミス・キンバルが目を覚まして、ヤマネのような妙な声をあげたかもしれない。フレッドとアイレス卿が近づいてきている気がする――夏至の夜に計画している見事な花火について、ふたりがなにか言ったかもしれない。

エリザベスが当惑の表情でこちらを見ているようだ。

そのどれにも、ファニーは確信が持てなかったし、そのすべてがどうでもいいことだった。もちろん、最後に脳裏に浮かんだ驚くべき内容は別だ。

「ファニー?」エリザベスが問いかけた。

「ミス・グランディン?」アイレス卿は手に帽子を持っている。

「どうした?」フレッドは彼女を支えようとして手を伸ばしたが、ファニーはそれを断った。

曖昧な笑みを浮かべながら、ファニーは急に疲れを感じたのだと言い訳していた。「暑さのせいだと思うの」弱々しげに言い添える。「それにこの湿度ですもの」

失礼するわ、とファニーは言った。ひとりで休みたいの――お借りしたアルバムの写真を(ええ、ありがとう、ミス・キンバル。大丈夫よ)見れば、きっと気持ちも落ち着くわ。大きなアルバムを両手で抱え、ファニーは砂利を敷いた道を玄関へと向かった。生まれてこのかた気分が悪くなったり、一瞬でも気を失ったりしたことはなかったから、彼らが戸惑っているのはわかっていた。

それは彼女自身も同じだった。はっきりしているのは、ローズマリー水で髪を洗いたいということだけだ。

それに――冷静になって考えてみると――エリザベスと分け合うほどローズマリー水はない。ファニーの部屋のそばにある小さなアルコーブは、ふたりの娘が髪を洗い、頭を乾かすほど広くもなかった。かえって好都合だ。たったいま自分の身に起きたことを考えるために、ローウェン城のまわりに延びる入り組んだ道がいったいどのようにつながっているのかを見極めるために、ファニーには自分ひとりの空間が必要だった。

19

「先に読むべきだったわ」眼鏡の金のブリッジを鼻の先にずらしながらメアリーは言った。

「まったくだ」キットが同意した。「ぼくは、眼鏡をかけた女性を抱いたことがないんだ。レディ・クリストファー、我慢しきれない気分だよ……」

メアリーは小さく笑ってから、ベッド脇のテーブルに置いてあるスパイの手紙を入れた紙ばさみを手に取った。

「……きみの手から書類をもぎ取って、その魅力的な格好のきみをもう一度うっとりさせたい」

「集中しなきゃならないの」メアリーは宣言した。「暖炉に火を熾してちょうだい。それから、これを読み終わったら、わたしもあなたに見せたいものがあるの」

メアリーは裸の胸をキルトで覆った。キットは乳房が隠されてしまうのを見つめていたが、やがて肩をすくめ、ベッドをおりた。彼女から、そして彼女がその書類のなかに見つけ出すなにかから自分の意識を逸らすには、そのほうがいい。もちろん、彼女が見せたいものからも。それに、部屋は確かに火が必要だった。今日のような暖かい日であっても、森のなかの鬱蒼《うっそう》とした場所に建つこの家は湿気がこもりがちだった。

だがまずは、散らかった部屋を片付けるのが先だ。貴重な時間を無駄にするまいと、互いの服を引きはがすようにして脱がせ合った結果がこの惨状だった。キットの顔にあきれたような笑みが浮かんだ。

スペインで原始的な暮らしをしていたあいだに、キットは片付けるということを学んだ。整理することが好きなわけではない。好きな人間などいないだろうと思っていた。メアリーはと言えば、自ら体を使ってなにかをしようなどと一度も考えたことがないのは、明らかだった。キットはさっきまで身につけていたものを、なんとか集めることができた。もう一方のストッキングはどこにいった？

もちろん、あそこに決まっている。テーブルに置かれた本の上だ。あたかも目に見えない読者がそこに座っているかのように、その本はページが開いたままになっていた。男と女のどちらの快感が深いかという永遠の命題を記したあのページだ。その答えがわかったならと、キットは思った。ふたりが公平に行動すれば、快感はほぼ同じなのかもしれない。その方面では女性に利があるとオウィディウスは記していたが、公平であってほしかった（文句を言うつもりはなかったが）。だがオウィディウスとて、他の男以上にわかっているわけではない。男はだれもが、女性のほうが自分よりいい思いをしているのかもしれないという疑惑を、口には出さないだけでひそかに抱いているのだろうか？

扉近くの床には、ふたりの靴についていた泥が落ちている。部屋の隅にたてかけてある少し傷んだ箒を使って、掃き出すべきだろうとキットは思った。かびだらけの古い本のせいで、いまいましいことにストッキングには染みができていた。

絵のような舞台（小川のせせらぎ、木々のざわめきと鳩の鳴き声）での秘密の逢瀬がロマンチックな牧歌のように思えたとしても、かつてはこの小屋がふたりにとっての天国（ふたりが共にした最初のベッドと天井だった）のようなものだったとしても、近頃では（年を重ねたいまとなっては）どこか物足りなさが残った。

〝ぼくの恋人になっていっしょに暮らしておくれ〟——メアリーがよく歌っていた古い叙事詩が記憶の底から浮かび上がってきた。羊飼いの恋の歌だ。軽薄な若者が、優雅な暮らしと銀の皿で供される戸外での食事となんの心配もない毎日を約束して、恋人を口説く。詩とはそういうものだ。

だが現実はまったくの別物だった。後始末をしてくれる使用人のいる生活に慣れていれば、なおさらだ。シーツがこれほどあっという間ににおいはじめることに、キットは驚いていた。それも、最高の使い方をしているというのに。初めはつんとくるようなにおいで、土の香りと呼べないこともなかった。だが彼とメアリーがその上で陶然としながら体をからませあい、汗ばむひとときを過ごしたことで、いまは悪臭としか言いようのないにおいになっている。

　ぼくの恋人になっていっしょに暮らしておくれ
　たくさんの喜びが待っている

冷たい部屋のくさいシーツの上で……

キットは、暖炉に積んだ薪のまわりに削り屑を撒きながら、うまくメロディーに乗せた替え歌を、まあまあのテノールで口ずさんだ。最後のフレーズを聴いて、メアリーが感心してくれるかもしれない。国家の重要事を片付けたあとで。

裸のままで、暖炉の前にしゃがみこみ、小さな火がたきつけに燃え移るように風を送る。もう一枚キルトを持ってこなかったことが悔やまれた。若い娘たちがやってくる直前に準備していたシーツもだ。彼女たちがワットとスザンナに心遣いを示してくれたのはうれしかったが、ふたりとも若くて詮索好きだから、小脇に布の塊を抱えていたりすれば疑念を抱かれただろう。そのうえ、森ではなく農場に向かっているのだと思わせるために、複雑な経路をたどってここまで来なければならなかった。

キットは体を震わせながら、口と手の両方で風を送った。肩越しにちらりとメアリーを見る——きちんと揃えてある書類をどうして並べ直しているのだろう？　なにかを考え込んでいる様子だった。何枚かを選び出し、膝の上に広げて比較している。ともあれ、彼女を見ていることを気づかれないように注意する必要はなさそうだ。自分の作業に没頭していて、キットのことなど頭にないようだった。そのうえ、ベッドをすべて使っていた。いったいなにこれほど時間がかかっているんだ？

かすかな空気の揺れと共に、温かなオレンジ色の炎が上がった。ミスター・グリーンリーの作業場から運んできたセイヨウトネリコの最後の薪にようやく火がついたのだ。キットはつかの間、誇らしげな思いと同時に原始的な感嘆の念を覚えた（今後もここで過ごすなら、さらに薪を持ってくる必要があるが、それはいまメアリーが目を通している書類をどう判断するかにかかっていた）。金縁の眼鏡をかけ、集中するあまり眉間にしわを寄せている彼女に目をやり、キットはにやりと笑った。キルトが滑り落ちて、丸みを帯びた美しい乳房が再びあらわになっている。

炎に手をかざした。物事には順序がある。まず温めるべきは手ではなかった。キットは立ち上がってメアリーのほうを向くと、自分で熾した炎で尻を温める心地よさに（そしておそらくは傷跡と彼のすべてをメアリーに見せる快感に）、ため息をつきながら背中を反らした。メアリーは顔を上げ、どこか上の空といった笑顔を見せると（炎が眼鏡に反射していたので、彼女が本当にこちらを見たのかどうかキットにはわからなかった）、また書類に視線を戻した。

なかばやけになって、キットはベッドに戻った。数枚の紙のために、ベッド全部は必要ないはずだ。隣に彼がいても、読むことの妨げにはならないだろう――たとえ彼の足の冷たさに、さらには腰にまわされた手の冷たさに、メアリーが文句を言ったとしても。

そうだ、そのほうがずっといい。彼女の腰を両手で抱き、太腿を自分の脚に押し当て、腹部を尻に密着させると、男性自身は――柔らかくて、温かな場所にいられることを喜んでいた――元気に目を覚ました。だがメアリーはほとんど気づいていないようだ。もっともらしい理屈を組み立てることに集中している。

ばかばかしい。問題などなにひとつない。トレイナーの言っていることが真実だ。事実は事実。彼の主張はベネディクトの手紙によって裏づけられている。

メアリーはようやく読み終えたようだ。書類をまとめ、元通りの順番に並べ直して紙ばさみに入れると、壊れそうなナイトテーブルに置いてから、彼と向き合うようにベッドに横たわった。キットが背中に手をまわすと、ため息をつきながら体をすり寄せ、キルトですっぽりと自分たちを覆いながら、乳房を彼の胸に押しつけた。

「眼鏡をかけて近くからあなたを見ると、ずいぶん違って見えるものね。気づいていなかったことがけっこうあるみたい……」

ごまかされるつもりはなかった。これまで見えていなかった彼の顔や体のなにかが、そのレンズを通して見えるようになったとしたら、そちらのほうが驚きだ。

キットは肘に頭を乗せた。

「手紙だ」自分の耳にすら、その声はきしんで聞こえた。**さあ、メアリー。なにを考えているのか聞かせてくれ。ぼくにはその権利があるはずだ。**あまり誇り高い尋ね方ではなかったとしても。

「ええ、そうね……」

「話してくれ。ぼくの言ったとおりだろう？　ぼくは正しかった。この状況の深刻さを真剣に受け止めていたぼくは正しかった」

メアリーはゆっくりとうなずいた。「ええ、そのとおりだわ」ささやくように言うと、唇の端を噛んだ。

勝ち誇るつもりはなかった。彼女が自分と同じように判断してくれただけで充分だ。事態が進展すれば、ひょっとしたらモリスも……。

「もちろん」メアリーは言葉を継いだが、ごく小さな声だったのでキットは身を乗り出さなくてはならなかった。「大量の武器を集めているという証拠はないけれど。そこここに銃があるからといって……」

「だが、ないという証拠もない」

「そうね、それもあなたの言うとおりね」

それもあなたの言うとおり――その言葉に署名をしてもらうべきかもしれない。メアリーがこれほどあっさりと議論の負けを認めるのは初めてだった。キットは枕に頭を預け、彼女をさらに引き寄せた。祝杯の準備をすべきだろうか。

「ただ――」彼女の声はくぐもっていたものの、確たる響きがあった。「――ロンドンからの使者はひとりだけでしょう？　それをどう考えるべきかはわからないけれど、なんだか妙な気がするの……」

「どういう意味だい？」

楕円形のレンズの奥で、熱を帯びた彼女の大きな目がきらめいた。

「このホリスとオリバーという男が同一人物だっていうことに、気づいていなかったの？

書類を全部しまわなければよかった。でも、てっきりあなたも気づいているとばかり……」

お下げ髪やエプロンからは卒業しても、あのいまいましい知ったかぶりの口調は昔のままだった。だが彼は体を起こし、自分の目で確かめた――彼女の言うとおりだ。キットは完全に見落としていた。情報提供者が伝えてきた、ロンドンから来たというふたりの民衆扇動家は、ウェリントン・ブーツに茶色の上着、長身で話し方が上品な赤い髭の男という点で一致している。ペギーに声をかけてきた男。自分が個人的に知っている人間ではないかとキットが考えはじめている男。

「ほら――」メアリーは書類のある箇所を指さした。「――会合はここととノッティンガムで別の夜に開かれている」

最後の会合だけが例外だった。ホリス（オリバーと呼ぶべきだろうか？）は深夜のノッティンガムで短いけれど力強い演説を行なったあと、急いでグレフォードにやってきて、夜明け前にウィリアムズとその仲間たちの前で同じことを語ったのだろう。

「ノッティンガムからグレフォードまで歩いたら、ちょうどそれくらいかかると思わない？荷馬車か馬車に乗せてもらった可能性もあるけれど」

キットは肩をすくめた。「きみの言うとおりだろう。ずいぶんと忙しい男だ」

「その両方でペギーは彼と会っている」メアリーが言った。「乗合馬車かなにかから降りたところだったのよ。おかしな話じゃない？」なにかを考えこんでいるような目の色だった。

「昼間に移動することを少しも怖がっていないなんて」

いったいなにが言いたいんだ？　だがメアリーのことはよく知っていたから、彼女がただ可能性を述べているにすぎないことはわかっていた。残念だが彼女には、なんの展望もなさそうだ。

ちょっと待て、なぜ残念なんだ？　彼女のことを仲間や共犯者ではなく、あくまでも敵だと（そう考えたくないと思うのはなぜだ？）考えるのであれば――キットのしていることをわかっている以上――残念だったかもしれないが。

「興味深い点ではある。だがそれほど意味があるとは思えない。考えられるのは……ふむ、ロンドン委員会はつつましくて、このあたりには使者をひとりしかよこさなかったんだろう。あるいは、彼が一番有能で、あちらこちらから呼ばれていたというだけのことかもしれない」

「あのあと、マンチェスターに向かったみたいね」

「なんであれ、彼がロンドン委員会の使者だという事実に変わりはない――暴動の準備をしているんだ」

メアリーはわずかに顔をしかめてうなずいた。「そうね、ただ……」

いまは黙っているのよ。メアリーは自分に言い聞かせた。今回だけは彼に任せるの。

なにかが起きていることは確かだ。報告書、耳にはさんだニック・マートンの言葉……すべてが、なんらかの陰謀が企てられていることを示している。

なにかがおかしい気がする――だがそれがなんであるかはわからなかったから、その言葉を繰り返すのはばかげていた。ばかげているうえ、意味のないことだ……ウェストにしっかりとからみついた彼の腕が、あるべき場所にあると思えるいまは。いくらかすえたようなにおいはするものの、温かく居心地のいい空気のなかで、寄り添った彼の体がたくましく感じられるいまは。彼の一部はとりわけたくましい――彼の言葉は正しいとメアリーが認めたからだろうか。

ほんのささいなことなのに目をつぶっていられないの？　わたしはなにを証明しようとしているの？

「なんだか……釈然としないの。なにが起きているのかはわからないけれど、ほかにもなにかある気がする――おかしななにかが」

とどめの台詞だった。ふたりの手足が離れ、その隙間に冷たい空気が流れこんだ。ふたりのどちらも、それ以上なにかを言う気にはなれなかった。

キットが部屋を片付けてくれていてよかったとメアリーは思った――服を見つけるのに手間取らずにすむ。

「紐はぼくが結ぶよ」キットの声は沈んでいた。「みだらな版画から抜け出してきたような格好で家に戻ることはない」

わたしたちはどちらも、行儀の悪さを愉快だと思ったことはないわ、メアリーはぼんやりと考えた。大きな胸とお尻を持った人が登場するばかげた風刺画を眺めるよりは、男女の営みの謎やそれが持つ力のほうに興味があった。同じようなその感性がふたりを引き寄せたのかもしれない。いまとなっては、もうどうでもいいことだけれど。

だが本当は、どうでもよくなどなかった。

つまりはこれまでということか、とキットは思った。彼女があくまでも幻想を抱き続けるのなら……昔のままの古くさくて美しいグレフォードに暮らす、単純で忠実な労働者たちに対して、彼女が愚かで急進的で牧歌的な信頼を抱き続けるなら……ぼくを信用できないのなら……彼と共に現実に目を向けようとしないのなら……。

彼女はなにを言っているんだ？　紐を強く締めすぎると文句を言っているのかもしれない（メアリーは気づいていないようだったが、実際彼は必要以上の力をこめて紐を引いていた）。

「誤解しないでほしいんだけれど、わたしはグレフォードに関する情報は正しいと思っているわ。ノッティンガムへの行軍はあると思う。疑問があるのはロンドンの部分よ」

まさか彼女は……。

「それ以上言う必要があるのかい、メアリー？　きみの意見はもう聞いた。ぼくの話に耳を傾けてくれたのはありがたいが、だが……」

毒を食らわば皿までよ、メアリーは心のなかでつぶやいた。

彼に向き直る。

「いいえ、聞いてちょうだい。もっと早く言うつもりだったんだけれど、あなたがどういう反応を見せるかがわかっていたから――少し……おじけづいたの。ロンドン委員会だけれど――リチャードが言うには……」

キットの唇が歪み、目つきが険しくなった。怒りに満ちた彼をこのまま見つめていたら、自分が石になってしまうような気がして、メアリーは壁の一点に視線を向けた。

「……社会改革の組織はどれも悲しいほどに機能していないから、ロンドン・ハムデン・クラブ（ジョン・カートライトが議会改革運動を進めるために一八一二年に設立した団体）の会合に出席するのをやめたそうよ。わずかばかりの老人が出席しているだけで、彼らは皆、いまがまだ一七八九年だと思っているらしいわ。国内の労働者たちとはなんの関わりもなく、ただ集まってはポートワインを飲みながら居眠りし、トマス・ペインを読んでいるだけ。もちろん、晩餐会に七人の客が来てくれればいいと思っているのと同じくらいには、七千人の人間を集めたいと思っているかもしれないけれど」

キットは抑揚のない声で言った。「たとえリチャード・モリスの手助けがなかろうと、きみの言う老人たちは全国の大勢の労働者たちと連絡を取ることに成功している。それともきみは、ぼくの証拠を見たうえでそれを否定するつもりかい？」

「怒れる労働者たちが大勢いることを否定はしないわ」

「それなら、いったいなにが言いたい？」

「わからない。ただこの件についてはリチャードの意見が聞きたいの」

　言うべきことを言えたし、石になることもなかった。メアリーは冷静さを失わない自分をほめたくなった。このあとも冷静でいようと思った。たとえキットの顎が震え、両手を握りしめたのを見て、いくらか恐ろしくなったとしても。これまで一、二度、彼を引っぱたいたことはあったが、彼に殴られたことはなかったし、これからもないとわかっていた。

「この件に関することをモリスに話してもらいたくはない」キットは静かに言った。

「もちろん話さないわ。そんなつもりで言ったわけじゃない。あなたから彼に話すべきだと思うの。彼の意見を聞くのよ。ロンドン委員会の問題に関してなにかヒントを与えてくれる人がいるとしたら、彼しかいない。そのうえ彼はいま、ウェイクフィールドの叔母さまのところにいるの」

「やつがこの暴動の味方をしていないとどうしてわかる？」

「彼は改革を信じているからよ。改革と暴動は違う。確かに彼はロマンチックな夢を抱いているわ。でもあなたはもう十年も彼と会っていないでしょう？　彼はいまたっぷりのワインといっしょに穏やかに暮らしている。彼は……」

「いいや、絶対にだめだ。ぼくには命令に従う義務がある。きみにも話すべきじゃなかったんだ」

　この小屋はとても頑丈に造られていた（造園の魔術師ランスロット・ブラウンの設計に基づいて造られたものだった）から、キットが足音も荒く出ていき、すさまじい音を立てて扉を閉めたときにも、なにも壊れなかったし、なにひとつ倒れることもなかった。

なにもできることはない、とメアリーは思った。ただビーチウッド・ノウルに戻る道をたどるだけだ。

こんなふうに別れを迎えても、奇妙なほど彼女は冷静だった。あるいは、奇妙でもなんでもなく、当然のことかもしれない。つまるところ、ふたりはいま別れを迎えたわけではないのだから。すでに別れている――別居中であり、まもなく完全な別離となる――という事実を忘れがちなのは、彼女の問題にすぎない。たったいま終焉《しゅうえん》を迎えたひと幕は、長く続いた最後の別れの儀式であり、身勝手な欲望であり、長い別れのキスだったのだ。

ふたりの関係はなにひとつ変わってはいない。持ってきた手紙は、彼に見せることなく送ってしまえばいいだけのことだ。

だが、もし彼女が正しかったらどうする？　正体不明のミスター・オリバーにも、一連の出来事にもなにか妙なところがある。彼がもっと冷静に考えることができれば――明日になればひょっとしたら……。

いいえ、ありえない。明日になっても、彼がリチャードと話したがらないことに変わりはないだろう。ふたりの知り合いのなかでただひとりこの状況を分析できるのが、キットがもっとも会いたくない人間だったのが残念だ。

だがもはや、メアリーが気にかけることではなかった。キットの手助けをするために、彼女はできることをしたのだ。陰謀も情報提供者も、なにもかもにうんざりしていた。

鳥の歌に耳を傾けよう。木の葉のこすれる音で頭のなかをいっぱいにするのよ。それとも、だれかの言葉でもいい。恋人たちと狂人を題材にした大好きな戯曲のなかの台詞はどうだろう。〝脳が泡立ち……その思いに凛とした理性が当惑する〟美しい言葉に浸っていると心が安らいだ。

安らいだはずだ。踏み段を越えたところで、うれしそうに手を振るアイレス卿の姿が目に入らなければ。

彼はよりによってこのもっともふさわしくない時に、ロマンチックな話をしようというの？

それだけではすまなかった。彼はこの耐え難い午後に、メアリーを崇拝していることを打ち明けたのだ。あなたのような女性に会ったのは初めてです。狂おしいほどの欲望にぼくはどうにかなってしまいそうです。

〝でも……あまりに思いもよらないことなので〟。メアリーの声は弱々しかったが、彼は気づかなかった。その言葉だけで充分だったからだ。〝思いもよらない〟というのは、彼が期待していたとおりの陳腐で期待を持たせる言葉だった。

もっともです、彼は滔々《とうとう》と語った。それ以上の言葉はありません。あまりに思いがけず、あまりに意外で、あまりに素晴らしくて。まるで魔法のようだとは思いませんか？　これほどの年の差にもかかわらず（彼の情熱も、この差を無視できるほど激しくはなかったことにメアリーは気づいた）ぼくたちの魂がこうして出会って……云々（男性が陶酔したように語りはじめると、その言葉はいつもメアリーの耳を素通りした)。

「ぼくの最愛なる美しいメアリー、あなたもきっと同じ思いを……」(このまま自分がなにも言えないようなら、引っぱたいて彼のほうを黙らせなくてはならないかもしれないとメアリーは思った)。彼は、ここ数日、彼女に恋い焦がれて苦しい思いをしてきたのだと語りながら、飾り立てた言葉と共にメアリーの両手を握りしめた。あなたに深い敬意を抱いていたので、あとを追って森に入ることは思いとどまりました(それだけは神に感謝した)。ですが(彼はここで咳払いをした)今夜遅くあなたのもとを訪れても、気を悪くしないでいただけますね。


のちに寝室でひとりになって振り返ったときに思ったように、紫色の瞳と風信子《ヒヤシンス》を思わせる巻き毛をした言葉のセンスが最悪な気の毒な若者に、憤慨のあまり平手打ちを食らわせるには、そのときが最高のタイミングだった。

メアリーに冷静な判断力があったなら、彼が必要としているのはまさに平手打ちだったことに気づいていただろう。望みどおりのキスが得られないのなら、平手打ちこそが恋に我を忘れた若者にとっての名誉の勲章となる。だがメアリーに冷静な判断力はなかったから、彼女がしたのはそれよりはるかにひどいことだった。

彼を笑ったのだ。

正確に言えば、彼だけを笑ったわけではなかったが、彼にわかるはずもない。メアリーは彼と自分自身とキットを笑っていた。悲しいほど傷つきやすい誇りと、ばかばかしくも滑稽なうぬぼれ。どうすることもできず、ヒステリックに笑い続けるうち、鼻と頬は赤く染まり、涙がにじんで溢れた。握られていた手を抜き取り、ハンカチを探したが、もちろん見つからなかった。キットといっしょにいると、いろいろなものが湿りがちだったから、あの小屋のしわくちゃになったシーツのどこかに埋もれているに違いない。

メアリーの笑い方はあまりにも激しかったので、頭がどうかしてしまったのか、あるいはなにかの発作でも起こしたのではないかと、気の毒なアイレス卿が不安になったほどだった。ようやくメアリーが自分を取り戻し、彼から借りたハンカチを目に押し当てながらため息をつくのを見て、彼のなかで次第に安堵感が広がっていった。だが赤い目と涙に汚れた頬の彼女は、気持ちが高ぶったときの彼女の姿としてアイレス卿が想像していたものにはほど遠かった。ふたりの年齢の差は、彼が考えていた以上に乗り越えるのは難しいらしい。

そういうわけで、アイレス卿は顔をしかめて彼女に背を向けると、ひらりと馬にまたがり、ビーチウッド・ノウルへと一目散に駆け出していった。今日は馬に乗せてはもらえそうもないとメアリーは思った。

だが夕食の席に現われた彼はいたって落ち着いていて、エリザベスも応じずにはいられないような心のこもった品のいい賛辞の言葉を口にした。それにはメアリーもかなり驚いたが、買ってきた花火について語るフレッドを除けば、全体としてはいつになく静かな食卓だった。ファニー・グランディンですらいつもの活気がなく、妙に疲れているように見えるし、心ここにあらずといった様子だった。彼女も今日の湿気のせいで気分が優れないのだろうかとメアリーはいぶかった。

20

これでけりがついた。森での逢引は終わりだ、キットは心のなかでつぶやいた。楽しかった。言葉では言い表わせないほど楽しいひとときだった。キットの表情が緩んだのは、網にかかった銀色の魚のように、心のなかできらめく記憶のせいだったかもしれない。だが彼には果たすべき義務がある——国家や家族や社会的秩序やそうなろうとしている自分自身に対する義務が。

彼女もじきに真実に気づくだろう。そうなってからでは、後悔も謝罪も手遅れだ。危機は回避され、治安判事たちが立ち向かった危険がどんなものだったかを、すべての人間が（メアリーとモリスを含め）そのときになって知るのだ（仮にキットが反乱に対して疑念を抱いていたとしても——ロンドン委員会や内務省の主張を疑ったことがあったとしても——それも過去のことだ。いまの彼にはそんな時間もエネルギーもなかった。すべてを知ることはできない。事実はやがて明らかになるだろう）。

そのあとでロンドンに戻るつもりだった。家族はもう彼を必要とはしていない。昨日ワットは両手に持った杖の助けを借りて、不安定ながらも数歩歩くことができた。母は、いずれ気が向いたときに戻ってくるだろう。いたずら者のジェラルドことシャーワイン子爵もそのうち顔を見せるに違いない。

退屈な日曜日だった。彼が作った予定表によれば、今週はメアリーが教会に行くことになっている。教会区の記録簿に目を通したかったから、残念でもあった。明日の朝、教会まで出かけて好奇心を満足させようとキットは思った。

明日の夜のカーソーンのパーティーで、スザンナと一、二曲踊ったのちに、ハルゼー大佐と共に行なう市民軍の教練の予定に、キットはもう一度目を通した。

「娘たちは喧嘩でもしたのかしら?」だれもいない居間でメアリーとふたりきりだったにもかかわらず、ジェシカは声を潜めて尋ねた。

メアリーは肩をすくめた。「明日の夜のパーティーの準備に忙しいだけなんじゃないかしら。あるいは、打ち明けられることはすべて打ち明けてしまったから、少し休憩しているのかもしれない。あれほどひっきりなしにお喋りしているんですもの、わたしなら休みたくなるわね」

「それもそうね。とにかくダンスを楽しんでくれることを願うわ。そのあとはハルゼー大佐のお宅に数日滞在することになっているから、ゆっくり感想を聞く時間はなさそうね。ふたりのことを気にかけてくれただけじゃなく、フレッドとアイレス卿まで招待してくれるなんて、ハルゼー大佐のお嬢さんは親切ね」

「静かになるのは大歓迎だわ」メアリーはどこか上の空でつぶやいた。

「あら、あなたは充分に静かな時間を過ごしたんじゃない？　ずいぶん森を散歩していたみたいだもの」ジェシカの目は無言でなにかを尋ねていた。

その質問に対する準備はできていた。「ミス・ハルゼーは気持ちのいい娘さんね。フレッドの気を引こうとしているのかしら？」

その作戦は、功を奏した。ジェシカの考えによれば、フレッドは学位を取るまでは、どんな女性であれ、だれかと交際するような立場にはないし、もしも彼がそんなことを考えているのであれば、早急に母親のお説教が必要だということだった。明日、あの子たちがカーソーンに出かける前に、フレッドと話をするわ。

ごめんなさい、フレッド、メアリーは心のなかで謝った。それから、本当のことを話さないわたしを許して、ジェシカ。

だがこういう事態になったいま、それもさほどたいしたこととは思えなかった。

「貯蔵室には、ハムと肉がたっぷりあるわ」ジェシカが言った。「そろそろ、パイやプディングやシラバブ（ミルクとワイン、砂糖を混ぜたイギリスのデザート）やトライフル（洋酒を染み込ませたスポンジケーキ、カスタードクリーム、果物などを重ねて作ったデザート）のことを考えなきゃいけないと思うの。ミセス・オッティンガーが、いろいろな種類のものを提案してくれたわ。配管工事のほうは、ようやくひと息つけそうね。

ああ、それから、手を貸すって約束した地元の若者たちだけれど、どうしているか知っている？　ちゃんと働いているのかしら？　問題ないことを願うわ」

なにも聞いていないと、メアリーは答えた。

長い蠟燭にはさまれた着替え室の鏡に、どこかせつなげな美しい笑みを浮かべたエリザベスが映っていた。闇に浮かんでいるように見える。メイドは三つ編みで小さな王冠を作り、残りの髪はそのまま肩に垂らすような髪型に整えてくれた。よく似合っている。馬に乗るのなら、このほうがいい。

アイレス卿もそれほど悪くはないと、エリザベスは思った。物悲しげだけれど、堂々とした容貌はそれなりに好ましい。ファニーに言われるまで、エリザベスは彼の長所にほとんど気づいていなかった。というより、彼の賛辞の言葉にとまどっていただけなのかもしれない。だがそれにもいずれ慣れるだろう。みんなが言うように（エリザベスは鏡のなかの自分に目を凝らした）わたしは本当にきれいになったんだろうか？

自分で気づかないなんておかしな話だと、エリザベスは思った。この数カ月間、馬に乗ったり、家を抜け出して侯爵夫人と話をしたり、父親を恋しく思ったり、母親に腹を立てたり――怒られることがあまりに多すぎて、なにに腹を立てているのかはっきりわからないほどだった――するのに忙しくて、なにかに気づく暇がなかったのかもしれない。

だが、アイレス卿がメアリー叔母に好意を持っているというファニーの言い分が間違っていることは確かだ。

それにしても、急に黙りこんでしまったファニーはいったいどうしたのかしら？

とにかく、アイレス卿はクリストファー卿の足元にも及ばない、エリザベスはあわてて自分に言い聞かせた。とはいえ、ほめられて悪い気はしなかった。明日のカーソーンのパーティーで、彼が今夜の夕食の席でそうしていたようにじっとわたしのことを見つめたとしても、別に気を悪くしたりはしないわ。ひとりの男性の視線は部屋にいるほかの男の人たちの注意を集めるものだと、ファニーから聞いたことがあった。彼女は光学だか天文学だかの例を持ち出して説明してくれたが、エリザベスにはまったく理解できなかった。だが、彼女の言わんとしていることはよくわかった。

だれかがダンスを申しこんでくれればいいのだけれど、とエリザベスは思った。もちろんクリストファー卿が申しこんでくれることを望んでいたが、だれからも申しこまれなかったらどうしようという不安のほうが大きかった。そんなことになったら、わたしは死んでしまうかもしれない。さらに、ファニーほど優雅にダンスができないことも不安だった。ファニーの母親は（エリザベスの母親とは違い）賢明だったから、ロンドンで最高のダンス教師を娘のために雇っていた。

「わかっているわよ、ミス・キンバル。あのブロンズ色のサーセネット織のドレスが夏至の日の舞踏会用だっていうことくらい」気の毒なお目付け役にこれほど辛辣な言葉をぶつけるつもりはファニーにもなかったのだが、考え事をしばしば邪魔されることにいい加減うんざりしていた。

「わたしだって意見を変える自由が欲しいものだわ。夏至には薄紫色のモスリンを着るから――ビーチウッド・ノウルの人はだれも、人がなにを着ようと気にしない……」

ファニーは、母親が彼女のお目付け役に課した重荷をからかうように、笑みを浮かべて肩をすくめた。

「でも明日の夜は、ブロンズ色のドレスを着ると決めたの」そのドレスは、彼女が持っているなかでも桁《けた》外れに高価なものだった。鮮やかな色をしたシンプルな仕立てのドレスは、エリザベスのいくらか少女っぽい美しさとひだ飾りのついた水色のローン生地のドレスとは対照的だ。

だが、だからといってミス・キンバルにつらくあたる理由にはならない――どんな欠点があるにせよ、彼女が足手まといになったことはなかった。与えられた食事にあれほど感激しているところを見ると、年老いた哀れなお目付け役はひどく貧しいに違いない。質素ないまの暮らしに心から満足しているようだったから、これまでの生活はつらいものだったのだろうとファニーは思った。

もっと優しくしてあげなきゃいけない、ファニーは決心した。まわりのことがほとんどなにも見えていないミス・キンバルは、理想的なお目付け役なんだから、彼女を失うわけにはいかない。お母さまがフィラミーラとわたしの社交シーズンのことで頭がいっぱいで、わたしの欠点に気づかなかったのは幸いだったわ。

ファニーは優しげな声で、改めてお礼を言った。

だがミス・キンバルはファニーのメイドに予定の変更を伝えるため、すでに部屋を出ていったあとだった。ブロンズ色のドレスに風を当て、染みがないかどうかを確かめ、いっしょに身に着けるリボンや靴や琥珀のネックレスも準備しなくてはならない。ひとりになったファニーは、偉大なるミスター・ブラウンが描いたローウェン城の庭園の設計図に意識を戻した。

なんて巧みな設計かしら。思いもよらぬ方向に延びる一風変わった小道の配置。素晴らしいわ。おかげで地所が見事なものになっている。造園家って本当に素敵な仕事だわ。

夜が更けるのも気にならず、ファニーは設計図を眺め続けた。かわいらしい仕草で額に落ちてきた髪をねじっている彼女を見た者がいたとしても、目の前に広げた設計図からありとあらゆる情報を読み取ろうとしているのだとは、だれひとり想像もしなかっただろう。

「彼は本当に来るの？」

その夜、上の階にある使用人の部屋は、いつにも増して蒸した。ペギーは眠るのをあきらめ、ベッドを出た。雨さえ降ってくれれば、いくらか過ごしやすくなるだろうに。

もう一本蠟燭がある。縫い物をして時間をつぶそうとペギーは思った。そうすれば眠気が訪れるかもしれない。レディ・クリストファーが譲ってくれるといったマントは、丈を短くする必要があることを思い出した。

問題は、そのマントをレディ・クリストファーの部屋に置いてきてしまったことだ。だが女主人は読書をしたり、日記を書いたりして遅くまで起きていることがよくある。扉の下の隙間から漏れる明かりで、その判断ができるだろう。もしもまだ起きているなら、声をかけても気を悪くはしないだろうと、ペギーは思った。ここのところの忙しい日々のなかでもレディ・クリストファーはいつになく親切で、思いやりがあった。ペギーは蠟燭に火を灯し、ショールを肩に巻くと、部屋を出て階段に向かった。

あと一週間だ。

ペギーが降りていった階段はひどくきしんだ。だが一階上の屋根裏部屋にいたニック・マートンの耳には、その音もほとんど入っていなかった。彼やほかの一時雇いの地元の少年たちが押しこめられている、屋敷の最上階のこの部屋のむっとする空気も気にならない。彼が横になっている藁布団は快適だった。実のところ、家で一番下の弟とふたりで使っているものより新しかったし、いくらか大きかった。ともあれ、夜中に聞こえる家のなかのかすかな物音やなにかがきしむ音も耳に入らないほど、彼の頭のなかは別のことでいっぱいだった。

正確に言えば、あと一週間と一日。

腹がくちくなるのはいいものだ。ここの食事はたっぷりあるだけじゃなく、味もいい。ニックは長い手足で伸びをし、見たこともない大海のどこかに浮かぶいかだの上で、両脇に眠る少年たちの寝息の波（あるものはひそやかで、あるものは耳障りだった）に揺られている自分を想像して、闇のなかでにやりとした。

一週間と一日――その言葉には、流れるような響きがある。どこか聖書を思わせる響きだった。ニックはもう聖書を読んではいない。同じ読むのなら、もっと心躍るようなもののほうがいいと思ったからだが、なにか本当に重要なことを考えるときには、耳に残る抑揚をつけるのが好きだった。ミスター・オリバーのあの素晴らしい演説のように。

立派な人だ。そしてロンドンにはほかにも彼のような人がいる。崇高な目的のために、大勢の人間をどうやって集めればいいかを知っている人たち。一週間と一日は、待つにはそれほど長くない。すべてが変わるそのときを待つには。一番下が一番上になり、イギリスの本当の支配者が立ち上がって、自分たちの権利を主張する。本音を語ったというだけで、犯罪者のように人目を避けていたニックの父親もその必要がなくなり、母親は機織りといまだ家にいる腹をすかせた赤ん坊たちから、たまには休息を取ることができるかもしれない。

少しも長くはない。たとえそう感じられたとしても。ロンドンからの使者が約束した新世界を、ニック・マートンはこの十六年間ずっと待ち続けていたのだから。

愛しいマシュー
このような手紙を書くのは大変つらく、心が痛みますが、わたしの気持ちに変化があったことをお知らせしなければ……

メアリーはゆうべ書いた下書きを丁寧に写した。まったく同じ文面だったが、心理状態が大きく変わっていることを思えば、意外なことだったかもしれない。

すべてかゼロか。投函するか、燃やしてしまうか。燃やすほうが賢明なのだろう。こんな手紙を書かせた気まぐれな思いなど忘れてしまうほうがいい。マシューはきっといい夫になるだろう。彼女が求めていた、穏やかで満足すべき人生をふたりで送るのだ。

燃やすのよ。インクを吸い取って、折り畳んで、封をして、住所を書いたりするのではなくて。メアリーはインク瓶の蓋《ふた》をすると、折り曲げた膝の上に置いた携帯用の書き物机から顔を上げ、どこを見るともなく眺めた。そして書き残したことがないかを確かめるかのように目を閉じ、ベッドの上に重ねた枕に背を預けた。

その目が開いた。付け加えることも、書き直すこともない。明日、投函しよう。

マシューは驚くだろうか？　あらゆることで意見が食い違う夫との関係を絶ち切ることが彼女にとってどれほど難しいのかを、彼は最初から察していたかもしれない。驚くよりは怒るだろうか。彼女が自分自身をあまりにも理解していなかったことに、失望するかもしれない。そして幸運にも彼女から逃れられたことを喜ぶべきだと考えるに違いない。

心が痛んだ。彼女の数多くの問題に数多くの解決策を与えてくれた男性と運命を共にするのは、とてもいい考えだったのだから。ただそれは、正しい考えではなかった——とりわけ、その男性を心から尊敬しているときには。ベッドのなかでは激しく情熱的なひとときをわかちあいたいと願う妻こそ、彼にはふさわしい。メアリーにとって彼は大切な人だったから、心からそう思えた。メアリー自身もまだそういう相手を求めていることに、つい最近になって気づいたように。

しばらくは新しい妻を探せなくなったことを知って、キットはひどく怒るだろうか？　だが三十二歳の男にとって、時はまだそれほど貴重ではない。だが三十一歳の女には？（メアリーが洟をすすり、涙をぬぐい、彼の執拗な懇願を笑い飛ばしたくなるのを必死でこらえていたとき、アイレス卿の顔に浮かんだぞっとしたような表情を残念に思うべきか、あるいはおおいに面白がるべきか、彼女にはわからなかった）。

それでも、あと数年は時間が残されているはずだ。

ごめんなさい、キット。わたしから自由になるには、もう少し待ってもらわなくてはならないわ。それほど長くじゃない。それほど遠くない未来に、わたしにもきっと別の愛人が見つかるだろう。それなりに楽しくて、現実的で、よく管理された情事が。

メアリーは扉のほうに顔を向けた。ひそやかなノックの音がしばらく前から聞こえていたような気がする。ほかのことに気を取られていたせいで、ブヨを追い払うようにその音を頭から追い出していたのだろう。彼女は失礼を詫び、訪問者を招き入れた。

「わたしです、奥さま」ペギーが小さく膝を曲げてお辞儀をした。「譲っていただけることになっていたあずき色のマントを取りにきたんです……裾上げをしたいと思って。こんな遅い時間にすみません。でも眠れなくて」

「わたしも眠れなかったの。待っているときには眠れないものよね……たとえば嵐とか……」

「そうなんです」

「マントは棚のなかよ。持っていっていいわ」

だがそのとき、戸外で爆発音が響き、ペギーはメアリーの胸に飛びこんだ。ふたりで身を寄せ合っていた時間が、ひどく長く感じられた。

インク瓶の蓋を閉めておいてよかった、とメアリーは胸を撫でおろした。

悲鳴をあげたのはどっちだった？　わたしだったかもしれないと、メアリーは恥ずかしくなった。

突然響いたあの大きくてはじけるような音は、銃の一斉射撃？

大砲ではありえない。大砲などないはずだ。だがそれなら、あの光はなに？

ニック・マートンが武器の話をしていたことをキットに話さなかったのは、大きな過ちだったのではないかという思いが不意に湧き起こり、メアリーは腹の奥をねじられたような気がした。

地元の革命家たち……わたしはばかだ……だれかが怪我をしていたら、わたしのせいだ……。

「なんて言ったの、ペギー？」

「花火だとは思いませんかって申し上げたんです。最初はぎょっとしましたけれど、ローマで見たことを思い出して——覚えていらっしゃいますか？　音もよく似ていました」

ペギーはメアリーから体を離し、書類のしわを伸ばした。「はい、どうぞ、奥さま。書かれていていたものが、あまりしわくちゃにならなくてよかったです。でも、すぐ終わったのが変ですよね。花火ってあの音が延々と続くんだと思ってました——それが楽しいんだって。あんな短い花火なんて、あるんでしょうか？」

もちろんある。つまりは、ただそれだけのことだ。

メアリーは食卓でのフレッドの話を上の空にしか聞いていなかったが、今夜のような夜に花火をする価値はあるだろうかと尋ねていたことを思い出した。ここのところ、晴れた夜はほとんどない……もし夏至の夜がどんよりと曇っていたらどうする？「それなら、花火をなしにするしかないわ」エリザベスが答え、ほかの若者たちも同意した。だが楽観主義者のフレッドだけは、やってみる価値はあると考えた。どういう結果になるか、試してみるだけでも……。

彼とアイレス卿は、今夜試してみようと決めたのかもしれない。知らなかったのは、メアリーだけだったのかもしれない。

それで話のつじつまが合うだろうか。家族と客のなかで、反乱の危険について知っているのは彼女だけなのだから。

ニック・マートンの言葉を聞いたのも彼女だけだった。そしてたったいままで自分でも認めようとはしなかったけれど、キットが警告していた危険について、実は不安を抱いていたのも。

「レディ・クリストファー？」おずおずしたペギーの声が、どこか遠くから聞こえるようだった。「レディ・クリストファー、大丈夫ですか?」

「あら、ごめんなさい、ペギー。わたしは大丈夫。ええ、あなたの言うとおりだわ。あれは花火よ。ミスター・フレッド・グランディンとアイレス卿が真夜中の実験をしているのね……すっかり忘れていたわ。ばかみたいに悲鳴をあげて、家の人たちを起こしてしまったかしら?」

ペギーは家族の寝室がある廊下をのぞいた。だれも目を覚ました者はいないようだ。それほど大きな悲鳴をあげたわけではないと、ペギーはあわてて女主人を慰めた。少し甲高い声を出しただけです。

「水を入れましょうか? 悪い夢を見たときの、ちょっとした叫び声くらいです。それとも厨房で紅茶をいれてきましょうか? それとも、その、眠る手助けをするものがいいでしょうか?」

「水をもらうわ、ありがとう。わざわざお紅茶をいれることはないわ。それに……」メアリーは最初はそっけなく、やがていくらか楽しそうに笑った。「水だけでいいわ。今夜は薬はいらない。だってほら、ペギー、耳をすましてごらんなさい。風が木の枝を揺すっている。それにあれは雨音だと思うわよ」

グラスに水を注ぎながら、ペギーも笑った。メアリーにグラスを手渡し、肌がけの位置を整えると――メアリーがうなずくのを確認したうえで――書き物机とその上の備品や書類を移動させて、元の場所に片付けた。

「あずき色のマントは棚のなかよ――どうぞ持って行って。それからこの手紙も。明日投函してね。この硬貨で払ってちょうだい。でも、今夜はもうマントの裾上げをしなくてもいいかもしれないわね」メアリーは、雨粒が表面を伝いはじめたガラス窓を示しながら言った。「これで、きっとよく眠れるわ。いい夢も見られるんじゃないかしら」

「そうですね、窓を開けておきます——少しくらい水たまりができても、新鮮な空気が入るほうがいいですから。ありがとうございます。きっとよく眠れると思います」

いい夢を見たいと思うのは欲張りすぎるにしても、これで少なくともマシューに対してはうしろめたさを感じずにすむだろうとメアリーは思った。

21

ワットの話せる言葉が増えてよかったと、キットは考えていた。スザンナに向かって、もうい、い、いま……いまいましい、と最後まで言い終えることはできなかったが、言おうとした兄にキットは喝采《かっさい》を贈った。もういまいましい粥《かゆ》は充分だから、卵が食べたい。

「もちろんよ」スザンナが応じた。「もちろん、召し上がって。半熟卵よ、スティーブン。できるだけ急いで。侯爵さまが半熟卵を食べたがっていることを調理人に伝えてちょうだい」まるで少女のようにあわてて従僕を振り返って告げたスザンナの頬には、なにか光るものがあったような気がしたが、実際にそれを見たのか、あるいは想像しただけなのかキットには確信が持てなかった。

困難な時期に、かたわらにだれかがいるのはいいものだ。

兄と義理の姉が朝食と天気のことで頭がいっぱいだったのがありがたかった。雨は小降りになっていたものの、空気はひんやりしていたので、午前中は外に出ないほうがいいかしらとスザンナが声に出して尋ね、ワットはしかめ面でそれに応えた。

風はまだ少し残っていたが、ゆうべほどの激しさではない。折れた小枝や木の葉が、窓から見える芝生に散らばっていた。石楠花の花はすっかり散ってしまったようだ。キットは、散らかった庭を庭師が片付けるのを眺めていた。長靴と手押し車が、雨にぐっしょり濡れて光る鮮やかな緑の芝生にめりこんでいる。

庭師が生垣の向こうに姿を消した。キットはしばらく、そのあとに残された美しい風景を見つめていた。広々とした緑の光景をただぼんやりと眺めていたかったが、目の前のテーブルにはシドマス子爵からの手紙が置かれている。どう行動するのか、少なくともこれをどう解釈するのかを考えなくてはならなかった。

ゆうべの嵐にもかかわらず、ロンドンからの郵便馬車がこれほど早く到着したのは幸いだったと思うべきなのだろう。厄介な手紙は、できるだけ早く受け取るほうがいい。有能なスタンセル少佐はすべきことを先延ばしにしたりはしない。緊急事態は対処するためにあるのだし、予期せぬ出来事や挫折は世の常だ。

人々のあいだに蒔《ま》かれた紛争の種を抑えこむためにロンドンからの使者を逮捕すべきだというキットの提案に、内務省がすんなり同意すると考えていたわけではない。

だが、現段階においては、何人《なんぴと》たりとも逮捕してはならないという素っ気ない命令はあまりにも予想外だった。くわしい説明もなく、文面は〝今後もあらゆる情報の入手に努め、極秘扱いで、この事務所のわたし宛に送付されたし〟と続いていた。

それを読んだキットは、なんてこったとつぶやくことしかできなかった。もう一度手紙に視線を戻し、十九回読んだだけでは見落としていたかもしれないなにかを行間から読み取ろうとする。

「なんて言ったの、キット？」スザンナが振り返った。

「なんでもありませんよ」

「ほら、卵が来たわ――ワット、きれいな銀の卵立てに入れてくれたわよ。あなたの好みどおりに、上の部分を切ってあるわ……ありがとう、スティーブン。完璧なゆで卵よ。素晴らしいわ。すぐに対応してくれた料理人にもお礼を言っておいてちょうだい……」

ワットは、自分で頼んだものを食べられることをおおいに喜んでいて、スザンナはその喜びをわかちあってほしいというように、キットに微笑みかけた。そしてすぐに夫と朝食に意識を戻した。

ロンドンからの厄介者を逮捕しなければ、暴動は避けられない。放っておけば状況はますます悪くなるだけだということが、シドマス子爵にはわからないのだろうか？

だれかと話し合う必要があった。

ハルゼー大佐？　だが長年訓練を重ねてきた市民軍司令官は、本物の戦闘ができることに興奮するだろう。冷静で、信頼のおける相談相手にはなりえない。チャールズ・ベネディクト卿も同じだ。ベネディクトは指示を受けることを好んだ。自分で考えることが少なければ少ないほどいいと考えるタイプの男だ。残念なことに、あまり聡明とは言えなかった。

少なくとも、あの人物には及ばない……物事を分析し、考えをまとめる手助けをしてくれるとキットが信頼できる、ただひとりの人物。

メアリーとこの件について、いやどんなことであれ、話し合うチャンスを台無しにしてしまったのは、まずかったということだろうか?

ともあれ、朝食の残りをただ見つめていてもなんの解決にもならない。

手紙を握りしめ、部屋のなかを歩きまわっていても、事態は改善しない。

「グレフォードに行ってきます」キットは、気がつけば戸口に立ち、そこから兄と義理の姉に声をかけていた。新鮮な空気を吸うのもいいかもしれない。教会に行って、見たかった教会区の記録簿を見ようと思った。頭を冷やすのだ。ひょっとしたら、これからどうすればいいか、なにか考えが浮かぶかもしれない。

「兄さんを外に連れていってください、スザンナ。外の空気を吸わせたほうがいい」歪んではいたが、明らかな感謝の笑みを浮かべた兄に向かって、キットはウィンクをした。


教会区の記録簿は、キットが予想していたとおりのことを教えてくれた。見覚えのある名前がたくさんある。トレイナーの報告書に何度も出てきた名だ。キットの頭のなかはさらに混乱した。だが知ることが重要だった。これで、思い違いでないことが確認できた。

郵便局のポーチにいた丸顔のかわいらしい娘が、膝を曲げてお辞儀をした。キットは上の空でうなずき、馬を歩かせはじめた。

いや、ちょっと待て。馬を引き返させる。

「ペギー」声をかけた。「ペギー、話がある」

メアリーを待とうと決めた。最悪でも、彼女が来ないというだけのことだ。

「どこで会うとはおっしゃいませんでした。まるで奥さまがご存じみたいに。わたしも訊きませんでした」――メイドの言葉は、控えめながらも冷静だった。

「わかったわ、ありがとう、ペギー。えーと、本当にありがとう」――女主人の返事は、それほど冷静とは言えなかった。

「ああ、それから」ペギーは貴族たちの一風変わった趣味を思い、唇をぎゅっと結んだ。「クリストファー卿は必ず眼鏡を持ってくるようにとおっしゃっていました」

耐えられないほど長い昼食だった。若者たちはいつになく饒舌《じょうぜつ》だった。フレッドは、ゆうべの花火の実験についていくつものアイディアを持っていたし、エリザベスは月長石《ムーンストーン》とアクアマリンの新しいイヤリングのことを同じくらい熱心に語った。ふたりとも今夜のパーティーの準備に、メアリーやジェシカの手助けを必要とすることが山のようにあるらしい（ファニーはどうして熱を帯びたハシバミ色の瞳の上で美しい眉をあんなにひそめ、なにかを思いつめているような顔でわたしを見つめているのかしら、とメアリーはいぶかった）。

メアリーがようやく家を出たときには、外の空気は冷たくなっていた。太陽はまだ高いものの、流れる雲が時折その姿を隠している。湿気を帯びたひんやりした風にマントがはためいた。

風と水が音を吸収してしまったのか、森のなかはひっそりしていた。数羽の鳥が鳴き声をあげているが、聞こえてくるのは水の滴る音と木の葉のこすれる音ばかりだ。雨に濡れた小枝や下生えは、人の足に踏みつけられても、折れて音を立てることはなかった。

結局、遅れてはいなかったようだ。ふたりはほぼ同時に小川にやってきたが、メアリーのほうが少しだけ早かった。きびきびした足取りで近づいてくるキットの姿が見える。木の幹の陰にその姿が見え隠れし、ブラックベリーの茂みの上から頭がのぞいていた。枝やつる草に手が当たっていることなど、少しも気にかけていないようだ。

願い事には気をつけなさい。

これはわたしが願ったことなの？

キットは怒っているように見えた。帽子をかぶらず手に持っているが、本来の目的どおりに使ったほうが見栄えはよかっただろう。豊かな黒髪は乱れ、湿気を含んだ空気のせいで濡れて、癖の強くなった巻き毛が頭に貼りついたようになっていた。メアリーは、彼が真似た、噂好きの子守係のメイド、ジェミーマの言葉を――もう何年前になるだろう？――思い出した。〝ぼさぼさのモップのような髪の下には天使のような顔が……奥さまの秘密なんだ。黒い秘密……〟

さらに、そのとき自分がなにを考えていたかという記憶も蘇ってきた。そちらのほうがはるかにひどい内容だ。〝くそばばあ。牝牛。あんたなんか死んじゃえばいい、ジェミーマ。キットがあんたなんかを好きになるなんて〟。

いまのわたしは、あのときほどひどくはないわ、メアリーは思った。十四歳の頃の野蛮な少女はそれなりに成長している。神さまに感謝すべきだろう。

キットの顔はなぜあれほど不安に歪んでいるの？　彼もゆうべの花火の音を聞いたのかしら？　あれは暴動の前兆だと考えたの？　重要で危険な情報を伝えなかったことで、わたしを——当然かもしれない——責めている？

いいわ。まずは、ニック・マートンが口にした危険な言葉を伝えよう。それから、彼女を待つ愛人はもう存在せず、キットはいまだに彼女に対して責任があることも。

メアリーの口のなかはからからだった。彼を目の前にして、言葉を失ってしまったかのようだ。

だがそのほうが好都合だったかもしれない。彼女が立っている空き地までやってくると同時に、キットが話しはじめたからだ。

「きみに話さなきゃならないことがある」彼の声はしわがれ、息が乱れている。「真剣に聞いてほしいんだ」

少なくとも、ゆうべだれかが傷ついたということではないようだ。「いいわ、もちろん真剣に聞く」メアリーはささやくように答えた。「それから、ごめんなさい」と言い添える。

キットはどうしてあんな目でわたしを見つめているの？　わたしが謝ったのが、そんなに信じられないのかしら？

彼女の目は冷静だとキットは思った。半分開いた口は手助けを申し出ようとしているようだったし、その表情からも姿勢からも不安にかられていることや、柄にもなく彼に同情していることが伝わってくる。だが彼が受け取った手紙の内容をどうして知ることができたんだ？

いや、なにかほかのことを考えているに違いない。それがなんであれ、その話はあとだ――それに、真剣な話をするにはここはあまりに風が強くて、水びたしだった。

「小屋で話すよ」

「いいわ」

キットは彼女の手を取って歩きはじめた。自分に追いつくために、彼女が小走りになっていることすらほとんど気づいていなかった。

「なんてこと」

ゆうべの嵐がもたらした惨状にメアリーは息を呑み、キットは口笛を吹いた。もちろん、永遠に存在する屋根などないが、それでも崩れ落ちた天井を目の当たりにするのは衝撃だった。その下であれほど楽しいひとときを過ごしたのだからなおさらだ。ベッド――びしょ濡れで、木の葉や藁が散乱していた――の上には、天井と呼べるものはもはやなかった。もう二度と、だれもこのベッドを使おうとは思わないだろう。

そのうえ、このあいだの逢瀬の際に、薪はすべて使い果たしてしまっていた。

「気持ちのいい話し合いになりそうね」メアリーが言ったが、キットは笑わなかった。それほど濡れていない椅子が一脚あったので、メアリーは濡れたキルトでその上を拭き、マントで体をくるむようにして座った
キットは立ったままだ。「手紙を受け取った」

メアリーはほっとしたように見えたが、キットにはその理由がわからなかった。だが、かまわなかった。いまはそんなことに割くエネルギーはない。とにかく彼女の力が必要だった。

「まずぼくが声に出して読むから、そのあとで目を通してほしい」メアリーはフードをかぶったまま、大きく目を見開いてうなずいた。

「ぼくが、シドマス子爵のメッセージのなにを理解していないのかを教えてほしい。なにを見落としているのかを」

お願いだ、メアリー。あやうくそう付け加えてしまうところだったが、キットは咳払いをして手紙を読みはじめた。

彼が声に出して――そしてメアリーが自分の目で――読み終えたところで、ふたりは静かに話し合いをはじめた。
話し合うことはそれほどなかった。メアリーにもキットが言う以上のことはわからなかったからだ。いくら難しい文章の解釈ができても、これほど簡潔なものはほかに理解のしよう

がない。

「まるで内務省は暴動が起きてほしいみたい……」

キットのまなざしが鋭くなり、メアリーは顔を背けた。

ふたりは黙りこんだ。口には出せないことがこの世にはある。

キットの首と顎が強張った——それ以上言うなと、彼が目で警告した事柄以外の理由を見つけようとしているのだろうとメアリーは思った。

「シドマス子爵にはなにかそれなりの理由があって、だれかほかの人間に逮捕させたいのかもしれない」

「そのための時間は一週間しかないわ。長く待てば待つほど、状況は危険なものになる。人々はロンドン委員会に希望を託しているのよ」

キットは眉を吊り上げた。

「わたしだってあなたと同じくらい、暴動が心配よ。グレフォードだろうとロンドンだろうと、そんなことは起きてほしくない。怖いの——怖くてたまらないわ」

それを認めるのが、こんなに難しいなんて。

「実は、ある若者の話を聞いてしまったの。わたしたちの家で働いている若者——夏至の日のパーティーのために臨時で雇ったの。靴職人ウィリアムズの孫のニック・マートン……わかっているわ、もっと早く話すべきだった。でも彼はそんなふうには見えなかったの……」

「スパイをするようには、か」

相手の言いかけた言葉の先がわかるのは、いいことなのだろうか。それとも悪いことなのだろうか。

メアリーは肩をすくめた。「ほんの二言、三言耳にはさんだだけなんだけれど、熱のこもった言葉だったし、ロンドンに行けばなにをすべきか指示してくれる人間がいるって、心から信じているようだったわ」

キットは小さくうなずいた。

「でも、もしリチャードの言うとおり、ロンドン委員会が消滅寸前でなんの力もないんだとしたら、どうしてそんなに精力的に使者をこの地に送ってきたのかしら？　どうして自分たちにできる以上のことを約束するの？」

キットは彼女の言葉を遮るように片手を上げた。「まだその話にこだわっているのか」

「そうよ、これからもこだわるわ。どうしてあなたがリチャードの助言を仰がないのかを説明してくれるまでは。リチャードはロンドン・ハムデン・クラブの一員だったのよ」

「どうしてロンドン・ハムデン・クラブの一員だった男に、ぼくが機密情報を話さなきゃいけないんだ？」

「彼はきっと話すべきことを話してくれる。あなたが彼に秘密を打ち明けるように。彼がどうして自分が知っていることをあなたに話してくれると思う？　それがきっとみんなのためになるからよ――あなたたちはどちらも礼儀正しく公平な紳士で、罪のない人間の血が流れるのを見たくないから」

メアリーはため息をついた。「寛大になってとは言わないわ。でも自分の務めのために、そうしてほしいの。そして……名誉のために」

壊れた窓の向こうにいる何者かに語りかけようとするかのように、キットは顔を背けた。

「だからぼくは話をするべきだというのか……」

長い沈黙が続いてキットがそれ以上話すつもりがないことがわかったところで、メアリーがあとを引き取った。「そうよ、言葉にできないようなことをした相手と。その罰を受けて、おそらくあなたは知らないでしょうけれど、腕と手が二度と以前とは同じようには動かなくなった相手と。あなたも傷ついたことはわかっているし、これからもずっとその気持ちは持ち続ける。わたしはそのことを心から申し訳なく思っているわ、キット……違う形で。わたしはそのことを心から申し訳なく思っているわ
リチャードも後悔しているの。彼があなたを大切に思う気持ちは、いまも変わりないわ」

「名誉か」キットの声は低くしわがれていた。「こんな時にその言葉を持ち出すのか。ぼくの妻を寝取った男を相手に。やつはぼくを見下した。いまもぼくのことをせせら笑っているに違いないんだ」

男でいるということは、さぞかし疲れるものなのかもしれない、とメアリーは考えた。

「そうね、もっともな理由とは言えなくても、明確な説明ではあるわね。そのことについては、もうなにも言わない。でも、ロンドンの急進派たちのいまの状況について、内務省が知

らせている以上のことをあなたが知りたいのなら、だれに尋ねるべきかはわかっているはずよ。彼はここからほんの八十キロほどのウェイクフィールドにいるのよ」

どれもたいして重要なことではないかのように、メアリーは肩をすくめた。「でもあなたはもうすぐ、今夜のパーティーに出発しなくてはならないものね。あなたはどこにいるんだろうって、じきにお義姉《ねえ》さまが捜しはじめるわ」

「カーソーンか」キットは顔をしかめた。「ハルゼー大佐が、市民軍の訓練について話をしたがっているんだ」

あまりにも意外な話だったので、メアリーはおかしくなった。「だって今夜は舞踏会なのに。男の人が食後にワインを飲みながら語り合うような場じゃないのよ。大佐とは顔を合わせないようにして、ダンスをすればいいわ――ビーチウッド・ノウルの若い娘たちと。あの子たちは、あなたと踊りたくてうずうずしているの。あなたはいまも昔のようにダンスが上手なのかしら？」

ふたりはダンス以外のことに惹かれがちだったから、長いあいだいっしょに踊ったことはなかった。素朴なカントリー・ダンスはとても魅力的だということにメアリーはいまになって気づいたので、そのことがひどく悔やまれた。背筋をまっすぐに伸ばし、肩をうしろに反らすようにして列を移動していく（どんな動きだったかを覚えていられる記憶力があって、次にどうなるのかを予測できる直感があれば、ステップを踏むその姿はどれほど目立ち、どれほど華やかだったことか。当時の彼女はそれができた。いまもできるだろうか？）。お辞儀をし、笑みを浮かべ、手を合わせ、そして（より大きな笑みと温かなまなざしで）曲の終わりには最初のパートナーに戻っていく。

脳裏に浮かんだそのイメージに、メアリーはキットに告げるつもりだったことを思い出した。離婚するには、彼女に別の愛人ができるまで待たなくてはならないことを。

だがその件に関して、キットはあくまでも現実的だった。「きみは、自分がすべきことをすればいい。ぼくはなにも言わない」

「それは違うわ。このことは、わたしたちふたりで考えなきゃいけないの」

ふたりのあいだの空気がいくらかよそよそしいものになった。湿気は少しましになったものの、屋根にあいた大きな穴のせいで、小屋のなかは居心地がいいとはいえない。

キットが所在なさげに部屋のなかを歩きまわり、損傷の具合を確かめているあいだに、メアリーは体に巻きつけていたマントを元通りにした。

ファニーとエリザベスを相手にダンスを踊るようにと、あわてて勧めなくてもよかったかもしれない。

だが実を言えば、彼がだれとダンスをしようとどうでもよかった。大事なのは、メアリーが今日の彼に好感を抱いていたことだ。これまでとは違う目で彼を見ていた。政府のことに関しては、いまも頑固で融通がきかないかもしれないが（彼女のほうは、現在の状況について、より大胆で恐ろしい仮定の話を受け入れることができた）、それも気にならなかった。

もっともな理由と正義に裏打ちされていないかぎり武力を行使したくはないという思いと、簡単にはあきらめないという決意の表われなのだと、素直に受け止めることができたからだ。それはメアリーが、自分を任せるに足ると信頼できる人物に求める資質だった。

よく知っている人間にそんな一面があったことを知るのは驚きだった。それとも、知っていると思っていただけかもしれない……〝あなたほど自分を律することのできない人間はいない〟。ああ、わたしったら。

「もう帰ったほうがいいわ」メアリーは言った。「あなたはどこにいるんだろうって、侯爵夫人が気にかける頃よ」片手を差し出す。「あなたが責任を果たせることを祈っているわ。ここにあなたがいてくれてよかった」

キットの顔に驚いたような表情が浮かんだ（まるで、率いている部隊が奇襲攻撃を受けたような顔だとメアリーは思った）。すぐに笑ってその手を握り返したが、離すのを忘れてしまったようだった。

「それほど多くの情報をモリスに話さなくても、いくつか確かめることはできるかもしれない。ウィーンでだれがなにを言ったかとか……」

メアリーはうなずいた。

「ふむ、ウェイクフィールドに行ってもいいかもしれない。考えてみる」

「よかった。安心したわ」

キットはメアリーの手を離した。「きみの言うとおり、ぼくがどこにいるのかとスザンナが心配し出す頃だ」

「ええ」

キットはその場から動こうとはしなかった。

「メアリー、もしぼくがウェイクフィールドに行くとしたら……いや、行くと言っているわけじゃない。考える必要がある。だがもしモリスと話をするとしたら……」

「なにかしら」

「いっしょに行ってもらえるかい？」

22

地方の舞踏会で踊るのは、ファニーがもっとも楽しみにしていることのひとつだった。まだ社交界にデビューしていない若い娘でも、その手の舞踏会では踊ることができてよかったと彼女は思った。そして、喪に服していたために、過去二度のそんな機会を逃したエリザベスといっしょに、カーソーンのパーティーに出席できることがうれしかった。

都会のおしゃれな舞踏会に出られるようになっても、こういったパーティーを楽しいと思うかしら、とファニーは考えてみた。オールマックス社交場やロンドンの個人宅の舞踏会で踊ることが、来年の彼女の仕事になる。やりがいのある仕事だ――男性にとっての戦争や政治と同じくらい、彼女の腕前や根性が試される。だが、地元の医療施設のための資金集めが目的で、入場券を買うことのできる人間であればだれでも出席できる地方のパーティーは、あらゆるしがらみから解放される場であり、ある種、幻想の儀式のようなものだった。准男爵の娘が農民の息子と踊る光景は、自分たちの社会が寛容と連帯感に溢れていた昔のままのイギリスであるという幻想を抱かせることができた。少なくとも今夜だけは。

アダム・エヴァンズがひそかに、けれど熱烈にフィラミーラに求愛したのが、去年バッキンガムシャーで行なわれたそんなパーティーでのことだった。ファニーは、若き牧師補のいかめしいまなざしがひたすら姉に注がれていたときのことを思い出した。フィラミーラとファニーと母親のレディ・グランディンは、集まった人々のあいだを美の女神のように漂い、踊っていた。あらゆる人に会釈をし、笑顔を振りまき、ベストを着た相手であれば喜んでだれとでも踊った。

もちろんそうすることが、地区での父親の人気を保ち、次の選挙で立候補する兄エドワードのために必要だったからだ。だがそれでもファニーは、ダンスだけでなく、姉が恋に落ちる様を眺めることを心から楽しんでいた。母親がまったく気づいていないことを自分が目撃しているという、邪な喜びもあった。にぎやかに浮かれ騒ぐ人々のなかにあって、フィラミーラとミスター・エヴァンズはあまりにも内気で、真面目で、礼儀正しかったので、すぐ目の前でことが進展していたにもかかわらず、レディ・グランディンはまったく気づかなかった。

そのときは、恋人たちの切望のまなざしをいくらか感傷的すぎると思ったファニーだったが、この数日間というもの、あれほど熱心に求愛されたのがあまり美しくない姉ではなく自分だったかのように、そのときのことを思い出してはダンス音楽の一節を口ずさんでいた。

そういうわけで、ビーチウッド・ノウルの一行と共にカーソーン集会場の大きな両開きの扉をくぐったとき、ファニーは今夜の舞踏会に薔薇色の期待を抱いていた。地方の舞踏会は、ある意味でとてもロマンチックなものかもしれない。出席している人間には、どんなことでも起きる可能性がある。

「ほら、ファニー」エリザベスが彼女の腕を引っ張った。「踏みつぶされてしまうわよ。なんて大勢の人がいるのかしら。こんなにたくさんの人が来るなんて、知らなかった。でもファニー、わたしたちダンスを申しこまれると思う?」

神経過敏になっているエリザベスがおかしかった。けれど自分の容姿が持つ力を悟れば、それもすぐに落ち着くだろうとファニーは思った。入口に群がっている大勢の人々のなかでも、彼女は際立って美しかった。

それにしても、なんて様々な人がいることか。見事に調和の取れた集会室とは対照的な、色とりどりの絵のようだった。ファニーはフレッドに微笑みかけた。

「さあ、行きましょうよ。このリールを踊りたいわ」

アイレス卿とミス・キンバルに伴われたふたりは、思っていたよりもいくらか早く到着した。一行の馬車が八時に着いたときには、会場はすでに、入場券の代金分はダンスを楽しもうとする商人やその家族たちでいっぱいだった。

エリザベスの母親とメアリー叔母は静かな夜を過ごしたくて、自分たちが早く出発するように仕向けたのかもしれないとファニーはいぶかった。早めの到着は品がないと、ミス・キンバルは反対することもできたはずだ。だが彼女がそうしなかったことをファニーは喜んだ。たとえファニーの母親でも、早い到着をさほど責めることはなかっただろう(食欲に走ることとは別だ。ミス・キンバルは到着するなり、あっという間に軽食のテーブルのどこかに姿を消した）。そんなわけでファニーは純粋にダンスを楽しんでいたが、それも興味深い一行が現われて、その夜の重大な出来事が幕を開けるまでのことだった（本当に幕を開けることをファニーは祈った。柄にもなく迷信を信じて指を交差させていたが、やがてそれをほどいてパートナーの腕を取った）。

楽しくリールを踊り終えたところで、フレッドはハルゼー家の到着を待つといって人ごみに姿を消したが、もちろんファニーもエリザベスも踊る相手には事欠かなかった。ファニーは、もっとも感じのいい若い青年、鍛冶屋《ブラック・スミス》のミスター・スミス――その名前であってはいけない理由があるだろうか？――を相手に踊るひとときを、心から楽しんだ。派手な黄色いクラバットをした漆黒の瞳のたくましい若者だった。

ミスター・スミスの次はパン屋のミスター・バンズ（いや、バーンズだったかもしれない）、その次は衣類を扱う地元の商店の息子だというミスター・ウィルスが相手だった。頬を紅潮させたファニーは、笑いながらお辞儀をするとエリザベスの腕を取り、どちらが彼女にレモネードを持ってくるかで言い争いをしているふたりの若者から離れた。

「なんて楽しいのかしら」ファニーはエリザベスにささやいた。「オールマックスよりずっと楽しいと思うわ。ほら――ああ、喉がからからだわ――アイレス卿が飲み物を持ってきてくれたわ」カントリー・ダンスの最中だったが、アイレス卿が会場でもっとも美しいふたりの娘に飲み物とビスケットを差し出すチャンスを逃すことはなかった。

「オールマックスより楽しいですって？」エリザベスが踊った相手もまた、見栄えのする男性ばかりだった。うれしそうにくすくす笑っていた彼女は、ほっとしてため息をつき、ファニーの言葉に驚いて目を見開いた。

まるで、ついさっきまで馬に乗っていたかのようだ。淡い金色の髪はわずかに乱れ、頬はダマスク・ローズ色に染まっている。エリザベスの一番きれいな顔だとファニーは思った。だが本人がそのことに気づく前のほうが、もっときれいだったかもしれない。

「オールマックスのほうがずっと素敵に違いないわ」エリザベスが反論した。「ここの飾りつけは好きだけれど。紙で作った赤と白の薔薇を使って飾りリボンを輪にしているのがきれいね。あれって絹かしら？」

「オールマックスは少しも素敵じゃないのよ」ファニーが答えた。「少なくとも、フィラミーラの話を聞くかぎりではそうよ。でもここは、素晴らしく調和の取れた部屋だわ。ロンドンの大邸宅で開かれる個人的な舞踏会は、確かに見る価値はあるけれど……」ファニーは母親から、グロヴナー・スクエアで行なわれたひときわ華やかな催しの話を聞いたことがあった。天井の高い舞踏室の壁全体が、摘んだばかりの薔薇の蕾で飾られていたという。

「薔薇の蕾で飾った舞踏室？　ありえないわ。からかわれたのね――冗談を言っているんだわ」エリザベスの美しい唇が、作り笑いと呼びたくなるような形を作った。「あなたほどの経験のないかわいそうな田舎娘をからかうために、作り話をしているんでしょう？」

まじまじと彼女を見つめたくなるのをこらえるには、それなりの労力が必要だった。**エリザベスはいったいいつ、こんなに純情ぶることを覚えたの？**

「そう思うでしょう、アイレス卿？」エリザベスはさらに言った。

作り笑いは唇をとがらせた表情に変わった。なにもかも、アイレス卿に見せるためのように思えた。まつげの下から彼を見上げて言う。

「ファニーはわたしをからかっているに違いないわ。だって、王子さまだってそれだけのお金はかけられないもの」

美しい月長石のイヤリングが蠟燭の炎にきらきらときらめいて、それをよく見ようとすれば瞳をのぞきこむことになるような角度に首をかしげる術を、エリザベスはいったいいつ学んだの？　あれを教えたのはわたしかもしれない。それにしても、なんて吞みこみの早いこと。わたしが作った完璧な自動人形ね。

その効果は明らかだった。アイレス卿は池に映る自分の姿に見とれるナルキッソスのようにエリザベスの青い目を見つめ、来年社交界にデビューしてメイフェアで開かれる華やかなパーティーに出席し、自分の目で確かめればわかりますよ、とにこやかに微笑みながら答えた。

「でも、招待してもらえなかったら？」

「きみが招待されなければ、だれが招待されると言うんです？　来年は、ミス・グランディンのいない舞踏会など、開く価値がなくなるでしょうね」アイレス卿はつかの間視線をあげて言い添えた。「それからもちろんミス・ファニー・グランディンも」

人から称賛されることが重要だといまもまだ思っていたなら、彼の言葉はブヨに刺されたときのように心に突き刺さったことでしょうね、ファニーは心のなかでつぶやいた。ラベンダー色のベストと香水をしみこませた同じ色のハンカチを身につけた、風信子《ヒヤシンス》にも似た髪型の若者から付け足しのように扱われたからといって、冷静さを失うのはばかげている。

ファニーは少しも気にならなかった。少なくとも、最近になって自分のなかに存在することを知ったもうひとりの自分は、気にしなかった。その女性（娘ではなく女性だ）はまったく動ずることなく、カーソーン集会場の入口を見つめ、待っている……。

ファニーは残っていたレモネードをこぼしてしまい、ミス・ハルゼーのところから戻ってきたばかりのフレッドがその被害にあった。だが彼はいたって寛容で、濡れた膝を拭きながらすべてを冗談にしようとした――レモネードが彼女じゃなくて、ぼくの上にこぼれてよかった。ローウェンからの一行が、背の高い両開きの向こう側の玄関ホールに姿を見せたのはそのときだった。

彼と義理の姉は若者ふたりといっしょだったが、ひたすら彼だけを見つめていたファニーに、ほかの人間に目を向ける余裕はなかった。彼は侯爵夫人に手を貸して、妙なサーモンピンク色のマントを脱がせた。侯爵夫人の錆び色の髪にはあまり似合っていなかったが、彼の黒と白の夜会服を背景にして一瞬だけきらめいたその鮮やかな色に、ファニーはぞくりとした。

彼と義理の姉は腕を組み、小さな集団を作っているこのパーティーの主催者たちに挨拶をするため近づいてきた。そこは、ファニー、エリザベス、フレッド、そしてアイレス卿が座っている場所のすぐ近くだった。


「おふたりともなんてきれいなのかしら」

　高貴な隣人に挨拶をするべく立ち上がると、侯爵夫人にそう声をかけられ、エリザベスはうれしくなった。今夜の侯爵夫人はとても元気そうだ。いつもほどやつれた様子には見えなかった。彼女には息抜きが必要だという、クリストファー卿の言葉は正しかったようだ。どういうわけか今夜の彼は、険しい顔つきをしたわし鼻で長身の若者ほど目立たない気がした。ようやく大陸から戻ってきたシャーワイン子爵ジェラルドに違いない。もうひとりは、クリストファー卿の弟ジョージー卿だろう。

「もうダンスはしたの？」侯爵夫人はそう尋ねてから、笑った。わかりきった質問だった。レモネードを飲んだあとでも（すっかり空になっていた）、一行はまだ顔をほてらせていた。

「素敵でした」エリザベスは答えた。「こんなに楽しいなんて知りませんでした――内輪のものは別ですけれど、これがわたしの初めてのダンス・パーティーなんです」

お母さまがいっしょじゃなくて残念だわ。

　エリザベスは、うしろめたさを感じたことに自分で驚いた。もう少し心を広く持てていれば、いっしょに行きましょうってお母さまに言えたのに。初めてのパーティーに出る喜びを、お母さまとわかち合う気持ちがあれば。壁の花になるところをお母さまに見られることを、あれほど恐れていなければ。

だがエリザベスは壁の花などではなかったし、パーティーはまったく恐れていたものとは違っていた。今夜のことを話して聞かせたら、お母さまは喜ぶでしょう。メアリー叔母さまも聞きたがるかしら――家に帰るまで、ふたりとも起きていることを願った。

エリザベスは、叔父のクリストファー卿に微笑みかけた。よくよく観察してみると、彼の身長が自分とさほど変わらないことがわかった。世の中には背の高い男性が大勢いるのだということに気づけば、彼の背の低さが気になったかもしれない。実際、スタンセル家のほとんどの男性はかなり背が高かった。エリザベスは、ぶらぶらと近づいてきたクリストファー卿の甥と弟にも笑顔を向けた。次に彼女がローウェン城を訪れるときは、彼らも間違いなくそこにいるだろう。

子供の頃から、シャーワイン子爵をほとんど気に留めたことがなかったのはどうしてだろうとエリザベスはいぶかった。それどころか彼女は、たいていの男性を無視してきた。だが、出会った男性すべてにそれなりの長所があることがわかってきたここ最近は、そんな自分を愚かだったと考えていた。気の毒なことに、子爵はまた馬で怪我をしたらしく、紫色の絹の大きなハンカチで片方の腕を吊っていた。彼女はこれまで、男性の怪我が――一時的な軽いものであれば――その人を魅力的に見せるものだとは、考えたこともなかった。同情の思いを伝えるために大きく開いた目で子爵を見つめ、それから場の空気をなごませようとして、もっとも若い彼の叔父に視線を移した。

近隣に住む者で、ジョージー・スタンセル卿を知らない人間はいない。エリザベスは、彼とプリンス・オブ・ウェールズがとてもよく似ていることを思い出さずにはいられなかった。だがそのことにはなんの意味もないと、自分に言い聞かせる。今夜彼が来ることを知っていたなら、ファニーにも伝えていただろう。だがファニーは落ち着いた様子だったから、すでに噂を聞いていたのかもしれない。

ファニーは、いつものように冷静沈着に（エリザベスはちらりと彼女を盗み見た）見えた。クリストファー卿から彼の弟と甥を紹介されると、全員に向かって大人びた穏やかな笑顔を向け（いったいどうやっているのかしら？　家に帰ったら、鏡の前でやってみよう）、意外な方々にお会いできて光栄ですと挨拶をしている。

「祖母が、どうしても三人で帰りたがったものですから」子爵が応じた。「ぼくの体調が旅に耐えられないことがわかって、母を心配させないために出発を遅らせたんですよ。それに――」笑いたくなるのをこらえているようだわ、とエリザベスは思った。それに、わたしのほうをちらちら見ている。自分の冗談をわかってほしいと思っているのかしら。「――ジョージー叔父は、その、パリですべきことがありましたから」

エリザベスは笑いたくて仕方がなかった。その冗談は、ジョージー卿がプリンス・オブ・ウェールズに似ているのは容貌だけではないと揶揄《やゆ》しているのだ。だが断じて笑うわけにはいかない――ファニーがいさめるようなまなざしを向ける必要はなかった。礼儀は心得ているわ、エリザベスは心のなかで反論した。これが、内輪ではない初めてのダンス・パーティーだとしても。

「とにかく」侯爵夫人はうれしさのあまり有頂天になっているのか、今回ばかりは息子のあてこすりも聞き流すことにしたらしかった。「侯爵の体調が急激に回復しているだけでなく、ジェラルドとこうしてまたいっしょにいられて……」

だれもがその場にふさわしい祝いの言葉を述べ、ファニーは侯爵夫人の体調を気遣った。

「それでは、今日到着されたんですか？」エリザベスが子爵に尋ねた。「さぞお疲れでしょう。わたしたちのささやかな舞踏会にいらしてくださって、本当にありがとうございます」

繭《まゆ》から蝶が出てくるように、少女が美しい女性に変わっていくのを見るのはいいものだ、キットはそんなことを考えていた。エリザベスの変身ぶりには、実はかなりのぎこちなさがあったし、その表情や身振りは媚びていることがはっきりわかる。それでも、美しい生き物が羽を広げる様を見ていられるその喜び、あるいは、自分に羽があることに気づく彼女を見られる喜びの前に、たいていのことはかすんでしまう。

単純で、私心のない、まるで叔父のような慈愛に溢れた喜び――そう認めるのは、ほっとすると同時に、いささかばつの悪いものだった。今朝、彼女たちと踊ることをメアリーから勧められたときには、そんなことを打ち明けるつもりはなかった。実を言えば、メアリーは彼と別れたくないと思いはじめているのではないかという疑念に、心を乱されていたのだ。癪《しゃく》に障ることではあったが、その疑念を楽しんでいる自分がいた。

ともあれいまは、そのことを考える必要はない。エリザベスの輝く青い瞳は、ジェラルドに注がれていた。そして、ラベンダー色のベストを着た気の毒な若者の苦々しいまなざしも、同じように彼に向けられている。

エリザベスが自分に興味を抱いているなどと考えたのは、つまらない虚栄心か、あるいは若さを失いつつあるという恐怖心が作り上げた、単なる想像だったに違いない。それともメアリーとのことで混乱していたせいで、彼自身が気を持たせるようなことをしたのかもしれない。

それに先週は、彼女が——赤毛の娘もいっしょだった——四六時中彼の前に姿を見せていた。ふたりがいつも足元にいるような気がしていた。カーゾン・ストリートで飼っていた犬のスナッグのように。その子犬もいまはすっかり太って眠ってばかりになり、ローウェン城のミスター・グリーンリリーのところでのんびりと余生を送っている。キットは時折様子を見に行っていた。メアリーはスナッグを思い出すことがあるのだろうかと、ふと思った。

ともあれ、結果的に彼の態度はなにも害を及ぼさなかったのだから、メアリーに知らせる必要はない。彼とメアリーが仲直りしたのかどうかという問題に関しては、まだ混乱したままだが。

ぼくたちはどうしてこんな困った立場に立たされてしまったんだ？　のみならず、自分たちの未来とイギリスという国を結びつけてしまうなんて。それにもし明日、本当にウェイクフィールドに行ったなら、モリスまで引きずりこむことになる。

ぼくはいったい、なにをごまかそうとしているのだろう？　もし明日、本当に行ったなら……夜が必ず明けるように、彼とメアリーがウェイクフィールド城に行くことは間違いなかった。それをためらわせているのは、ふたりきりで馬車に乗って旅をするという事実だけだ。そう、これは間違いのない事実だ。彼とメアリーは明日の朝、ローウェンの馬車に乗っているだろう。たとえそれが旅の終わりに、十人ものモリスと対峙しなくてはならないとしても。

覚悟ができたことにほっとした。考え事にふけっていたあいだに、まわりにいる人に無礼なことをしなかっただろうかと不安になった。大丈夫、みな楽しそうだ。いらだたしげに彼をにらんでいたり、顔をしかめたりしている者はいない。キットは真向かいにいる女性に申し訳なさそうな笑みを向けた——鮮やかな色のドレスを着た、とても美しい赤毛の若い女性。フリルや飾りのほとんどない、シンプルなドレスを着ている若い女性を見るのはいいものだ。だがあの毛の色は、赤褐色と言わなければならないのかもしれない。彼女は笑みを返してきた。キットが空想にふけっていたことで、気を悪くしている様子はなかった。

カドリールの演奏がはじまった。しまった、すっかり忘れていた。ハルゼー大佐がこちらに歩いてくることに気づいて、キットは心のなかで毒づいた。ある種の男性がこういった場所で必ず浮かべている、見紛《みまが》いのようのない表情と物腰——ダンスにうつつを抜かしているような者たちといっしょにいるのはごめんだ、軍隊や武器や軍需物資といった分別のある話ができる人間はいないのか？——で武装している。

こういう事態になったときには、スザンナと踊るつもりでいた。だが物思いにふけっていたせいで行動を起こすのが遅れ、ジョージーがすでに彼女をダンスフロアに連れ出したあとだった。ジェラルドは踊れないが、部屋のまわりを散歩しようとエリザベスを誘っている。ラベンダー色のベストの男――アイレスといっただろうか？――は、赤毛の娘を誘おうとしているようだった。

すまないな、アイレス、キットは心のなかでつぶやいた。これは軍の問題なんだ。ぼくは踊らなきゃならない。イギリスのために。

それに彼女は、若い頃のメアリーを彷彿《ほうふつ》とさせた。とりわけ、分別のあるあの目の輝きが。どうせダンスをしなければならないのなら、自分の置かれた状況に思いをはせつつ（正確に言えば、膝にメアリーを乗せてたどる、ウェイクフィールドまでの長い馬車の旅を夢見つつ）帰路につくことができないのなら……。

一流の騎兵隊のように、ハルゼー大佐が前進してきた。

「踊っていただけますか、ミス・ファニー？」キットは言った。

やっぱりわたしは正しかったわ、ファニーは思った。地方の舞踏会ほどロマンチックなものはない。彼はダンスがとても上手だった。魅力的で、慎重で、優雅で、礼儀正しい。

それにわたしにいくらか好意を抱いているようだ。

夢見るような、魅惑的な彼のまなざしに、ファニーはすっかり魅了されていた。なにかを約束しているようなその瞳。彼が知っているに違いない秘密。ファニーが惹かれたのは、人によってはオーラと呼ぶのであろう、彼が持つその空気と、彼は明らかに自分にはふさわしくないという事実だった。ファニーは難しいことに挑戦するのが好きだったし、これは試みる価値があると思えた。

彼は聡明だった。知識がある。ウィーン会議に出席していた。ヨーロッパがどういうことになっているのか、今後十年のあいだになにが起きるのかを理解していた。ファニーは父の新聞を読んで、いくらかは知っていた——もちろん、それほどくわしくはないが、カスルリー子爵の履歴や才気溢れるプリンス・メッテルニヒの動向は追うようにしていた。

彼は夕食の席で楽しげにファニーの質問に答えてくれたが、スタンセル一行は早めに帰路についた。侯爵夫人は早く夫のもとに帰りたがったし、レディ・ローウェンは彼らが戻ってくるまで長男のかたわらを離れないことはわかっていたからだ。

彼ほど聡明で、大人であれば、ファニーが彼に魅力を感じていることに気づいているはずだ。エリザベスのようにあからさまに気を引くような素振りをしたわけではないが、彼にはわかっていると感じる瞬間が時折あった。また話をしたいと思ってくれているはずだ。

ファニーは体を動かすことが想像の翼をはためかす邪魔になるとでもいうように、ぐったりと椅子にもたれかかった。ミスター・ブラウンが設計したローウェン城の庭の複雑な小道がどこにどうつながっているかは、わかっている……。

もちろん彼女とエリザベス、そして若者ふたり——ミス・キンバルも含め——は、明日から数日、ハルゼー家を訪れることになっている。けれどそれほど早く出発するわけではない。

どこからともなく、だれとも知らない男性が目の前に現われた。お辞儀をし、清潔な手袋をした手を差し出して、ダンスを申しこんだ。

申し訳ありません、ファニーはか細い声で応じた。ええ、少し気持ちが高ぶっていて。素敵なパーティーですわね。

踊るよりも、エリザベスを眺めているほうが楽しかった。若くて、魅力的なエリザベス。ここ最近のエリザベスよりも、ずっと賢明だった。彼女には年を取りすぎているとだれもが考える男性、彼女の叔父である男性に、いささかの関心もなかった頃のエリザベスに戻ったかのようだ。

ファニーは、エリザベスがアイレス卿に、それから振り返ってミスター・スミス（黄色いクラバットにもかかわらず、やはり彼がこのなかで一番ハンサムだった）にお辞儀をするのを笑顔で眺めていた。

あくびを嚙み殺した。しばらく体を休めて、今夜はよく眠ろう。明日の朝は早く起きて、ローウェン城へと続くあの魅惑的な小道をたどるのだ。

23

なんてばかばかしい物言いかしら、メアリーは心のなかでつぶやいた。

〝もしぼくがウェイクフィールドに行くとしたら、いっしょに行ってもらえるかい？〟まるで、わたしの考えていたことがただの思いつき——それも、彼の思いつき——だったかのように。

ペギーに荷造りをさせるのが、ささいなことのように。それも、どれくらいの期間になるのかもわからないうえ、例によって洗濯日の前日だ。

そのうえ、パーティーの準備や貯水池委員会といったやりかけていることすべてを中断しなければならない。彼がウェイクフィールドに行くと決断するかもしれない、わずかな可能性のために。

ばかばかしい。軽率で、分別がなくて、本当に子供っぽい。

だが彼にそう言われたとき、メアリーは一瞬たりともためらわなかった。

「もちろんいっしょに行くわ。あなたにもわかっているはずよ。火曜日の朝にどうするか言ってくれれば、準備をしておくわ」

壊れた踏み段の先にある森の入口の大きな樫の木の下で、彼の答えを聞くことになっていた。

マクニール一家が金曜日にやってくるから、ジェシカはそれほど長いあいだ、ひとりになることはない。

問題は、これほど長い年月を経たあとで、キットがリチャード・モリスに会う気になれるかどうかということだった。もちろん本当に重要な問題は、はじまりかけた暴動とそれに対する内務省の理解しがたい対応だ。だが個人的な問題は常に、全体の問題に勝る。そうでしょう？　もしそれが、彼女が愚かでつまらない人間であることを意味するとしても……まさにそのとおりなのだろうけれど……それならそれでかまわなかった。

ウェイクフィールドまで長い時間馬車に揺られなければならないことも、たいした問題ではない。

新聞には、北から雨雲が近づいているとは書かれていなかった。天気は穏やかだ――メイドがキットの従僕とふたりで、馭者席に乗ることに問題はなかった。

「三日分の荷物が必要だと思うわ、ペギー。それに行きと帰りにそれぞれ一日ずつかかる。どれくらい滞在することになるかはわからないの」どこに滞在するかすらわからない――ウェイクフィールドの宿屋はほとんど知らなかった。「移動中は緑色のシャンブレー織のドレスを着るわ」（わたしはあれがよく似合う）「でも黒の水玉模様の白いモスリンも入れておいてちょうだい……ええ、ピンクもとてもきれいだわ。それにあれもいいわね……あなたの選んでくれる服はとても素敵だわ……」洋服に対するペギーの審美眼は、メアリーよりはるかに優れていた。だがペギーはどこか元気がなさそうだ。あるいは、まだ自分でも認めることのできない体の具合のせいかもしれない。

「ペギー、調子が……悪いの？　もしも……風邪かなにかで体調が悪いのなら、ひとりで悩むことはないのよ。わたしもわたしの家族も、あなたの助けになるわ」

いいえ、どこも悪くありません。心配してくださって、ありがとうございます、レディ・クリストファー。明日の朝は、何時頃出発なさるおつもりですか？

「それが……まだわからないの。でも早く出かけられるように準備をしておいたほうがいいわ。朝食を終えたら森を少し散歩してくるから、そうしたら決めましょう」

ジェシカに説明するのは、それよりいくらか大変だった。

「それじゃあ、彼といっしょにいるところを人に見られるわけね？　でもそれって、あなたたちふたりが元の鞘《さや》に収まったように見えるんじゃないかしら……。マシュー・ベイクウェルとの関係の妨げにはならないの？」

「なったでしょうね。すでにマシューとの関係に終止符を打っていなければ」

ジェシカの沈黙は、吊り上げた眉と同じくらい雄弁だった。

「昨日、手紙を出したの。自分の気持ちを考えてみると……マシューに対して申し訳ないと思ったの」

「気づくのにずいぶん長くかかったのね」

メアリーは姉の視線を受け止めた。「そのとおりだわ」

「それでキットとは？」

「その答えはキットに訊いてちょうだい。どういう結末になるか、わたしにはわからない。幸せなものになるとは思えないけれど、でも少なくともこれ以上自分をごまかさずにすむわ」

ジェシカは長いあいだ、黙ってメアリーを抱きしめていた。さっきの沈黙と同じくらい雄弁なその姉の抱擁に、メアリーは心地よく身を任せた。

やがてメアリーは体を離し、姉と微笑み合った。

「この数日のあいだにしなくてはならないことを見直して、どれをジュリアに頼めるかを考えてみましょう。もし、彼とわたしが本当に行く場合に備えて」

その後の作業は楽しいものだったが、やがてメアリーはあくびを嚙み殺している自分に気づいた。ジュリアは自分の責任をはっきりさせておくことを好んだから、すべきことのリストは膨大だった。

だがあらゆる雑用を丹念に書きとめたあとも、ジェシカは次の蠟燭に火を灯すと言い張った。カーソーンからの馬車を待つのだという。

「あの子の初めての本当のダンス・パーティーなの。どうだったと訊いても、おそらくは唇を歪めて、天井を仰ぐだけでしょうけれど……」

「そうね、でも、わたしは休ませてもらってもいいかしら？」

ジェシカはうなずき、姉妹はおやすみのキスを交わした。あんな恩知らずのわがまま娘をどうして愛し続けることができるのか、メアリーは不思議でならなかった。美しいことは間違いないあの娘とキットが今夜踊ったのかどうかは、もちろんどうでもいいことだった。


レディ・ローウェンはまだおやすみです。翌朝キットが母親の家を訪れると、トーマスが言った。

まだ朝早い時間だった。キットは朝食を終えるどころか、髭すら剃っていない。ゆうべの夢のなごりで、頭がまだくらくらしていた。刺激的で、けれども甘く、奇妙で困惑するような夢だった――ロンドンからの使者まで登場した。

申し分のない従僕であるトーマスもまた、今朝はいささか落ち着きを失っているようだった。言葉遣いは丁寧だが、いつになく素っ気ない。それだけではなかった。彼が暗赤紫色のベルベットの上着のポケットに小冊子をあわてて押しこむのを、キットは確かに目撃した。

おまえもか、トーマス？　よもやおまえが暴動を企てているはずがない。

だれにわかるだろう。だがキットは忠実な使用人を疑った自分にうんざりした。トーマスは、キットがカレーに置いてきたいくつかの品物を取り戻してくれて、キットはそれを昨日到着した母親から受け取っていた。

「ふむ、ぼくは治安判事の仕事で二、三日ウェイクフィールドに行くと伝えておいてくれ。そうそう、これを受け取ってくれ。お礼だ」彼のことをどう考えるにせよ、なくしたものを見つけてくれたお礼をするのは当然だ。「いや、いいんだ。ぼくにできるのはこれくらいのものだ」

　キットは向きを変えて歩き出したが、不意に足を止め、最後にもうひとつ付け加えた。

「待ってくれ、トーマス。さっきの伝言は正確じゃなかった。レディ・クリストファーとぼくはウェイクフィールドに行くと伝えてほしい」

　そのとおりだろう？


　それならば、（彼女は樫の木の下で待っていた）彼女を腕にかき抱いて熱烈なおはようのキスをしてなにが悪い？　彼女が登場する夢はどちらかというと異国風のものだったが、緑色のドレスで空き地に立つ彼女はとても自然で美しかったから、日光に照らされたその顔を見つめるだけで、充分にみだらな歓びを感じることができた。彼女を抱きよせ、腰に手を這わせ、そして想像する……。

　ドロワーズを？　いや、だめだ。

　もちろんだめに決まっている。ドロワーズは常識への攻撃だというだけでなく、馬車に乗るときにはふさわしくない。ドロワーズなどなければ……ほんのわずかな労力ですむことを想像すると胸が躍った――彼のパンタロンのボタンをいくつかはずすだけでいい。露に湿った緑の野原が窓の外を通り過ぎていくなかで。

「わたしといっしょにウェイクフィールドに行くつもりみたいね」メアリーは臆面もなく、下腹部を彼に押しつけていた。

キットは声をあげて笑い、彼女の喉のくぼみに唇を押し当てた。

あの音はなんだ？　松の木立の向こうのあの小道から聞こえた、なにかが折れるような音は？

ふたりはすっかり夢中になっていたので、だれかがのぞいていることに気づくまでしばらくかかった。その人物は素早く身をひるがえし、東へと走り去った。木立の合間から射しこむのぼったばかりの太陽の光のせいで、ふたりにはその姿をはっきり見ることはできなかった。

「別にかまわないわ」メアリーが言った。「あなたといっしょに旅をすることは、もうジェシカに話したの。秘密にしてほしいとも頼まなかった」

キットは笑いながら応じた。「ぼくが話したのは母だけだ」

「戻っていらしたの？」

「ジェラルドとジョージーといっしょに。遅れたのは彼らの責任だよ。無責任な悪漢ふたりといっしょに戻ってきたくて、かわいそうに、母は大変だったんだ……」

「いたって真面目でいかめしいクリストファー卿がいったいなにを言っているのかしら……」

「その手はおとなしくさせておいたほうがいいぞ。このあとぼくに、真面目でいかめしい行動を期待しているなら……」

「わたしが手をどければ、あなたがこのあと見事にやってのけるなんて、どうしてわかるの？　でもあなたの言うとおりね。こんなところであなたに触ったりしちゃいけないんだわ。わたしたち、油断しすぎたみたい。ここはだれがいてもおかしくないんですもの――ついいましがたここにいた何者かが、それを証明してくれたわ。おそらくアイレス卿だと思うの。森のなかを物思いにふけりながら散歩していたんじゃないかしら……」

「きみは、ポマードで髪を固めたあの若造の気を引いていたのか……」

メアリーの顔つきが変わった。あることをふと思い出し、彼の言葉を遮る。「レディ・ローウェンが戻ってきたということは、トーマスも……キット、もっと早く言ってほしかったわ。行かなくちゃ……一時間半後に迎えに来てちょうだい。それで問題ないはずよ」


メアリーは、もっとも忍耐強い雇い主とは言えないかもしれないが――どう考えても、身支度を整えたり、脱いだあとの後始末をしたりするのが楽な雇い主でもない――人間としての慎みはなくしたくないと思っていたし、自分の性的欲求に対しても忠実でありたかった。

時に走りながら、急いでビーチウッド・ノウルに戻ってきたので、脇腹が痛んだ。遠い昔、落ちてきた雨粒にすら気づかず、跳ぶように走った道だ。

わたしったらひどい格好に違いないわ、ハルゼー家に向けてたったいま出発した馬車にせわしげに手を振りながら、メアリーは考えた。アイレス卿は完全にメアリーを無視し、落ち着いた様子で一頭立て二輪馬車《ドッグカート》の手綱を握る美しいミス・ファニー・グランディンに視線を注いでいる。森にいたのは、やっぱりポマードで髪を固めた若造だったに違いないわ。今朝出発する前に、気持ちの整理をしていたのかもしれない……ともあれ、ふたりの前に姿を見せることなく、あの場を走り去るだけの機転は持ち合わせていたようだ。

どれもささいなことだ。「楽しんでいらっしゃいね」メアリーはふたりだけでなく、二頭立て二輪馬車《カーリクル》を引く馬について馭者と相談しているフレッドと、その脇でジェシカと抱き合って別れの挨拶を交わしているエリザベスにも声をかけた。

メアリーは玄関の扉を開けた。「ペギー」階段を駆け上がりながら声をかける。

「ペギー、どこにいるの？」

息を切らしながら踊り場までやってきたところで、メアリーは足を止めた。この話をするには、うまく言葉を選ぶ必要がある。

とにかく、できることをするだけよ。

ペギーはトランクを閉じたところだった。その脇に膝をついたままの姿勢でメアリーを見上げる。不安そうな青白い顔。

彼が戻ってきたことを知っているのだ。けれどまだ会えてはいない。

「ペギー、考えていたことがあるの。ほら、なんていうか、わたしが……その……クリストファー卿といっしょにこんなふうに急にウェイクフィールドに行くのは、ちょっと勝手すぎるように思うの。彼に、えーと、わたしたちにするべきことがあるのは確かなんだけれど……その……夏至のパーティーの準備もあるし、ミセス・グランディンをひとりでここに残していくのはどうかと思うの。ミセス・マクニールが時に横柄なことは、あなたも知っているでしょう？　もちろん彼女が悪い人だと言っているわけじゃないけれど……。とにかく、ペギー、あなたにはここに残ってもらったほうがいいかもしれないと思って。ここビーチウッド・ノウルに、えーとこの近辺に。そうすれば……その……姉たちの手助けをしてもらえるし……」

彼女の母親なら、もっとうまく、優雅にやってのけたことだろう。だがペギーの青白い顔にゆっくりと広がった、不安そうで、深刻そうで、けれど毅然とした笑みは、メアリーがなんとかやってのけたことの証明だった。

小ぶりのトランクに荷物はつめた。その上には携帯用の書き物机が置かれ、濃い赤色の旅行用のマントが畳まれて隣に並んでいる。細々した必需品――ラベンダー水、大切な物が入った巾着袋、眼鏡といったもの――は、大きなインド風のショールで包んであった。

メアリーは、玄関の近くに立つブナの木をぐるりと取り巻くように造られた長椅子にひとりで座っていた。待っている。三十分？　半年？　十年近く？　それともほんの一瞬だったかもしれない。時間が飛ぶように過ぎ去っているのか、あるいは永遠に止まってしまったのか、メアリーにはわからなかった。妙な話だ。懐中時計はただ淡々と、正確に時を刻んでいるというのに。メアリーはその音に呼吸を合わせようとした。

少なくとも、ひとりで待つ必要はないようだった。覆いをかけた籐《とう》の籠を持ったジェシカがやってきた。

「ここととウェイクフィールドのあいだにある宿屋では、まともなものが食べられないの。だから……ほら、ワインでしょう、瓶入りの冷たい湧き水に上等のチーズと冷製の肉とパンと——気をつけてね、つぶれやすいから——うちの庭で採れた苺《いちご》をチーズクロスに包んであるわ」

アーサー・グランディンは、ビーチウッド・ノウルで採れた苺をことのほか愛した。メアリーは姉の手を取り、ふたりは車輪が砂利を踏みしだく音や、馬車の揺れる音が聞こえてくるのを待った。大通りからの道は、濃い茂みと楡とブナの老木の木立に遮られてそこからでは見えない。ローウェン城の馬車が堂々とした姿を砂利道に見せるより早く、メアリーかジェシカのどちらかが、その音を聞きつけることだろう。

24

森でのひとときは——淑女らしからぬメアリーの手の動きや、だれかにのぞかれていたといううしろめたいスリルで——キットの想像に再び拍車をかけた。

キットは髭を剃ってもらっていることをすっかり忘れ、にやりと笑った。

「気をつけてくださいご主人さま」幸いにも従僕の手にした剃刀《かみそり》は、キットの頬から一センチほど離れたところにあった。そうでなければ、若く愚かだった頃に憧れていた決闘で負うような傷が、この年になってできていたところだ。

「すまない、ベルチャー。ぼくが悪かった」

旅の装いをし、髭を剃り、ようやく身支度が整った。見事に結ばれたクラバットをほどくのは残念だ、とキットは思った。あるいはシャツにしわが寄ったり、ベストのボタンがちぎれたりするのは。残念だが、できるだけ早くそうなってほしいものだ。

手早く朝食を終え、食卓についている家族に別れの挨拶をしているあいだも、キットの顔から笑みが消えることはなかった。

だがこういった場合の常として、家を出るまでの数分のあいだに、彼の気分は急降下した。

馬車に乗りこもうとするキットの頭のなかでは、自分でもよくわからない不安といらだちが渦巻いていた。

あのにやにや笑ってばかりの間抜けのフレインが駆者台に乗るのか？　そのようだった。キットは礼儀正しいもうひとりの駆者を頼んでいたのだが、風邪で寝込んでいるらしい。フレインで我慢するほかはない。

「北に向かい、ウェイクフィールドに行く」キットは表情を変えることなく告げた。「だがまずは、ビーチウッド・ノウルに寄ってからだ」

駆者の目がきらりと光った。

警告の言葉を口にする必要はない――視線だけで充分だ。キットはそのことを八代目ローウェン侯爵から学んでいた。駆者がすくみあがり、重ねたマントのなかで小さくなるのを見てキットは満足した。朝日を浴びた駆者の額は汗で光っていたが、キットのまなざしに身震いしている。駆者が馬を操るように、時には雇い主が駆者を操ることも必要だ。

夢を操ることもできればいいのに、とキットは思った。

ゆうべ見た、奇妙で心をかき乱す夢が蘇った。そこはぎっしりと人で埋まった大きな部屋で――あるいはどこかの通りだっただろうか？――あたりはあらゆる種類のイギリス人で溢れていた。どういうわけか、そこには七万人いることがキットにはわかっていて、そのほとんどが傷を負っていた（すでに暴動ははじまっている――シドマス子爵が突然現われてそうささやき、人ごみのなかに姿を消した）。その七万人は血を流しながらも、全員がキットを指さし、何事かをささやいては笑っている。演壇ではミスター・オリバーがラテン語で演説をしていた。

ばかばかしい、意味のない夢だ。

どうせ夢を見るのなら……。

それとは別に、とても楽しい夢も見た。そっちの夢のことを考えろ、キットは詰め物をした青いベルベットの座席に腰をおろしながら、心のなかでつぶやいた。夢と、もっとも楽しかった馬車での旅の記憶――馬車に揺られながら、ふたりで様々な体位を試した――のことを（結婚した最初の年、カーゾン・ストリートの家の家具を退屈に思いはじめた頃だ）。だが揺れる馬車のなかでは膝に負担がかかるから、その体位のためにはクッションとマントが余分にあるほうが好都合だった。

よし、いいぞ――ベルチャーはうしろ向きの座席の上に、クッションときれいに畳んだ毛布を用意してくれていた。

さあ、出発だ、準備はできたとフレインに言ってくれ。キットの言葉にベルチャーがうなずいた。キットは座席に背を預け、ベルチャーは馭者席のフレインの隣に座った。わずかに揺れたかと思うと、馬車は走り出した。

だがキットはくつろぐことができなかった。この旅は、ただ楽しむために行くわけではない。彼らには真剣な目的があった。

祖国を脅かす危険について知ることが目的だ――生きているかぎり、二度と口をきかないと誓った男から。

だが、メアリーの言うとおりだとキットは思った。彼にはモリスと話をする義務がある。ロンドンの急進派たちは、本当にそれほど多くの人間を集めることができるのだろうか？もしモリスが嘘をついているとしたら。もし彼が、この九年間キットがそう信じようとしたように、本当に下劣でくだらない人間だとしたら……。

たとえそうだとしても、なにも失うものはない。

失うことがあるとしたら、自分でも認めるつもりのない、和解できるかもしれないというひそかな願いだけだ。やはりそれがありえないことだというのなら、早く知っておいたほうがいい。

とにかく、あらゆる情報を手に入れることだ。いまの状況を把握すること。そのほうが命令にも従いやすいだろう。最後には結局、命令に従うことになるのだから。そのときが来るのを待ち、市民軍に呼びかけ、暴動を鎮圧し、ウィリアム家やマートン家やターナー家やワトソン家やウェイトマン家の人間を逮捕するのだ（彼もいまではそういった名前を熟知していた）。

難しいが、必要なことだ。夜が明けるのと同じくらい、平凡で、当たり前で、明らかで、避けられないことだ。問題なのは、義務を果たすことではなかった。

難しいのは、名誉を守ることだ。名誉を守り、かつ裏切りに対峙すること。

キットは彼女に、自分を裏切った男と会うことを約束した。

馬車はローウェン城の庭園の門を通り過ぎた。門番が小屋の脇から彼に挨拶をした。

キットはメアリーに約束した……多くを語ったわけではないが、それが聡明な女性を愛することの利点でもあり、つらいところでもある。彼もわかっているし、彼女もわかっている。彼女がわかっていることを彼がわかっていることを彼女もわかっている……もういい、これくらいでたくさんだ――キットがなにを約束したのか、ふたりともはっきりと理解していた。

それはつまり、あらゆる裏切りと対峙するということだった。若き日のろくでなしだった自分への裏切りも含めて。

……裏切って、嘘をついて、娼館で夜を過ごし……何週間もわたしに触ろうともしなかった……わたしだけじゃなくて、リチャードのことだって放ったらかしにしていたくせに……。

確かにそれは、愛する人間に対する裏切りと言えるかもしれない。自分自身に対する裏切りでもある。もちろん友人に対しても……少年時代の仲間にその言葉を使うのは面映《おもは》ゆかったが、間違いなく彼は友人であるリチャードを愛していた。

あれは、すべてに対する裏切りだった。若き日の自分はどれほど身勝手だったことか。

そうあるべき人間になるためには――なることができるとすれば――欠点だらけで、怯えていて、哀れで、欺かれていた若き日の自分に、当時の借りを返さなくてはならないのかもしれない。

馬車はビーチウッド・ノウルの門をくぐった。

ばかげた名だと、父親はかつて毒づいていたものだ。たとえ、ほんの三代前に手に入れた、醸造業者の単なる休暇用の屋敷にすぎないとしても、もっと由緒ある名前をつけることはできたはずだ。

だが、メアリーの両親に会うために初めてその家を訪れた日に知って驚いたことだが、彼らはその名を気に入っていた。

「ここは別に貴族の田園邸宅というわけじゃないのよ」ペンリー夫人は魅力的な笑顔の持主だった。背後から背中をねめつける夫の視線にも動じることなく、晩餐の席に向かう際はキットが差し出した腕に、信頼しきった親しげな様子で腕をからめた。「左右に建て増しをしているけれど、田舎にあるただの家にすぎないの」

キットはその言葉に納得はしなかった。

ぼくはなんて面白みのない鈍い男だったんだろう、キットは思った。真面目で、退屈で、プライドばかり高くて、それなのにあらゆることに対してまったく我慢ということができなかった。だがそれは彼だけではない。実の父親はだれなのだろうと思いを巡らせ、その答えを知ることが怖くてたまらなかった夜、メアリーもまた彼の言葉に耳を貸すだけの忍耐力に欠けていた。その不安のせいでぼくは、〈ホワイツ〉に集う愚か者たちの言葉に逆らえなかったのかもしれない、とキットは思った。

だが本当に驚くべきは、今日のような展開を迎えたことだろう。ふたりは今日共に旅をし、クリストファー卿夫妻として宿屋に泊まるのだ。これまでのこと――そして不透明な現在の状況――を思い、この旅の終わりになにが待っているかを想像すると、キットは身震いを抑えることができなかった。

馬車が生垣を通り過ぎると、家全体が視界に入ってきた。いつものごとく質素で、無駄に大きくて、魅力的で、そして安らぎを与えてくれる家。

彼を迎えるため、大きな木の灰色がかった幹を背にして立ち上がった彼女の姿もまた、心安らぐものだった。ゆうべの夢よりも、今朝会ったときよりもはるかにきれいだ。

愛は、こんなふうに時間をかけて育まれるものなのだろうか？　慣れ親しんだものには、それなりの魅力があるのだろうか？　あるいは彼が単に老いて、落ち着いたということなのだろうか？　ゆうべのパーティーで、若者に対して叔父のような気持ちを抱いたように。

いや、老いてはいない。そのことは証明する必要があった。

そんなわけで、早く彼女の手を取って馬車に乗せ、すぐにでも出発したいという思いに気がせいていたキットは、馬車からあやうく転げ落ちるところだった。

だがミセス・グランディンの礼儀正しい問いに対して、素っ気ない返事をするわけにはいかなかった。もちろん彼女は、ゆうべのパーティーにジェラルドとジョージーが来ていたことをエリザベスから聞いているのだ。さらには、侯爵の回復を祈っているという彼女の言葉に対しては、明るい知らせを伝える必要があった（事実を言えることに感謝した）。

隣人らしく。礼儀正しく。キットの内心のいらだちが耐え難くなってきた頃、ようやくメアリーの荷物を積み終わった。メアリーが馬車に乗り込み、ミセス・グランディンと別れの挨拶を交わし、房のついたベルベットのクッションに囲まれてキットと並んで座る。彼女もまたキットと同じくらい当惑しているようだった。

今朝、あれほど楽しげに彼の体をまさぐっていたのが嘘のように、メアリーは妙によそよそしかった。ふたりのあいだの数センチの距離が、ドーバー海峡ほどにも感じられた。なによりつらかったのは、彼女がいつになく無口だったことだ。だからといって、キットが多弁になるわけもなかった。

「お義姉《ねえ》さんは元気そうだね」キットはようやく言葉を絞り出した。

メアリーは、彼がなんとか話題を見つけたことにほっとした様子でうなずいた。

「あなたも気づいたのね。姉はとても喜んでいるのよ――そしてわたしも。姉の娘エリザベスは、ゆうべカーソーンでとても楽しいひとときを過ごしたの。そのうえ、ジェシカにその話をしたがったのよ。まるで奇跡だわ。それ以来ジェシカは、雲の上にいるみたいな気分なの」

「きれいなお嬢さんは、なかなか男の気を引くのが上手だ」

メアリーは眉を吊り上げた。「そうなの？　ジェシカがいっしょに行くべきだったのかもしれないわね。でもミス・キンバルがいれば大丈夫だと……」

「いや、それほど目に余るようなものではなかったよ。心配することはない。ちゃんと節度を守っていたから。少し気持ちが舞い上がっただけだ――自分の容姿が大勢の男にどんな効果を与えるかを知って、有頂天になったんだろう」

「あなたはあの子と踊ったの？」

「一度だけね。彼女はあまり踊っていなかった。ほとんどの時間をジェラルドと散歩していたよ」

「あなたの義理のお姉さまは喜ばなかったでしょう？　息子さんには、もっといい相手を望んでいらっしゃるんだと思うわ」

「きれいな娘さんがいるおかげで彼がしばらく家にいてくれるなら、交際を反対するつもりはないとスザンナは言っていたよ。義姉は、ペンリー家の人間らしく見えないように懸命に努力しているきみの姪のことを、とても気に入っている」

「そうなの」

「だが実際のところ、自分の気持ちにあわてて結論を出したくないと思っているのは、きみの姪のほうじゃないだろうか。来年の素晴らしい社交シーズンを心ゆくまで楽しみたいと、決心していたように見えたよ。ただ、男の気を引くような素振りは、もう少し目立たないようにするべきだが」

「いとこのファニーみたいに」

「そうなのかい？」キットは肩をすくめた。ミス・ファニー・グランディンは、いささかも異性の気を引くような素振りをしていないように思えたからだ。それどころか、いたって無邪気で誠実だった。だが彼に、若い娘のなにがわかるというのだろう？

メアリーは少し安堵した。そんなことを心配していたのがばかみたいだ。

今度はメアリーが話題を提供する番だった。

「旅には申し分のないお天気ね。週の後半には雨になるみたいだけれど、でも……」

メアリーの声が尻すぼみになって途切れた。その顔には、あることに気づいた失望がありありと刻まれていた。**わたしたちは本当に、天気の話をするような間柄になってしまったの？**

キットの笑い声が馬車のなかに響いた。

「結婚式を終えたあとの初めてのとき、きみがどれほど恥ずかしがっていたか、覚えているかい？」

メアリーの頬が思わず緩んだ。「あの結婚式——その場の勢いで誓ってしまったような気がするわ。でも、そうね、あのときわたしは、結婚している女の人のようにちゃんとやらなければいけないんだと思って、すごく恐ろしくなってしまったの。結婚している女の人が夫としているようなことを」

「きみはそのままでいいんだときみを納得させるのに……たしかたっぷり二十五分はかかった」

「違うわ。一時間はかかったはずよ」

「そういうことにしておいてもいいが、事実じゃないな。ぼくははっきりと覚えているんだ」

メアリーは肩をすくめた。

「今日は、ウェイクフィールドに着くまで丸一日の時間がある」

「そうね」

「賭けでもして、暇をつぶそうか。クリストファー卿夫妻が……きちんとことを行なうまで、一時間かかるかどうか……」

「一時間ね」メアリーはハンドバッグに手を入れ、時計を取り出そうとした。

「もっといい時計がある」

「知っているわ。カレーの宿屋であの娘に盗まれたものの代わりに買った派手な時計でしょう……まあ、キット」

彼が懐中時計用ポケットから取り出したのは、小屋で時間を確かめるために使っていたひどく派手な黄色っぽい金の時計ではなかった。

それは、白金とプラチナでできた、古風なデザインの小ぶりな時計だった。黒のベルベットの上に並べられたいくつもの時計のうち、彼の二十二回めの誕生日の贈り物にふさわしいのはどれだろうと、メアリーは何時間も頭を悩ませたものだ。それを選んだあとは、さらに不安になった。キットは、しばしば訪れている治安の悪い場所で幾度となく懐中時計を盗まれている。このとんでもなく高価な時計は、一週間もしないうちに盗まれてしまうかもしれない。そのうえ、ある言葉をそこに刻みたいがために贈り物を買うのは、ばかばかしいこと

だと思えた

ぼくらが愛し合うまで、きみとぼくはなにをしていたのだろう？

作者の名があるべきところに自分の名前を書きたくはなかったから、署名はしなかった（彼女の父親は、自分の書斎になぜわけのわからない詩の本があるのか、さっぱり理解できなかった。蔵書を充実させる際に紛れ込んでしまったのだろうと推測するほかはなかった。いずれここにある本の目録を作り、いらないものは整理しなくてはならないと父は考えていたようだが、父が実際にこの本を開かなかったのは幸いだったと、いまになってメアリーは思った。もしこの詩人がなにを書いたのかを知っていたなら、彼女の手から奪い取っていたに違いない）。

十年前、そこに刻まれた文字を読んだとき、キットはうれしそうに笑ったものだ。

「これは幸運を呼ぶお守りだ。ぼくにはわかる」

その後も賭博台でツキが巡ってくることはなかったが、掏りの手をことごとく逃れてきたところを見れば――少なくとも、カレーまでは――その時計にはなんらかの魔力があるらしかった。

「通りでこれを売っている男をトーマスが見かけたんだ」キットが説明した。「よりによってパリで。ぼくのために買い戻してほしいと、侯爵未亡人に頼んでくれたんだよ。盗品は時に、遠く離れた場所まで運ばれていくものだね。不思議な気持ちになるよ」

メアリーはうなずいた。失われた物が戻ってくることがあるのも、同じくらい不思議だった。

あの日カレーで時計を盗まれたと聞いたとき、離れていた長い年月のあいだもキットがあの時計を手放さなかったことを知って、メアリーは泣きそうになった。涙をこぼすところだった。彼にそんな自分を見せないと固く心に決めていなければ、泣いていたかもしれない。そしていま彼は、その時計を取り戻した……わたしらしいわ、またハンカチを持っていないなんて。

「そんなつもりじゃなかったんだが」キットは言った。「ほら、ぼくのを使うといい。どうしても泣きたいのなら」

「どうしても泣きたいみたい」どっと溢れた涙に、メアリーはそれ以上なにも言えなくなった。

ふたりのあいだの数センチの距離はなくなり、キットにしっかりと肩を抱かれたメアリーはすすり泣き、涙をぬぐい、洟をすすった。さらに溢れる涙をもう一度ぬぐってからハンカチを放り投げ、彼を自分のほうに引き寄せて、涙に濡れた唇で長いキスをした。

メアリーはうしろ向きの座席に座り直し、彼に背を向けるようにしてショールの結び目をほどいていた。

キットは窓の外を流れていく丘や牧草地を見つめながら、彼女のたてる物音が耳に入らないふりをしていた。布のこすれる音。液体のはねる音。瓶のコルクをはずす音。

そして何度も嗅いだことのある、つんとする酢のにおいがした。キットは以前から興味があった。いつか（彼らの未来に、いつかがあるのなら）いったいなにをスポンジに染み込ませているのかを彼女に尋ねてみたかった。

いや、やめておこう。それは女性の問題だ。

彼女はあの小屋でもそれを使っていた。以前と同じく、それだけはなにがあっても譲れないようだ。だが馬車のなかでは、ひどく妙に感じられた。

不快ではない。それどころか、想像をかきたてられるにおいだった。心をかき乱されるような、ぞくぞくするにおい。ある光景が脳裏に浮かんだ――白い指が、長く白い太腿を這い上がっていく。

奥へ。彼女の内側へ。ああ。

たとえそれが、自然な流れを中断させるとしても。

彼女にはその権利がある。キットは自分に言い聞かせた。もちろんあるとも。

もしあの頃、彼女がそうすることを知らなかったとしたら？　ぼくたちは困った羽目に陥っていただろう。当時は、ぼくたち自身がほんの子供だったのだから。

もしも彼女が赤ん坊を身ごもっていたなら、ぼくたちはどうしていただろう？

その赤ん坊はどんなふうだっただろうと想像することがよくあった。

それなりに美しかっただろう。だが性格はどうだ？　間違いなく、強情で注文の多い子だっただろう。反抗的？　確実だ。

頑固で。

だが愚かだったり、退屈だったりすることは決してない。

難問に立ち向かおうとするだろう。

不意に肩を叩かれ、キットはぎくりとした。耳元で、少しかすれたような彼女の声がした。

「その気がなくなってしまった?」

せめてボタンをはずしていなければならないときに、空想にふけってしまったようだ。キットは笑い、急いで遅れを取り戻そうとした。「どう思う?」

その気がなくなったかどうかを証明しなければ。「おいで」

メアリーは立ち上がって向きを変え、キットにまたがろうとした——例によってまさにその瞬間、馬車はがたがたと揺れはじめ、ふたりはそろって前方に投げ出されて、メアリーの頭頂部が天井にぶつかりそうになった。詰め物をしたベルベットで覆われているとはいえ、ぶつかればかなり痛い(キットは自分の経験から学んでいた)。

それを阻止するべく、キットはしっかりと彼女を抱きしめ、どうにかしてバランスを保とうとした。

メアリーは頭をぶつけずにすんだ。

「ありがとう」メアリーはそうささやくと、キットの首に両手をからませてキスをした。

揺れはおさまったようだ。とりあえずしばらくは、路面に凸凹はないらしい。キットは彼女のドレスの下に両手を滑りこませ、お尻を抱えるようにしながら指先で愛撫をはじめた。

しっとりと濡れる脚の間を一本の指で優しく撫でていくと、メアリーは目を閉じた。しばらくして目を開いたとき、その瞳はうるんでいた。

「改めてありがとう」その声はさらにかすれて弱々しく、彼の手の下で体は震えている。

キットはステーのすぐ下の腰がくびれているあたりに手を移動させた。彼女がゆっくりと彼の上で体を沈めていくにつれ（いや、上じゃない。彼のまわりだ。いや、やっぱり上だ）そのあたりの筋肉が動く感覚が伝わってくる。上でもまわりでもどちらでもいい、そうだろう？　彼女の動きがいまいましいほどにゆっくりだったとしても。


メアリーは自分を律することができるかどうか、試したかった。自分のペースで彼を受け入れてみたい。少しずつ、ほんの少しずつ体を開き、緩め、そして彼を包みこむ。ほとんど包むと言い換えたほうがいいかもしれない。彼女がゆっくりと体を沈めていくにつれ、彼はどんどん大きく、長く、硬くなっていたから。

彼をじらすように時折動きを止め、膝で体を支えながら自分だけのほのかな快感を味わう。

「勝手なやつめ……。あとで思い知らせてやる……」キットは顔を紅潮させ、眉間にしわを寄せてつぶやいた。メアリーがそっとキスをすると、キットは彼女の下唇に歯を立てた。噛まれたのがわかった。

だってあなたのせいよ。どんどん大きくなるんですもの……。

こういうことに使える数学はないのかしら？　正しい方程式を見つけて、どれくらいゆっくり動けばいいのかがわかれば、永遠に続けていられるかもしれない……。

方程式はあきらめるよりほかはなかった。腕の悪い馭者をうらむべきだろうか。再び道路に穴があったらしく、馬車が激しく揺れた。その衝撃にふたりの汗ばんだ腹部と太腿が滑ってぶつかり、気がつけばメアリーは奥深くまで彼を迎え入れていた。まるで串刺しにされたみたい。美しいとは言い難い表現が脳裏に浮かんだ。根元まで深々と。男性らしいたとえを、彼はきっと気に入るだろう。

キットはうれしそうに笑いながら、嬉々として膝の上で彼女を揺すった。道路のあらゆる凹凸や馬車の揺れ、すべての石や岩やわだちすらも歓迎しているかのように、腰を突き上げて彼女を貫く。

この馬車はスプリングがよく利いているのではなかった？

ああ、でも繊細さがすべてではないわ。技巧には限界がある。

メアリーは小さく笑うと、自ら腰を揺すりはじめた。

キットはメアリーの鎖骨の上に顔をうずめた。顔がちくりとした――ドレスの襟元に誤って刺さったままになっているピンだろうと思った。彼女の首の腱をなめ上げていく。喉で打つ脈が聞こえたし、腹部が震えるのが感じられた。彼女の内側にしっかりと、そして温かく捕らえられている素晴らしい感覚を意識する。そして、彼に同調する彼女の動き。
ぼくの動きに合わせている――ほら、これがそんなに難しいことかい、メアリー？

メアリーは頭をのけぞらせた。背筋は弦のように張りつめ（メアリー・アルテミス、狩りの女神――なんて美しい名前なんだ）、その動きはどんどん速く、なめらかになっていく。キットは、流れる水に銀色にきらめく日光を想像した。黄色くなったポプラの葉が数枚、ゆらゆらと流されていく。歓喜の極みにのぼりつめていく彼女を眺めるのは快感だった。口元が緩み、悲鳴にも似た声とかすかな笑い声が喉の奥から漏れている。顔が赤く染まっている。キットは、ふっくらした下唇の下のくぼみに溜まった汗をなめ取った。

水の流れはいつ奔流に変わった？　いつのまに彼を引きずりこむほどの激しい流れになった？　メアリーの目は明るく輝き、幸せそうな、楽しそうな光をたたえている。

わたしを捕まえて、キット。この手を取って。わたしが頑固すぎるですって？　それならわたしは、向こう岸であなたを待っているわ。

鱒《ます》のように日光にその身をきらめかせながら、キットは流れに飛び込み、泳いだ。視界には虹色の断片が躍り、その鮮やかさに目がくらんだが、彼女に包まれていれば安心だった。彼女を抱きしめる腕に力がこもり、彼女の太腿に締めつけられるのを感じた瞬間、つかの間意識が飛んで、キットは彼女のなかへと落ちていった。

ふたりは体をからませ合ったまま、ベルベットのクッションから木の床へとずり落ちたに違いなかった。車輪とスプリングと岩と道路にがたがたと激しく揺すぶられ……。

「キット……」

「ああ……」左脚にさしこむような鋭い痛みがあった。左尻の下あたりも痛んだし、戦争で怪我をした肩がずきずきする。

「あなた」メアリーのささやき声には、面白がっているようでありながら切羽つまった響きがあった。「座席に戻らない？　あなたのお尻がわたしの指を下敷きにしているの。それに右の腰をひどく打ったわ……」

どちらもたいした怪我ではなさそうだった。ふたりは荒い息をつきながら、手足や指の具合を確かめ、体中にできた痣に顔をしかめた。キットは肩をまわしてみた。最初のうちは不安そうな面持ちだったが、痛みが徐々に引いていくことがわかると安堵の表情になった。

きれいに剃った頬にぽつりと血が出ているだけで、ほかはなんともないわ、とメアリーが言った。「わたしがなめてきれいにしてあげる。シャツにはついていないから大丈夫。でもごめんなさい。わたしのドレスにピンがついていたせいで」

「謝らなくていい。あれはあれで楽しかった」

「そうね、あれはあれで」

「ぞくぞくしたよ」

「いい経験だと言えるかもしれないわね」

「巧妙とは言い難いが」

意味ありげな沈黙が続いた。

「籠のなかにワインがあるわ。飲む？」

「ありがたいが、まだ時間が早い」

「湧き水は？」

「ああ、それはいいね」

ジェシカはシロメの皿とカップをふたつずつ用意してくれていた。「瓶から直接飲んでもらってもいいかしら？　こぼしてしまいそうだわ」

「もちろんかまわないさ」

ふたりは水を飲み干すと黙って体を寄せ合い、丘や野原やところどころに雲が浮かぶ澄んだ青空を眺めていたが、やがてくすくすと笑いはじめた。

初めはひそやかに。やがて自分ではどうにもできないほどの激しさで。

「昔はこんなこと、なんでもなかったのに……」

「これほど簡単なことはなかった。馬車に乗り、扉を閉めたら、何時間でも……錐《きり》のようにまわったり、ねじったり……乗っている時間が長ければ長いほどよかった」

「ええ。道も凸凹しているほどよかったわ。あなたったら、座席のあいだでありえないような体勢を取ったりして……」

「戦争で怪我をする前の話だ。きみはほとんどさかさまになっていたじゃないか……それともあれは、ぼくの空想だったんだろうか？　きみと離れているあいだに、ぼくが夢に見ただけかい？」

「いいえ、本当にあったことよ。まるでバレエのポーズのようだったわ。わたしもバレリーナのように脚を開くことができたのよ……」

「……あの頃は」

再びの沈黙。

相手の顔を見つめていたかったから、長く優しいキスのあいだ、ふたりはどちらも大きく目を開けたままだった。

「あなたは反対するかしら。続きは今夜ベッドでって言ったら……」

「実を言うとぼくも、同じことを言おうと思っていたところだ。メアリー？」

「なに？」

「その籠にはほかになにが入っているんだい？　ぼくは空腹で倒れそうだ」

パンと肉、苺とスティルトン・チーズを互いに食べさせ合った。最近の嵐のおかげで濃さを増した緑色の野原と牧草地が、窓の外を流れていく。野原を仕切る石壁に沿って山査子《さんざし》が生い茂っていた。馬車が進むにつれて丘陵地帯が増え、あたりの風景は美しさを増していく。ヨークシャーを北上し、ウェイクフィールドに近づいていくうちに、やがて石灰石は砂岩に、牧草地は湿原地に変わるだろう。

メアリーはキットの肩に頭を預け、ふたりそろって窓の外を眺めていた。青と緑、茶色と灰色、あちらこちらに広がる山査子のクリーム色、時折目に飛び込んでくる鮮やかな色の晩春の花。

「……〝ぼくらが愛を知るまで〟」メアリーは詩の一節を口ずさんだ。「〝それまでぼくらは離れ離れだったのだろうか？　子供のように田舎の喜びに浸っていたのだろうか？〟」

キットは彼女の髪を撫でた。

「〝この愛があればほかのものなど目に入らない。この小さな部屋がぼくらのすべて〟」

たとえその部屋が、補修と舗装が必要な田舎道（少なくとも、もう若くはないことを自他共に認めるふたりの旅人の観点からすれば）の上でひどく揺れたとしても。

25

馬車がウェイクフィールドの広場に入ったときには、太陽はとうに沈んでいた。ふたつある宿屋のうち、ふたりは〈ジョージ〉を選んだ。乗合馬車が止まる広場に面して建つその宿屋は、もうひとつの宿屋よりうるさいだろうが仕方がない。

あまり環境のいい場所でもないが、リチャードの叔母であるラディフォード姉妹がその近くに住んでいた。それに、万一急いで帰らなければならなくなったとき、ダービーシャーに向かう道に出るには都合がいい……ミスター・フレインに馬車を止めさせ、ベルチャーに食事と宿を調べてくるようにとキットが命じたのを見て、彼はそう考えたのだろうとメアリーは推測した。

カレーの豪華な宿屋での夜を口論したり物を投げ合って台無しにしたことを、ふたりは後悔した。とはいえ、この宿がそれほどひどいわけではなかったし、ふたりは早く馬車を降りて、力の入らなくなった脚を伸ばしたかった。ドアにスタンセル家の金の紋章――左うしろ足で立つ怪物グリフォン――がついた美しい塗装の馬車を見て、宿屋の主人があわただしく出迎えてくれたことにほっとした。

たとえふたりの姿が、その素晴らしい乗り物に見合うものではなかったとしても――ふたりの外見はまさに、馬車のなかで波乱に富んだ一日を過ごしたことが明らかにわかる、身だしなみが整っているとは言い難い男女そのものだった――クリストファー卿に鋭いまなざしを向けられたミスター・フレインは、従順で礼儀正しい態度を崩そうとはしなかった。

「こんなことを言いたくはないけれど」メアリーは小声で言った。「これほどひどい有様なのに、身づくろいをしてくれるメイドもいないのよ」

明日の話し合いが悲惨な結果にならなければ、ラディフォード姉妹がメイドを貸してくれるかもしれない。キットは、リチャードと話がしたいという意向を今夜中に伝えると約束した。

「明日まで待つつもりだったんだが、早いほうがいい」キットは責任感溢れるスタンセル少佐としての断固とした口調で言ったが、その視線はメアリーを通り過ぎ、どこか遠いところを見つめていた。

寝室は小さいが使えなくはないと、戻ってきたベルチャーが報告した。シーツは湿っていませんし、ベッドもたわんでいませんし、あたりをうろついたり、かかとを噛んだりするなにかもいないようです。

キットがベッドに座り、膝の上に置いたメアリーの書き物机でなにかを書きつけているあいだ、メアリーはドレスをきちんと整えようと悪戦苦闘していた。いらだたしげな声と悪態をつく声が、部屋のどちらの側からも聞こえていた。

「これでいい……」

「……はずだ」

「毎日こんなことしたくないわ……」

「……頼むよ、メアリー、そろそろ下に食事に行かないか？」

寛大な人間であれば――一日の旅のあとで、ひどく空腹であれば――灰色がかった豆を添えた酢漬けのサーモンとラム・チョップを〝真のイギリス料理〟と呼んだかもしれない。黄色くなったテーブルクロスに身を乗り出し、テーブルの向こうにいる相手の目を見つめながら時間をかけて食べるなら――どちらにしろ、ラムは時間をかけて嚙む必要があった――空腹を満たすには、それで充分だっただろう。

エールを頼むための言い訳は必要なかった。早生のグーズベリーのプディングを頼むとも。デボンシャー・クリームがあれば添えてもらえるかしらとメアリーが尋ねると、宿屋の主人は控えめながらも自慢げに運んできた。

「きみと旅をするときは――」蠟燭の明かりのなかで、キットのまぶたが夢見るように震えた。「――手に入る最高のものが食べられるように手配しておかなくてはいけないな」

メアリーはなにか言いかけたが、そのまま口を閉じた。

「なにか言いかけたね」

メアリーは片頰にえくぼを作ったが、無言で首を振っただけだった。

「ここはもう満足かい？」

「ええ、満足よ」

「そうか」

「蠟燭はわたしが持つわ」

「それならぼくは、きみのすぐあとをついていこう。階段は狭くてぐらぐらしているからね」

キットはそのとおりにした。背後にだれかをぴったりと従えて壊れそうな階段をあがっていくとき、人は自分の脚や太腿や腰やお尻の動きに敏感になるものだということをメアリーは知った。

あまりに敏感になりすぎて、妙な具合に体を揺すったり、小刻みに動いてしまったりするのをどうしようもなかった。

キットはふたりの部屋の前で彼女を抱きよせた。ウェストに腕をまわし、腰を太腿を腹部を男性自身を、服ごしに強く彼女に押しつける。

ふたりは小さくて粗末な寝室に入り、扉を閉めた。引き返すことのできない一線を越えたことを、どちらも悟っていた。今夜のような夜をまた過ごすことはあるだろうか。

キットは即座に、緑色のシャンブレー織のドレスの背中のホックをはずしにかかった。

「今夜は、きみがなにか別のものをその唇で味わいたいと思っているんじゃないかという気がするんだ」

「どうしてそう思うの？」

「それは……わからない」

「あなたはどうなの、キット？　あなたは……なにが欲しい？」ドレスは足元に落ちていた。小屋で練習したおかげか、彼女がつけていた軽いステーをはずすのにはなんの苦労もいらなかった。

「そうだな……」キットは椅子の上にステーを、さらにはペチコートを放り投げた。シュミーズがそのあとに続く。彼が身をよじらせて上着とベストを脱いでいるあいだに、メアリーがネクタイを緩めた。

次はブーツだ。メアリーはずいぶん上達したとキットは思った。ベルチャーに助言ができそうだ。彼女が左足のブーツを脱がせているあいだ、キットは乳首を愛撫した。彼の指の下で硬さと濃さを増していく。

「あなたは……なにが欲しいの……キット？」

「グーズベリーはいい味だった。あの……クリームもだ」メアリーは彼のパンタロンのボタンをすべてはずすと、片手で男性自身を撫でながら、もう一方の手の指先でそのうしろ側の中央を上下にゆっくりと刺激した。

グーズベリーほど甘くないものが欲しいと、キットは言うつもりだった。もっとスパイシーなものがいい。

だが彼女の手の動きに低いうめき声が漏れるばかりで、言葉は出てこなかった。やがて彼女が手を離し、ごつごつしてたわむ悲惨な有様のベッドに横たわると、キットはその光景に息を呑み、目が離せなくなった。メアリーの視線は彼の股間に注がれ、唇はうっとりと開き、下腹部は彼の方へと突き出されている。

グーズベリーよりもスパイシーで、塩気のあるものがいい。

キットは彼女に覆いかぶさり、彼女の脚のあいだに自分の頭が、彼女の顔の上に自分の下腹部が来るような姿勢を取った。

メアリーの唇は開いたままだ――体を沈めていくにつれ、温かな彼女の息が感じられる。彼女が手を添えて、男性自身を口へと導くのがわかった。

彼女の頰の裏側はデボンシャー・クリームよりもなめらかでぬめぬめしていた。メアリーは、どんなベリーやワインや上質のスティルトン・チーズよりもおいしそうに、彼自身を口に含み、吸い、貪っている。

メアリーは彼のお尻に手を当てて、さらに自分のほうへと引き寄せた。

息はごくゆっくり吸わなければ、とメアリーは思った。口と舌を動かし、喉まで彼を受け入れながら鼻から息を吸っていると、彼のしょっぱくて、酸っぱいにおい――彼のもっとも熟れたにおいが感じられた。

けれどそのあいだも彼女の別の部分は、彼の口の下で身をよじり、逃れたがっていた。彼がそのことをわかっていたのが幸いだった。そして両手でしっかりと彼女を抱えていてくれたことも。暗い迷宮できらめく鮮やかな光のような彼の舌の動きだけを、メアリーは意識していた。

甘い海のような困惑と混乱と当惑の渦……自分が動いているのか、感じているのか、なにかをしているのか、されているのか、ただの愛人なのか、本当に愛されているのか、それともその両方なのか、彼女にはわからなかった（わからなかっただけでなく、なにか言葉を発することのできる体勢でもなかった）。

同時に両方であることは可能なのかしら？　それぞれを切り離して、どこからがはじまりで、どこまでが終わりなのかを確かめることはできるかしら？　自分の尾を飲みこんだ蛇のように、終わりのない光の輪だけがあるところなら可能かもしれない。言葉も思考も超えたところなら。言葉がめくるめくような歓喜のハミングに変わるところなら。ヒロインとヒーローが駆け引きをし、からかい、なじり、行きつ戻りつしたあとで色鮮やかな歓びの無秩序にたどり着いたときには、すべての結びつきは緩んで、その境目は曖昧になるのかもしれない。そのあと愛人であり心から愛し合うふたりは、どんな物語を紡ぐのだろう。

どれくらいの時間がたったのか、足が冷たくなっていることをメアリーはぼんやりと意識した。

そのうえ、腰を打ったところがずきずきと痛みはじめている。だがキットも目を覚ましたことがわかって、うれしくなった。彼女の腹部にキスをしている。バレリーナのように脚を開くことのできた少女の頃のその部分の張りを、二度と取り戻せないことはわかっていた。

時間の観念と感覚、そして人間らしい感情が目を覚まし「ここに来て」とメアリーはささやいた。「頭に枕を載せてちょうだい。体を寄せ合うの。温め合えるように」すりきれたシーツと布団のあいだで体を寄せ合い、手足をからませ合いながら、キットは頭を起こして蠟燭の火を吹き消した。明日目を覚ましたとき、まだ物語は続いていることも、彼がそこにいることもわかっていたから、メアリーは満ち足りた思いに包まれながら、ゆっくり眠りへと落ちていった。

26

翌朝メアリーが目を覚ますと、キットは笑顔で彼女を見おろしながら、おはようと言った。彼女が目を開けるところを見るのはなんていいものだろう。キットはうれしさのあまり、彼女に覆いかぶさって長々と情熱的に抱きしめた。

だがすぐに、その抱擁は心はこもっているものの、実は情熱に欠けていたことが明らかになった。長いあいだ激しい憤りを感じていた人間とまもなく再会するという現実にどれほど自分の気持ちをかき乱されているのかに、キットは改めて気づいた。さらには七万人の男たちの夢のこともあった。内容は覚えていなかったが彼にささやいたのは今回はモリスで、男たちはさらに血まみれで、演壇の上のオリバーは一段と大きく見えた。

そのいずれも、今朝のベッドのなかでのキットの能力を向上させる役には立たなかった。だがもうやめるには手遅れだ。まず彼の、そしてメアリーの動きがぎこちなくなった。不名誉で屈辱的なことだが、うまくいかなかったことは明らかだ。

わかりきったことだった。昨日の快楽にごまかされてはいけなかった――昨日は二度とも、そしてその前、森で会ったときも、彼女の手はいたずら好きで、そのささやき声はみだらだった。〝あなたはきっと素晴らしく上手なんでしょうね〟……ちきしょう。イギリスのすべての男が自分の義務を果たしていると思うのはやめろ。実際にプレッシャーをかけるのは女だ。なかでも妻が最悪だ。今朝ぼくが自分の能力を証明しようとしたのも、当然じゃないか。ぼく自身に？　それとも彼女に対して？　だが、いまさらどちらでもいいことだろう？

　いまさらどうにもならない。

　そして、モリスに送った手紙も、いまさらどうすることもできなかった。自分のペンが紡いだ言葉を思い返すとぞっとした――〝どちらにも悪い点があった〟。意気地のない、女が口にするようなたわごとだ。彼は、破りたくなる誘惑にかられることのないよう、昨日の夕食の前にあのいまいましい代物をラディフォード姉妹の家に送った。そして今日、その結果がわかる。モリスはすでにあの手紙を読んでいるはずだ。もう返事を送っているかもしれない。

　彼があっさりと断ってくれれば、こんな思いから解放されるはずだとキットは思った。あるいは、屈辱が大きくなるだけだろうか。どういう結果になってもいいように、非情になろうと思った。彼を勇気づけようとするメアリーの陽気さが苦痛だった。傷口に塩を塗りこまれているようだ。水っぽいコーヒーと青みがかった牛乳とぶつぶつした塊の残るオートミールの粥《ポリッジ》の遅い朝食を、縁が欠け、強い日差しによって染みのできた陶器でとりながら、苦々しい表情を浮かべているうちに、メアリーも同じくらい不機嫌そうになった。

「そんなにふさぎこむ必要はないわ」メアリーは言った。「そこまでたいしたことじゃないわよ。まるで、太陽がのぼるかどうかはその結果にかかっているとでもいうような顔ね」

ありがとう、まさにいまぼくが聞きたかった言葉だ。彼女はどこまで偽善者になれることか。この手のことに興味を抱く女性がもうひとりいたなら、ぼくは彼女と知り合いになりたいと思っただろうか。

宿屋の主人がやってきて、寝室はどうだったかと尋ねたのはそのときだった。

素晴らしかったよ。とてもいい部屋で、ぼくたちはふたりともぐっすり眠った。

ぼくたちは似合いのカップルじゃないか、キットは思った。人を見下している二匹の猿のように、にこやかにうなずいているんだから。

だが、主人に向かって偽善者のように振る舞ったおかげで、メアリーを面と向かって偽善者と呼ぶことはなかったのだから、結果としてはよかったのだろう。

「あそこは一番いい部屋なんです」主人はにこやかに笑って、上着のポケットを叩いた。「おっと、手紙が届いていたのをあやうく忘れるところでしたよ。ラディフォード家の従僕がついさっき持ってきました」

キットは何気なさそうにその手紙を受け取り、主人がその場を離れるのを待って開いた。関心がないふうを装ってメアリーがコーヒーに砂糖を入れているあいだ、キットは手紙を引き裂きたくなるのをこらえていた。

「なんて言ってきたのか、聞きたくないのかい？」

「あなたが話してくれるのなら」

やはり彼女は偽善者という名にふさわしいかもしれない。ともあれ、まだうんざりするほど早い時間だった。モリスは午後二時にならなければやってこない。

それほどいやな印象を与える文面ではなかった。少なくとも、最初にざっと目を通したかぎりではそう感じた。同情に溢れんばかりのまなざしでメアリーに見つめられているなかでは、その真意をすべてくみ取るのは難しい。

「朝のうちに、キャンプスオールに行ってくるよ」キットは言った。「市民軍の司令官と話をしてくる。ビング大将とはフランスで会ったことがあるんだ」

メアリーは素早くうなずいた。彼がしばらく自分から離れたがっていることに理解を示そうとしたのは、勇敢ですらあった。まるで聖人か殉教者のように。キットはたったいままで、結婚生活にはそういう一面が必要であることを忘れていた。

間違いなく二時までに帰ってこられるのかと、メアリーは尋ねた。

もちろんだ。帰ってこられない理由があるかい？

だが小さな懐中時計がその理由を告げていた。

ふたりは足をひきずるようにして急な階段を上がり、自分たちの部屋に戻った。

キャンプスオールには行けないが、代わりに煙草を吸ってくるとキットは言った。少し町を歩いてくるよ。

「ああ、そう言えば、モリスは妻を連れてくるそうだ。家庭の話でもするつもりなんだろう」

それはいいことだと言うようにメアリーが微笑んだ。

確かに、もうひとり女性がいてくれれば助かるかもしれない。彼がかつての友人と話をしているあいだ、メアリーに話し相手ができる。どちらも過ちを犯し、時を経て、だがそのことに対して復讐や償いをするつもりはない場合、男ふたりはいったいなにを語り、なにをするのだろう。キットの戦争と外交における経験も、今回はたいして役に立ちそうもない。なりゆきに任せるほかはなさそうだ。

それにしても、両切り煙草はどこにいった?

メアリーは肩をすくめ、彼に背を向けた。

「どうしてきみが知らないんだ?」

キットが寝室を出て扉を閉めた直後、メアリーが彼を目がけて投げたなにかが飛んできて、音を立てて扉にぶつかった。

煙草を吸って神経が高ぶったキットは、確たる足取りで町のなかを歩きまわっては時折不意に足を止め、どこを見るともなくあたりに視線をさまよわせた。一度は地元の本屋にいるメアリーを窓越しにぼんやりと眺めていて、彼女が一心不乱に読んでいたなにかから顔を上げるのを見て、あわてて隠れた。

空腹を覚えた。精肉店で買ったパスティー(味付けした肉や魚などを包んだパイ)が、口に残る朝食のいやなあと味を消してくれた。時間はゆっくりと流れていったが、一時半頃、入り組んだ路地で道がわからなくなると、不意にその速度を増したようだった。なんとか帰り道を探し当てたキットは、〈ジョージ〉を目指して駆け出した。

間に合いそうだ。広場に立つ時計塔は懐中時計と同じ時間を指している。モリス夫妻が到着するのは五分後だ。キットはベストのしわを伸ばし、息を整え、歪んだネクタイを直し、不安な気持ちが消えていることを知ってにやりとした。

彼が走ってきた道は、馬車乗り場に隣接していた。〈ジョージ〉とは広場をはさんで反対側に当たる。五十メートルほど先で、ベンチに腰かけているメアリーが見えた。正午をまわったばかりの白くほこりっぽい光のなかで、彼女のドレスのピンク色が鮮やかだった。さっきは必要以上に彼女につらく当たってしまったかもしれない。

メアリーは読んでいたなにかから顔を上げた。眼鏡が光ったような気がしたが、ただの思いすごしだったかもしれない。キットが手を振ると、彼女も手を振り返してきた。微笑んでいると思った。モリス夫妻はいまにも到着するだろう。いまさら不安になっても仕方がない。メアリーにはすべてお見通しだ。その思いにあと押しされて、キットは彼女のほうへと足を速めた。

気がつけば、鞄や箱やあわただしく行き交う人々にすっかり囲まれていた。

「リーズ！」馭者が叫んでいる。「リーズ行きはここから出るよ」自分のことで頭がいっぱいだったキットは、まず馬車から降りてきた一団に、次に馬車に乗りこもうとする人々にぶつかった。

「すみません」キットはだれにともなくつぶやいた。緑の上着の若者の耳には届いたかもしれない。あるいは茶色の上着を着たがっしりした長身の紳士……。

茶色の上着、赤みがかった顎鬚《あごひげ》、ほこりっぽい昼間の光を受けて輝くウェリントン・ブーツ。活気に溢れ、精力的で、実際よりも大きく見える。キットはようやく自分の目でその男を見ることになった。

ペギーに声をかけた男。キットの夢に登場した男。

だが実物の彼を見るのは、本当にこれが初めてだろうか？

自分の番がくるのをじっと待っていたミスター・オリバーは、ようやく馬車に乗りこみ窓際の席に腰をおろした。窓の外に目を向け、広場を眺めている。

やつには会ったことがある。間違いない。だがどこで？

それがなんだ。あの悪党を問いつめてやる。

だがそれは不可能だった。ミスター・オリバー（もしくはホリスなのか、民衆を煽りたてるロンドンからの使者にほかに本名があるのかは知らないが）は、だれかほかの人間に用事があるようだ。

彼の前に歩み出たお仕着せの服を着た従僕は帽子を脱ぎ、最大限の敬意を払いつつ話を聞いている。キットは（彼のまわりにいる数人の人々も）、わけがわからないといった表情でその様子を眺めていた。

お仕着せを着た従僕が、労働者にあれほどの敬意を払うとは？　あれは、あらゆる地方の労働者たちから崇拝されている男だ。この二週間というもの、確立された体制を倒し、政権を手に入れようと彼らに呼びかけ、演説をし、煽っていた男だ。ひどく矛盾している。キットはしばし茫然として、考えこんだ。ようやく歩き出したときには、馬車はすでに砂ぼこりのなかをリーズに向けて走り出していた。

やがてほこりが収まると、目の前には派手さはないが優美なドレスに身を包んだ小柄な女性と腕を組んだメアリーがいた。隣にはひょろりとした内気そうな男性が立っている。

変わっているところもあれば、変わっていない点もあった。十年前モリスは、実際の年よりもかなり上に見えた。いまは控えめな真面目さに変わりはないものの、肩の力が抜けている印象を受ける。キットは震える手を差し出したが、それを握る手に昔ほどの力はなかった。自分の感情はもっとうまく隠さなければ、キットは心のなかでつぶやいた。ともあれ、彼とモリスは握手を交わし、挨拶の言葉を口にし、ぎこちなく互いの腕や肩に触れることさえした。

「本当に長かった。長すぎた……まったく、お互いを見ればよくわかる。どちらももう若いとは言えない。違うか？」

うまくいきそうだ。いや、いってもらわなくては困る、キットは思った。彼は、青い目と意志の強そうな顎をした女性を紹介された。手ごわい相手は見ればわかるものだ。ミセス・モリスはこの再会を必ず成功させることだろう。

それにしても、オリバーはいったいなにをしていたんだ？　どうすればそれを突き止められるだろう？

礼儀を守らなければならないことが、いらだたしい。ミセス・モリスが主導権を握ろうとしているのは幸いだ。だれかが握らなければならないのだから。

とにかく、馬車乗り場でたったいま見たもののことをだれかに話をする必要がある——メアリーか、あるいはリチャードに。

「〈ジョージ〉でお茶をいただきながら話をしましょうか？」ミセス・モリスが尋ねた。「それとも馬車であたりをひと巡りします？」

「馬車にしましょうか」キットとリチャードがどちらも物思いにふけっていて、ミセス・モリスの質問に答えないことがわかると、メアリーが言った。

だが結局、キットと女性ふたりは〈ジョージ〉の応接室でお茶を飲むことになった。ひどく動揺しているらしい男が現われ、すぐに話がしたいとリチャードに訴えたからだ。

「申し訳ないが、こちらのミスター・ディッケンソンとしばらく話をしてから、きみたちに合流してもかまわないだろうか？」リチャードが言った。

商人かなにからしいディッケンソンは申し訳なさそうに、一同に向かって頭を下げた。ミセス・モリスは心をこめたお辞儀を返した。

「すぐだ」

「わかったわ」

この再会の場を切り抜けるには、ただアンナに任せておけばいい。キットにボクシングの話をさせるなんて、彼女はなんて聡明なのかしら。かわいそうなキットは気もそぞろで、ひどく感情的になっていた――アンナが彼のお気に入りの話題を持ち出さなかったなら、冷静ではいられなかったかもしれない。

　明日はこのあたりのどこかでボクシングの試合があって、リチャードが楽しみにしているらしい。その魅力がまったく理解できないけれど、このスポーツはただ野蛮なだけではなく科学的で、その人となりがよくわかるのだというリチャードの言葉を信じようと思っていると、アンナはキットに告げている。

　キットはすっかり夢中だ。リチャードの言うとおりで、科学的という言葉はまさにふさわしいと答えた。明日の試合の観戦にリチャードがぼくを招待してくれるとうれしいんですが。ボクシングというのは、この国を代表する偉大なスポーツですよ。外国の人間や一部の女性は誤解しがちですが。だが指針を、それも偉大なるメンドーサ（十八世紀末のイギリスのボクシング・チャンピオン）が書いたものをきちんと読めば……。

　メアリーはそのあいだに宿の主人に頼んで、お茶を用意してもらった。チーズ（申し訳ありません、奥さま、チャツネはありません）とサンドイッチも。スコーンも頼もうと思ったが（アンナが警告するような合図を送ってきたから、ここのスコーンはひどくまずいに違いない）、結局、菓子パンと（宿の主人の勧めに従って）素晴らしいデボンシャー・クリームにした。

ひどく真剣に、そしてあれこれと考えを巡らせているような表情でリチャードが戻ってきた。キットも時々同じ表情を見せる。なにかを決心した時の顔。それはたいていの場合、驚くべき展開になることを示唆していた。

リチャードはじっとキットを見つめている。

「たったいまおおいに興味を引かれる話を聞いた」リチャードが切り出した。「ディッケンソンからだ。彼とは長いつきあいだ。デューズベリーの生地屋で、『エヴリマンズ・レビュー』の熱心な読者で、そして――」そのあとを強調するべく、リチャードは一度言葉を切った。「昔からの熱心な自由の支持者だ」

なんということだ、いきなり現実的な話をすることになるらしい、キットは思った。

だが心配しなくていい、メアリー。ぼくなら大丈夫だ。

メアリーとミセス・モリスは、リチャードの最初の言葉を軽率と受け取ったようだ――ミセス・モリスは素っ気なく紅茶のカップを手渡すことで、内心のいらだちを伝えようとした。

リチャードは肩をすくめて受け取った。

「ああ、ありがとう。つまりだ、ミスター・ディッケンソンは、大変に興味深い出来事を目撃したと報告してくれた。非常によく知られた男性、自由のための戦いに関わっている人々からごく最近まで高い評価を受けていた男性……」

リチャードは、もう少し簡潔な言葉遣いをしたほうがいいかもしれない。

「まさにその男性が、政府の弾圧の手先だということがほんの半時間前に判明した。ビング大将の使用人がその男に向かって帽子を脱ぐところを、ディッケンソンとほかの数人が目撃したんだ」

ようやくこれでつじつまが合ったのはいいことだ。その事実がどれほど衝撃的なものであったとしても。

キットはリチャードに向き直った。「きみが、その男がだれの使用人かを知っていると理解していいんだな？」

「そうだ。ディッケンソンが確認した」

「その高い評価を受けていた男についても？」

「そうだ。ディッケンソンはオリバーと面識がある。どう知り合ったのかは言いたがらないが」

「それはかまわない。その点については推測がつく。兄のワットが病気のあいだ、ぼくが治安判事の代理を務めているんだ。だがここのところ、いささか複雑な事態になっている――大きな真実にたどり着くのが難しくなっているんだ」

「だがきみは大きな真実に興味がある」

「そういうことだ。そのうえぼくは幸いにも、いくつか興味深い出来事を目撃している。前にもミスター・オリバーに会ったことがあるんだ。内務省の役人――ぼくが望んでいる類の仕事をしている男――といっしょだった。もちろんそのときは、オリバーが何者なのかは知らなかったし、ついさっきミセス・モリスと楽しく話をするまで、すっかり忘れていた。ふたりはロンドンでボクシングの試合場にいたんだ。もちろん純粋な楽しみのためだったのかもしれない。ミセス・モリスに話したとおり、ボクシングの魅力はイギリス中くまなく知れ渡っているからね」

キットは一度言葉を切った。「オリバーと内務省がつながっているという証拠はない。すべては状況証拠でしかない。だが……」

ふたりは長いあいだ、無言だった。

「治安判事の仕事をしているって？　それに内務省の仕事もか。大局的な物の見方を教えてくれることだろうな」リチャードが言った。「きみの果たすべき義務を裏切ってまで話してほしいとは言うまい。きみにも、わたしの友人ミスター・ディッケンソンのことをこれ以上訊いてほしくはない。

だがミスター・オリバーとの関わりについては話し合うべきだろう。去年の春、彼はミスター・ミッチェルと共にいくつかの会合に姿を見せた。ミスター・ミッチェルは、その後すぐに逮捕されている。それからも逮捕者は出ているから、その件についてはいろいろと調査が行なわれているよ。今週も何人か逮捕されている。今朝は、ビング大将と市民軍が会合を散会させて、何人かを勾留した。だがどうやったものか、オリバーは逃げおおせた。ディッケンソンは、その騒ぎのなかにいた男を何人か知っているんだ」

キットはうなずいた。「自称ロンドンからの使者は、今夜リーズの会合で演説をする予定なんだろう。その機会を逃すわけにはいかなかった」

「ビング大将が彼を保護しているようだな。おそらくは、何者かの命令を受けて。もちろん、その何者かの正体については推測するほかはないがね」

キットはうなずいた。「厄介な問題だな。その機会があったとき、ぼくたちのどちらかがもう少し真面目に学んでいれば……だが、政府はなぜこの地域の怒れる労働者たちのなかにあの男を送りこんで、暴動を扇動する必要があったんだろう？　そうとしか考えられない事態になってきた」

「政府の一部なのかもしれない。たとえば内務省とか」

「仮定の話にすぎない」

「もちろんそうだ」リチャードが言った。「あくまでも仮定だ。イギリス人に一定の権利を放棄させるのが難しいことは、きみにもわかるだろう？　集会の権利や、適正な手続きなくして投獄されない権利は、簡単には手放さない。深刻な脅威がないかぎり、彼らは断固として抵抗するだろう。改革の嘆願や、無産階級の男たちがペインやコベットの本を回し読みする程度のことではだめなんだ」

「暴動の脅威か」

リチャードは肩をすくめた。「小さな規模のものが、特定の日に起きるように仕組む。そこには、男たちを逮捕するべく兵士たちが待ち構えているという寸法だ。ほかに暴動を呼びかける人間がいなかったから、政府がその役を引き受けなければいけなかったということなんだろう。仮定の話だが」

キットはじっと考えこみながら、サンドイッチの最後のひとかけらを口に運んだ。「阻止するにはかなりの準備が必要だ。大勢の治安判事たちが協力しなければならない。こういったことでは、どうやって連絡を取り合うかが問題になる――ぼくたちはこんなに少ないんだから」

リチャードは声をあげて笑った。「大丈夫だ。ディッケンソンが、新聞の編集者のところに向かっている。〈リーズ・マーキュリー〉改革を訴えている、このあたりでは優れた機関紙だ。スキャンダルを歓迎するだろう。それにもちろん、少し先にはなるが、ぼくの出版物もあとに続く。腕のたつ書き手は必要だが、必ず世に出すよ。

だがそういった印刷物より先に、このあたりで改革を訴えている人間全員がこの知らせを耳にするはずだ。口から口へと伝えられてね。政府のまわし者の正体が明らかになったんだ。さしあたって、王国は安泰だろう」

「えへん」アンナの声が紅茶を運ぶカートの上に響いた。

「なんだい？」

「どうしました、ミセス・モリス？」

「いったいなにが起きているのか、どなたか説明してくださらないかしら？」

「わたしがするわ」メアリーが応じた。「少なくとも、わたしにわかる範囲で。まったく驚きだわ……」そのあとは声にならなかった。事実を理解しようと力を合わせているリチャードとキットを見つめる彼女のまなざしは温かかった。その事実はふたりにとってまったく違う意味を持つものだったが、ふたりは紳士として、あくまでも仮定の話だという姿勢を崩そうとはしない。

だが、細かい点をもっと検証したいと考えているふたりに——それもここではなくて——話の概略をもう一度繰り返してほしいと頼むのは酷だろう。

「パブにでも行っていらして」アンナが言った。「エールを飲みながら語り合うといいわ。そのあいだにメアリーに説明してもらうから。夕食まで、彼女から話を聞いたり、楽しんだりする時間はあるわ。

夕食にはいらっしゃるでしょう？　ラディフォード叔母さまたちのことは覚えているわよね、キット……キットと呼ばせてもらっていいかしら？　彼女たちの家の料理人の作る料理はシンプルだけれど、とてもおいしいの。ふたりとも、ずっとリチャードの友人が来なくなったことを寂しがっていたわ。今朝は、〝明るい色の目をした小さな男の子〟って、あなたのことを呼んでいた。〝その気になれば、とてもいい礼儀を心得ている〟と」

27

メアリーがオリバーについて知っていることを話し終える頃には、ふたりの紅茶はすっかり冷めてしまっていた。

「驚いたわ」アンナはため息をついた。「恐ろしい話ね。リバプール卿の政府の役人がまわし者を送りこんでくるなんて。そういうことでしょう？　ミッドランズをまわって暴動を煽るようにって、シドマス子爵がその人に命じたんでしょう？」

「そのようね」メアリーが答えた。「今年の初めに同じことをしたあの男の人のように」

「ミスター・カースルは、スパ・フィールズでの暴動の扇動に大きな役割を果たしたわ。幸いなことに、裁判ですべてが明らかになったけれど。今回はもっと悲惨なことになっていたかもしれないわね。この地域全体の人間が関わっているんですもの。そのオリバーという男の正体がわかって、本当によかった。話はすぐに広まるから、だれも暴動を起こして怪我をしたりはしない。それにしてもそのオリバーという人は、内務省に命じられた以上のことをしているような気がしない？」

「ありうるわね。そう思いたいわ。キットと彼の……忠誠心も、ある程度は理解できるようになってきたから。先入観は持たないようにしているけれど、シドマス子爵に不利な証拠はどんどん増えているわね。政府は大衆の怒りを煽り、ほかの人たちを怯えさせるために、改革派たちを暴徒に仕立てたがっているみたい」

ふたりはしばし口をつぐんでいたが、やがてアンナが言った。「キットは理解するだけの価値がある人よ、メアリー。ようやく彼に会えて、わたしは本当にわくわくしているの。あまりに長い年月がたったものだから、まるで伝説の中の人のように思えたくらい。天使ルシファーみたいに。ルシファーほど背は高くないけれどね。リチャードはめったに彼の話はしないけれど、彼との友情が壊れたことを思って、ひどく憂鬱そうにしていることが時々あるわ」

「ふたりはとても親しかったの」メアリーはため息をついたが、ふとあることを思いついて頬を緩めた。「明日、災難に巻きこまれないようにお互いを守るようなことがあれば、またそんな関係に戻れるかもしれない。野外で行なわれる素手での試合は乱暴なものになりがちなの。連れていってほしいってよく頼んだのだけれど——男の子のふりをしてね——キットは耳を貸してくれなかった」

「ボクシングって、そんなに面白いものなの？」アンナが尋ねた。

「ええ、面白いわ。くだらない話をするのも楽しいものよ。イギリス人の勇気だとか生まれながらの正直さだとか、いかにも男の人が好きそうな自画自賛はどうでもいいけれど、戦略的な話には耳を傾ける価値があるわ。もちろんボクサーはたくましくて……」

「ああ、そういうことね。でも女の人はあまり……」

「ロンドンではグローブをつけた試合なら、観ることが許されているの。レスター・スクエアの近くに試合場があって、囲われた場所に座れるようになっているの。いつか……もし……」

メアリーはロンドンについて、未来について、キットについて、しばし楽しい空想に浸った。ただの空想よ、自分を叱りつける。

「今日のことで、彼はひどく困惑しているはずよ」メアリーはアンナに説明した。「彼は内務省で働きたがっているの」

「そう」アンナはメアリーの手に自分の手を重ねた。


ラディフォード姉妹についてアンナが言っていたことは、でまかせでもなんでもなかった。素晴らしく美味な夕食をとりながら、キットはわたしたちのお気に入りだったのだとリチャードの叔母たちは何度も繰り返した。デザートのお供は、彼の目の色と礼儀についての回想だった。

幸いにも、食事は早めに切り上げる必要があった。キットとリチャードが、ボクシングの試合の観戦のために翌朝早く出発したがったからだ。アンナは老婦人たちといっしょに過ごすことになっていた。一番年上のミス・ラディフォードが、品質の割にはとても安価な大量の羊毛を買ったので、それをきちんと巻き取って、貧しい人々のために数十枚のショールを編む予定だということだった。もしもレディ・クリストファーが手を貸してくださってもいいというのなら、ずっと早く終わるのですけれど。

「もちろんですわ、ミス・ラディフォード。喜んでお手伝いさせていただきます」

ありがとう。テーブルの向こうで、アンナが唇だけを動かして礼を言った。

「ミス・ソフィー・ラディフォードが、きみが持つ毛糸をひたすら巻き取って玉にしているあいだ、きみは手を動かせなくなるわけだ」

ふたりは宿屋の狭い階段をのぼりきったところにいた。

「実をいうと――」キットは部屋に入って扉を閉めた。「――いまそんな姿になっているきみを想像している。とてもそそられる図だよ」

ふたりはその夜、ミスター・オリバーの話をしなかった。それどころか、翌朝になるまでほとんど話をしなかった。

「ベルチャーは、あのネクタイの状態にさぞあきれるでしょうね」

「そうだろうな」キットの両手はしっかりとメアリーを抱きしめていたにもかかわらず、その目は再びうつろになりはじめた。

「さあ、ベッドから出る時間よ。あなたとリチャードは一番前で観たいんでしょう？　少なくとも叔母さまたちは、たっぷりした朝食を用意してくれていると思うわ」

結局、ふたりがオリバーのことを話題にしたのは、それから二日後のことだった。それも、馬車の外で午後の空が色を濃くし、沼地や牧草地の上で雲が厚みを増していくのを互いの体に腕をまわして眺めながら、ごく短く語り合っただけだった。フレインが駆る馬車は、再びダービーシャーを南へと向かっていた。空気は冷たく、いまにも降り出しそうな雨に怯えるかのように木の葉が震えている。

ボクシングの試合の前後（イギリス人が生まれながらにして持つ勇気が見事に発揮されていた、とふたりは声を揃えた）や、翌日沼地を散歩しながら、キットはオリバーの件をリチャードと話し合ったのだろうとメアリーは考えていた。友情を立て直すべく、いろいろなことを話題にしたのだと、キットは言った。

だからといって、意見の一致よりも相違のほうが多いという事実に目をつぶったわけではないらしい。ふたりが完全に同意したのは、ボクシングとフェアプレーの精神と勝ち気な女性に対する好みだけだった。この三つだけでも友情は深まるものだ、と彼は言った。

だが彼の言葉にどこか悲しげな響きがあることに、メアリーは気づいていた。ふたりの友情が少年の頃のような純粋なものになることは二度とないと、彼にはわかっている。それでも、ふたりが争うことは決してないだろう――それが友情というものなのかもしれない。

「自分の言葉遣いに酔っているようなところはあるが、彼の出版物は悪くない」そこに探している言葉があるかのように、キットは青いベルベットの天井を見つめた。「巧みすぎるし……未来と進歩を求める主張はばかげている。現在の不公平さについて書かれていることは事実だが」

「読んだの？」

「数年分を押しつけられたよ。ベルチャーがどこかに入れたはずだ。書いてあることに異議は唱えないが、彼の書き手のなかで本当に感心したのはひとりだけだ。古い号に載っていたミスター・エリオットという書き手だ。穀物法について書いた随筆は素晴らしかった。抑制された文体で、事実を引用することを恐れない」

もちろんふざけているに決まっている。彼女がエドワード・エリオットであることを、リチャードは彼に話したはずだ。エリオットというのは彼女の母親の旧姓だった。だがキットはそのことを覚えていないかもしれない。いいえ、わたしをからかっているだけよ。

「そのうち、ミスター・エリオットの随筆をわたしも読んでみるわ」メアリーはそう言うと、面白い冗談だったけれどだまされているわけではないことを教えるために、彼にキスをした。

だが今日の揺れる馬車のなかでは、キス以上のことをするつもりはなかった。昔は楽しく感じられたことでも、人の好みは変わるものだ。だがふたりは気にしなかった。ゆうべ、マトロックのとても快適な宿屋で新たな楽しみを見つけていた。

「彼はいまどうしているのかしら」メアリーはつぶやいた。「ミスター・オリバーのことよ。正体が明らかになったわけだから、政府のまわし者として仕事を続けるわけにはいかない……」〝仕事〟という言葉から先が小声になった。

メアリーは改めて言った。「とにかく、グレフォードの労働者たちが偽の反対運動に参加しなくてよかったわ。今日の夜中の予定だったのよ。ニックと彼のお祖父さんが、暴動を扇動しようとしたとして市民軍に逮捕されていたかもしれないなんて、考えただけでも……」

混乱とそれを阻止することについて、ちょっとした講義を聞かされることになるかと覚悟したが、キットはこう言っただけだった。「結局は元のままだということだ。違うかい？　なにも解決していない——すべては無駄だったんだ。だが、判事たちに聞かせる話をもっと筋の通ったものにし、全体をより戦略的に見ていれば、内務省の企ては成功していたかもしれない」

「あなたが内務省で働いていれば？」

「そういうことだ。もちろんたやすいことではなかっただろうが……」

「自分ならどうやっていただろうって考えていたのね」

「大事なのは、人々が聞きたがっていることを話してやることだ。権力の座にいる人間は、あらゆる異議の申し立て、あらゆる変化を反乱の予兆かもしれないと考えるものだ。ある意味、ぼくはシドマス子爵や秘密委員会が嘘をついていたとは思わない。少なくとも、彼らの観点からすればそうだ。本音を述べる労働者にしても、自分たちが地域の代表になりたいと主張する製造業者にしても、彼らにとってはただの脅威でしかない。そんななかで、労働者たちが反乱をどう組織していいかわからなかったとすれば、ロンドンからの指示を待っているとすれば……望みどおり、ロンドンから使者を送りこんでやろうと考えても無理はない。ただし使者は、労働者たちが考えているのとは別のロンドンから送りこまれるわけだが。そうすればすべてをさっさと終わらせて、一般大衆をすくみあがらせ、黙らせることができる」

キットは静かに言葉を継いだ。「スパイや情報提供者は、人々が聞きたがっていることを話すのが巧みだ。暴動だけでなく、もっともらしい真実まで作り上げてしまう。もちろん人はそれぞれ聞きたいことが違うから、事態は結局手に負えなくなるんだ。オリバーは、シドマス子爵が聞きたがっていることを話したのかもしれない。内務省は、もっと穏当なことから はじめていたかもしれない。だがぼくのように細かいことに気づく人間がいて、彼らが思う真実を正せていたなら……」

メアリーはなにも答えず、ただいくらかぎこちない様子で彼の頰にキスをしただけだった。キットはそれからしばらく無言だった。

「こんなにひねくれてひどく不機嫌なぼくに我慢できるなんて、きみは素晴らしいよ、メアリー。それにもちろん、脅したり諭したりして友人を取り戻させてくれたことも。オリバーとシドマスの正体をわからせてくれたことは、言うまでもない。きみに借りができた。ああ、それから、ゆうべのことだが……メアリー？」

「なに？」

「このことは話し合わなきゃいけない。ごく近いうちに」

「そうでしょうね」そう言った声に、内心の悲しみが表われていないことをメアリーは祈った。あなたはわたしに借りなんてない、そう反論したかった。わたしたちのあいだにあるのは、商売上の関係や法的な合意なんかじゃないのに。

だが、なによりペンリー家の人間らしくないことだったが、メアリーは口をつぐんだままだった。この旅でなにが起きたかについて、もしもふたりが異なる意見を持っているのなら（そうらしいという思いは大きくなるばかりだ）、間違っているのは彼女の意見のほうに違いない。

友人との再会。彼の政治姿勢の見直し。みだらで刺激的な宿屋での一夜。

それ以外に、いったいなにが起きたというのだろう？

言い争いや愛を交わしているときは彼の考えていることが手に取るようにわかるのに、どうしていまは彼の心の内が見えないの？

馬車は、グレフォードとビーチウッド・ノウルの岐路にやってきた。

「ビーチウッド・ノウルだ」キットは、ミスター・フレインの問いかけに答えた。

「お姉さんとその家族に会いたいだろう？　グラスゴーから来ているほうのお姉さんのことだ」

「どちらのことを言っているのかはわかっているわ。ええ、会えるのが楽しみよ……」

降っているのかいないのかわからないようなうっとうしい雨は、いったいいつ降り出したのだろうとメアリーは考えた。こんな静かな霧雨よりは、叩きつけるような豪雨のほうがましだった。

ビーチウッド・ノウルの家に続く曲がり角の直前、道路の片側の生垣のそばに二頭立て二輪馬車《カーリクル》が止まっていた。

「止まれ、フレイン」キットが声をかけた。「あれはなんだ？　手助けが必要なんだろうか？　わだちにはまったようには見えないが」

「わたしの姪たちだと思うわ」メアリーが言った。「ハルゼー大佐のところから帰ってきたのよ」

その言葉どおり、カーリクルに乗っていたのは悲しげなフレッドと激怒しているエリザベスだった。

アイレス卿とファニー・グランディンはどこ？

ミスター・フレインが興味深々で馭者席からなかをのぞきこんでいる。

「こちらの馬車にいらっしゃい」メアリーが言った。「ふたりともよ。いますぐに。ミスター・フレインは、わたしたちの話が終わるまでそこで待っていて」

最初に脳裏に浮かんだ恐ろしい可能性が事実だったことが判明した。ファニーとアイレス卿は駆け落ちしていた。フレッドとエリザベスはここに止めた馬車のなかで、こうなったのはだれのせいなのか、ジェシカにどうこのことを告げるのかで一時間も言い争っていたらしい。エリザベスよりはフレッドのほうが、わかりやすく話ができるようだった。

「ぼくたちがハルゼー家にいるあいだに、彼はおしゃれな新しい幌なし二頭立て馬車《フェイトン》を買ったんだ。今日の午後、順番にぼくたちを乗せてくれた。ファニーが最後だったんだけれど、風邪気味だと彼女が言い出したから、ビーチウッド・ノウルまでアイレス卿が彼女を連れて帰ることになった。一時間後にぼくたちも出発して……」

「二時間後だったわ」エリザベスが口をはさんだ。「兄さんが、ミス・ハルゼーに延々と別れを告げていたから……」

「一時間と十五分ということにしておこう」フレッドは肩をすくめた。「うしろの席にはミス・キンバルを乗せて……」

もしや彼女がまだそのあたりにいるのではないかと思い、メアリーは窓の外に目を向けた。

「あの人のことは心配しなくていいわ」エリザベスが口元に笑みを浮かべた。「とりとめのないことばかり言うから、ミス・ウィリアムズに無理にお願いして、今夜はグレフォードに泊めてもらうことにしたの。ふたりが駆け落ちしたことがわかって……」

「どうしてわかったの？」

「置き手紙。一頭立て二輪馬車《ギグ》の座席の上にあったわ」エリザベスは手紙を開き、咳払いをした。

「読む必要があるのか？」フレッドが口をはさんだ。

「あると思うわ」

ベッツ、わたしはとても来年のシーズンにデビューする勇気がないわ。わたしの心はずたずたよ。わたしったらばかみたい……だから、できるだけ早く結婚したほうがいいと思ったの――それなりに裕福な人と。そしてこのつらい出来事をなにもかも終わらせてしまおうって。もしあなたの叔父さまがわたしのことを尋ねたら……。

「いったいなんのことだ？」そうキットが叫んだのと、いったいあなたはなにをしたのとメアリーが問いつめたのが同時だった。

「なにもしていない。誓ってもいい。カーソーンで食事をしながら、メッテルニヒのことを少し説明しただけだ」

「理知的な女性として扱ったのね」メアリーはため息をついた。「それが彼女にとってどれほど心を揺さぶることか、わからなかったの？　それも夜会服に身を包んだハンサムな男の人よ」

「アイレス卿がどれほど叔母さまに夢中だったか、まるで叔母さまも気づいてなかったみたいな口ぶりね」エリザベスは怒りに満ちたまなざしを叔母に向けた。

「そんなに大きな声を出さないで」メアリーはたしなめた。「ミスター・フレインは醜聞を撒き散らすのが大好きなんだから」

「こんなときに、よくそんなことが言えるな」キットが言った。

「本当のことよ。あなたと会った帰り、彼は森のなかをうろついていて……」

森でわたしたちのことをのぞいていただれか……キットを探しに来たファニーは、深く傷ついたに違いない。

「胸が悪くなるとしか言えないわね」エリザベスが言った。「叔母さまたちほどの年になって……」

「なんですって？」ささいなことよ。そう、いまのような重大な局面では特に。だが、聞き流せなかった。叔母さまたちほどの年……小娘がいったいなにを言っているの？「わたしたちはもう年寄りだから、夫婦としてのささやかな歓びも許されないとでも言いたいの？」

「そんなことはないわ。お父さまが生きていた頃のわたしの両親のように、分別をわきまえてさえいれば。朝食のテーブルでうっとりと互いを見つめ合っているところを見れば、わたしたちにだってわかったものよ。そうでしょう、フレッド？　まだ幼くて、その意味を理解できなかったにしろ……」フレッドはすでに顔を赤らめていたが、エリザベスの頬も赤く染まった。

「とにかく、ベッツの言うとおりだ」フレッドは妹の肩を抱いた。「そんな家庭で育ったぼくたちは幸運だった」

「それはわたしもよ」メアリーは穏やかに応じた。

だがエリザベスにはまだ言いたいことがあるらしかった（やっぱりこの子もペンリー家の血を引いているんだわ、とメアリーは思った）。

「問題は、いい年をした夫婦がふらふらして、ふたりがもう愛し合ってはいなくて……手に入れられる存在なんだってまわりの人間に思わせていることよ」

キットは低く口笛を吹いた。エリザベスの言葉を認めたのだとメアリーは思った。

「そのうえ、ふたりのうちのどちらであれ、近づいた人間には……その、みだらな気持ちが伝染するんだわ」

フレッドはうめいたが、エリザベスはやめようとはしなかった。

「お母さまが言っていたことは正しかったわ、メアリー叔母さま。何カ月か前、ジュリア叔母さまにこんなことを言っていたの。メアリー叔母さまはいつまでたっても甘やかされた赤ん坊で、まったくわかっていないって……」

青いダイヤモンドのような目に涙が浮かんだが、エリザベスは洟をすすりながらも言葉を継いだ。

「……ほかのだれよりも自分を愛してくれた人を失うのが、いったいどういうことなのかを。失うふりをするんじゃなくて、本当に失うのがどういうことか……かわいそうなお母さま」

ジェシカは本当にわたしのことをそんなふうに言ったの?

メアリーは大きく深呼吸をした。

「聞かなければよかったと思うけれど、なんであれエリザベスが、母親を正しいと思っていることがあってよかったわ」

「それはそれでいいとして、他人の教訓のためにファニーとアイレス卿は結婚するべきじゃない」フレッドが口をはさんだ。

「レディ・グランディンはわたしたちのことを決して許さないでしょうね」

「許してもらう必要はないわ」メアリーが答えた。「知らせる必要もない」

「え？」キットが眉を吊り上げた。「なぜだ？」

「ふたりは結婚なんてしないからよ。あなたとわたしで連れ戻しに行くの」

28

「きみの家系の血を引いている人間がもうひとりいたみたいじゃないか。義姉《ねえ》さんの努力も無駄だったようだ」

フレッドとエリザベスを家に帰らせたあと、メアリーとキットはふたりが乗っていたカーリクルに乗り換えた。ファニーは風邪を引いたのでハルゼー家にもう数日滞在し、ミス・キンバルはその看病のため、アイレス卿は回復した彼女を連れて帰ってくるためにいっしょに残ったと、ジェシカに伝えるように姪たちには言い含めた。

「エリザベスは賢明だったわ。ミス・キンバルをキャシーのところに行かせたのは、素晴らしい考えだったわね。そういえば、村の貯水池のための資金を集める方法を考えないと……」

「貯水池？」

この話をキットにしていなかったことを思い出した。だが軍にいたあいだに工学についてはいくらか学んでいたらしく、説明するのはさほど難しいことではなかった。

「ぼくは専門家じゃないが」キットは眉間にしわを寄せたが、どこか楽しげだった。「だがどこに専門家が必要なのかはわかる。どういう問題点があるのかも」

ひとりの男性がこちらに近づいてくることに気づいて、キットの表情が変わった。

「こんばんは、ミスター・グリーンリー」

こざっぱりした子馬にまたがった大工は、グレフォードから戻ってくるところだった。長い脚が馬の脇で揺れている。メアリーはこれまで彼を気に留めたことはなかった。なぜそんな必要がある？　スタンセル家の地所には大勢の人間が暮らし、働いている。だがいま彼女は、以前にキットから聞いた子供の頃の種馬の話を思い出していた。親切な男性であることは確かだし、外見も悪くない。あの年にしては贅肉がなく、引き締まっていてたくましい――メアリーは、年を重ねていることを憐れんでいるような自分を叱りつけた。

だが彼は、あまり詮索好きではないようだ。こんな雨のなかでなにをしているのかと、ふたりに尋ねようとはせず、天気の回復を願い、楽しい時間を過ごしてくださいと言っただけだった。

「クリストファー卿、奥さま、それではわたしはこのへんで……」彼はつばの広い帽子を再びかぶり、長く美しい手で手綱を握った。仕事柄、その手にもちろんたこはあるけれど、でも……。

一瞬のうちにメアリーはすべてを悟った。

おやすみなさい、いい夜になりますように。

ああ、あなたも、ミスター・グリーンリー。

メアリーが口を開いたのは、しばらくたってからだった。

「本当にいい夜になるといいわね。親しい人は……」

メアリーはそこで言葉を切り、ローウェンの城付き大工を〝親しい人〟と呼んだ不自然さに気づいて顔を赤らめた。

「いいんだ」キットは言った。「わかっている」

「いつから知っていたの？」

「最近だ。今回、家に戻ったときだよ。だれに聞いたわけでもない。ただわかったんだ。いまのきみみたいに。彼はとてもいい人だ。ことあるごとに、いろいろとぼくを助けてくれた。それに人は、知る準備ができたときに、なにかを知るようになっているのかもしれない。それに……彼でよかったという気がするんだ。変な話だが」

メアリーは振り返ったが、道はカーブを描いていて、もう彼の姿は見えなかった。

「彼ほどの背の高さがぼくにもあればもっとよかったんだけれどね」

「彼はローウェン城に行くところなのね。レディ・ローウェンの家かしら？」

「ありうるだろうね」

それからしばらくふたりは無言のまま、過去がどのように現在に影響を与えているのかを考えていたが、やがてその思考は、若いふたりを連れ戻すことができなかった場合の不幸な未来へと移っていった。

ふたりはグレフォードの反対側にある二軒の宿屋を訪ねたが、ファニーとアイレス卿らしい男女はそのどちらでも目撃されていなかった。二軒目の宿では、駆け落ちしてきた別の男女の部屋に強引に押しかけた。キットのいかにも貴族らしい態度が、宿の主人の協力を得るのに役立った。ミスター・グリーンリーがそれを見たらどう思うだろうと考えながらも、メアリーは神に感謝せずにはいられなかった。

「アイレスがひと晩中、馬車を走らせるとは思えない」キットが言った。「どこかで泊まらなければならないはずだ」

メアリーはそれより悲観的だった。「わたしたちに見つからないように、遠まわりしていなければの話よ。それとも、彼にはひと晩泊めてくれる友人がいるのかもしれない。もしふたりが結婚したら」メアリーの声はさっきよりも落ち着いていた。「わたしはその原因を作った自分たちを一生許せないわ」

「ぼくたちにとってはいい結果とは言えないな」キットは同じくらい穏やかな声で応じながら、ぬかるんできた道を走る馬の脚を速めた。

「だが少なくともきみは、自分のことは許さなきゃいけない」数分たってから、キットが言った。「完全に許すことはできないだろうし、朝目を覚ましたときは特に自分を責めたくなる――だが一日一日を乗り切っていくんだ」

長いあいだ、メアリーは無言だった。そしてキットも。

「ぼくのせいでひとりの男が死んだ」キットの声には内心の動揺がありありと浮かんでいた。

「スペインでのことだ。別の男は片方の足を失った。ぼくと、そしてある意味ではきみのせいで。ぼくは戦争で華々しく死にたかったんだ。いまとなってはわからないなにかを……証明するために。きみにぼくの魂の偉大さを示し、ぼくを高く評価しないことで、きみがどれほどのものを失ったのかを証明するために。きみを悲しませて、永遠に自分のことを憎ませるために」

初めての実戦だったとキットは語った。奇襲を受けたとき、彼は無謀なほどに大胆だった。

「あの派手な傷を受けたのがそのときだ。この話をきみにするときが来るとは夢にも思わなかった……」

雨音と木の葉がこすれる音のなか、キットは言葉少なに語った。決闘や戦場で、あまりに多くの無鉄砲なイギリスの若者たちがしてきたように、若かった彼が愚かしくも戦闘に突入していったことを。幾度となく繰り返されてきたことだ。

だが、その若者が他人の命を預かる将校という立場にあるときは、起きてはならないことだった。キットがそれを学んだときには手遅れだった。怪我で半分朦朧としながらも、その耳には悲鳴や骨を切られる音が聞こえてくる。彼はこれまで自分のことしか考えていなかった。だがあんな悲鳴を聞いたあとでは……。

メアリーは彼の腕に手を置いた。「それから?」

「たいして話すことはない。義務を果たしただけだ。それができないと知りながら、ぼくはなんとかして間違いを正そうとした。死んだ男には四人の娘がいた。ぼくは奥さんの助けになろうとしたよ。なによりつらかったのは、彼女の感謝の言葉だ。それから、いい将校にもなろうとした。勝利よりも大事なものがあることを忘れないでいようと思った。人生と折り合いをつけていこうと」

「そうね、人生と折り合いをつけるのね」

「〈ポートレイ・アームズ〉がこの先にある」ややあってからキットが口を開いた。「覚えているかい？」

なんてばかげた質問。

そこで馬を交換できるはずだ。以前はいい廏があって、ここ数キロ四方で一番いい宿屋だった。

「あのふたりはここで夜を過ごしているかもしれないわ」メアリーは声の震えを止めようとした。「もちろん、寝室は別にしているでしょう」

「ぼくたちのように」

寝室を別にすることが重要だった。


メアリーに話すのは、考えていたほど恐ろしいことではなかった。自然で、どこか事務的ですらあった。彼女はぼくの最低の一面を知った。彼女に話したことで心が解放されたのか、キットの思いは自分たちの駆け落ちの記憶へとさまよいはじめた。

あの日ふたりは、〈ポートレイ・アームズ〉の階下のバーで、微笑みを交わしながらワインを飲んだ。あまりいいワインではなかったが、その違いがわかっていたわけでもなかった。

急いで階段を上がり、それぞれの質素な寝室へと引き取った。キットはどういうわけか、ガウンを持ってくるのを忘れていた。シャツとドロワーズに素足という格好で、彼女の部屋に向かって廊下を忍び足で進んでいく。ひそやかなノックをした――だれかに見つかることを恐れていたが、だれも気にしないはずだと信じてもいた。

最初のノックでメアリーは扉を開いた。彼と同じくらいおののいていた彼女は、引っ張りこむようにしてキットを部屋に入れた。

キットはシャツ姿で、メアリーは高い襟の寝室着で、ふたりは見つめ合った。肩から、塗料を塗った木の床の冷たさに丸まった裸足の爪先までを覆い隠す、飾り気のない修道女のような白い寝室着。彼の記憶にあるかぎり、メアリーがあれを着たのはそのときだけだ。まるで――誓いの言葉を口にしたそのときから、ふたりは大人として扱われた――彼がその部屋着を魅惑的だと思わなかったかのように。その話をしたことはなかった。これからは、自分の好みについてはもっとはっきり口にするようにしようとキットは思った。

ぼくたちに本当に未来があるのであれば。ぼくたちがきっかけを作ってしまった、ばかばかしい駆け落ちを阻止できたならば。本当に人生と折り合いをつけることが可能ならば。彼女とふたりで。

馬車は〈ポートトレイ・アームズ〉に着いた。

厄介なミス・グランディンに一度でも目を向けた自分を呪いながら、キットは妻に手を貸して駅者席から降ろし、彼女の頬にキスをした。

メアリーは湿った毛糸のにおいがした。薄い上唇が震え、額に落ちた髪はいつもよりカールが強くなっている。

「新しい馬の手配をしてくる。あとからすぐに行く」

メアリーはうなずいた。

「勇気を出すんだ」キットはささやいた。

だがメアリーはすでに庭を突っ切って、玄関の扉を開いていた。

勇気を出すんだ、キットは声に出さずに繰り返した。

メアリーは宿屋が好きだった。薄暗い部屋の暖炉の炎、多様なアクセントと顔立ち。挨拶を交わしたり、まずいワインのグラスごしに意味ありげな視線を交わしたりするだけであっても、それは人生のつかの間の交わりだった。朝の客たちは急いでいて、機嫌が悪いことも多い。だが夜には――とりわけ友人や従者がいっしょのときは――、興味深い顔つきをした見知らぬ人に会釈をしたり、彼らの人生や運命に思いを巡らせたり、(袖のなかに小さな銀のナイフを忍ばせて)謎めいた女を演じたりするのが好きだった。

けれど今夜は、一切の謎はごめんだった。驚きも冒険もいらない。望むのは、無垢《むく》なままのファニー・グランディンを取り戻すことだけだ。

バーにはほとんど人気《ひとけ》がなかった。酔った男が数人いるだけだ。そのうちのひとりは若い女性を相手に長々と話をしていて、彼女のほうはあくびを噛み殺しながら、なにか少しでもためになることがあればいいのにと考えているようだった。

ファニーの姿はない。アイレス卿もいない。宿屋の主人と話をしなくてはならないようだ。あわてて向きを変えたメアリーは、床の不揃いな石につまずいた。その拍子にテーブルに腰をぶつけ、上品とは言えない言葉をつぶやいたところで、部屋中の視線が自分に注がれていることに気づいた。今夜は袖のなかに銀のナイフを忍ばせてはいない——メアリーは、キットが早く来てくれることを願いながら、そろそろとあとずさった。

ちょっと待って。すべての視線ではないわ。ひとつだけこちらを向いていない顔がある。さっきは左側にある柱が彼女の視界を遮っていたのだろう。だが数歩移動したせいで、豊かな黒い髪がラベンダーの香りを漂わせながら、壁のほうに向き直るのが見えた。

見つけた。

仕立てのいい上着に包まれた肩をつかんだメアリーは、まったく食欲をそそることのないラベンダーと生の牛肉が混じったにおいに圧倒された。なにがそれほどおかしいのか自分でもわからないうちから、くすくすと笑い出す。

アイレス卿は座ったまま、物憂げに振り返った。うるんだような紫色の目の一方は彼女を見つめたが、もう一方は手の陰になって見えない。血に汚れた指でつかんだ大きな肉の塊から、肉汁がクラバットに滴っていた。

「笑えばいいさ」アイレス卿がつぶやいた。

キットがメアリーのすぐ背後に立った。「生のジャガイモで驚くほどよく落ちる」キットが教えた（気遣いすぎだというのが、メアリーの意見だった）。「シャツのほうが落ちやすいが」

「ファニーは？　ファニーはどこなの？」

アイレス卿は顔をしかめた。「寝ていますよ。落ち着き払って」

宿屋の主人に案内されてメアリーはファニーの部屋に向かい、そのあいだキットは階下で待っていることになった。その部屋ではファニーがベッドにだらしなく寝そべり、『英国上流名士録』を熱心に読みふけっていた。

「よかった、無事だったのね」メアリーはファニーを抱きしめるかなにかして安心させるつもりだったが、なぜかそうすることができなかった。

「無事に決まっています」ファニーが応じた。「メンドーサの『モダン・アート・オブ・ボクシング』を読んだのはずいぶん前だけれど、でも内容を忘れることはないわ」

彼女のまつげが涙で光った。「わたしをばかな娘だと思っているんでしょう」小さな声だった。

「いいえ。もちろんそんなこと思わないわ」

ファニーは本と銀の柄のブラシ以外、なにも鞄から出してはいないようだった。主人はどこかびくびくしているような様子で、ファニーの小型スーツケースを手に取った。

「彼もいっしょなんですか？」ファニーはコートのボタンを留めながら尋ねた。

「ええ」

「そうだろうと思いました」

キットが馬車を玄関前に持ってくるあいだ、ふたりは黙って待っていた。

カーリクルの狭い後部座席は吹きさらしなので、メアリーは傘を広げてファニーに手渡した。キットが手を貸そうとしたが、ファニーは首を振り、ひとりで軽やかに乗りこんだ。


霧雨はいくらか弱まっていた。

「ぼくが彼女と場所を替わってもいい」キットが言った。「ここのほうが濡れにくいし、きみが彼女を慰めることもできる。もちろんきみが手綱を握らなくてはならないし、ぼくは狭い思いをすることになるが」

「わたしといっしょにいることが、慰めになるとは思えないわ。彼女は自分の感情の激しさを後悔しているのよ。もちろん、それを表に出してしまったことも。だからといって、わたしたちがひどく愚かなことをしたという事実は否定できない。あんなふうに若い人たちに誤解させるようなことをするべきじゃなかった。ある時期になったら、人はもっと賢明に振る舞わなくてはいけないんだわ」

「そうかもしれないな」キットはそう答えただけだった。

「でも手綱は握りたいわ。それほどうまくはないけれど、でも道をはずれないようにするくらいはできる」

メアリーはしばらく彼の肩に頭をもたせかけたあとで、手綱を受け取った。

風が雲を追い払い、雨はさらに小雨になった。ふたりは暇つぶしに歌を歌った。明るい歌、悲しい歌。露から恋人を守ろうとする機織りの胸が張り裂けるような歌、情熱的な羊飼いの歌。やがてふたりは、離れていたあいだのとりとめもないことをぽつりぽつりと話しはじめた。

「戦場の男の人のような試練を女性が味わうことはないわ。でも歓びと醜聞の折り合いをつけようとするあいだに、少しは自分の分析もして、だれの意見が大切で、だれを警戒するべきなのかを考えるようになるのよ」

キットは、ロンドンの数人の紳士の顔を思い浮かべながらうなずいた。

「有益な経験だっただろうと思うよ。自分の出自がはっきりしている人たちからのいやがらせを散々受けてきたぼくにとっては、有益だっただろうね……」

「わたしは、あなたを助けるすべを知らなかったわ。そして……醸造業者の娘と結婚したことをあなたが後悔しているんじゃないかと怯えていた……」

「あんなに寛大な醸造業者はほかにいないよ」キットが言った。「おかげでぼくたちはなにもせずとも不自由なく暮らすことができたから、風変わりなことやセックスのことだけ考えていればよかった……」

メアリーはしばらくなにも言わなかった。「世捨て人の小屋でそうだったように、ロンドンでもふたりきりになれると考えたんだわ。なんの責任もつながりも持つことなく、恐ろしく世事に長けた人たちと顔を合わせることもなく、わたしたちだけの世界にいられるみたいに」

「まったくロマンチックだ」

「まったく結婚らしくないわ。結婚生活を、社会的なつながりと責任がある正しくて退屈なものにしたくなかったのかもしれない。それが悪いと言うわけじゃないけれど……」

「たとえばセックスとか……」

「その点に関しては、わたしたちの意見は一致しているようね……」

「だが、確かにひどく混乱していたね。どんなに正したいと思っていても、その方法がわからなかった。謝りたかったし、謝っているんだと思う。いや、そうじゃない。ぼくは心からすまなかったと思っているよ、メアリー。どこかで糸がもつれて、そこから次々ともつれていってしまったんだ。これという原因があったわけじゃない。誤解があったとか侮辱したとか……」

「わかっているわ、キット。よくわかっている。わたしも悪かったと思っているの」

「もう少し歌いましょうか」無言のまま数分が過ぎたあと、メアリーが言った。「手綱をお願い。バイロン卿の詩を教えてあげるわ」

ふたりの日々はあまりにも早く過ぎゆき

ふたりの時はそれ以上に甘く
踏みしめる大地よりも近くにあなたがいて

すでにグレフォードに着いていてもいい頃だった。せめてなにか目印になるようなもの――シルバーワイン・ファームに続く道や、見慣れた大きなブナの木立――が見えてもいいはずだ。あたりはひどく暗かった。オリバーと改革派の男たちは、実現することのない暴動を起こす日として、月のない夜を選んでいた。雲の動きが速すぎて、星を頼りに進むこともできない。

「左に進むあの道がそうだったのかしら？　一時間ほど前風がすごく強くて、わたしたちが、その、ぬくもりが欲しくて身を寄せ合っていたときに通り過ぎた道よ」

キットは肩をすくめ、馬の左の脇腹に鞭を当てた。

「急いでも意味はないんじゃない？」メアリーはさらに言った（理性的な口調だとメアリーは思った）。「どこに行くのかわからないのなら」

キットは彼女をにらみつけたので、道に迷ったことを認めたに違いないとメアリーは考えた。

「三十分ほど前、あの曲がり角で一頭立て二輪馬車《ドッグカート》の老人とすれ違った時に、道を訊けばどうってわたしが言ったのに……」

キットから返ってきたのは、低くうなるような声だった。

「いいえ、いいわ。とにかく、雨は上がったみたいだし……」

メアリーの楽観的な言葉（暗い田舎道で迷ったことのある人間にとっては、驚くようなものではなかった）が魔法の呪文だったかのように、次の瞬間、枝分かれした長い稲光が空を切り裂き、轟くような雷鳴が続いた。

メアリーは申し訳なさそうに肩をすくめ、気弱そうな笑みを浮かべながら赤いウールのフードをかぶろうとしたが、それより早く大きな雨粒が頰を叩いた。

言い争うのはばかげている。だが、方角を確かめなかった自分の愚かさを彼が認めたなら、少しは気持ちが収まるかもしれない。

見たいのは、〝自分が悪いことはわかっているから、わざわざ教えてくれなくてもいい〟という見慣れたあの表情ではない。

雨が激しくなった。

言い争っても無駄だ。こんなことくらい目をつぶれるはず。

「ただ尋ねることが、そんなに屈辱なの……？」

ちょっと待って。木立の合間にかすかな明かりが見える。宿屋？　キットは恥ずかしそうな顔を彼女に向け、頰にキスをした。

「確かにぼくは尋ねるべきだった。だが男はそうしたがらないものなんだ」

29

その居酒屋〈アンヴィル・タバーン〉は狭くて、薄暗くて、煙たくて、人々の濡れた服の湿気のせいで少しもやって見えた。〈ポートレイ・アームズ〉のバーの四分の一くらいの広さしかなかったが、それもどうでもいいことだった。外よりもはるかに温かく、乾いている。そして、驚くほど混んでいた。数人の男たちが声高に話をしている暖炉の近くの壁はほとんど黒に見えたが、かつては白かったに違いない。歌を歌っているグループもあったが、メアリーには聞き取ることができなかった。彼女とキットとファニーは小さなテーブルに座っていたが、ファニーはまだキットのほうを見ようとはしなかった。

「なにか温かい飲み物をもらってくる」キットは人ごみのなかに消えていった。

「わたしはばかだわ」彼が声の届かないところに行ったのを見届けてから、ファニーがかぼそい声でつぶやいた。「本当にばかなことをしたわ。あなたたちが歌を歌って、言い争いをして、仲直りをするのを聞いていたら……」

「聞いていたのね」メアリーは言った。「わたしたちもばかだったわ。これだけの年月を生きて、経験を積んでいるというのに。とにかく、あなたの叔母のジェシカはなにも知らないわ——あなたの愚かな行為も、わたしの愚かさも。フレッドとエリザベスは、あなたがまだハルゼーの家にいると彼女に話しているから……」

カウンターと暖炉のあいだの混み合ったあたりで、大きな叫び声があがった。

「嘘つきめ！」

「おめえはなんもわかってねえ！　みんなはロンドンでおれたちを待っているんだ。明日、五万、七万の人間が」

「だが——」キットの声だ。「——彼の正体がウェイクフィールドで暴かれた話を聞いていないのか？　どのグループも行くのをやめたんだとばかり思っていた」

困惑のざわめきが広がった。〝逮捕、会合、企て〟といった言葉が聞こえた。

そうよ、オリバーの運命が変わったことを聞いていないグループがひとつは——いいえ、もっとあるかもしれない、メアリーは考えた。

あるいは、信じたくなかったのかもしれない。

「デマだ。おれたちを行かせないようにするための。嘘に決まっている。いいか、みんな、考えてみろ……おれたちは一致団結して、神の地の最強政府と対決するんだ。こんなことはいままでなかった。バスチーユでもなかった。ひるむんじゃねえ。こんなやつの言うことに……」

「そもそもおまえはだれだ？　おれたちに命令するのか？　名前を言え」

「クリストファー・スタンセルだ」

「ローウェンの治安判事の弟か。グレフォードの……」

「そいつがおれたちに家にいろと言っているわけか。女子供みたいに暖炉を囲んでいろっていうのか。火を熾す炭はないがな……」

「パンを買って、あんたの兄貴に地代を払ったあとは、なんにも残らねえ。だがこれからは違う。ロンドンの使者は……」

「ロンドンの使者は政府のまわし者だ。オリバーだかホリスだかと名乗っていた男は、内務省に雇われていたんだ。これは罠だ。政府はきみたちを行軍させたがっている。きみたちを……吊るし首にしたがっているんだ。頼む。ロンドン委員会は、ミッドランズからきみたちが行軍してくることをなにも知らない。内務省は判事たちに……」

「いったいなんだっておまえはそんなことを知っている？」

メアリーは話をもっとよく聞こうとして立ち上がった。キットは大勢の男たちに取り囲まれていて、なんとかして彼らを説得しようと身振りを交えて言葉を尽くす彼の雄弁な手と頭頂部しか見えない。

「モリス……〈エヴリマンズ・レビュー〉……シドマス……」

何人かは彼の言葉を受け入れたように見えた。うなずいている。失望し、あきれると同時に、安堵しているようでもあった。

キットは低く穏やかな声で話し続けた。スペインやフランスで部下たちを指揮していたときに学んだことに違いない。「ぼくはこの目で政府のまわし者を見た。二度だ。一度はウェイクフィールドで、ビング大将の従者が彼に帽子を取って挨拶をしていた……きみたちも噂は聞いているんじゃないか？」

数人がうなずいた。

だが怒りに満ちた抗議の声のほうが多かった。

「おれたちは今夜、行かなくちゃなんねえ。おれたちが来るのを待っているやつらがいるんだ。もし負けたら、誇りを持って死ぬさ。ブランドレスやペントリッチの男たちといっしょに」

「負けやしねえ。ビングの話なんて信じることはねえ。おれたちを脅すための作り話だ。おれたちは怯えているか？」

怒りの声。

再びキットが言った。「ぼくはロンドンでも彼を見た――内務省の役人といっしょだった」より切羽つまった調子で言い添える。「信じてほしい。これは罠なんだ」

だが、これ以上説得できる相手はもういないようだった。残っているのは、若く死にもの狂いになっている男たちだ。彼らは今夜行動を起こす覚悟を決めている。少人数のグループは雨のなかをそれぞれ南や東へと向かい、仲間たちと合流しながらどんどんその数を増やしていく……。

そのうえ、最後まで歩く必要はないのだとだれかが言った。船でトレント川を下ってロンドンに向かうらしい。おれたちの崇高な目的に、もちろん船頭だって手を貸してくれるんだ。

パン屋だっている。ケーキとエールが用意されていて、おれたちはブランドレスがこのときのために書いた歌を歌う……。

ミスター・オリバーがケーキとエールを約束したとは思えなかった。彼が約束したのは結束であり、ひとりひとりの声をひとつにすることだったはずだ。

途方もない幻想だった。ある意味悲痛だと言えた。その幻想は、彼らの嘆願を拒否し続けた政府に雇われた男が作り出したものなのだから。

タワーを制圧したら払うといってつけで酒を飲もうとしている男たちもいたが、居酒屋の主人は首を振っているようだ。

キットの言葉や、ロンドンの使者が訪れた直後に不可解な逮捕がこのあたりで続いたことに触れている男たちもいる。

少なくとも全員が行軍をすることはなさそうだ。

だがキットの右側に近づいてきた男たちは？　まだ大人になりきっていない少年たちだが、一番の長身の男はキットより十センチ近く背が高い。

背はキットを超えているけれど、その顔立ちは――ふたりを見比べたメアリーは、自分の印象が正しかったことを知った。ニック・マートンは、いま現在のキットにはそれほど似ていないが、彼の若い頃にそっくりだ。雰囲気だけでなく、顔の造作がよく似ていた。

少年は片手を引いた。さだかではなかったが、メアリーは拳銃を見たような気がした。

いや、拳銃ではない――発砲するには距離が近すぎる。彼はただ、怒りに満ちた拳を振り上げただけだった。

互いに数発ずつ殴り合った。メアリーが血を見たと思ったそのとき、キットが倒れた。

メアリーは悲鳴をあげた。いささか芝居がかっていたかもしれない。ファニーが彼女の意図を悟ってくれたのは幸いだった。彼女はメンドーサを読んでいたから、キットが意識を失うほど殴られていないことはわかっていた。キットの鼻から滴る血は素晴らしい効果をもたらしてはいたものの、取り囲む男たちのなかにはそのことに気づく者もいるだろう。

さらに脚色を加えないかぎりは。

キット! クリストファー! あなた! メアリーは男たちの輪に割って入り、キットのかたわらに膝をつくと頭を抱えた。ああ、なんて野蛮な恐ろしいことを。あなた、愛しの夫、最愛の人――涙が(意志の力で涙をこぼせることを初めて知った)頰を伝い、彼の顔の上で血と混じり合った。

ハンカチが見つからなかった。レースで縁取りをした、いたって上品なハンカチをファニーが差し出し、ウェイトレスはカウンターを拭くのに使っていたタオルを持ってきた。汚れているのは気に入らなかったが、ぷんと鼻をつくアルコールのにおいは歓迎すべきなのだろうとメアリーは思った。

キットのまぶたが小さく震えた。

笑ったりしないでね、メアリーは心のなかで話しかけた。あなたをなんて呼んだのかはわかっているわ。それも人前で。でも本当のことよ。ここを出たら、あとでいくらでも悦に入るといいわ。だれかがあなたに拳銃を向けようとする前に、ここを出られたら。

だれがやったの？　メアリーは大声をあげた。助言をしようとしただけの武器も持たない人を殺したのはどこのだれ？

ニック・マートンは怯えながらも、反抗的でいくらか誇らしげだった。あなたね……恐ろしい男、メアリーは彼に向かってわめいた。彼がもっとも聞きたがっているのが男という言葉のような気がした。

脈が……ああ、神さま、脈があるわ。

少年はほっとしたような表情を見せた。

「家に帰りなさい、ニック・マートン」メアリーは言った。「ひと晩にこれだけのことをすれば充分でしょう」

彼と友人がなんと言ったのかは聞こえなかったが、さっきのように反抗的な響きはなかった。店にいる人々はふたつのグループに分かれたようだ。何人かは予定どおりにペントリッチから来た男たちと合流するつもりだろうとメアリーは思った。だがキットの言葉にすでに気持ちが揺らいでいた者たちは、彼が倒されたことによってプライドが守られたうえ、メアリーの演技で勢いを削がれたのか、それぞれが自分の席に戻るか、あるいは店を出ていき、そちらに自宅があるのだろうとメアリーが見当をつけた方角へと暗い田舎道を遠ざかっていった。

キットは目を開けていた。本当に放心状態のように見える――彼女の芝居のせいなのか、ほかに理由があるのか、いまのメアリーには判断がつかなかった。

確かに、彼のことを〝最愛の人〟なんて呼んだことはなかったわ。

「手を貸してちょうだい、ファニー」ふたりは力を合わせて彼を馬車まで連れていき、席に座らせるふりをした。

「あとで説明するわ」メアリーは小声で言った。「とにかく、彼を助ける手助けをしてくれてありがとう。それからあの人たちのうちの何人かも」

満たされない好奇心と傷ついたプライドを抱えたままファニーは後部座席に座り、音を立てて大きな傘を開いた。

メアリーが手綱を握った。居酒屋のなかから歌声が聞こえてくる。キットの言葉に耳を貸そうとしなかった男たちだろう。

「まだぼんやりしているふりをしていたほうがいいわ」メアリーはキットにささやいてから、馬車を出発させた。

「どんな気分？」

「勢いよく床に倒れたみたいな感じだ。顎をしたたかぶつけたみたいな」

メアリーは微笑み、キットは首を振った。

「彼ら全員を止められなかったと思うとひどい気分だ」

「かなりの人数を止めたわ。やめなかった人も途中で散り散りになるかもしれないし、ノッティンガムの判事が穏当な対応をしてくれるかもしれない……」

ふたりはしばし無言で馬車を走らせた。

キットが鼻をこすりながら言った。「折れてはいないようだ」

「よかった。昔からその鼻が大好きだったの……」

キットが彼女にすり寄った。「ぼくたちふたりで彼らを止めた——何人かは。彼らが捕まるのを阻止した。あのままなら、全員が捕まっていただろう——ノッティンガムの判事が、行軍してくる男たちを捕まえようと軍隊を連れて待ち構えているほうに賭けてもいい」

メアリーは濡れた体で身震いし、うなずいた。

「彼はぼくの親戚なんだ」数分たってから、キットが口を開いた。

「どの人のこと?」

「何人かいるのかもしれないが、ぼくが言っているのはぼくを殴った少年のことだ。ニック・マートンだよ」

「そうだったの。以前から、彼を見るたびにあなたのことを思い出していたのよ。でもどうしてわかったの?」

「記録簿に一時間かけて目を通した。またいとこの子供にあたる。もちろん彼だけじゃない——ミスター・グリーンリーには親戚が多いんだ。そのせいで、このあたりに住む人たちにぼくは違った感情を抱くようになった」

「わかるわ」

「だがなによりつらいのは、彼らの希望を打ち砕いたことだ。すべてが嘘で、トレント川を下る貸し切りの船もなければ、ロンドンで彼らを待っている何万人という仲間もいない。それが事実なんだと、ぼくは彼らを説得した。希望を奪うのは、どんなときもいやなものだ」

「あなたは内務省に対しても希望を抱いていた」

「たくさんの希望をね。一生の仕事にしたかった。天職と言ってもいい。ただ楽しいだけの人生はごめんだ。明日なにをすればいいのかを知りたいよ。シドマス子爵に手紙を書いて、仕事を辞退し、まわし者を使ったことに抗議する以外に。明日なにをすべきかをわかっている夫でいたかった」

「明日あなたは、エドワード・エリオットに会わなくちゃいけないわ。彼が書こうとしている随筆には、あなたの助けが必要よ」

「エリオット？　なんの話だ？」

「あなた、本当にわかっていなかったの？　あなたは……本当にわたしの書いたものをいいと思ったの？　どうして言ってくれなかったの？」

メアリーは彼に抱きついた。

「なにを言っているんだ？」とまどったのは一瞬で、キットはすぐにすべてを理解した。いたずらに、スパイと伝言のやりとりをしていたわけではないのだ。「あれはきみだったのか？こいつは驚いた」

「そうよ。わたしは、今夜〈アンヴィル・タバーン〉でなにがあったのか、あの人たちがどうやってだまされたのかを書くつもり。リチャードがそれを載せてくれるわ。あなたはその記憶力と細かいことに気づく能力で、わたしが……彼が……わたしたちが正しいことを書けるようにしてちょうだい」

「エドワード・エリオットね」

「彼が真っ赤なネクタイをしていたときは、あなたはいとこのネッドって呼んだわ」

「そうだったな。きみは本当に多才な女性だよ、レディ・クリストファー」

「手を貸してくれる？」

「もちろんだ。だがそのあとは？　そのあとぼくがなにをすればいいのか、きみにはなにか考えがあるのかい？」

「村に貯水池を造ることについて調べるのよ――女性には大事なことなの。男性にとっての投票権と同じくらい。もちろん彼らは、結果が出るまで投票権を求める嘆願を続けるでしょうから、あなたはその手助けができるわ。そしていつかは、この地域の代表になるのよ」

「兄の後継者として？」

「ええ、住民たちの、わたしたちの代表として」

「確かにそれは一生の仕事になりそうだ。公平な決定をするためには、あらゆることを理解する必要がある――地代、物価、新たな産業、道路、きれいな水……。ぼくに手を貸してくれるかい？」

「ええ、クリストファー卿。わたしがあなたの手助けをするわ」

雨はまだビーチウッド・ノウルに続く砂利道に降り続いていたものの、空はいくらか明るくなったようだ。

メアリーはあくびをし、キットは彼女の濡れた髪を撫でた。

「いまのはぼくたちの誓いの言葉かい？」

「ええ、そうだと思うわ」

互いへの愛を誓う必要はなかった――これまでずっと愛し合ってきたような気がしていた。愛し合う前の自分たちが何者だったのか、なにをしていたのか、どちらも思い出すことすらできなかった。

喧嘩や言い争いをしないと誓うことは無意味だ――これからもきっとするだろう。だが完璧とはほど遠いこの世界で、完璧とは言えないふたりが互いを助け合うと誓うことには意味があった。

それ以上話し合うことはなかったし、後部座席のファニーはひどく濡れているはずだ。そこでふたりは馬車を止め、キットと席を替わるようにと彼女を説得した。

「わたしが手綱を取ります」ファニーはそう宣言し、黙って馬車を走らせた。彼女の手綱さばきの優雅さをメアリーはほれぼれと眺めた。

ファニーが馬を止めると、キットは座席から飛び降りて、馭者台を降りる彼女に手を貸した。メアリーが頰にキスをしたときにはされるがままになっていたファニーだが、キットになにか言おうとするとその声はすすり泣きになり、あわてて顔を背けた。

玄関の階段を駆け上がっていくファニーを、ふたりは腕を組んで眺めていた。

扉が開いた。エリザベスは眠らずに待っていたらしい。戸口から漏れる薄明かりにナイトキャップからこぼれた金色の巻き毛が見えたのもつかの間、娘たちはしっかりと抱き合って、その影がひとつになった。

ファニーのすすり泣きは、恋に破れた心の痛みではなく、恥ずかしさから来るものだとメアリーは思った。二度とだれにも顔向けできないと信じているがゆえの涙だ。だがもちろん、すぐにできるようになる。十八歳の娘にとって、恥ずかしさと傷心はとても似ているように思えるだろうが、ありがたいことにそのふたつはまったくの別物だ。三十一歳になれば、そのことがよくわかる。そして、三十一歳と十八歳のあいだにどれほどの距離があるのかも。まわりにいる若い人たちほど、自分の年を、そして自分が彼らに対してどれほど責任があるのかを感じさせるものはないわ。

「今夜はここにいたくない」メアリーは言った。「ファニーはわたしたちのどちらにも、いてほしくないと思うわ」

「よかった。きみをローウェンに連れていきたいと思っていた」

メアリーは無粋なあくびをした。ゆっくり眠るのは気持ちがいいだろう。雨の夜明け前はどれほど静かなことか。

キットは馭者席に乗ろうとする彼女に手を貸した。

メアリーは片足を持ち上げたが、すぐにおろした。

あたりが静まりかえっているせいで、別の扉が開く音が聞こえたからだ。厨房から外に出る勝手口だ。

今夜はだれも眠っていないのかしら？

あずき色のコートとボンネット、数枚のショールという格好のせいでふっくらして見える小柄な人影が、厨房側の庭の門から外に出てきた。門を閉めてから荷物を抱え、急ぎ足で砂利道をこちらに近づいてくる。ふたりに気づくと、茫然として足を止めた。

ペギーは、わたしが帰ってくるのを起きて待っていたのかしら？

旅行用の服装をしているところを見ると、そうではなさそうだった。空はうっすらと白みはじめていたから――用心深いゆっくりした足取りではあったが、ペギーは再び歩き出していた――彼女が上等の服を何枚も重ね着しているのが見えた。残りの服は大きなショールに包んだり、メアリーが捨てたふたつの帽子箱に入れたりしてあるようだ。

生垣のこすれる音がして、その向こうから堂々とした体軀の男性が現われた。古ぼけた旅行鞄を持ち、茶色いコートを着てウェリントン・ブーツを履いている。ミスター・オリバーがこんなところにやってきたのかと、メアリーとキットはとっさに考えた。

だがもちろん、ほんの一瞬のことだった。そこにいたのはもっと背が高く、はるかにハンサムな男性だったからだ。ふたりのような身分の人間には、仕方のない過ちだったかもしれない。ふたりがお仕着せを着ていないトーマスを見るのは、これが初めてだった。

「わたしの両親は許してくれません」ペギーが釈明した。「トムではなくて、違う人とわたしを結婚させようとしているんです。でもわたしはしません」

キットはウィンクをし、メアリーは笑い出した。ペギーが誇らしげにつんと顎を突き出すと、トーマスは彼女の肩に手をまわして引き寄せた。

「もちろんよ、ペギー。自分が結婚したい人と結婚すればいいのよ。心からおめでとうと言わせてね」キットがポケットから数枚の硬貨を取り出すと、トーマスは慇懃《いんぎん》に受け取った。

「でもそうすると、今夜わたしはコルセットをつけたままなのね」メアリーは言った。

ペギーはあわてて、いささかばつの悪そうなお辞儀をした。「奥さまがもっと早く帰っていらしていたら、こんなふうに出ていくことはなかったんです、レディ・クリストファー。いつものように、ちゃんと奥さまの寝る支度を整えてからにするつもりでした」

「いいのよ。冗談を言っただけ。あなたが帰ってくるまでは、クリストファー卿に寝る支度を手伝ってもらうわ。あなたほどきちんとしてはいないけれど、彼には別にできることがあるから。なんとかするわ。でもあまり長い新婚旅行にはしないでちょうだいね。あら、それとも侯爵未亡人が仕事を用意してくれているのかしら。あなたもトーマスといっしょに働きたいでしょうからね」

ふたりの使用人は顔を見合わせていたが、やがてペギーが肩をすくめ、トーマスがその背の高さを誇るかのようにしゃんと背筋を伸ばした。

「わたしはもう従僕はしません、レディ・クリストファー。ここにも戻りません」

「彼は蒸気エンジンの修理を勉強していたんです」誇らしい思いと疑念とがせめぎ合っているようなペギーの表情だった。「蒸気はケトルや紅茶から出るだけじゃなくて、もっとたくさんのことができるんだそうです。機織り職人の三倍、従僕の倍は稼げるんだそうです」

「たいしたものだ。おやすみ――いや、もうおはようだな。幸運を祈っているよ」

「せめて傘を持っていってちょうだい」メアリーが呼びかけた。「カレーであなたたちがびしょ濡れになったことの埋め合わせに。夫とわたしはローウェンに向かうけれど、今夜はもう傘は必要ないから」

エピローグ

侯爵未亡人の家には入口がいくつかあった。裏手にあるものは厨房に通じているように見えるが、どの羽目板をずらせばいいかを知っていれば、隠し階段を見つけることができる。実にいい仕事だ。その夜、侯爵未亡人の寝室に続く階段をのぼりながら、ミスター・グリーンリーはひとりごち、うなずいた。わたしの最高の仕事かもしれない。

普段の彼は、仕事ぶりを自画自賛するような男ではなかったが、今夜は祝杯をあげたい気分だった。ローウェン城の屋敷付き大工というのはいい仕事だ。彼はひとりの女性を四十年ものあいだ愛し続け、ベッドを共にし、長くひそやかな、ときには気が狂いそうになるほど複雑な彼女との時間を乗り越えてきた。いい時もあれば、悪い時もあった――最悪だったのは、彼女とプリンス・オブ・ウェールズとの関係だ。それは真実から人々の目を逸らすことだけが目的だったが、概していい時が多かったと言えるだろう。

もっともよかったのは、彼らの息子が幸せをつかんだらしいと思えることだった。

ミスター・グリーンリーがこういったことを考えていたのは夜の八時頃で、キットとメアリーが誤った駆け落ちを阻止し、不運な反乱の波を押し戻すためにできるかぎりのことをし、より未来がありそうな男女の駆け落ちに手を貸す前のことだった。その時の彼にわかっていたのは、風雨のなかを出かけたふたりに悲惨な結末が待っているかもしれないということだったが、そうはならないだろうと彼は信じていたし、結果的にはそのとおりだった。

「エミリア？」彼は寝室に通じる秘密の羽目板をひそやかにノックした。

数時間後、蹄の音と車輪のきしむ音、引き綱がこすれる音が聞こえてきたときには、侯爵未亡人は安堵した。

夜明け前にふたりが戻ってくることを願っていた。いくつになっても、子供のことは心配だ。

かすかな笑い声を聞いた気がした。そう、間違いない。笑い声だ。

――いっしょにいると楽しいんです。

メアリーはかつて、涙ながらに彼女に打ち明けたことがあった。

――わたしたちはいつだって、お互いを笑わせることができます。でも楽しんだり、笑ったりするだけでは充分じゃない。違いますか？

あれは、メアリーとエミリアのふたりがスペインからの便りを待っていたときのことだ。

――なにかをはじめるときには、楽しみと笑いが必要よ。

エミリアは、マーティン・グリーンリーの作業場で過ごした、遠い昔のある日のことを思い出しながら答えた。あれほど楽しかった日はなかったかもしれない。あそこで体を重ねたのはあのときだけだ。歓びの声と笑い声のなかで、キットを身ごもったのかもしれない……。

「ふたりは幸せそうだ」

マーティン・グリーンリーは、昼間は偽の仕切りの陰に隠してあるガウンを羽織って窓辺に立った。この部屋はまるで、偽物の壁と仕掛けのある羽目板でできた手品師の箱のようだ。エミリアが望んだことではないが、それはそれで楽しかった。

背中に当てた枕に空気を入れてふんわりさせ、裸の肩をショールで覆った。いくらか垂れてはいてもまだ充分に美しい白い乳房が、暖炉の火の明かりに光った。彼が見つめているのを感じた。部屋は少し寒かったが、彼女はショールの前を開いた。彼はうなずき、ほとんどの人間が見たことのない笑みを浮かべると、胸の前で腕を組んだ。いまだにしっかりと筋肉のついた上腕に置かれた指は、長く、先にいくほど細くなっていた。

「彼は妻を連れて戻ってきた。明日はふたりいっしょに目覚め、朝食をとり……」

エミリアはため息をついた。「あなたもそうしたかったのね」

「秘密を守らなければならなかったのは、きみだけじゃないさ、エミリア。マーサもいた」

彼の妻の死後、ふたりの逢瀬にこれほど気を使わなくてもいいかもしれないと考えることが時折あった――もちろん、ワットとスザンナに知られないように注意する必要があったが。

「いっしょにどこかに行ってもいい。小さなロッジを知っている。何日かふたりきりになれる」

彼女の笑い声は好きだったが、いまはなにがそんなにおかしいのかマーティンにはわからなかった。「なぜだめなんだ？　なにがおかしい？」

「わたしたち、飢え死にするわ。わたしは料理ができないもの」

「卵でも？」

「卵？　どうやって卵をあんなふうに固めているんだろうって、昔から不思議だったのよ。それにあの殻。いったいどうやって……？」

彼も声をあげて笑った。「やめておいたほうがよさそうだ。いまのままでいい」

「父親のことをキットが知らないままでも？」

「多分知っていると思うよ」

「そうであることを願うわ。そうすれば、あの子もいい人間になろうと思えるかも……」

だが感傷的になるのはふたりの流儀ではなかった。この年になっても彼のまなざしがいまだにみだらになれることに、エミリアは安堵した。

彼女は、若い時ほどふっくらしてはいないが、それでもまだ笑みを作るとしなやかな曲線を描く唇をなめた。白鳥の綿毛の枕に背を預け、ショールをはらりと落とした。

彼はいつものように一時間後には帰っていく。けれどもキットとメアリーは、窓から射しこむ朝の光のなかで、互いの腕のなかで互いを見つめながら目を覚ますことだろう。

人はだれも子供には、自分以上のものを手に入れてほしいと願うものではない？

そして彼女が手にしているものは——いまもまだ手にしているものは——充分に素晴らしかった。

窓のほうに目を向けると、感情を抑えた、けれど自信に満ちたまなざしがこちらを見つめていた。古い羽目板の修理をする彼の作業を監督するように命じられて、彼に初めて会ったときと同じ視線だ。けれどいまのエミリアはその視線に応えるすべを知っていた。その視線と、これまでの人生で得たすべてのものと、いまもまだ希望を持てることの価値を知っていた。

それに、まだ時間はそれほど遅くない。日光は丘陵にまで伸びてはいなかった。

エミリアは再び笑った。

「ベッドに戻ってきて、マーティン。まだ時間はあるわ」

訳者あとがき

ロマンス小説とひと口に言ってもいろいろなジャンルがありますが、なかでもヒストリカル・ロマンスと呼ばれるものには、その時代の文化や人々の生活を垣間見ることができるというプラスアルファの魅力があると言えるでしょう。さらに言えば、歴史のおさらいができるという利点もあります。本書の舞台は一八一七年のイギリス。二年前にナポレオン戦争が終結し、急速に産業化が進んでいたころです。押し寄せる社会の変化の波そのものが、本書のもうひとつの主人公と言えるかもしれません。

九年前、侯爵家の三男キットとその隣人である裕福な醸造業者の末娘のメアリーは駆け落ちをしました。まだどちらも二十歳を超えたばかり。若さゆえの情熱はいつしかすれ違い、ふたりはやがて別居することになります。当時のイギリスでは離婚は簡単なことではなかったためです。別々の人生を歩むはずだったふたりですが、再会をきっかけに心が揺らぎはじめます。けれど混乱する社会は、すんなりとそれを許してはくれませんでした。戦争から帰還したばかりのキットは政府の言葉をそのまま信じ、内務省で職を得ようとします。一方で彼より世慣れていたメアリーには、現実が見えていました。メアリーはキットを説得しようとしますが……。幼馴染でもあるふたりが愛し合うようになったきっかけや新婚当時のエピソードを交えながら、物語は進んでいきます。それなりの人生経験を積んでいるにもかかわらず、互いに対してはなぜかぎこちなくなってしまうふたりはどうやってその距離を縮めていくのでしょうか。

ここで改めて当時の社会情勢について触れておきましょう。イギリス政府は、無選挙で選出された一部の富裕層によって構成されていました。当然ながらその政策は、自分たちの利益を守るものに偏りがちです。そこで、産業革命によって力を増した労働者や、ナポレオン戦争や不作による影響で生活の苦しくなった農民たちは、自分たちの手で政治を担おうとしました。元々ラッダイト運動というのは、機械化によって職を奪われることに危機感を抱いた労働者たちが機械を破壊したことに端を発したものですが、のちには普通選挙権と社会政策を求める政治行為へと変化していきます。当時のリバプール政権はこういった動きを恐れ、強圧的に封じこめようとしました。集会を禁止し、人権の基本である人身保護法の停止を打ち出したのです。さらには、政府に反抗的な者たちを捕らえるために、陰謀すら企てました。本書で触れられている陰謀は史実に基づいたものですし、内務大臣のシドマス卿やオリバーは実在の人物です。事実を巧みに織り交ぜることで、本書はより地に足のついたものに仕上がっていると言えるでしょう。

男と女は、妻となり夫となることを誓った瞬間から夫婦になるのではなく、そうなるために年月をかけて道を歩いていくものなのかもしれません。九年の別居を経て、本当の夫婦になっていくふたりの物語をどうぞお楽しみください。

ライムブックス

愛《あい》の記憶《きおく》はめぐって

著　者　　パム・ローゼンタール
訳　者　　田辺千幸《たなべちゆき》

2012年7月20日　初版第一刷発行

発行人　　成瀬雅人
発行所　　株式会社原書房
〒160-0022東京都新宿区新宿1-25-13
電話・代表03-3354-0685　http://www.harashobo.co.jp
振替・00150-6-151594
ブックデザイン　川島進（スタジオ・ギブ）
印刷所　　中央精版印刷株式会社

落丁・乱丁本はお取り替えいたします。
定価は、カバーに表示してあります。
 ISBN978-4-562-04433-7　Printed in Japan